U0933091

杨玉萍 主编

【清】杜纲 著

華文出版社
中国出版集团公司

图书在版编目（CIP）数据

南史演义 /（清）杜纲著. -- 北京 : 华文出版社,
2019.1
（中国古典小说丛书 / 杨玉萍主编）
ISBN 978-7-5075-4942-3

Ⅰ.①南… Ⅱ.①杜… Ⅲ.①章回小说—中国—清代
Ⅳ.①I242.4

中国版本图书馆CIP数据核字(2018)第153153号

南史演义

著　　者：（清）杜　纲
责任编辑：刘超平
特约编辑：金　龙
装帧设计：格林文化
出版发行：华文出版社
社　　址：北京市西城区广外大街305号8区2号楼
邮政编码：100055
网　　址：http：//www.hwcbs.com.cn
投稿信箱：hwcbs@126.com
电　　话：总编室 010-58336239　责任编辑 010-58336222
发行部 010-58336270　010-56249152
经　　销：新华书店
印　　刷：天津一宸印刷有限公司
开　　本：710mm × 1000mm　1/16
印　　张：18.25
字　　数：237千字
版　　次：2019年1月第1版
印　　次：2019年1月第1次印刷
标准书号：ISBN 978-7-5075-4942-3
定　　价：44.00元

“中国古典小说丛书”出版说明

所谓“古典小说”云者，其义有二焉：一曰，但凡古代之小说，皆可谓之“古典小说”；一曰，但凡技法未受泰西影响之小说，亦可谓之“古典小说”。然此特就今人之观念言之耳。

揆诸坟典，“小说”一词，出自《庄子·外物篇》，其言曰：“饰小说以干县令，其于大达亦远矣。”由此观之，庄子所谓“小说”，不过琐屑之言，以其无关道术，故以小说名之耳。

炎汉成、哀之世，刘向、刘歆父子典校秘书，检讨百家学说，取桓谭《新论》“小说家合丛残小语，近取譬论，以作短书，治身治家，有可观之辞”之意，把《伊尹说》《鬻子说》诸书，归为“小说家”之书，而《汉书·艺文志》(以下简称《汉志》)继之。夷考其说，“小说家者流，盖出于稗官，街谈巷语，道听途说者之所造也”(语出《汉志》)，此亦非后世之小说也。

唐修《隋书》，其《经籍志》立论本诸《汉志》，以小说为“街谈巷语之说”(《隋书·经籍志》语)。当此之时，小说之名虽同，而其类目稍广，举凡《燕丹子》《世说》《迩说》之属，皆可入诸小说名下。

后晋修《唐书》，其《经籍志》立论与《隋志》无异，以《博物志》隶小说，此为“神异志怪之书”入小说之始。

天水一朝，欧阳文忠公撰《新唐书·艺文志》(以下简称《新唐志》)，以《列异传》《甄异传》《续齐谐记》《感应传》《旌异记》等“史部·杂传类”之书移于“小说类”。至是，小说之部类日棼。

及元脱脱修《宋史》，《艺文志·小说类》承《新唐志》之旧而增广之。

明胡应麟以小说繁夥，派别滋多，于是综核大凡，分小说为六类：一曰“志怪”，一曰“传奇”，一曰“杂录”，一曰“丛谈”，一曰“辩订”，一曰“箴规”。至此，小说一类已蔚为大观，脱《汉志》“街谈巷语”之成规。

清修“四库”，《总目提要》（以下简称《提要》）别小说为三派，“其一叙述杂事……其一记录异闻……其一缀辑琐语”，而又损益之。考诸《提要》，则损益可知：一曰，进“丛谈”“辩订”“箴规”为“杂家”；一曰，隶《山海经》《穆天子传》诸书于小说。小说范围，至是乃稍整洁矣。其分目虽殊，而论述则袭诸旧志。

曩者宋元明清之史志，难觅“平话”“演义”之书，此特士夫习气，鄙其为末流所使然也。史家成见，一至于斯。今人刻书，自当脱古人窠臼。

说部诸书，以文体分，有“白话”“文言”之别；以体裁分，有“话本”“传奇”“演义”之别；以内容分，有“佳话”“世情”“侠义”“家将”“神魔”之别。细玩其文，既有劝世之良言，亦有“诲淫诲盗”之糟粕，而抉择去取，转成读说部书之第一要务。以此之故，我社特于说部诸书择其精者，辑之而为“中国古典小说丛书”，凡百余种。

然说部之书浩如烟海，其精者又何限于区区百十之数？此次出版，难免遗珠之憾。然能俾读者因之而省择取之劳，进而得窥说部精要，示人以津梁，则尚不违出版“中国古典小说丛书”之初心。

说部之书，多出自书坊，脱误错乱，在所难免，故于“取其精华，去其糟粕”外，尚需广施校雠，始得成其为可读之书。以此之故，我社多方搜罗以定底本，精排其版以美其观，躬自校雠以正讹误，然后付诸枣梨，装订成书，以飨读者。

限于编者学力有限，书中疏漏之处，在所难免，尚祈广大方家、读者诸君不吝批评斧正。凡能指出书中一二谬误者，皆为吾师，吾人不胜感激之至。

华文出版社编辑部

2017 年 10 月 26 日

目　录

第一卷

晋室将亡廊庙乱　宋家应运帝王兴

粤自西晋之季，惠帝不纲，贾后乱政，宗室相残，群雄四起，天下土崩瓦解，遂至大坏。琅琊王睿，避难渡江，收集余众。以王导专机政，王敦总征讨。江东名士贺循、顾荣辈相率归附，奉以为君，即位建康，遂开东晋之基，是为元帝。其后遭王敦谋逆，郁郁成疾，在位六年而崩。子明帝立，会敦死，其党皆伏诛，大乱乃定。明帝在位三年而崩。太子即位，是为成帝。庾亮、王导、卞壶同受顾命。苏峻反于历阳，兵入台城。卞壶战死，庾亮出亡，天位几失。赖有温峤、陶侃诸贤，奋起义兵，入平内难。峻以败死，晋室复宁。帝在位十七年，国家无事。及崩，二子俱幼，乃迎帝弟琅琊王岳为嗣，是为康帝。二年去世，太子聃即位，是为穆帝。其时，桓温都督荆、梁等州，坐拥强兵，遥执朝政。出师平蜀，进封临贺郡公，威名大震，朝廷畏之。时殷浩有盛名，帝引为心膂，欲以抗温。那知浩徒负虚声，全无实用，出兵屡败，温上表废之。由是大权一归于温。穆帝崩，无子，乃立成帝长子丕，是为哀帝。帝在位四年崩，无子。弟琅琊王奕立，是为废帝。温有篡夺之志，诬帝夙有痿疾，嬖人朱灵宝等参侍内寝，秽乱宫掖，所生三男，皆非帝出，恐乱宗祧，遂废帝为海西县公。迎会稽王昱登极，是为简文帝。帝美风仪，善容止，神识恬畅，然无经济大略。谢安以为惠帝之流，清淡差胜耳。在位二年，常忧废黜，俄以疾崩。太子曜即位，是为孝武帝。其时桓温已死，桓冲继之，尽忠公家。又任谢安为相，总理朝政。安有庙堂之量，选贤使能，各当其任，内外称治。太元八年，苻坚入寇，发兵八十七万，前临淝水。旗鼓相望，千里不绝，举朝大恐。安不动声色，使谢玄、谢石，率兵八万拒之。将士奋勇，大败秦师。死者蔽野，走者闻风声鹤唳，皆以为晋兵将至，心胆俱裂。亏此一捷，国势遂固。人皆谓安石之功，实同再造。那知良臣去世，君志渐侈，日复一日，渐渐生出事来。

今且说孝武帝，初政清明，信任贤良，大有人君之度。既而溺志于酒，不亲万几。有母弟道子，封琅琊王，悉以国事委之。道子亦嗜酒，日夕与帝酣饮为乐，复委政于中书令王国宝。以故左右近习，争弄威权，交通请托，贿赂公行，朝局日坏。尚书令陆纳，尝望宫阙叹曰："好家居，纤儿欲撞坏之耶？"群臣上疏切谏，帝皆不省。国宝既参国政，窃弄威福，势倾朝野，却一无才略，唯以谄佞为事，凡道子所欲，无不曲意逢迎，故道子宠信日深。

一日，道子色若不怿，国宝问故。道子曰："吾府中宫室虽多，苦无游观之所，可以消遣情怀。"国宝曰："易耳。府吏赵牙最有巧思，何不使辟东第为之，可以朝夕游赏。"道子从之。乃使赵牙于东第外辟地数里，迭石为山，高百余丈。环以长渠，列树竹木。高台杰阁，层出其中。临渠远近，皆筑精舍。使宫人开设酒肆其间，道子与左右亲臣乘船就之，宴饮以为笑乐。一日，帝幸其第见之，谓道子曰："府内有山，游览甚便。然修饰太过，毋乃太耗物力。"道子默不敢对。帝还宫，道子谓赵牙曰："上若知山是人力所为，尔必死矣。"牙曰："王在，牙何敢死？"营造弥盛。帝由是恶之。国宝欲重道子之权，讽令群臣奏请道子位大丞相，假黄钺，加殊礼。侍中车胤拒之曰：“此成王所以尊周公也。今主上当阳，非成王之比。相王在位，岂得自比周公乎？”议乃止。帝闻大怒，而嘉胤有识。又道子为太后所爱，内廷相遇，如家人一般。每恃宠乘酒，失礼于帝。帝欲黜之，而虑拂太后意，含忿不发。

时朝臣中王恭、殷仲堪最负重望，因欲使领藩镇，以分道子之权。一日，王雅侍侧，谓之曰：“吾欲使王恭为兖、青二州刺史，镇京口；殷仲堪为荆州刺史，镇江陵。卿以为何如？”雅曰：“王恭风神简贵，严于嫉恶。仲堪谨于细行，以文义著称。然皆局量峻狭，果于自用，且干略皆其所短。若委以方面，天下无事，足以守职；一旦有事，必为乱阶。恐未可用也。”帝不以为然，卒任二人为刺史。由是君相疑贰，友爱渐衰。太后欲和解之，暗使中书郎徐邈从容言于帝曰：“昔汉文明主，犹悔淮南；世祖聪达，负愧齐王。兄弟之际，宜加深慎。琅琊王虽有微过，尚宜宏贷。外为国家之计，内慰太后之心。”帝纳其言，复委任如故。

太元二十一年，长星昼见。群臣进奏，劝帝修德禳灾。帝正在华林园饮酒，见奏，起立离座，举杯向天祝曰：“长星，我劝汝一杯酒，自古岂有万年天子乎？”左右皆窃笑。

却说“酒色”二字，从来相连。帝则唯酒是耽，而于色欲甚淡，凡嫔御承幸者，一不快意，即贬入冷宫，或赐之死，宫中谓之薄情天子。独张贵妃侍帝有年，宠爱无间。然貌慈心狠，妒而且淫。自承宠之后，即不容帝有他幸。枕席之私，流连彻夜，犹为未足。故虽独沾恩宠，尚未满意。及帝末年，嗜酒益甚，几于昼夜不醒。才一就枕，便昏昏睡去，任你撩云拨雨，漠若不知。弄得张妃欲念弥炽，终夜煎熬，积怨生恨。以故愁眉常锁，对镜不乐。有宫婢彩云者，善伺主意，私谓妃曰：“帝与娘娘夜夜同衾，有何不足，而郁郁若此？”妃叹曰：“如此良宵，身与木偶同卧，尚有人生之趣否，教人怀抱怎开？”彩云笑曰：“此非帝误娘娘，乃是酒误帝耳。”妃为之失笑。

一夕，帝宴于后宫，张妃陪饮。饮至半酣，帝忽问张曰："卿年几何？"妃曰："三十。"帝曰："以汝年，亦当废矣。吾意更属少者，明日贬汝于冷宫何如？"帝本戏言，而张妃积怨已久，忽闻是言，信以为实，益增恼怒，顿起不良之意，强作欢容，手持大杯敬帝。帝本好饮，且不知是计，接来一吸而尽。饮已无数，犹频频相劝。及帝大醉，不省人事，张妃乃命宫人扶入，寝于清暑殿内。余宴分赐内侍，命各去畅饮，不必再来伺候。内侍退讫，独存心腹宫婢数人，泣谓之曰："汝等闻帝饮酒时言乎？帝欲杀我，汝等明日皆赐死矣。"宫女亦泣。妃曰："汝欲免死，今夜助我举一大事，不但可免大难，且有金帛给汝。否则，唯有死耳。"宫人皆曰："唯命。"乃走至帝所，见帝仰面而卧，烂醉若死。妃令宫女以被蒙帝面，身坐其上，按住四角，使不得展动。良久起视，则帝已闷绝而死矣。

妃见帝死，召内侍至前，悉以金帛赂之，嘱其传报外廷，但言帝醉后，遇魇暴崩。外廷一闻帝殂，飞报道子。道子闻之，又惊又喜：惊者，惊帝无故暴崩；喜者，喜帝崩之后，则大权独归于己。急召国宝谋之。国宝曰："臣请入作遗诏要紧。"遂飞骑入朝。时已半夜，禁门尚闭，国宝扣呼求入。黄门郎王爽厉声拒之曰："大行晏驾，皇太子未来，敢入者斩！"国宝失色而退。黎明，百官齐集，共诣道子，请立新君。道子意欲自立，而难于启口，使国宝示意群臣。车胤附道子耳语曰："王恭、殷仲堪各拥强兵于外，相王挟天子以令之，谁敢不服？倘若自为，彼兴问罪之师，长驱至京，相王何以御之？"道子悟。辛酉，率百官奉太子即帝位，是为安帝。当是时，执政者一昏瞆之人，登极者又一愚幼之主，群臣依违从事，唯务苟安。帝崩之由，皆置不问。张妃始犹疑虑，恐怕廷臣究问情由，大祸立至。及梓宫既殓，处廷无人问及，私心暗喜。可怜一代帝王，死于数女子之手。把一亲手弑逆的人，竟轻轻放过。识者有以知晋祚之不长矣。

却说王恭闻帝晏驾，星夜起身到京。举哀毕，仰宫殿叹曰："倿人得志，国事日非，榱栋惟新，便有黍离之叹，奈何！”故每见道子、国宝，辄厉声色。二人积不能平，遂有相图之意。国宝说道子曰：“王恭意气凌人，不如乘其入朝，伏兵杀之，以绝后患。”道子胆怯不敢动。或亦劝恭，以先诛国宝，可免后忧。恭不能决，谋之王珣。珣曰：“国宝罪逆未彰，今遽诛之，必大失朝野之望。况身拥强兵，发于辇毂之下，谁谓非逆？我意俟其恶布天下，然后顺众心除之，亦无忧也。”恭乃止。冬月甲申，葬孝武帝于隆平陵。恭亦还镇去了。自是道子益无忌惮，日夜沉湎，杯不离手。除二三谐臣媚子外，宾客罕见其面。

一日，有客进谒。道子以其求见数次，不得已见之。其人姓桓，名玄，字敬道，温之庶子也。其母马氏，尝与同辈夜坐月下，见一流星，坠铜盆水中，光如二寸火珠，炯然明朗。同辈竞以瓢接取，皆不能得。马氏取而吞之，遂有感怀孕。及产时，有光照室，人以为瑞，故小名灵宝。奶母每抱诣温所，必易人而后至，皆云体重于常儿数倍。温甚爱而异之。临终，命以为嗣，袭爵南郡公。及长，形貌瑰奇，风神秀朗。博综艺术，兼善属文。每以雄毫自处，负其才地，谓宜立朝居要。而朝廷以其父温得罪先朝，疑而不用。年二十三，始拜太子洗马。后出补义兴太守，郁郁不得志。尝登高望震泽，叹曰：“父为九州伯，儿为五湖长，恋此何为？”遂弃官归国，上疏自讼曰：“先臣勤王之勋，朝廷遗之，臣不复计。至于先帝龙飞，陛下继明，请问率先奉上者，谁之功耶？”疏寝不服。今见孝武已崩，道子当国，望其引用，故来进谒。那知桓玄来见时，道子已在醉乡，蓬首闭目，昏昏若睡。玄至堂阶，众宾起接，道子安坐如故。左右报曰：“桓南郡来。”道子张目谓人曰：“桓温晚途欲作贼，其子若何？”玄伏地流汗，不得起。长史谢重举笏对曰：“故宣武公黜昏立明，功高伊、霍，纷纭之言，宜不足信。”道子目视重曰：“侬知侬知。”因举酒嘱玄曰：“且饮此。”玄乃得起。由是切齿于道子，不发一言而退。

归至家，独坐堂中，怒气不息。其兄桓伟见之，曰："弟有何事而含怒若此？"玄曰："吾父勋业盖世，子孙失势，为庸奴所侮。"因备述道子语，曰："吾恨不手刃之也！"伟曰："朝政日紊，晋室将败，时事可知。吾桓氏世临荆州，先宣武遗爱在彼，士民悦服。荆、益名流，皆吾家门生故吏。策而使之，孰不心怀报效？况仲堪初临荆州，资望犹浅，今往归之，彼必重用。借其势力，结纳群才，庶可得志。毋庸留此，徒受人辱也。"玄恍然大悟，乃尽室以行，往投仲堪。

先是，仲堪到官以来，好行小惠，政事繁琐，荆人不附。又与朝廷不睦，恐为国宝等所图。正愁孤立，一闻玄至，知其素有豪气，为荆人畏服，不胜大喜。忙即接见，邀入密室细语。谓玄曰："君从京师来，必知朝廷虚实。近日人情若何？"玄曰："大臣昏迷，群小用事，朝政颠倒，日甚一日。是以脱身西归，委诚足下。且更有一说，君及王恭，与道子、国宝素为仇敌，唯患相毙之不速。今道子既执大权，与国宝相为表里，其所黜夺，莫敢不从。孝伯居元舅之地，尚未敢害。君为先帝识拔，超居大任，人情不附，彼若假托帝诏，征君为中书令，君将何以辞之？如是，则荆州失而君危矣！"仲堪曰："吾正忧之，计将安出？"玄曰："孝伯疾恶深至，切齿诸奸。君宜潜与之约，兴晋阳之甲，以除君侧之恶。东西齐举，玄虽不肖，愿帅荆、楚豪杰，荷戈先驱。此桓、文之勋也，君岂可坐而失之？"仲堪然其计，即与共谋军事。

却说王恭自还镇后，深恶国宝所为，正欲举兵诛之。一日，致书于仲堪曰："国宝等乱政益甚，终为国祸。愿与君并力除之。"仲堪得书，以示桓玄。玄曰："恭有是心，正君之大幸也！乌可不从？"于是仲堪复书王恭，殷、王遂深相结，连名抗表，罪状国宝，举二州之兵，同时向阙。

国宝闻王、殷兵起，恇惧不知所为。命其弟王绪率数百人，戍竹里以伺动静。夜遇风雨，人各散归。道子召国宝谋之，国宝茫无以对，但云内外已经戒严。国宝退，王珣、车胤入见。道子向二人问计，珣曰："王、殷与相王，素无深怨，所竞不过势利之间耳。"道子曰："得无曹爽我乎？"珣曰："是何言与？大王宁有爽之罪，孝伯岂宣帝之俦耶？"道子曰："国宝兄弟劝吾挟天子以征讨，卿等以为然否？"车胤曰："昔桓宣武伐寿阳，弥时乃克。今朝廷遣兵，恭必拒守。若京口未拔，而上流奄至，不识何以待之？"道子曰："然则若何而可？"二人曰："今有一计，恐相王未必能行。若能行之，兵可立退。"道子急问何计。二人曰："王恭、殷仲堪所欲讨者国宝耳，于相王无与也。若正国宝之罪，诛之以谢二藩，则二藩有不稽首归顺者哉？"道子默然良久，曰："苟得无事，吾何惜一国宝。"遂命骠骑将军谯王尚之收国宝，付廷尉，赐死。并斩其弟王绪。遣使诣恭，深谢愆失，恭遂罢兵还镇。仲堪亦还荆州。

桓玄又谓仲堪曰："今虽罢兵，干戈正未戢也。荆州兵旅尚弱，玄请为君集众以自强。"仲堪许之。玄于是招募武勇，广置军旅，阴养敢死之士为己爪牙。令行禁止，士民畏之，过于仲堪，虽仲堪亦惮之矣。今且按下不表。

且说一代将终，必有一代开创之主应运而兴。此人姓刘，名裕，字德舆，小字寄奴。汉楚元王二十一世孙，世居晋陵郡丹徒县京口里。祖名靖，为东安太守，父名翘，为郡功曹。母赵氏。裕生于晋哀帝元年三月壬寅夜。数日前，屋上红光烛天，邻里疑其家失火，往视则无有。将产之夕，甘露降于屋上。从皆谓是儿必贵。那知生未三日，赵氏旋卒，家贫不能雇人乳，父将弃之。裕有从母张氏，生子怀敬未期，闻将弃儿，奔往救之，抱以归，断怀敬乳而乳之，儿得无恙。及长，风骨奇特，勇健绝伦。粗识文字，落拓嗜酒，事继母萧氏以孝闻。俄而父卒，家益贫，萧氏善织履，卖以给用，亦令裕为之。裕曰："昔刘先主卖履为业，终为蜀帝。裕何人斯，而敢不为？"同里皆贱之，而裕意气自若。居常行动，时见二小龙左右附翼，樵渔于山泽间，同侣亦或见之，咸叹为异。及后所见，龙形渐大。家乏薪，每日伐荻新洲，给薪火用。

一日，持斧往伐，有大蛇数十丈，盘跨洲中，头大如斛，见者惊走。裕有家藏弓箭，归取射之。大蛇伤，忽失所在。明日复往，闻有杵臼声从荻中出，迹而寻之，见童子数人，皆衣青衣，捣药其间。问何用，童子对曰："吾王神也，昨游于此，为刘寄奴所伤，故捣药敷之。"裕曰："即为神人，何不杀之？"对曰："寄奴王者，不死，不可杀。"裕以为妄，厉声叱之，忽不见，乃取其药而返。

尝至下邳，遇一沙门，端视之曰："江表寻当丧乱，能拯之者君也。"见裕有手创，指之曰："此何不治？"裕曰："患之积年，犹未获愈。"沙门笑曰："此手正要用他，岂可患此？"出怀中黄散一包，曰："此创难治，非此药不能瘳也。"授药后，沙门遂失所在。裕取药敷之，创果立愈。其后凡遇金创，将所存黄散及童子所捣之药，治之皆验。偶过孔靖宅，靖正昼卧，忽有金甲神人促之曰："起，起！天子在门。"靖惊起，遽出视，绝无他人，独裕徘徊门外。因延入设酒相待，倍致殷勤。裕讶其礼待太过，问曰："君何为若此？"靖执其手曰："君必大贵，愿以身家为托，异日无忘今日之言。"裕曰："恐君言未必确耳，裕何敢忘？"相笑而别。

有吕妪者，开酒肆于里中，尝闻裕多怪瑞，心异之。裕至肆中饮酒，每不计值。一日，裕索饮，妪曰："室内有酒，刘郎自入饮之。"裕入室，即饮于盎侧，不觉过醉，倒卧于地。适司徒王谧遣其门人至丹徒，过京口里，走路辛苦，至肆中沽饮，妪曰："请容内坐，送酒来。"其人入室，惊惧奔出，谓妪曰："汝室中何为有此异物？"妪曰："刘郎在内饮酒，有何异处？"其人曰："现有一物，五色班斓，如蛟龙状，蹲踞在地，不见刘郎也。"妪入，裕已觉，起立谓妪曰："饮酒过多，醉倒莫怪。"妪笑而出。

其人问裕姓氏，略饮数杯便去，心窃讶之，归以告谧。谧曰：

“我知其人久矣。吾前游京口竹林寺，乍及门，见一人从内走出，容貌奇伟，器宇不凡。询之旁人，乃知为刘寄奴也。入寺，郡僧哗然称异。予问其故，僧曰：‘刻有刘寄奴醉卧讲堂禅榻上，隐隐有五色龙章覆其体。众目皆见，及觉，光始散。故众以为异。’予疑僧言为妄，据子所见，僧言不虚。此非池中物也。”因戒门人勿言，阴欲与裕结纳。

一日，谧以公事赴丹徒，便道访裕。带从者数人，步行至京口里，适过刁逵门口，只见徒众纷纷，缚一人大树上。刁逵在旁，大声喝打。谧视之，乃寄奴也，大惊，喝住众人，谓刁逵曰：“汝何无礼于寄奴？”逵曰：“寄奴日来呼卢，负我社钱三万，屡讨不还，故执而笞之。”谧曰：“三万钱小事，我代寄奴偿汝，可速去其缚。”刁逵遂释寄奴。谧执裕手曰：“吾正访君，不意遇君于此。”裕便邀谧至家，拜谢救解之惠。谧曰：“此何足谢，君乃当代豪杰，何不奋志功名，而甘守穷困，致受小人之侮？”裕曰：“吾有志四方久矣，苦无门路可投。”谧曰：“前将军刘牢之，开镇江北，号曰北府，广招才武之士，以君投之，必获重用，何患功业不建。吾写书为君先容，何如？”裕拜谢。谧即修书一封付裕自投，便将三万钱还了刁逵，厚赠其资而去。裕从此怨逵而德谧。

但未识裕去投军，果得牢之重用否，且俟后文再讲。

第二卷

刘寄奴灭寇立功　王孝伯称兵受戮

话说刘牢之字道坚，彭城人。面紫赤色，生有神力，沉毅多智。太元初，谢玄北镇广陵，多募劲勇，牢之以骁猛应选。谢玄任之为将，领精锐为先锋，所往无敌。淮、淝之役，苻坚攻陷寿阳，牢之以五千兵拒之，杀敌万余人，尽收其器械。坚兵失势，大败而归。以功封振威将军，开镇于江北，号曰“北府”。王恭倚为腹心。牢之亦广招劲旅，大积粮储，为恭声援。军府之盛，诸镇莫及。故王谧荐裕，投其麾下。

裕从谧言，安顿家口，径投江北而来。行至辕门，见规模严肃，甲仗整齐，果然威风赫赫，比众不同。方欲上前，将书投递，忽有两少年，随着仆从数十，昂然乘马而来。到府下骑欲入，见裕手持书帖，伫立阶下，便向前问曰：“君姓甚名谁，到此何干？”裕见问，知是府中人，对曰：“小子姓刘，名裕。有王司徒书，引荐到来，欲投帅府效用。”少年曰：“莫非丹徒刘寄奴乎？”裕曰：“是也。”少年喜曰：“闻名久矣。取书帖来，我即代君通报。君且少待，刻即传请也。”说罢便入。要知两位少年不是别人，一即牢之子敬宣，一为牢之甥何无忌，出外访友而归。敬宣见裕一表非凡，故下骑相问，知是寄奴，心益喜。不上一回，内即传请。裕振衣而入，行近堂阶，敬宣慌忙趋出，谓裕曰：“家父此时不暇，明日请会。屈兄书斋小坐。”二人携手进内，施礼罢，知是主君公子。少顷，无忌相见，又知是主君的甥。裕暗暗欢喜。未几，设宴上来，敬宣就请赴席，裕亦不辞。三杯之后，彼此谈心，情投意合，殊恨相见之晚。敬宣谓裕曰：“以君之才，他日功名，定出吾二人之上。今幸相遇，愿结义为兄弟，君意可否？”裕大喜。序齿，裕最长，无忌次之，敬宣又次之。对天下拜，共誓生死不相背负。结义毕，重复入席饮酒。怀抱益开，饮至更深方歇。是夜，裕即宿于府内。明日，进见牢之，相与慷慨论事，雄才大略，时露言表。牢之起立曰：“君位当出吾上，今屈君以参军之职，共襄军事。”裕再拜受命。裕遂迎其母弟，共居江北。

时东莞有臧俊者，善相人，为郡功曹。生一女，名爱亲，其母叔孙氏，梦吞月而孕。容貌端严，举动修整。俊贵奇女，谓他日必母仪天下，故不轻许人，年二十，尚待字闺中。一日，俊至北府，见裕奇之，遂自诣门请曰：“闻君未娶，家有弱息，愿奉箕帚。”裕曰：“吾功业未就，志在驱驰，未暇有室也。”其母在内闻之，呼裕入曰：“吾闻臧女甚贤，汝不可却。”裕遂娶之，即武敬臧皇后也。

当是时，北府人才济济，若刘毅、孟昶、高雅之、诸葛长民等，皆一时豪俊，无不乐与裕游。裕益广结纳，敦意气，以故远近之士，皆归心焉。一日，牢之召裕谓曰：“吾闻三吴之地，近遭海寇作乱，郡邑皆失。吾欲讨之而无朝命，奈何？”裕曰：“拜表即行可耳。”表未发，俄而诏至，命牢之都督吴君诸军事，引兵进讨。牢之接诏大喜，遂会集诸将，下令曰：“军之勇怯，在于前锋。谁能当此任者？”裕应声而出，愿为前部。牢之即命为先锋，领兵三千，先日起发，然后大军继进。

你道海贼从何而起？先是，琅琊人孙泰，师事钱塘杜子恭。子恭有秘术，尝就人借瓜刀一把，其主向索。子恭曰：“当即相还耳。”即而借刀者行至嘉兴，有鱼跃入船中，破鱼腹，得一刀，视之，即子恭所借者。其神效类如此，以故人争信之。子恭死，泰传其术，诳诱百姓。奉其教者，竭资产，进男女以求福。王珣为钱塘守，治其妖妄之罪，流之广州。其后王雅悦其术，荐之孝武，云知养性之方。孝武召语，大悦，授以内职，后迁新安太守。泰知晋祚将终，收合徒众，聚货巨亿，将谋不轨。三吴之人多从之。会稽内史谢𬨎发其罪，朝廷诛之。其侄孙恩逃入海中，愚民犹以为泰实未死，登仙去矣，就海中资给恩，恩乃聚合亡命，得百余人，出没海边。时东土饥馑，盗贼窃地。恩乘民心骚动，率其党自海岛突入，杀上虞令，旬日之间，有众数万。于是进攻会稽。会稽内史王凝之，右军羲之之子也。妻谢道韫，安西将军谢奕之女。幼聪悟，有才辨，叔安石爱之。七八岁时，安问《毛诗》何句最佳，道韫称“吉甫作颂，穆如清风”数句。安叹其有雅人深致。又遇雪下，安问此何所似，其兄子朗曰：“散盐空中差可拟。”道韫曰：“未若柳絮因风起。”安深叹赏。及长，适凝之。以凝之少文，常厌薄之，归宁，意甚不乐。安慰之曰：“王郎，逸少子，亦不恶，汝何恨也？”答曰：“一门叔父则有阿大、中郎，群从兄弟复有封、胡、羯、末，不意天壤之间乃有王郎！”封谓谢韶，胡谓谢朗，羯谓谢玄，末谓谢川，皆其小字也。后凝之为会稽内史，一家同到治所。凝之弟献之，尝与宾客谈论，词理将屈。道韫遣婢谓献之曰：“请为小郎解围。”乃设青绫步障自蔽，与客复申前议，客不能屈。由是才名四播。及孙恩作乱，人心惶惶，而凝之世奉天师道，不发一兵，亦不设备。日在道室，稽颡跪祝。官属请出兵御寇，凝之曰：“我已请于大道，借鬼兵百万，各守津要，贼不足忧也。”俄而贼兵渐近，乃听出兵，恩已破关而入，会稽遂陷。凝之仓皇出走，恩执而杀之，并及诸子。道韫闻乱，举措自若。既而知夫与子皆为贼害，乃拥健婢数人，抽刀出门。贼至，挺身迎敌，手斩数贼，力尽被执。其外孙刘涛年数岁，贼将杀之，道韫呼曰：“事在王门，何关他族？必若此，宁先见杀！”词气慷慨，声情激励。恩虽毒虐，为之改容，遂释之，亦不害道韫。

孙恩既据会稽，自称征东将军，逼使人士为官属，有不从者，戮其全家，死者什七八。号其党曰“长生”，遣兵四出，醢诸县令之肉，以食其妻、子，不肯食者，辄支解之。所过城邑，焚掠一空，单留强壮者编入队伍。妇女老弱皆投诸水中，曰：“贺汝先登仙堂。”于是一时豪暴之徒，有吴郡陆瓌、吴兴丘尪、临海周胄、永嘉张永，以及东阳、新安等处乱民，皆结党聚众，杀长吏以应恩。三吴八郡，皆为贼据。朝廷大恐，命牢之进讨。

于是牢之帅领精骑，转斗而前，击斩贼将许允之等，所向皆克，直渡钱塘，谋复山阴等处。牢之谓裕曰：“贼徒尚盛，未审虚实如何，卿可潜往探之。”裕即领命，率数十骑以往。那知孙恩闻官军将至，遣大将姚盛，统领步骑五千，前来迎敌。

裕正行之次，忽见贼兵漫山塞野而来。众惧欲退，裕曰：“贼众我寡，今走，彼以劲骑追击，吾从立尽，不如战也。与其走而死，毋宁战而死。”遂奋大刀，直前进击，众从之，杀贼数百。贼初疑西来游骑，见敌必走，懈不设备。及见来将勇猛，姚盛挥众共击，裕从骑皆死，独挺身迎战。俄而马蹶，坠于岸下。贼众临岸，以长枪刺之。裕大喊一声，一跃而上，贼人马皆惊，退下数步。裕趋前，复砍杀数十人。姚盛大怒，喝令众将，四面围住，莫教放走。裕全无畏怯，抵死相拒。势正危急，忽有一枝军马，大呼杀入，勇锐无比。贼兵纷纷四散，斩获无数，裕始得脱重围。乃视来将，乃刘敬宣也。裕曰：“非弟来援，吾命休矣。”敬宣曰：“弟在军，怪兄久不返，故引兵来寻。见前面尘头起处，有喊杀之声，知有贼兵猖獗，兄必被困。急急赶来，果见兄奋大刀，独战数千人。兄之勇，虽关、张不及。今贼已败去，兄且归营少休。”裕曰：“贼胆已落，速往击之。破竹之势，不可失也。”敬宣从之。遂进兵，贼见裕至，无不畏惧，于是连战皆捷，遂复山阴，牢之得报大喜。

话分两头。孙恩初破会稽，八郡响应，谓其属曰："天下无复事矣，当与诸君朝服至建康。"既而闻牢之兵至，颇有惧心，但曰："我割浙江以东，亦不失作句践也。"及牢之兵过钱塘，击灭诸贼，渐复郡县，恩大惧，曰："孤不羞走，今且避之。"遂驱男女二十余万口东走，复入海岛，自是疆土悉复。人皆谓牢之宜镇会稽，而晋朝首重门第，乃诏以谢琰为会稽内史，镇守浙东，牢之复还江北。

原来谢琰素无将略，朝廷以资望迁擢，使开方面。到任后，日与宾客饮酒赋诗，谓贼不复来，全无防御。诸将咸谏曰："贼近在海浦，伺人形便，宜修武事，潜为之备。前凝之以疏防失守，愿勿复然。"琰怒曰："苻坚之众百万，尚送死淮南。孙恩小贼，败逃入海，何能复出？若其果来，是天欲杀之也。"于是谈咏如故。那知恩在海岛息兵一年，仍复入寇，据余挑，破上虞，进及邢浦，杀得官军大败，长驱直至会稽。琰方食，闻报，投箸而起曰："要当灭此而后食。"跨马出战，兵败，为贼所杀。会稽复陷。

牢之闻之，星夜来救，与贼战于城下，大破之，贼始退走。乃以大军屯上虞，使刘裕戍句章。句章城墙卑小，战士不盈数百，为贼出入要路，屡被攻围，守城者朝不保夕。裕至，率众固守。贼来犯，辄败之。恩知城不可拔，乃舍之北去，由海盐进兵。裕尾而追之，筑城于海盐故治，贼将姚盛来攻，裕开城出战，谓盛曰："汝识我乎，敢来送死耶？"盛见裕，心已怯，强斗数合，手足慌乱，裕大喝一声，斩之马下。贼众皆溃。恩闻盛死，大怒，悉起大队来攻。裕选敢死士三百人，脱甲胄，执短刀，鼓噪而出。劲捷若飞，贼不能御，又大败。明日，复来索战，裕不出。至夜，偃旗息鼓，若已遁者。明晨开门，使羸疾数人立城上，贼见之，遥问："刘裕何在？"曰："夜已走矣。"贼闻裕走，争入城。裕猝起奋击。贼大骇，皆弃甲抛戈而走。乘势追击，斩获无数。恩知裕不可克，乃改计引兵向沪渎。裕复弃城追之，海盐令鲍陋遣其子嗣之帅吴兵一千，请为前驱。裕曰：“贼锋甚锐，吴人不习战，若前驱失利，必败我军。可在后为声势。”嗣之不服，恃勇先进。裕知其必败，乃多伏旗鼓于左右。前驱既交，诸伏皆起，举旗鸣鼓，声震山谷，贼以为四面有兵，遂退，故得不败。嗣之益自喜，率军追之。裕止之不及，全军尽没。后阵丧气，亦大败。裕走，贼追之急，裕忽停骑，令左右脱死人衣，以示闲暇。贼见当走反止，疑犹有伏，不敢逼。裕乃徐收散卒，结阵而还。

却说贼将卢循谓恩曰：“自吾起兵海隅，朝廷专以浙东为事，强兵猛将，悉聚于此，建康必虚。不若罄吾全力，溯长江而进，直捣京师，倾其根本，诸路自服。若专在此用兵，时得时失，非长计也。”恩从之，敛兵出海口，悉起其众，合战士十余万，楼船千余艘，浮海溯江，奄至丹徒，建康大震。牢之闻之，乃使裕自海盐入援，身率大军继进。

时裕兵不满千人，倍道兼行，尽皆劳疲。及至丹徒，贼方率众登蒜山，扬旗鼓噪，居民惶惶，皆荷担而立。裕欲击之，人以为从寡不敌，必无克理，裕怒气如雷，身先士卒，上山奋击。众皆鼓勇而进，呼声震地，无不一当百。贼大溃，投岸赴水，死者弥满江口。恩狼狈还船，遂不攻丹徒，整兵直向建康。牢之至，见裕已胜，大喜，谓裕曰：“今虽胜之，而贼势甚强，徒船高大，吾战舰小，不能御之，奈何？”裕曰：“楼船非风不进，近日风静，未能即至建康。君以重兵拒之于前，吾以舟师尾之于后，以火攻之，无忧不克也。”牢之从其计，驰至石头，严兵以待。裕装火船廿只，亲自押后，乘夜风便，一齐点着，径向楼船冲去。贼见火至，方欲扑灭，楼船已被烧着。风烈火猛，当之者皆焦头烂额。于是不依队伍，四路乱窜。牢之望见火起，遂出舟师击之。前后夹攻，贼众大败。是役也，贼丧师徒数万，楼船几尽，登陆者又被官军随处截击。恩左右皆尽，所存残兵，不及十之一二，遂自浃口远窜入海。三吴乃宁。牢之上裕功，诏以裕为建武将军、下邳太守，仍参牢之军事。裕是时方受命于朝。今且按下。

且说道子世子元显，年十六，性聪警，颇涉文义，志气果锐。常以朝廷受制外藩，必成后患，屡劝其父早为之计。道子乃拜元显骠骑将军，以其卫府甲士及徐州文武隶之，使参国政。元显既当大任，以谯王尚之及其弟休之为心腹，张法顺为谋主，以司马王愉为江州刺史，兼督豫州四郡，用为形援。时庾楷领豫州，闻之不乐，上疏言：江州内地，而西府北带寇戎，不应割其四郡，使愉分督。朝廷不许。楷大怒，知王恭与道子有隙，乃遣使说恭曰："尚之兄弟复秉几衡，过于国宝，欲假朝权，削弱藩镇，惩艾前事，为祸不小。及其谋议未成，宜早图之。"恭自诛国宝后，自谓威无不克，遂许之，以告仲堪、桓玄。二人欣然听命，推恭为盟主，刻期向阙。牢之闻之，来谏恭曰："将军，国之元舅，会稽王，天子叔父也。会稽王又当国秉政，向为将军戮其所爱国宝兄弟，其深服将军多矣。顷所授者，虽未允惬，亦非大失。割庾楷四郡以配王愉，于将军何损？晋阳之甲，岂可数兴乎？"恭不从，坚邀共事。牢之不得已许之。

再说仲堪多疑少决，虽应恭命，而兵不遽起。其时南郡相杨佺期为仲堪心腹，有勇名，自谓汉太尉杨震之后，祖父皆为贵臣。矜其门第，江左莫及，而时流以其晚过江，婚宦失类，常排抑之。佺期每慷慨切齿，欲因事际以逞其志，力劝仲堪速发。仲堪于是勒兵，使佺期率舟师五千为前锋，桓玄次之，己又次之。合兵三万，相继东下。

元显闻变，知衅由庾楷，乃以道子书遗之曰：

昔我与卿恩如骨肉，帐中之饮，结带之言，可谓亲矣。卿今弃旧交，结新援，忘王恭昔日陵侮之言乎？若欲委体而臣之，使恭得志，必以卿为反覆之人，安肯深相亲信？首领且不可保，况富贵乎？

时楷已应恭檄，征集士马，事难中止。乃复书曰：

王孝伯昔赴山陵，相王忧惧无计。我知事急，勒兵而至，恭不敢发。去年之事，我亦俟命而动。我事相王，无相负者。相王不能拒恭，反杀国宝，自尔已来，谁敢复为相王尽力？庾楷实不能以百口助人屠灭也。

书返，道子不知所为，谓元显曰："国家事，任汝为之，我不与矣。"于是元显自为征讨大都督，遣卫将军王珣、右将军王雅将兵讨恭，谯王尚之将兵讨庾楷。己亥，尚之大破庾楷于牛渚，楷单骑奔去。尚之乘胜，遂与西军战于横江，孰知杀得大败，所领水军尽没。元显大恐，问计于僚左。张法顺曰："北来诸将，吾皆得其情矣。王恭素以才地陵物，人皆恶其傲，既杀国宝，其志益骄。仗牢之为爪牙，而仍以部曲将遇之，牢之负其才，深怀耻恨。今与同反，非其本心。若以辩士说之，使取王恭，许事成即以恭之位号授之。牢之必喜而叛恭，倒戈相向，摧王恭之众如拉朽矣。首恶既除，余党自解，何惧之有？"元显从之，乃致书牢之，为陈祸福，密相要结，牢之心动，谓其子敬宣曰："王恭昔受先帝大恩，今为元舅，不能翼戴王室，自恃其强，举兵频向京师。吾未审其志，事捷之日，必能为天子相王下乎？吾欲奉国威，以顺讨逆，何如？"敬宣曰："大人言是也。朝廷虽无成、康之美，亦无幽、厉之恶，而恭恃其兵威，暴蔑王室。大人亲非骨肉，义非君臣，虽共事少时，意好不协，今日讨之，于情义何有？"牢之意遂决，以书报元显，许为之应。

时恭有参军何澹至牢之营，相语久之，归谓恭曰："吾观牢之，颇有异志，宜深防之。"恭不信，置酒请牢之，结为兄弟，悉取军中坚甲利兵配之，使帐下督颜延为前锋，与之俱进，且命速发。牢之至竹里，诱颜延入帐斩之，下令还兵袭恭。

是时，恭方出城耀兵，甲仗鲜明，行阵肃穆，观者环堵。敬宣突至。纵骑横击之，喊曰："奉诏诛王恭，降者勿杀！"一军大乱。恭不意有变，惶急无措，回骑入城，门已闭。牢之婿高雅之从城上射之，矢下如雨，左右皆散，恭进退无路，单骑而逃。又素不习马，行至曲阿，髀肉生疮，呼船求载，为人所执。送至京师，无显斩之于倪塘。恭临刑，犹理须鬓，神色自若，谓监刑者曰："我暗于信人，所以至此。原其本心，岂不忠于朝廷？但令百世之下，知有王恭耳。"其子弟党与皆死。诏以牢之代其任，镇京口。

仲堪闻恭死，大惊，急与杨、桓二人谋之。二人曰："彼以既杀王恭，吾军必惧而退走。今若遽退，是示以怯也，必为所乘。不若出其不意，长驱向阙，大张兵势以摄之，庶进退有据。"仲堪从之。于是中军屯于芜湖，前锋直取石头。声言为恭报仇，乞诛刘牢之、司马尚之等，然后罢兵。军伍充斥郊畿，征鼓达于内阙，人情大惧。元显本意，恭死则大事立定，不虞西军大上，反肆猖獗，慌集群臣问计。或曰："急召牢之入援，彼势自沮。"或曰："遣使求解于仲堪，玄与佺期自退。"议论不一。只见一人出而言曰："吾有一计，能使杨、桓二人，俯首听命，仲堪束手无策，管取朝廷无事，社稷永安。"众视之，乃桓冲之子桓修，现居左卫将军之职，即玄从兄也。元显大喜。拱手请教，众皆侧耳以听。

但未识其计若何，且俟下卷再讲。

第三卷

杨佺期演武招婚　桓敬道兴师拓境

话说桓修进计于元显曰：“殷、桓之下，专恃王恭。恭既破灭，西师必恐。玄及佺期，非有报复之心，唯望节钺，专制一方，若以重利啖之，二人必内喜，可使倒戈取仲堪矣。”元显从之，乃下诏桓玄为江州刺史，杨佺期为雍州刺史，黜仲堪为广州刺史，桓修领荆州之职，遣牢之以兵千人，送修之镇，敕令罢兵，各赴所任。仲堪得诏大怒，忙催杨、桓进战。而二人喜于朝命，欲受之，因回军蔡州。仲堪闻之，怒曰：“奴辈欲负我耶？”遽即引兵南归，遣使到蔡州，谕军士曰：“有不散归者，吾至江陵，当尽灭其家。”于是众心离散，佺期部将刘系率二千人先归。玄等大惧，狼狈亦还，追仲堪于寻阳，及之，深自谢罪曰：“虽有朝命，实不欲受。所以回泊蔡州者，欲俟大师之至，相与并力，非有他意也。”是时，仲堪失职，必倚二人为援；玄等兵力尚寡，必藉仲堪声势。虽内怀疑忌，其势不得不合。乃以子弟交质，互相歃血，盟于寻阳。上表申理王恭，乞还荆土。朝廷欲图苟安，乃罢桓修，仍以荆州还仲堪。优诏慰谕，仲堪等乃各受诏还镇。从此建康解严，内外稍安。今且不表。

却说杨佺期有女名琼玉，美而勇，虽怯弱身材，生有神力，能挽强弓，有百步穿杨之技。手下女兵百人，皆能临阵御敌，贵家子弟争欲得之为室。而佺期自矜族望，必得王、谢门第，方肯结婚，故女年十八，尚未受聘。时仲堪有子，名道护，字荆生，年少多才，兼善骑射。一日，路径襄阳，见一队女兵在山下打猎，内一女将色甚艳，驰马如飞，射无不中。访之，知为佺期女也。心甚慕之，归禀于父，欲求为室。斯时，仲堪正与杨、桓不睦，欲图修好，因即遣使襄阳，求其女为妇。佺期已有允意，恰值其时，桓玄亦遣使来为其子升求婚。升字麟儿，少在江陵，曾与荆生同学，才貌风流，彼此相仿。玄欲结好佺期，故求婚焉。两家一齐来说，佺期转无定见，因念殷、桓相等，皆堪为婿。但此系女子终身大事，不若令其自择。遂对殷、桓二使道："两家公子，我皆爱之。欲屈公子到此，面试其能，如中吾意，便可在此成婚。归语尔主，未识可否？"使各领命回报。仲堪许之，便命其子来谒佺期。玄闻之曰："佺期亦大作难。但吾子不往，是弱于殷儿也。"亦令束装前往。

一日，俱到襄阳，各就馆室。二子本素相识，明日并骑诣府，殷谓桓曰："吾与子逐鹿中原，未识鹿归谁手？"桓亦谓殷曰："杨柳齐作花，未知花落谁家？"相与马上大笑。俄而至门，佺期忙即传请登堂。相见毕，留入书斋叙话。见二子翩翩风度，仪貌甚都，正是不相上下。佺期曰："久慕二君英名，特邀一叙，承赐降临，不胜欣快。"二子亦谦让一回。至夜，设宴内堂，邀请入席。二子徐步而入，见堂上灯彩辉煌，阶前笙歌并奏。正中二席，请二子上坐，佺期主席相陪。琼玉垂帘以观，侍女见者无不啧啧称羡。

宴罢，二子告退，佺期进谓女曰："殷、桓并佳，儿以为孰可，不妨直说。"琼玉曰："二子文雅相仿，未识武艺若何。明日儿欲带领女兵，随父同往教场操演，使二子各呈其能，方定去取。"佺期正欲夸耀其女武艺，闻言大喜，便即传令三军，明晨齐集教场演武。差人到殷、桓两处，请他共观。二子闻女自往比试，先得观其容貌，正中下怀，皆欣然领命。

话分两头。琼玉要往教场择配，隔夜打点已定。明日绝早起身，听见辕门外发炮三声，知父亲已往。随即上马，领了一队女兵，来至教场。其时，佺期已高坐将台，殷、桓二人旁坐于侧。将士齐列台前听令。琼玉不即上前，勒马于旗门等候。但见：

枪刀森列，密密层层；甲仗鲜明，威威武武。虎帐中三通鼓起，将士如负严霜；铃阁内一令传来，旌旗为之变色。兵演八阵，极纵横驰骤之奇；形变长蛇，多进退盘旋之势。金一声，各归队伍；旗三展，又奋干戈。右左交攻，人人争胜；东西相敌，个个当先。拍马来迎，各显平生手段；挺枪接战，共夸本事高强。大将台前，涌出一团杀气；演武场上，凝成万道寒光。正是：久练之师，不让孙吴节制；如云之众，何异貔虎成群。

琼玉此时亦看得眼花撩乱，俟诸将演罢，然后带领女兵，直到台前请令。佺期吩咐竖起一竿，竿上设一红心，先令女兵先射。于是女兵得令，无不挽弓搭箭，驰骤如飞，弓弦开处，也有中的，也有不中的。一一射毕，方是琼玉出马。你道他若何打扮：

头戴紫金冠，辉光灿灿；身穿红绣甲，彩色纷纷。耳垂八宝珠环，胸护一轮明镜。玉颜添好，闺中丰韵堪怜；柳眼生姣，马上风流可爱。娟娟玉手，高举丝鞭；怯怯纤腰，斜悬宝剑。跑一匹五花马，势若游龙；开一张百石弓，形如满月。箭无虚发，三中红心；鼓不停声，万人喝采。正是：女中豪杰，生成落雁之容；阃内将军，练就穿杨之技。

斯时，殷、桓二子坐在将台上，看见琼玉容颜绝世，武艺又高，神魂飞越，巴不得即刻结成花烛。俄而琼玉上台缴令，风流体态，益觉动人，各各看得呆了。佺期顾谓二子曰："贤契皆将家子，定通武艺，亦令老夫一观何如？"二人连声答应。麟儿自恃艺高，即起身上马，驰入教场，连发三矢，中了一箭。荆生技痒已久，随即上马开弓，连发三矢，俱中在红心上面。众人齐声喝彩。射罢上台，佺期各赞了几句，二子告退。军中打起得胜鼓，放炮起身，归至府中。父女相见。谓女曰："儿意何属？"琼玉曰："中红心者可也。"佺期知女意属于殷，遂招荆生为婿，择日成婚。桓失意而去。合卺之夕，荆生谓女曰："卿何愿归于我？"女微笑曰："以子能中红心也。"殷笑曰："今夜才中红心耳。"遂各解衣就寝。正是女貌郎才，一双两好，其得意处，不必细说。

且说麟儿回至江州，正如不第举子归家，垂头丧气。玄见婚姻不就，且怒且惧，谓卞范之曰："佺期不就吾婚，此亦小事，但荆、雍相结，必有图我之意，不可不防。敢问若何制之？"范之曰："江州地隘民穷，兵食不足，此时先宜厚结执政，求广所统，地大则兵强。虽殷、杨交攻，御之有余矣。"玄从之，上表求广所统。时执政者正恶三人结党为患，欲从中交构，使之自相攻击，乃加玄都督荆州四郡军事。又夺杨广南蛮校尉之职，以授桓伟。佺期闻之大怒，嘱广不要受代，勒兵建牙，欲与仲堪共击桓玄。仲堪志图宁静，因迁广为宜都太守，使让桓伟，力止佺期罢兵。

是岁，荆州大水，平地数丈，田禾尽没，饥民满道。仲堪竭仓廪赈之，军食尽耗。参军罗企生谏曰："救荒诚急，但军无现粮，一旦有急，将何以济？"仲堪不听。玄闻之喜曰："此天亡之也，取之正在今日。"乃勒兵西上，闻巴陵有积谷，袭而据之，以断荆州粮运。仲堪闻玄起兵，执其兄桓伟，使作书与玄，劝其罢兵，辞甚苦至。玄曰："仲堪为人无决，常怀成败之计，为儿女作虑，必不敢害我兄也。"兵自西上不止。仲堪因帅水军七千，拒玄于西江口，一战大败。时城中乏食，以胡麻给军士，故兵无斗志。玄遂乘胜，直至零口，去江陵十里。仲堪惶急，求援于佺期。佺期曰："江陵无粮，何以待敌？可来就我，共守襄阳。"仲堪志在全军保境，乃诈谓佺期曰："比来收集，已有粮矣。"佺期信之，留其女琼玉守襄阳，荆生随往，率精骑八千来援。及至江陵，仲堪一无犒赉，唯以麦饭饷军。佺期大怒曰："殷侯误我，今兹败矣！"遂不见仲堪，遽自披甲上马，出城讨战。玄将郭铨拍马相迎，那里是佺期敌手，战数合，败而走。玄畏其勇，退军马头，坚壁不出。桓谦、桓振进曰："来军方忧无食，若运襄阳之粟以济其乏，胜负未可知矣。请给精骑三千，分伏左右。交战时，大军佯退，佺期有勇无谋，必长驱直进。吾等从旁击之，彼师必败。佺期之首，可枭于麾下。"玄从之，遂进战，兵交即退，佺期以为走也，引兵直前，两伏齐起，左右夹攻，玄回军复战，襄阳兵大败。佺期见势急，夺路走，桓谦射中其马，马蹶堕地，遂为谦杀。杨广单骑奔襄阳。仲堪闻佺期死，大惧，将数百人弃城走。玄将冯该追及之，众散被杀。

先是仲堪之走也，文武官吏无一送者，唯罗企生从之。路过家门，弟遵生邀之曰："作如此分离，何不一执手？"企生回马授手。遵生有勇力，便牵其手下马，谓曰："家有老母，去将何之？"企生挥泪曰："今日之事，我必死之，汝等奉养，不失子道。一门之内，有忠有孝，亦复何恨！"遵生抱之愈急。仲堪于路待之，企生遥呼曰："生死是同，愿少见待。"仲堪见企生无脱理，策马而去。及玄入荆州，诛仲堪一家，士大夫畏其威，无不诣者。企生独不往，而殡殓仲堪眷属。玄遣人谓之曰："若谢我，当释汝。"企生曰："吾为荆州吏，荆州败，不能救，死已晚矣，尚何谢为？"玄乃收之，临刑，引企生于前曰："吾待子前情不薄，何以见负？今者死矣，欲何言乎？"企生曰："使君既兴晋阳之甲，军次寻阳，并奉王命，各还所镇。升坛盟誓，口血未干，而旋相屠灭。自伤力劣，不能救主于危，吾负殷侯，非负使君。但文帝杀嵇康，其子嵇绍为晋忠臣，从公乞一弟以养母。言毕于此，他何云云。"玄乃杀之，而赦其弟。

却说杨广逃至襄阳，泣谓琼玉曰："兄死战场，全军尽没，汝夫家尽遭杀害。襄阳孤城，恐不能守，奈何？"琼玉一闻此信，惊得魂飞天外，哭倒于地。忽报桓谦领大兵数万，来取襄阳，将次到城。杨广忙即上城守护。琼玉咬牙切齿，誓不与桓俱生，随即披甲上骑，率领军士五百，女兵百人，出城迎敌。桓谦乘破竹之势，长驱而来，只道襄阳守将非降即逃，莫敢相抗，将近城池，却有一女将拦路，便排开阵势，出马问曰："女将何名？"琼玉答曰："吾乃杨使君之女琼玉是也。桓贼杀我父、夫，恨不食其肉，寝其皮。汝何人，敢来送死耶？"谦怒曰："汝一女子，死在目前，尚敢摇唇鼓舌！"喝使副将擒之。琼玉直趋副将，手起一刀，斩于马下。谦大怒，挺枪便刺。琼玉架开枪，举刀便砍，狠战数合。琼玉力怯。回马而走。谦喝道："那里去！"纵马追下。琼玉取出一箭，回身射来，谦急闪避，已中左臂。遂退不追。琼玉入城，广迎谓之曰："侄女虽勇，但来军甚锐，只宜坚守，切勿轻敌。"琼玉含泪归府。

却说桓谦虽中一箭，幸甲厚不至深伤。明日，大军齐至城下，四面攻击，自早至午，城不能克。乃退军十里，便命军中连夜造云梯百架，限在天晓取城。时交五鼓，兵衔枚，马摘铃，直抵城下。架起云梯，挥众蚁附而登。杨广知有兵至，正立城上率众迎拒，忽一流矢飞来，贯胸而死。军士大乱，谦遂破关而入。琼玉闻城破，急领女兵挺刃出门。府前士马纵横，皆是桓家旗号，不得出，遂挟女兵登屋，以箭射之，进者辄死。众不敢前。及明矢尽，下屋力战，左右皆死，遂拔剑自刎而亡。桓谦重其义，厚殓之。

桓玄既吞江陵，复并襄阳，奏凯京师，诏加都督荆、雍等七州军事。志犹未厌，仍请江州，诏亦与之，自是统据八郡。自谓有晋国三分之二，遂萌异志，擅改制度，上斥国政，凡所陈奏，语多不逊。朝廷忧其朝夕为乱，然亦无如之何。

却说庾楷本一反覆之徒，前投桓玄，玄仅以南昌太守处之，郁郁不乐。至是玄令镇于夏口，楷意不满，复欲败玄，遣使致书元显曰："玄在荆州，大失物情，众不为用。若朝廷遣将来讨，楷当内应，以覆其军。”元显得书，谓张法顺曰：“玄可图乎？”法顺曰：“玄承籍世资，少有豪气，既并殷、杨，专有荆州，兵日强盛，纵其奸凶，必为国祸，今乘其初得荆州，人情未附，使刘牢之为先锋，大军继之。庾楷反于内，朝廷攻于外，玄之首可枭也。”元显然之，使法顺报于牢之，牢之以为难。法顺还，谓元显曰：“观牢之言色，必有二心。不如召入杀之，以杜后患。”元显曰：“我方倚以灭玄，乌可先事诛之？且牢之与玄有仇，不我叛也。”乃于元兴元年正月，下诏罪玄。发京旅一万为中军，命牢之帅北府之众为前锋，大治战舰，刻期进发。

玄闻朝廷讨己，大惊，欲为自守之计，完聚众力，专保江陵。卞范之曰：“明公英威震于远近，远显口尚乳臭，刘牢之大失军心，若起兵进临近畿，示以祸福，土崩之势可翘足而待，何有延敌入境而自取穷蹙乎？”玄从之，乃留桓伟守江陵，抗表传檄，罪状元显，举兵东下。斯时，犹惧不克，常为西还之计。及过寻阳，不见有兵，心始喜，将士之气亦振。庾楷专待官军一到，使为内应。适有奴婢私相苟合，楷撞见之，欲治其罪。其奴逃至玄所，发其谋，玄遂收楷斩之。丁卯，玄至姑孰，遣大将冯该进兵攻历阳，守将司马休之出战而败，弃城走。又司马尚之以步卒九千，屯于横江，其将杨秋以偏师降玄，尚之众溃，为玄所执。

元显闻两路兵败，大惧，所仗者唯牢之，屡催进战，不应。原来牢之自诛王恭以后，谓功名莫出其右，而元显遇之不加礼。既为军锋，数诣元显门不得见，因是怨之。又恐玄既灭，己之功名益盛，不为所容，故欲假玄以除执政，复伺玄隙而取之，按兵不动，存一坐观成败之意。

斯时，玄虽屡胜，犹惧牢之，不敢遽犯京阙。卞范之曰：“吾观牢之拥劲兵数万，军于溧州，而徘徊不进者，其心必二于元显。若卑礼厚币以结之，与之连和，取元显如拾芥矣。”玄从其计，因问谁堪往者。有从事何穆，与牢之有旧，请往说之。玄乃使穆潜往，而至书于牢之曰：

> 自古戴震主之威，挟不赏之功，而能自全者谁耶？越之文种，秦之白起，汉之韩信，皆事明主，为之尽力，功成之日，犹不免诛夷。况为凶愚者用乎？君如今日战胜则倾宗，战败则覆族。欲以此安归乎？不若翻然改图，则可以长享富贵矣。古人射钩斩袪，犹不害为辅佐，况玄与君无宿昔之怨乎！

牢之见书不语。穆曰："桓之遣仆来者，实布腹心于君，事成共享其福，君何疑焉？"牢之遂许与和。刘裕、何无忌切谏，牢之不听。敬宣亦谏曰："国家衰危，天下之重，在大人与玄。玄借父叔之资，据有全楚，已割晋国三分之二。一朝纵之，使陵朝廷，威望既成，恐难图也。董卓之变，将在今矣。"牢之怒曰："我岂不知今日取桓如反掌？但平桓之后，令我奈骠骑何？"遂遣敬宣诣桓请和。玄闻敬宣至，大开辕门，出营相接，深自谦抑。宴饮之次，陈名画观之，谓敬宣曰："归语尊公，事成之日，朝政悉以相付，吾当仍守外藩也。"敬宣拜辞，玄送出辕门，珍重而别。或问玄曰："公何敬之若此？"玄曰："牢之已在吾掌中矣，不如此不足坚其意也。"敬宣归述玄言，牢之大喜，退兵班渎。

玄闻牢之退，引军直趋新亭。元显见之失色，弃船就岸，陈师宣阳门外。继知牢之叛己，益惧，欲还宫自守。师方动，玄之前驱已至。拔兵随后，大呼曰："放仗，京旅皆溃。"元显单骑走，驰至东府，见道子曰："养兵数载，竟无一人拒敌者，奈何？"父子相抱大哭。俄而兵至，皆束手就缚。元显执至新亭，玄立之舫前而数之曰："乳臭小子，何不自揣，而妄欲图我！"元显曰："为张法顺所误耳。"壬申，玄入京师，百官拜迎于道。诏加玄大丞相，总百揆，都督中外诸军事。以桓伟为荆州刺史，桓谦为尚书左仆射，桓修为徐、兖二州刺史，镇京口。余皆居职如故。赐道子死，斩元显、谯王尚之、张法顺等于市。由于大权一归于玄，内外莫不畏服。

且说牢之退兵以来，物情大去，威望顿减，心甚悔之。一日诏下，以牢之为会稽内史，大惧曰："始尔便夺我兵，祸其至矣。"时敬宣在京，玄恐牢之不受命，使归谕之。敬宣归，谓其父曰："桓玄志不可测，深忌大人功名，必不见容。为之奈何？"牢之曰："吾受其愚矣。今且据江北以图事，汝往京口速取眷属以来。"敬宣受命而去。牢之日夜忧疑，谓刘裕曰："前日不听子言，悔之无及。今事急，意欲就高雅之于广陵，举兵以匡社稷，卿能从我行乎？"裕曰："将军以劲卒数万，望风降服，彼新得志，威振天下，朝野人情，皆已去矣。广陵岂足成事耶？裕当返服还京口，不能从公行也。"牢之默然。裕退，无忌问曰："我将何之？"裕曰："吾观镇北必不免，卿何与之俱死？"可随我还京口，徐观时势。桓玄若守臣节，当与卿事之。不然，当与卿图之。"无忌曰："善。"二人遂不告而去。牢之知裕与无忌去，恐军心有变，乃大集僚佐，告之曰："桓玄志图篡逆，吾将勒兵渡江，就此举事。愿与诸君共此功名。"一座愕然。参军刘袭曰："事之不可者，莫大于反。将军往年反王兖州，近日反司马郎君，今又反桓公，一人三反，何以自立？"语毕趋出。佐吏多散走。牢之不能禁。又敬宣失期不至，军中讹言事泄已被害。牢之益惶急，乃率部曲北走。军士随路奔散，至新州，仅存亲卒数人。牢之知不免，仰天叹曰："吾亦无颜渡江矣！"遂缢而死。后人有诗悼之曰：

江北江南无路投，大军百万丧荒陬。
当时若把桓玄灭，北府勋名孰与侔？

却说敬宣迎了眷属，回至班渎，师已北走，随即赶往，行未廿里，只见一人飞骑而来，乃是牢之随身亲卒。见了敬宣，大哭曰："三军尽散，将军已经自缢。闻朝廷遣将，又来拿捉家属。公子速投江北，避难要紧。”敬宣一闻此信，魂胆俱丧，也顾不得奔丧之事，星夜渡江，往广陵进发，幸得关口尚无拿获移文，于路无阻。一日，到了广陵，向高雅之哭诉前事，俗图报复。雅之曰：“若要复仇，必然厚集兵力，徒恃广陵之众，恐不足以济事。现在北府旧将，在北者甚多，多约之举事。”于是遣使四方，广招同志，一时从之者，有刘轨、刘寿、司马休之、袁虔之、高长庆、郭恭等。皆至广陵，推敬宣为盟主，共据山阳，相与起兵讨玄。消息传入京师，玄闻之怒曰：“鼠辈敢尔！”便命大将郭铨起兵一万，带领勇将数员，浩浩荡荡，飞奔而来。斯时山阳军旅未备，虽有数千人马，半皆乌合。

未识何以拒之，且听下回分解。

第四卷

京口镇群雄聚义　建康城伪主潜逃

话说刘敬宣占据山阳，聚众方图报复，闻有大军来讨，忙同众人整顿人马迎敌。无如兵未素练，人无斗志，战阵方合，四散奔走，进不能战，退不能守，只得弃城而逃。于是敬宣、休之、刘轨奔燕，高雅之、袁虔之等奔秦，今且按下不表。

却说何无忌闻牢之自缢，敬宣出奔，不胜感悼，谓裕曰："北府旧将，半遭杀戮，吾侪恐终不免，奈何？"裕曰："无害。玄方矫情饰诈，必将复用吾辈，子姑待之。"俄而桓修镇丹徒，引裕为参军，何无忌为从事。二人皆就其职。一日，修入朝，裕与无忌随往。玄见裕，谓王谧曰："刘裕风骨不凡，盖人杰也。"谧曰："公欲平天下，非裕莫可任者。"玄曰："然。"因屡召入宴，以示亲密。玄妻刘氏有智鉴，谓玄曰："刘裕龙行虎步，视瞻不凡，恐终不为人下，宜早除之。"玄曰："我方平荡中原，非裕莫济。俟关陇平定，然后议之未晚。"时玄已封楚王，用天子礼乐，妃为王后，子为太子。殷仲文、卞范之阴撰九锡册命等文，朝臣争相劝进。桓谦私问裕曰："楚王勋德隆重，朝野之情，咸谓宜代晋祚，卿以为何如？"裕曰："楚王，宣武之子，勋德盖世。晋室微弱，民望久移，乘运禅代，有何不可！"

谦喜曰："卿谓之可即可耳。"谦以裕言告玄，玄亦喜。因诈言钱塘临平湖开，江州甘露降，使百僚集贺，为受命之符。又以前世禅代，皆有高隐之士，耻于当时独无，乃求得西朝隐士皇甫谧六世孙，名希之，给其资用，使隐居山林。屡加征召不至，诏旌其间，号曰"高士"。时人谓之"充隐"。

元兴二年十二月丁丑，群臣入朝，请帝临轩，手书禅诏，遣司徒王谧奉玺绶禅位于楚。帝即避位，逊居雍安宫。百官诣楚王府朝贺。庚寅朔，筑坛于九里山北，即皇帝位，建号大楚，改元雍始。玄入建康宫，将登御座，而床忽陷。群下失色，玄亦愕然，殷仲文趋进曰："将由圣德高厚，地不能载。"玄大悦，追尊父温为宣武皇帝，母司马氏为宣武皇后。以祖彝而上，名位不显，不复追尊立庙。或谏之，不听。卞承之曰："宗庙之祭，上不及祖，有以知楚德之不长矣。"

玄自即位，心常不自安。一夜，风雨大作，江涛拥入石头，平地水数丈。人户漂流，喧哗震天。玄闻之惧曰："奴辈作矣！"后知江水发，乃安。性复贪鄙，闻朝士有法书名画，必假樗蒲得之。玩弄珠玉，刻不离手。主者奏事，或一字谬误，必加纠摘，以示聪明。制作纷纭，朝换夕改，人无所从。当是时，三吴大饥，户口减半，会稽郡死者什三四。临海、永嘉等县，人民饿死殆尽。富室衣罗纨，怀金玉，闭门相守饿死，而玄不加恤。更缮宫室，土木并兴，督迫严促。由是中外失望，朝野骚然。秘书监王元德同弟仲德，一日来见裕曰："自古革命，诚非一族。然今之起者，恐不足以成大事。异日安天下者，必君也。"裕久有建义意，因答曰："此言吾何敢当？倘有事变，愿同协力。"仲德曰："吾兄弟岂肯助逆者哉？君如有命，定效驰驱。"于是密相订约而去。

时桓弘镇青州，遣主簿孟昶至建康，玄见而悦之，谓参军刘迈曰："吾于素士中得一尚书郎，与卿共乡里，曾相识否？"迈问："何人？"曰："孟昶。"迈素与昶不睦，对曰："臣在京口，惟闻其父子纷纭，更相赠诗耳。”玄笑而止。昶闻而恨之。桓修将还镇，裕当共返，托以金创疾动，不能乘骑，乃与无忌同船共载，密定匡复之计。既至京口，会孟昶还家，亦来候裕。裕谓之曰：“草间当有英雄起，卿闻之乎？”昶曰：“今日英雄有谁？正当是卿耳。”裕大笑，相与共定大计。密结义勇，一时同志者，有刘毅、魏咏之、诸葛长民、檀凭之、王元德、王仲德、辛扈兴、童厚之、毅兄迈、裕弟道规等二十七人，愿从者百有余人，皆推裕为盟主。裕乃命孟昶曰：“吾弟道规为桓弘参军，卿为主簿，可在青州举事。吾使希乐共往助之，杀弘收兵，据广陵。”希乐，刘毅字也。又谓魏咏之曰：“长民为刁逵参军，卿往助之，杀逵收兵，据历阳。”谓辛扈兴、童厚之曰：“卿二人速往京师，助刘迈、王元德兄弟，临时为内应。吾与无忌在京口，杀桓修，收兵讨玄。”约定同日齐发，不可迟误。众人受命，分头而往。

且说孟昶妻周氏，富于财，贤而有智。昶归语其妻曰：“刘迈毁我于桓公，使我一生沦陷，我决当作贼，卿幸早自离绝，脱得富贵，相迎不晚也。”周氏曰：“君父母在堂，欲建非常之业，岂妇人所当止。事若不成，当于牢狱中奉养舅姑，义无归志也。”昶怆然久之而起，周氏追昶还坐，曰：“观君作事，非谋及妇人者，不过欲得财物耳。”因指怀中儿示之曰：“此儿可卖，亦当不惜，况财物乎？”昶曰：“果如卿言，此时济用颇紧，若无所措。”妻乃倾囊与之。昶弟顗，其妇即周氏之妹，周氏诈谓之曰：“昨夜梦殊不详，门内绛色物，悉取以来为厌胜之具。”其妹与之，遂尽缝以为战士袍。又何无忌将举事，恐家人知之，夜于屏风后作檄文。其母刘氏，牢之姊也。登高处密窥之，知讨桓玄，大喜，呼而谓之曰：“吾不及东海吕母明矣，汝能为此，吾复何恨！”问所写同谋者何人，曰：“刘裕。”母益喜，为言玄必败，裕必成，无忌气益壮。

乙卯，裕及无忌托言出猎，收合徒众百余人。诘旦，京口城门开，无忌着传诏服，称敕使居前，徒众随之而入。桓修方坐堂上，无忌突至堂阶，称有密事欲白，乞屏退左右。修挥左右退，问何语。无忌出其不意，拔剑斩之，大呼，徒众并至，挺刃乱击，左右皆惊窜，遂持其首诣裕。裕大喜，以首号令城上。时司马刁弘闻变，率文武官吏来攻裕。裕登城谓之曰："郭江州已奉乘舆反正于寻阳，我等并受密诏，诛除逆党，今日贼玄之首，已枭于大航矣。诸君非大晋之臣乎？尚欲助逆耶？"众信之，一时并散，遂杀刁弘。

当是时，义旗初建，百务纷如。裕问无忌曰："此时急须一主簿，何由得之？"无忌曰："无过刘穆之。"裕曰："然，非此人不可。"遂驰信召焉。原来穆之世居京口，为人多闻强记，能五官并用，不爽一事。曾为琅琊府主簿，弃官归。是夜，梦与裕乘大风泛海，惊涛骇浪，舟行如驶。俯视船旁，有二白龙夹船以行。既而至一山，山峰耸秀，树木葱茏。携手而登，其上皆瑶台璇室，有玉女数人，向裕迎拜。裕上坐，己旁坐，闻呼进宴，佳肴异馔，罗列满前，皆非人世间味，及觉，口中若有余香，心甚异之。晨起，闻京口有喧噪声，出陌头观望，直视不言者久之。返室，命家人坏布裳为袴，而裕使适至，遂往见裕。裕曰："始举大义，方造艰难，须一军吏甚急。卿谓谁堪其任？"穆之曰："仓猝之际，当无逾于仆者。"裕笑曰："卿能自屈，吾事济矣。"即于座上署为主簿。

话分两头。是日，孟昶在青州劝桓弘出猎，弘许之。天未明，开门出猎人，昶与刘毅、道规帅壮士数十人，乘间直入。弘方啖粥，见毅等至，放箸欲起，道规直前斩之。左右大乱，击杀数人，方止。毅持其首，出徇于众曰："奉诏诛逆党，违者立死！"军士披甲欲战，道规摇首止之曰："朝廷大军旋至，卿等勿同族灭。"青州军士素畏服道规，遂散走。乃留道规守广陵，收众过江，与裕军合。

丁巳，裕率二州之众一千七百人军于竹里，移檄远近，共讨桓玄。玄闻京口难作，怒曰："无端草贼，速击杀之。"继问首谋者何人，左右曰："刘裕。"不觉失色，又问其次，曰："刘毅、何无忌。"

恐惧殊甚。左右曰："裕等乌合微弱，势必无成，陛下何虑之深？"玄曰："刘裕足为一世之雄，刘毅家无担石之储，樗蒲一掷百万，何无忌酷似其舅，共举大事，何谓无成？"乃命桓谦为征讨大都督，屯军于覆舟山待之，戒勿轻进。

却说王元德等探得外已举事，谋俟京旅出征，夜伏壮士于关内，纵火烧其宫室，乘乱攻之，可以杀玄。刘迈狐疑不敢发，事泄，迈及元德、扈兴、厚之皆死，仲德逃免。桓谦请进兵击裕，玄曰："彼兵锐甚，计出万死，若有蹉跌，则彼气成，吾事去矣。彼空行二百里无所得，锐气已挫，忽见大军，必相惊愕。我按兵坚阵，勿与交锋，彼求战不得，自然散走。此策之上也。"谦曰："贼兵初起，扑之易灭。缓则养成其势，图之转难矣。宜急击勿失。"玄不得已从之，乃遣左卫将军吴甫之、右卫将军皇甫敷，引兵相继北上。二人皆玄之勇将，素号万人敌者，故用为军锋。

却说甫之进至江乘，与裕军相遇。甫之兵多裕数倍，甲骑连营，干戈耀日，裕众皆恐。裕曰："今日之战，有进无退，成败在此一决。诸君勉之。"乃身先士卒，手执长刀，大呼以冲之。敌皆披靡。甫之迎战，裕突至马前，甫之方举刀，头已落地。西军争奋，东军大败。皇甫敷闻前军失利，分兵作两路来援。裕与檀凭之亦分兵御之。凭之冲入敌军，奋力乱砍。一将从旁之，中其要害，大叫一声而死。军少却。裕见事急，进战弥厉。敷合两军夹攻，围之数重。裕战久刀折，见路旁一大树，遂拔以挺战。敷喝曰："刘寄奴，汝欲作何死！"援戟刺之，刃不及者数寸。裕瞋目叱之，敷觉眼前似有一道红光冲来，人马辟易。其时无忌率众杀入，不见裕，问裕何在。军士指曰："在兵厚处。"乃直透重围救之。射敷，中其额，敷踣于地。裕弃树取刀，向前砍之。敷将死，谓裕曰："君有天命，愿以子孙为托。"遂斩其首。众见主将死，皆乱窜。裕大呼曰："降者勿杀！"于是降者过半。获其资粮甲胄无数。裕归营，抚凭之尸而哭之。先是，义旗初建，有善相者，相众人皆大贵，其应甚近，独相凭之不贵。裕私谓无忌曰：“吾徒既为同事，理无偏异，凭之不应独贱。”深不解相者之言。至是，凭之战没，裕悲其死，而知大事必成。乃以孟昶为长史，守京口，尽合其众，往建康进发。

玄闻二将死，大惧，问群臣曰：“吾其败乎？”吏部郎曹靖之对曰：“民怨神怒，臣实惧焉。”玄曰：“民怨有之，神何怒焉？”对曰：“晋氏宗庙，飘泊江滨。兴楚之际，上不及祖，神焉得无怒！”玄曰：“卿何不谏？”对曰：“辇上君子，皆以为尧舜之世，臣何敢言？”玄默然。

时敌信日急，玄悉起京师劲旅，付桓谦将之。使何澹之一军屯东陵，卞承之一军屯覆舟山会，众合三万。庾颐之率精卒一万，为左右救援。乙未，裕军至覆舟山东，先使羸弱登山，张旗帜为疑兵，布满山谷，使敌人望之，不测多少。诘旦，传餐毕，悉弃资粮，与刘毅分兵为数队，进突敌阵。裕与毅以身先之，将士皆殊死战，无不一当百，呼声动天地。时东北风急，裕乘风纵火，烟焰弥天，鼓噪之音，震动京阙。桓谦股栗，诸将不知所为。又颐之所将多北府人，素畏服裕，见裕临阵，毕不战而走，军遂大溃。先是，玄惧不胜，走意已决。潜令殷仲文具舟石头，而轻舸载服玩书画。仲文问其故，玄曰：“兵凶战危，脱有意外之变，当使轻而易运。”及闻大军一败，率亲卒数千人，声言赴战，上挟乘舆，下带家室，出南掖门以走。胡藩执马鞚谏曰：“今羽林射手尚有八百，皆是精锐。且西人受累世之恩，不驱一战，一旦舍此，欲安之乎？”玄不答，鞭马急奔，西趋石头，与仲文等浮江南走。

斯时，京中无主，百官开门迎裕。裕乃整旅入建康，下令军士不许扰及民间，百姓安堵如故。庚申，屯石头城，立留台百官，焚桓温神主于正阳门外，尽诛其宗族之在建康者。一面遣诸将追玄，一面命臧熹入宫，收图籍器物，封闭府库。有金饰乐器一具，裕问熹曰：

“卿欲此乎？”熹正色对曰：“皇上幽逼，播越非所，将军首建大义，勤劳王家，熹虽不肖，实无情于乐。”裕笑曰：“聊以戏卿耳。”壬申，群臣推裕领扬州，裕感王谧恩，使领扬州报之。于是推裕为大将军，都督扬、徐、兖、豫、青、冀、幽、并八州军事。以刘毅为青州刺史，何无忌为琅琊内史，孟昶为丹阳尹，诸大处分，皆委于穆之，仓猝立定，无不毕具。穆之谓裕曰：“晋自隆安以来，政事宽弛，纲纪不立，豪族陵纵，小民穷蹙。元显政令违舛，桓玄科条繁细，皆失为治之道。公欲治天下，非力矫从前之失不可。”裕乃躬行节俭，以身范物。内外百官皆肃然奉职。不盈旬日，风俗顿改。一日，长民槛送刁逵至京，报豫州已平，裕大喜。原来长民、魏咏之，本约在历阳举事，为刁逵所觉，收兵到门，咏之走脱，长民被执，囚送建康。行至当利而玄败，送入破槛出之，长民结众还袭豫州，遂执刁逵以献。裕怒斩之，及其子侄无少长皆弃市，以报昔日之辱。后人有诗叹之曰：

王谧为公刁氏族，平生恩怨别秋毫。
回思雍齿封侯事，大度千秋仰汉高。

却说刘敬宣逃奔南燕，燕主慕容德待之甚厚。敬宣素晓天文，一夜仰瞻星象，谓休之曰：“晋将复兴，此地终为晋有。”乃结青州大姓，谋据南燕。推休之为主，克日垂发。时刘轨为燕司空，大被委任，不欲叛燕，遂发其谋。敬宣、休之知事泄，连夜急走，仅而得免。逃至淮、泗间，尚未知南朝消息。敬宣夜得一兆，梦见丸土而吞之，觉而喜曰：“丸者桓也。桓既吞矣，吾复本土乎？”俄而，裕自京师以手书召之。敬宣接书，示左右曰：“刘寄奴果不我负也！”便与休之驰还。即至建康，裕接入，大喜，谓敬宣曰：“今者卿归，不唯济国难，兼当报父仇也。”敬宣泣而受命。裕乃以敬宣为晋陵太守，休之为荆州刺史。

且说桓玄奔至寻阳，郭昶之给其器用兵力，军旅少振，及闻何无忌、刘毅、刘道规三将来追，留何澹之守湓口，而挟帝西上。至江陵，桓石以兵迎之。玄入城，更署置百官，以卞范之为尚书仆射，专事威猛，摄服群下。殷仲文微言不可。玄怒曰："今以诸将失律，还都旧楚，而群小纷纷，忘兴异议。方当纠之以猛，未可施之以宽也。"

时荆、江诸郡闻玄败归，有上表奔问起居者，玄皆却之，令群下贺迁新都。时无忌等已至桑落州，何澹之引舟师迎战。澹之常所乘舫，羽仪旗帜甚盛。无忌欲攻之，众曰："贼师必不在此，特诈我耳，攻之无益。"无忌曰："不然。今众寡不敌，战无全胜。澹之既不居此，舫中守卫必弱。我以锐兵进攻，必得之。得之，则彼势败而我气倍。因而薄之，破贼必矣。"道规曰："善。"遂往攻之，果得其舫，传呼曰："已获何澹之矣！"西军皆惊惧扰乱，东军乘之，斩获无数。澹之走免。遂克湓口，进据寻阳。是役也，胡藩所乘舟为东军所烧，藩带甲入水，潜行水底数百步，乃得登岸。欲还江陵，路绝不得通，乃奔豫章。裕闻而召之，遂降于裕。玄闻何澹之败，大惧，谋欲出兵拒之。乃以大将苻宏领梁州兵为前锋，大军继进。

当是时，玄重设赏格，招集荆州人马，曾未三旬，有众数万，楼船器械俱备，军势甚盛。而东军兵不满万，颇惮之，议欲退保寻阳，再图后举。道规曰："不可。彼众我寡，今若畏懦不进，必为所乘。虽至寻阳，岂能自固？玄虽窃名雄豪，内实恇怯。加之已经奔败，众无固心。决机两阵，将勇者胜，不在众也。"说罢，披甲而出，麾众先进，矢石并发，西军皆闭舫户以避。诸将鼓勇从之，直出军后，纵火烧其辎重，西师大败。玄乘轻舸，西走江陵，郭铨临阵降毅。殷仲文已随玄走，半路而还，因迎何皇后及王皇后于巴陵，奉之至京。裕赦其罪不问。

再说玄至江陵，计点军士，散亡殆尽。而有嬖童丁仙期，美风姿，性柔婉，玄最亲昵，与之常同卧起。即朝臣论事，宾客宴集，时刻不离左右。食有佳味，必分甘与之。其时战败失散，玄思之涕泣不食，遣人寻觅，络绎载道，及归大喜，抚其背曰："三军可弃，卿不可弃也。"将士闻之，皆怒曰："吾等之命不及一嬖童，奚尽力为！"于是众志益离。冯该劝玄勒兵更战，玄不从。

时桓希镇守汉中，有兵数万，玄欲往汉中就之，而人情乖阻，号令不行。夜中处分欲发，城内已乱，急与腹心数百人，乘马西走。行至城门，或从暗中斫之，不中。其徒更相杀害，前后交横，仅得至船。左右皆散，从者不满百人。恐有他变，急令进发。犹幸后无追师，船行无碍。

一日，正行之次，忽有战船百号，蔽江而来。船上枪刀林立，旗号云屯。大船头上，立一少年将军，白铠银甲，手执令旗一面。旁立偏将数员，皆关西大汉。舟行相近，来将大喝曰："来者何船？"船上答曰："楚帝御舟。"说犹未了，来将把旗一挥，左右战舰一齐围裹上来，箭弩交加，矢下如雨。玄大惊，忙令退避，水手已被射倒，舱中已射死数人。丁仙期以身蔽玄，身中数箭而死。来将跳过船来，持刀向玄，玄曰："汝何人，敢杀天子？"来将曰："我杀天子之贼耳！"玄拔头上玉导示之曰："免吾，与汝玉导。"来将曰："杀汝，玉导焉往？"遂斩之。悉诛其家属。

但未识杀玄者何人，且听后文再述。

第五卷

扶晋室四方悦服　伐燕邦一举荡平

话说杀桓玄者，乃是益州刺史毛璩之侄毛祐之。方玄篡位，曾遣使益州，加璩为左将军。璩不受命，传檄远近，列玄罪状。及闻刘裕克复京师，遣其侄祐之率兵三千，进趋江陵，以绝玄之归路。事有凑巧，恰好与玄相遇，遂击杀之。于是传首江陵，收兵而返。荆州太守王腾之，乃改府署为行宫，奉帝居之，以玄首驰送东军。无忌等大喜，以为贼首既除，大事已定，军心渐懈。又遇风阻，浃旬未至江陵。

那知桓玄虽死，诸桓各窜。桓谦匿沮泽中，桓振匿华容浦，各集余党，伺隙而动。探得东军未至，城内无备，乘夜来袭，逆党在内者从而应之，斩关而入，江陵复陷，王腾之等皆遇害。桓振见帝于行宫，跃马横戈，直至阶下，瞋目向帝曰："臣门户何负国家，而屠灭若是？"帝弟德文下座谓曰："此岂我兄弟意耶？"振欲杀帝，桓谦若止之，乃下马敛容，再拜而出。明日，遂奉玺绶还帝曰："主上法尧禅舜，今楚祚不终，复归于晋矣。"复晋年号。振为都督大将军、荆州刺史，谦为侍中、左卫将军。招集旧旅，附者四应。无忌等闻江陵复陷，大怒，星夜进兵，攻桓谦于马头，破之，欲乘胜势，即趋江陵。道规止之曰："兵法屈伸有时，不可轻进。诸桓世居西楚，群小竭力，桓振勇冠三军，难与争锋。今桓谦败，彼益致死于我，未易克也。且暂息兵养锐，徐以计策縻之，庶无一失。"无忌曰："残冠遗孽，一举可荡，君何怯焉？"遂进兵。桓振逆战于灵溪，分兵为左右翼，中军严守不动。及战急，亲率敢死士八百，从中冲出。忽下马，各执短刀奋砍。东军不能支，遂大败，死者千余人。无忌等仍退保寻阳，上笺请罪。

先是，裕命敬宣为诸军后援，敬宣缮甲治兵，聚粮蓄财，日夜不怠。故无忌等虽败退，赖以复振。停兵数旬，复自寻阳西上。至夏口，有兵守险不得前。时振遣其将冯该扼东岸，孟山图据鲁山城，桓仙客守偃月垒，众合万人，水陆相援。毅与道规分兵向之：毅攻鲁山城，道规攻偃月垒，无忌以中军遏于中流。自辰至午，二城皆溃，生擒山图、仙客，进薄东岸，冯该之师亦溃。先是，毅恐江陵难下，致书于南阳太守鲁宗之曰："贼徒虽败，尚据坚城，请举南阳之兵，以袭其后。首尾共击，庶易成功。"宗之遂进兵，击冯该于柞溪，斩之。振闻宗之兵将至，谓桓谦曰："东军来攻，兄暂坚守，勿与交锋。俟吾先破南阳之兵，然后归而击之。"说罢，潜师以出。毅探得振不在城，进兵围之，昼夜攻击，将士肉薄而登。谦不能拒，遂弃城走。桓振方与宗之相持，知城中危急，急引军还救，而城已陷。宗之追击，振军亦溃逃于涢川，刘怀肃追斩之。桓谦、桓蔚、何澹之俱奔秦。于是何无忌奉帝先还，毅及道规留屯夏口，经理荆、襄。甲午，帝至建康，百官诣阙待罪，诏令复职，大赦改元，惟桓氏一族不赦，以桓冲忠于王室，特宥其一孙继后。

却说殷仲文以丧乱之后，朝廷音乐未备，言于裕，请修治之。裕曰："今不暇治，且性所不解。"仲文曰："好之自解。"裕曰："正以解则好之，故不求解耳。"仲文惭退。朝廷论建义功，进封裕为豫章郡公，毅为南平郡公，无忌为安城郡公，各领本职如故。余有功者，封赏有差。先是毅尝为北府从事，人或以雄杰许之。敬宣曰："不然。夫非常之才，自有调度，岂得便以此君为人豪耶？此君外宽而内忌，自伐而尚人，若一旦遭遇，亦当以陵上取祸耳。"毅闻而恨之。至是裕以敬宣为江州刺史，毅言于裕曰："敬宣不豫建义，猛将劳臣，方须叙报，如敬宣之比，宜令在后。若君不忘生平，正可为员外常侍耳。前日授郡，已为过优；今复命为江州，尤用骇惋。"敬宣闻而惧，固辞不就，乃迁为宣城内史。夏四月，裕请归藩，诏改授裕都督荆、司等十六州诸军事，移镇京口。

先是，桓玄受禅，王谧为司徒，亲解安帝玺绶奉于玄。及领扬州，诸臣皆以为太优，毅尤不服。一日，帝赐宴朝堂，百僚皆集，谧以重镇大臣，俨居首座。毅愤然作色曰："前逆玄倡乱，天位下移。今幸王室重兴，吾侪得为大晋之臣，不至稽首贼廷，其荣多矣。"因问谧曰："未识帝之玺绶，今在何处？"谧默然，汗流浃背，惶愧无地，勉强终席而散。归至家，郁郁以死，临殁，请解扬州之任授裕。而毅不欲裕入辅政，议以谢混代之。遣尚书皮沈，至京口告裕。沈先见刘穆之，具道朝议。穆之伪起如厕，密报裕曰："皮沈之言，不可从也。"及沈见裕，裕令且退，呼穆之问之。穆之曰："晋政久失，天命已移。明公兴复皇祚，勋高位重。今日形势，岂得居谦，常为守藩之将耶？刘、孟诸公，与公俱起布衣，共立大义以取富贵。事有前后，故一时相推，非委体心服，宿定臣主之分也。力敌势均，终相吞噬。扬州根本所系，不可假人。前者以授王谧，事出权宜。今若复以他授，便尔受制于人。一失权柄，无由可得。今朝议如此，宜相酬答，必云在我，措辞又难。唯应云'神州治本，宰辅至重。此事既大，非可悬论。便暂入朝，共尽同异'。公至京邑，彼必不敢越公而授余人矣。"裕从之，使皮沈先返，已即表请入朝。朝廷其谕其意，即征裕领扬州，录尚书事。

裕至建康，百僚无不畏服。一日，裕集群臣议曰："自古安内者必攘外。昔南燕后秦，利我有内难，侵夺我疆土。今内难虽平，而南乡等郡，尚为秦据；宿豫以北，尚为燕有。吾欲伐之，二者孰先？”朱龄石进曰：“后秦姚兴，颇慕仁义，以礼结之，其地自还。燕自慕容德亡后，子超嗣位，国内日乱，可一举灭之。此时兵力未足，宜有待也。”裕从之，遣使修好于秦，且求南乡等郡。秦王兴许之，群臣咸以为不可。兴曰：“天下之善一也。刘裕拔起细微，能讨桓玄，兴复晋室，内厘庶政，外修封疆。吾何惜数郡，不以成其美乎？”因割南乡十二郡归于晋。于是秦、晋和好，终兴之世，裕不加伐。

却说南燕主慕容德，始仕于秦，为张掖太守。母公孙氏，兄慕容纳，皆居张掖。淮南之役，德从苻坚入寇，留金刀与母别，谓母曰：“乱离之世，别易会难。母见金刀，如见儿也。”后同慕容垂举兵叛秦，秦收其兄纳及诸子，皆杀之。公孙氏以老获免，纳妻段氏方娠，系狱未决。段氏在狱，终日悲啼，一狱吏私语之曰：“夫人勿忧，吾当救汝出狱，与太夫人逃往他乡便了。”段氏曰：“尔系何人，乃能救我？”狱吏曰：“我姓呼延，名平，夫人家旧吏也。念故主之恩，愿挈家同往，以避此难。”段氏感谢。平先移家城外，接取公孙氏同往，然后乘间窃段氏出狱，逃于羌中。段氏受了惊恐，到未数日，即生一子，取名曰超。超年十岁，而公孙氏病，临卒，以金刀授超曰：“汝得东归，当以此刀还汝叔也。”超尝佩之。及姚氏代秦，平以其母子迁长安。俄而平卒，遗一女，段氏即娶为超妇。超既长，日夜思东归，恐为秦人所录，乃佯狂，行乞以自污。人皆贱之。东平公苻绍遇之途，奇其貌，询之，乃慕容超也。言于秦王兴曰：“慕容超姿干奇伟，殆非真狂。宜微加官爵以縻之，勿使逃于他国。”兴乃召见之。超呆立不跪，左右命之拜，乃拜。与之语，故为谬对，或问而不答。兴笑曰：“妍皮不裹痴骨，徒妄语耳。”乃斥不用。

一日，超行长安市中，见有卖卜者，东人口声。向之问卜，卜者问其姓名，曰：“慕容超。”卜者熟视良久，舍卜，招之僻处，问曰：

“子果慕容超耶？”曰：“然。”卜者笑曰：“吾觅子久矣，不意今日得遇。子于夜静来晤，吾有密事语子，万勿爽约。”超心讶之，别去。等至更深，来诣卜所。卜者迎门以候，见之大喜，邀入座定，乃语之曰：“吾实告子，我非卜者，乃南燕右丞吴辩也。奉燕主之命，特来访君，今既获见，便请同往，稍迟，恐有泄漏，不能脱身矣。”超因是不敢告其母、妻，辄随辩走。在路变易姓名，并无阻碍。不一日，到了燕界。地方官先行奏知。燕王德闻甚至，大喜，遣骑三百迎之。超至广固见德，以金刀献上。德见之，悲不自胜，与超相对恸哭。即封超为北海王，赐衣服车马无数。朝夕命侍左右，使参国政。盖德无子，欲以超为嗣也。越二载，德不豫，立超为太子。及卒，遗诏慕容钟、段宏为左右相，辅太子登极。

超既即位，厌为大臣所制，乃出钟、宏等于外，引用私人公孙五楼等，内参政事。尚书令封孚谏曰：“钟，国之旧臣；宏，外戚重望，正应参翼百揆。今钟等出藩，五楼在内，臣窃未安。”超不听。于是佞幸日进，刑赏任意，朝政渐乱。一日，念及母、妻，惨然下泪。五楼曰：“陛下不乐者，得毋以太后在秦，未获侍奉乎？”超曰：“然。”五楼曰：“何不通使于秦，以重赂结之，启请太后归国也？”超曰：“谁堪使者？”五楼曰：“中书令韩范与秦王有旧，若使之往，必得如志。”超乃遣范至秦，请归母、妻。秦王兴曰：“昔苻氏之败，太乐诸妓，皆入于燕。燕肯称藩送妓，或送吴口千人，乃可得也。”范归复命。超与群臣议之，段晖曰：“陛下嗣守社稷，不宜以私亲之故，辄降尊号。且太乐先代遗音，不可与也，不如掠吴口与之。”张华曰：“不可。侵掠邻邦，兵连祸结，此既能往，彼亦能来，非国家之福。陛下慈亲在念，岂可靳惜虚名，不为之降屈乎？”超乃遣范复聘于秦，称藩奉表。兴谓范曰：“朕归燕主家属必矣。然今天时尚热，当俟秋凉，然后送归。”亦令韦宗聘于燕。宗至广固，欲令燕主北面受诏。段晖曰：“大燕七圣重光，奈何一旦屈节？”超曰：“我为太后屈，愿诸卿勿复言。”遂北面拜跪如仪，复献太乐妓一百二十人于秦，秦乃还其母、妻。超帅百官，迎于马耳关。母子相见，悲喜交集。于是备法驾，具仪卫，亲自引导，迎入广固。尊母段氏为皇太后，立妻呼延氏为皇后，大赦国中。

是冬，汝水竭，河冻皆合，而渑水不冰。超问左右曰：“渑水何独不冰？”嬖臣李宣曰：“良由带京城，近日月也。”超大悦，赐朝服一具。时祀南郊，有兽突至坛前，如鼠而赤，大如马。众方惊异，须臾大风扬沙，昼晦如夜，羽仪帷幄皆裂。超惧，以问太史令成公绥。绥曰：“此由陛下信任奸佞，刑政失均所致。”超乃黜公孙五楼。俄而五楼献美女十名，皆吴人，善歌舞。超大悦，复任五楼如故。一日临朝，谓群臣曰：“南人皆善音乐，今太乐不备，吾欲掠吴儿以补其数。谁堪当此任者？”群臣莫应。斛穀提、公孙归请曰：“愿得三千骑，保为陛下掠取之。”超喜，乃命斛穀提寇晋宿豫，拔其城，大掠而去。又命公孙归进寇济南，掠取千余人以献。超简男女二千五百，付太乐教之。重赏二人。

当是时，裕蓄锐已久，本欲起师伐燕，闻之怒曰：“今不患师出无名矣。”遂抗表北伐。朝议皆以为不可，惟孟昶、臧熹以为必克，力劝裕行。裕以昶监中军留府事，遂发建康。差胡藩为先锋，王仲德、刘敬宣为左右翼，刘穆之为参谋。引舟师三万，自淮入泗。五月至下邳，留船舰辎重于后，率兵步进。所过要地，皆筑城留兵守之。或谓裕曰：“燕人若塞大岘之险，坚壁清野以待，军若深入，不唯无功，将不能自归，奈何？”裕曰：“吾虑之熟矣。彼主昏臣暗，不知远计。进利虏获，退惜禾苗。谓我孤军远入，不能持久。极其所长，不过进据临朐，退守广固而已。守险、清野之计，彼必不用。敢为诸君保之。”

却说超闻晋师至，自恃其强，全无惧意，谓群臣曰：“晋兵若果至此，当使只马不返。”段晖曰：“吴兵轻果，利在速战，不可争锋。

宜据大岘，使不得入，旷延时日，沮其锐气。然后徐简精骑三千，循海而南，绝其粮道。更命一将帅兖州之众，缘山东下，腹背击之，此上策也。各命守宰依险自固，计其资储之外，余悉荡尽。芟除禾苗，使敌无所资。军食既竭，求战不得，旬月之间，可以坐制，此中策也。纵敌入险，出城逆敌，策之下也。”超曰：“卿之下策，乃是上策。今岁星居齐，以天道推之，不战自克。客主势殊，以人事言之，胜势在我。今据五州之地，拥富庶之民，铁骑万群，麦禾蔽野，奈何芟苗徙民，行自蹶弱？不若纵使入岘，以精骑击之，何忧不捷！”桂林王慕容镇曰：“陛下必以骑兵利平地者，宜出大岘逆战，战而不胜，犹可退守。不宜自弃险固，纵之使入也。”超不从。镇出，谓段晖曰：“主上不能逆战却敌，又不肯徙民清野，酷似刘璋矣。今年国灭，吾必死之。”或以告超，超大怒，收镇下狱。

却说晋师过大岘，燕兵不出。裕坐马上，举手指天，喜形于色。左右曰：“公未见敌，何喜之甚？”裕曰：“兵已过险，士有必死之心。余粮栖亩，军无匮乏之忧，虏已入吾掌中矣。”及裕至东莞，超方遣公孙五楼、段晖，将步骑五万屯临朐，自将步骑四万为后援。裕将战，以车四千乘为两翼，方轨徐进，与燕兵战于临朐南。自早至日昃，胜负未决。胡藩言于裕曰：“燕悉兵出战，临朐城中，留守必寡。愿以奇兵从间道取其城，此韩信所以破赵也。”裕从其计，遣藩引兵五千，从小路抄出燕军之后，进攻临朐。兵至城下，城中果无备。副将向弥擐甲先登，大呼曰：“轻兵十万，从海道至矣！”军士随之而上，守城兵皆溃，遂克之。

时燕军方与晋师交战，胜负未决，一闻临朐已失，众心皆乱。裕乘其乱，纵兵奋击，遂大胜之。斩段晖及大将十余人。超率余兵遁还广固。晋兵逐北，直抵广固城下，克其外城。超退保小城以守。裕筑长围守之，围高三丈，穿堑三重。超在围中惶惧无计，遣尚书令张纲，乞师于秦。赦桂林王镇于狱，引见谢之，问以御敌之策。镇曰：

“百姓之心，系于一人。今陛下亲董六师，奔败而还，求救于秦，恐不足恃。今散卒还者尚有数万，宜悉出金帛，悬重赏，与晋更决一战。若天命助我，必能破敌。如其不然，死亦为美。比于闭门待尽，不尤愈乎？”五楼曰：“晋兵乘胜，气势百倍。我以败军之卒当之，不亦难乎？秦与吾分据中土，势同辱齿，安得不来相救？但不遣大臣，则不能得重兵。韩范素为秦重，宜遣乞师。”超乃遣范赴秦求救。那知其时秦邦为夏人入寇，出师屡败，自顾不暇，张纲乞师，已徒劳而归。行至半途，为晋军所获，遂降于裕。裕使纲升楼车，周城大呼曰：“秦为夏王勃勃所破，不能出兵相救矣。”城中闻之，莫不丧气。又江南每发兵及遣使者至广固，裕潜遣精骑夜迎之，及明，张旗鸣鼓而至。城中益恐。

却说韩范至长安，苦恳救援。秦许出兵一万救之。先遣使谓裕曰：“慕容氏相与邻好，今晋攻之急，秦已发铁骑十万屯洛阳。晋军不还，当长驱而进。”裕呼使者谓曰：“语汝姚兴，我克燕之后，息兵三年，当取关洛。今能自送，便可速来。”刘穆之闻有秦使，驰入见裕。而秦使已去。裕以所言告之，穆之尤裕曰：“常日事无大小，必赐预谋。此宜细酌，奈何遽尔答之？此语不足以威敌，适致敌人之怒。若广固未下，秦寇奄至，不审何以待之？”裕答曰：“此是兵机，非卿所解，故不相语耳。夫兵贵神速，彼若审能赴救，必畏我知，宁容先遣使命，逆设此言，是张大之辞也。晋师不出，为日久矣，今见伐燕，秦必内惧，自保不暇，何能救人！”穆之乃服。秦果兵出复止。韩范不能归燕，亦降于裕。由是燕之外援遂绝。

超每巡城，必挟宠姬魏夫人同登，见晋兵之盛，握手对泣。左右谏曰：“陛下遭否塞之运，正当努力自强，以壮军心，而乃为儿女子泣乎？”超拭泪而止。城久闭，城中男女病脚弱者大半，出降者相继。尚书令悦寿曰：“今天助寇为虐，战士雕疲，独守穷城，外援无望。天时人事，概可知矣。苟历数有终，尧舜犹将避位，陛下岂可不思变通之计乎？”超叹曰：“废兴命也，吾宁奋剑而死，不能衔璧而生。”丁亥，裕集诸将命之曰：“贼智穷力绝，而城久不拔者，皆将士不用命之故。今日先登者有赏，退后者有刑。限在午时必克。”或曰：“今日往亡，不利行师。”裕曰：“我往彼亡，何为不利？”于是诸将鼓勇，四面并攻。

但未识广固一城果能即下否，且俟后文再讲。

第六卷

东寇乘虚危社稷　北师返国靖烽烟

话说晋攻广固，将士齐奋，自早至午，城遂破。燕王超领十数骑突围出走，晋军追获之，执以献裕。裕立之阶下，数以不降之罪。超神色自若，一无所言。时敬宣在侧，超顾而见之，曰："子非吾故人乎？愿以母为托。"盖敬宣前奔南燕，正值超为太子，同游甚得，故超云尔。其后敬宣厚养其母终身。

却说裕忿广固久不下，欲屠其民。韩范谏曰："晋室南迁，中原鼎沸，士民无援，强则附之。既为君臣，自应为之尽力。彼皆衣冠旧族，先帝遗民，今王师吊伐而尽屠灭之，窃恐西北之人，无复来苏之望矣。"裕改容谢之，斩公孙五楼等数十人，余无所诛。送超诣建康斩之。

话分两头。先是，妖贼孙恩扰乱三吴，进犯京口。裕屡击败之，所虏男女人口，死亡略尽，惧为官军所获，遂赴海死。其党及妓妾从死者以百数，人谓之水仙。而余众数千，复推恩妹夫卢循为主。循神采清秀，雅有才艺。少时有沙门惠远见之，曰："君虽体涉风素，而志存不轨，奈何！"至是果为盗魁。循又有妹丈徐道覆，多智乐乱，为循谋主，蓄兵聚财，势日以大。桓玄篡晋，欲抚安东土，因加官爵以縻之，以循为番禺太守，道覆为始兴相。二人虽受朝命，为寇如故。及裕克复京师，循乃遣使贡献。时朝廷新定，未暇征讨，如其官命之。循遗裕益智粽，裕报以续命汤。于是惮裕之威，凶暴少戢。

再说海中有一鹿岛，方圆百有余里，地产鱼盐，为蛋户所居。风俗强悍，居民鲜少。有大盗周吉据之，招集兵众，建设楼船，横行海中，自号飞虎大王。其妻罗氏，曾得异人传授，有呼风唤雨之能，走石扬沙之术。手舞双刀，能飞行水面，以故人皆畏之。昔孙恩在时，欲与结纳，常遣卢循奉命往来，罗氏见而悦之。其后吉死。罗氏代统其众，号令严明，群盗畏服。然孀居无耦，欲求良配，而手下头目等众，无一当其意者。因念卢循人物轩昂，可以为夫，遣人向循说合。循以有妻辞之。来人回报，罗氏笑而不言。一日，忽拥楼船百号，甲士数千，亲至番禺，邀循相见。循出见之，罗氏谓曰："君乃当世英雄，吾亦女中豪杰，愿以身许君者，欲助君成大事也。君何不允？"循曰："前妻不可弃；屈卿居下，又不敢耳。"罗氏笑曰："君不能自主耶？"吾请与尊夫人当面决之。遂与循并马入城，至府，循妻出接。方升堂，未交一语，罗氏即拔剑斩之，顾谓循曰："今不可以生同室，死同穴乎！"众大骇，然惮其勇决，不敢动，循亦唯唯惟命。一面将尸首移置他处，厚加殡殓。一面即设花烛，堂上交拜焉。由是鹿岛之甲兵府库，悉归番禺，而循益强。

一日，道覆自始兴来，谓循曰："将军闻刘裕北伐乎？"循曰："闻之。"道覆曰："此可为将军贺也。"循曰："何贺？"道覆曰："本住岭外，岂以理极于此，传之子孙耶？正以刘裕难敌故也。今裕顿兵坚城之下，未有还期。我以此思归死士，掩击何、刘之徒，如反掌矣。不乘此机，而苟求一日之安，朝廷常以将军为腹心之疾，若裕平齐之后，息甲岁余，自帅锐师过岭，虽以将军之神武，恐不能当也。今日之机，万不可失。若先克建康，倾其根本，裕虽南还，无能为也。此所以为将军贺也。"循大喜，罗氏亦力劝之，遂与道覆刻期起兵。

先是，道覆在始兴，使人伐船材于南康山，至始兴贱卖之，居民争市，船材大积而人不疑。至是悉取以装舰，旬日而办。于是循寇长沙，道覆寇南康、庐陵、豫章等郡。守土者皆弃城走。时克燕之信未至，而贼势大盛，京师震恐。何无忌得报，大怒曰："彼欺朝廷无人耶！"遂自寻阳起师拒之。长史邓潜之谏曰："闻贼兵甚盛，又势居上流，逆战非便。宜决南塘之水，守城坚壁以待之，彼必不敢舍我远下。蓄力养锐，俟其疲老，然后击之，此万全之策也。"参军刘阐亦谏曰："循所将之兵，皆三吴旧贼，百战余勇，始兴溪子，卷捷善斗，又有妖妇助之，未易轻也。将军宜留屯豫章，征兵属城，兵至合战，亦未为晚。若以此众轻进，殆必有悔。"无忌不听。三月壬申，与贼军遇于豫章，率众进击。兵锋初交，大风猝起，吹沙蔽日，官军船舰皆为风水冲击，把持不定。无忌所乘大舟漂泊东岸，贼舟乘风逼之，箭炮并发，无忌见事急，厉声曰："取我苏武节来！"节至，执以督战。贼众云集，左右皆尽，无忌辞色无挠，握节而死。于是中外大震，廷臣皆惧，急以帝诏追裕还国。

当是时，南燕既下，裕方屯兵广固，抚纳降附，采拔贤俊，经营三齐。忽有诏至，以海寇内犯，官军屡败，召使速还。大惊，乃以韩范为都督八郡军事，留守广固，班师还南。至下邳，以船载辎重，先帅精锐步归。至山阴，信益急，大虑京邑失守，卷甲兼行，与数十人奔至淮上。问行人以朝廷消息，行人曰："贼尚未至建康，刘公若还，便可无忧。"裕心少安。将济江，遇大风，浪涌如山，船不得行。左右劝俟风息，裕曰："若天命助国，风当自息。若其不然，覆溺何害？"即登舟，舟移而风止。过江至京口，士民见之，皆额首称庆。入朝，群臣皆来问计。裕曰："今日守为上，战次之。毋惊惶，毋乱动，进退一唯吾命。诸君共体此意可耳！"时诸葛长民、刘藩、刘道规各率本道兵入卫建康，裕皆令严兵以守。

却说刘毅分镇姑孰，闻乱，即欲出兵讨贼，以疾作不果。及闻无忌败，力疾起师，来讨卢循。裕恐其轻敌，以书止之曰：

> 吾往时习击妖贼，晓其变态。贼新得志，其锋不可犯。今修船垂毕，当与弟协力同举。
>
> 克平之日，上流之任，皆以相委。此时尚宜有待。无忌既误于前，弟不可再误于后也。

书去，恐毅不听，又遣其弟刘藩往止之。毅怒谓藩曰："往以一时之功相推，汝谓我真不及寄奴耶？"投书于地，决意行师。

先是，裕与毅协成大业，而功居其次，心常不服。又自负其才，以为当世莫敌，常云恨不遇刘、项，与之并争中原。又尝于东府会集僚友，大掷樗蒲，一判应至百万，余人皆败，惟裕与毅在后，未判胜负。毅举手一掷得雉，大喜，搴衣绕床叫曰："非不能卢，无事此耳！"裕忿其言，因握五木于手，久之而后掷曰："老兄试为卿答。"既而四子俱黑，内一子转跃未定，裕厉声喝之，即成卢，笑谓毅曰："此手何如？"众俱喝彩。毅色变，徐曰："亦知公不能以此见借也。"故常欲立奇功，以压裕望。今决意伐循，谓大功可立。遂帅舟师二万，即日进发。

时循攻湘中诸郡，道覆进攻寻阳，闻毅将至，驰使报循曰："毅兵甚盛，成败之机，全系于此，当并力击之。若使克捷，天下无复事矣，不忧上面不平也。"循得报，即日发巴陵，与道覆合兵而下。五月戊午，两军相遇于桑落洲。贼兵回船却走，毅众争先，追下数里，忽见战船排开，一女将手舞双刀，飞行水面。众皆瞩目视之，霎时狂风大作，天地昏暗，卢循兵从左起，道覆兵从右起，两下夹攻，女将引兵当前冲击。四面八方，皆是贼兵，莫测多少。官军大溃，毅弃船登岸，以数百人步走得脱。所弃辎重山积，循皆获之，喜谓道覆曰：

“何、刘尽败，今可不烦兵刃而入建康矣。”军中置酒相贺。及闻裕已还朝，相顾失色，曰：“彼来何速耶？”循欲退还寻阳，攻取江陵，据二州以抗朝廷。道覆不可，谓宜乘裕初返，未暇整备，攻之可克，迟则恐难胜也。循于是引兵径进。

时北师初还，将士多创病，建康战士不盈一万。毅败之后，贼势益强，战士十余万，舟车百里不绝，楼船高十二丈，败还者争言其强。京师人情恟惧，皆虑难保。孟昶欲奉乘舆过江，裕不许。先是昶料无忌、刘毅兵必败，已而果然。至是又谓裕必不能抗循，人皆信之。王仲德言于裕曰：“昶言徒乱人心耳。公以雄才作辅，新建大功，威震六合。妖贼乘虚入寇，既闻凯还，自当奔溃。若先自遁逃，势同匹夫，何以号令天下！此谋若立，仲德请从此辞。”裕曰：“卿意正与吾同。”昶固请出避，裕曰：“今重镇外倾，强寇内逼，人情危骇，莫有固志。若一旦迁动，便自土崩瓦解，江北亦岂可得至。设令得至，不过迁延日月耳。将士虽少，自足一战，若其克济，则臣主同休。苟厄运必至，我当横尸庙门，遂其由来以身许国之志，不能窜伏草间苟求存活也。我计决矣，卿勿复言。”昶忿其言不行，且以为必败，固请死。裕怒曰：“卿且再申一战，死复何晚！”昶知言必不用，乃抗表自陈曰：“臣裕北伐，众并不同，惟臣独赞其行，致使强贼乘间，社稷将倾，臣之罪也。谨引咎以谢天下。”封表毕，仰药而死。后人有诗讥之曰：

> 持乱扶危仗有人，将军何自遽亡身？
> 寄奴当日从君计，晋室江山化作尘。

裕闻昶死，虑人心不安，自屯石头，命诸将各守要处，其子义隆始四岁，使刘粹辅之，以镇京口。裕见民临水望贼，怪之，以问参军张邵。邵曰：“若节越未反，民方奔散不暇，何能观望？今当无复恐耳。”裕然之。时贼信益急，裕谓诸将曰：“贼若于新亭直进，其锋不可当，宜且回避，胜负之事未可量也，若回泊西岸，此成禽耳。”众皆不解其故。乃卢循兵至淮口，道覆请于新亭直趋白石，焚舟而上，分数道攻裕，则裕军必败。循欲以万全为计，谓道覆曰：“大军未至，孟昶望风自裁，以大势言之，自当计日溃乱。今决胜负于一朝，既非必克之道，而徒伤士卒，不如按兵待之。”道覆退而叹曰：“卢公多疑少决，我终为所误。使我得为英雄驱驰，天下不足定也。”裕登石头城望之，初见循军引向新亭，顾左右失色。既而回泊蔡洲，乃悦。刘毅经涉蛮晋，仅能自免，从者饥疲，死亡什七八，浃旬才至建康待罪。裕慰勉之，使知中外留事。丙寅，裕命沈林子、徐赤特筑寨南岸，断查浦之路，戒令坚守勿动。自引诸将，结营于南塘，遥为犄角之势。卢循引兵登岸，进攻查浦。徐赤特见其兵少，欲击之。林子曰：“此诱我耳，后必有继，不可击也。”赤特不从，遂出战。后队大至，赤特战死。林子据栅力战，势渐不支。裕命朱龄石急往救之，栅得不破。贼连攻三日，林子坚守不出。裕谓诸将曰：“贼专攻查浦，而不以兵向我者，懈吾备也。今夜月黑，且有妖妇助之，必来劫营，须为之防。”因令营前连夜掘成深堑，上铺木板，把沙土盖好。两旁设大弩百张，伏兵四面，俟营中号炮一响，齐出击之。诸将遵令而行。

却说卢循是夜欲令罗氏去劫大营，正好黑夜用法。道覆曰：“刘裕狡诈，大营岂肯无备？不如去劫查浦小寨，可以必胜。”循曰：“吾连日专攻小寨者，正为今夜用计耳。君何疑焉？”罗氏曰：“吾有神兵相助，以千人往，便足直破其垒。君等在后为援，俟吾胜时，四面截击可也。”循大喜。

等至更深，罗氏领兵前往，将近敌营，马上作法起来，狂风大作，黑雾迷天，空中有百千万人马护从。那知才及寨门，忽如天崩地裂一声，把前面人马陷入堑里。罗氏收马不及，亦跌下去。营中一声炮响，两旁弓弩齐发，如雨点一般射来，罗氏身中数箭而死。伏兵四起，火把齐明。卢循领兵在后，知是中计，只得退下还船。检点前队，一千兵马皆被杀尽，又丧了爱妻，不胜大恸，谓道覆曰："吾不能留此矣，且还寻阳，再图后举。汝引一枝人马，进取江陵。"道覆从之。遂令范崇民以五千人断后，大军尽退。诸将见循兵退去，请裕追之。裕不应，大治水军，命孙处、沈田子二将，帅众三千，自海道袭番禺。众皆谓海道艰远，得至为难，且分撤见力，非目前之急。裕曰："大军十二月之交，定破妖贼，此时必先倾其巢穴，使彼走无所归，则可以歼尽丑类，免贻后日之忧。诸君特未见及此耳。"众皆称善。今且按下。

且说徐道覆来攻江陵，江陵守将刘道规，裕之弟也。初闻贼逼京邑，遣其将檀道济率兵三千入援。至寻阳，为贼将荀林所破。引师退归，林遂乘胜伐江陵，兵势甚盛。又其时谯纵反于蜀，桓谦自秦归之，引蜀师来寇。荀林屯于江津，桓谦军于枝江，二寇交逼，遥相呼应。加以江陵士庶，多桓氏义旧，并怀二心。道规乃会将士，告之曰："桓谦今在近畿，闻人士颇怀去就之计。吾东来文武，足以济事，若欲去者，本不相禁。"因夜开城门，达晓不闭。众感其诚，莫有叛者。襄阳太守鲁宗之知江陵危急，率众来援。道规单骑迎入，遂以守城事委之，而自率诸将攻谦。或谏之曰："今远出攻谦，胜未可必。荀林近在江津，伺人动静。若来攻城，宗之未必能固，脱有差跌，大事去矣。"道规曰："诸君不识兵机耳。荀林庸才，无他奇计，以吾去未远，必不敢引兵向城。桓谦不虞吾至，攻之辄克。林闻谦败，则心胆俱破，岂暇得来？且宗之独守，何为不支数日！"于是率领兵马，水陆齐进，攻谦于枝江。谦果大败，单舸走。副将刘遵追斩之。还击荀林，林亦走，江陵得安。至是道覆率众三万，奄至破冢。或传卢循已平京邑，遣道覆来为荆州刺史。江汉士民无不畏惧。道规曰："此未可纵之临城也。"于是筑垒于豫章口拒之，道覆屡攻不克。

话分两头。裕治水军毕，以檀韶为前锋，击斩贼将范崇明于南陵。循惧，驰报道覆，曰勿争江陵，且还拒裕。于是道覆引军急还，与循军合。冬十二月，裕至雷池，贼众扬言不攻雷池，当乘流径向建康。裕谓诸将曰："贼设此言，明日当来决战矣。吾军当严阵以待。"诘旦，果见贼舟蔽江而下，旗枪密布，金鼓震天，前后莫见舳舻之数。裕乃命步兵屯于西岸，先备火具，藏于岸侧。戒军士曰："今日西风甚急，贼占上风，必泊西岸。可纵火烧之。"步兵领命而去。又令舟师悉出轻舰，分作数十队，列于东岸。船上各设大弓百张，戒之曰："初则择利而战，进退自由。一闻中军鼓起，万众齐奋，退者立斩。"众将皆奉令行事。将战，贼舟果尽泊西岸，官军若迎若拒，东逐西走，西逐东走，势若游龙。俄而，贼阵中火焰冲起，裕命击之，鼓声大震，诸将无不奋勇杀入。后面火势愈盛，楼船大半被烧；前面万弩齐发，中者贯胸，贼兵大溃。岸上忽竖招降旗一面，上书"降者免死"。于是贼兵得脱者，无不弃甲奔降。循与道覆见事急，遂收余兵东遁。先是裕挥众进战，所执麾竿忽折，幡沉于水。众皆失色，裕笑曰："往年覆舟山之战，幡竿亦折。今者复然，贼必平矣。"至是果大捷，所获士卒刍粮无数。诸将入贺，裕曰："贼今败去，必还番禺。斯时番禺，谅已为孙处等所据矣。然孤军无援，恐不足以制之。"乃命胡藩、孟怀玉率轻军五千，尾而追之，务歼尽丑类而止。

却说循与道覆，率领残兵星夜逃回番禺。那知孙处、沈田子二将奉了刘裕的将令，已于十二月之交，引兵袭据其城，戮其亲党，严兵以待。循在路不知其城已失，一到番禺，忙即整众入城。行至城下，见四门坚闭，城上遍插旌旗，一将全身披挂，立于城上，大喝曰："卢循！汝巢穴已失，今来何为？"循大惊，问曰："尔何人，敢据吾地？"城上将对曰："我振武将军孙处也，奉太尉之命，倾尔巢穴，绝尔后路。尔尚不知死活耶？"循顾道覆曰："此城若失，吾无容身之地矣！奈何！"道覆曰："事急矣，乘其孤军无援，速攻之，可克也。"

于是挥令贼众，四面攻击。城中亦四面拒之，相持二十余日，渐不能支。孙处谓田子曰："救兵不至，矢石将竭，奈何？"田子曰："风色已转西北，不出三日，救兵必至矣。"一日，忽闻城外炮声如雷，贼兵纷纷退去，遥望海口，一枝人马皆是官军旗号，在贼阵中左冲右突，贼兵抵死相敌。田子知救兵已至，遂留孙处守城，亲率兵众前来助战。两路夹击，贼众大败，卢循狼狈逃去，道覆欲走始兴，众散被杀。战罢，方知来援者，乃胡藩、孟怀玉也。相见大喜。田子请二将入城。胡藩谓田子曰："贼去未远，追之可获。君同孙将军抚戢地方，我同孟将军去擒贼徒便了。"说罢，分手而别。

但未识官军追去，果能擒得贼徒否，且听下回分解。

第七卷

除异己暗袭江陵　剪强宗再伐荆楚

话说卢循大败而逃，仅存楼船数号，残兵数百。欲往交州，又遇风阻不得进。后面追兵渐渐赶上，自知不免，乃召其妓妾问曰：“谁能从我死者？”或云鼠雀偷生，就死实难。或云官尚就死，何况我等！循乃释愿死者不杀，而杀诸辞死者，自投于海而死。追兵至，取其尸斩之，传首建康。

裕闻贼平大喜，以交州刺史杜慧度镇番禺，诏诸将班师。朝廷论平贼功，进封裕为宋公，诸将进爵有差，独刘毅兵败无功，不获进爵。裕念其旧勋，因命刘道规镇豫州，而以毅为荆州刺史。

且说毅自桑落败后，知物情去已，弥复愤激，虽居方镇，心常怏怏。又裕素不学，而毅颇涉文雅，故朝士有清望者多归之。与尚书谢混、丹阳尹郗僧施深相凭结，既据上流，阴有图裕之志。求兼督交、广二州，裕许之。又奏以郗僧施为南蛮校尉，裕亦许之。僧施既至江陵，毅谓之曰：“昔刘先主得孔明，犹鱼之有水。今吾与足下，何以异此！”毅有祖墓在京口，表请省墓。裕往候之，会于倪塘，欢宴累日。胡藩私谓裕曰：“公谓刘卫军终能为公下乎？”裕默然久之，曰：“卿谓何如？”落曰：“连百万之众，攻必取，战必克，毅固以此服公。

至于涉猎传记，一谈一咏，自许以为雄豪。于是缙绅白面之士，辐辏归之，恐终不为公下，不若乘其无备除之。”裕曰：“吾与毅俱有克复之功，其过未彰，不可自相图也。”既而毅还荆州，变易守宰，擅改朝命，招集兵旅，反谋渐著。其弟藩为兖州刺史，欲引之共谋不轨。托言有病，表请移置江陵，佐己治事。裕知其将变，阳顺而阴图之，答书云：今已徵藩矣，俟其入朝后，即来江陵也。毅信之。九月己卯，藩自兖州入朝，裕执之，并收谢混于狱，同日赐死。于是会集诸将，谋攻江陵。诸将皆曰：“荆土强固，士马众多，攻之非旦夕可下，须厚集兵力图之。”阶下走过一将，慷慨向裕曰：“此行不劳大众，请给百舸为前驱，袭而取之，旦夕可克。刘毅之首，保即枭于麾下。”裕大喜，众视之，乃参军王镇恶也。

且说镇恶本秦人，丞相王猛孙。生于五月五日，家人以俗忌不利，欲令出继于外。猛见而奇之，曰：“此儿不凡。昔孟尝恶月生而相齐，是儿亦将兴吾门矣。”故名之为镇恶。年十三而苻氏亡，关中乱，流寓崤、渑之间。尝寄食里人李方家，方厚待之。镇恶谓方曰：“若遭遇明主，得取万户侯，当厚相报。”方曰：“君丞相孙，人才如此，何患不富贵。得志日，愿勿忘今日足矣。”后奔江南，居荆州，读孙吴兵书，饶谋略，善果断，喜论军国大事。广固之役，裕求将才于四方，或以镇恶荐，裕召而与语，意略纵横，应对明敏。大悦，留与共宿，明旦，谓参佐曰：“吾闻将门有将，信然。”即以为中兵参军，至是请为前驱。裕命蒯恩佐之，将百舸先发，戒之曰：“若贼可击，则击之；不可，则烧其船舰，留水际以待我。”

镇恶领命，昼夜兼行，在路有问及者，诡云刘兖州往江陵省兄。其时人尚未知刘藩已诛，故皆信之。己未，至豫章口，去江陵城二十里。舍船步上，每舸各留一二人，对舸岸上各立六七旗，旗下置鼓，戒所留人曰：“计我将至城，便击鼓呐喊，尽烧江津船只，若后有大军状。”于是镇恶居前，蒯恩次之，径前袭城。正行之次，江陵将朱显之往江口，遇而问之。答以刘兖州至。显之曰："刘兖州何在？"曰："在后。"显之至军后，不见藩，而见军士担负战具。遥望江津，烟焰张天，鼓严之声甚盛。知有变，便跃马驰归，惊报毅曰："外有急兵，垂至城矣，宜令闭门勿纳。"毅大骇，急下令闭门。关未及闭，镇恶已率众驰入，杀散守卒，进攻金城。金城者，毅所筑以卫其府者也，守卫士卒皆在焉。猝起不意，人不及甲，马不及鞍，仓皇出拒。大将赵蔡，毅手下第一勇将，素号无敌，才出格斗，中流矢而死。人益惶惧，自食时战至中晡，城内兵皆溃。镇恶破之而入，遣人以诏及裕书示毅。毅烧不视，督厅事前士卒力战，逮夜，士卒略尽，毅见势不能支，帅左右三百许人，开北门突走。镇恶虑暗中自相伤犯，止而不追。初，长史谢纯将之府，闻兵至，左右欲引车归。纯叱之曰："我人吏也，逃将安之？"遂驰入府，与毅共守。及毅走，同官毛修之谓纯曰："吾侪亦可去矣。"纯不从，为乱兵所杀。毅出城，左右皆叛去，夜投牛牧佛寺。寺僧拒之曰："昔桓蔚之败，走投寺中，亡师匿之，为刘卫军所杀。今实不敢容留异人。"毅叹曰："为法自弊，一至于此。"遂缢而死。明日，居人以告，镇恶收其尸斩之。后人有诗悼之曰：

> 盖世勋名转眼无，敢夸刘项共驰驱。
> 呼卢已自输高手，岂有雄才胜寄奴。

先是，毅有季父镇之，闲居京口，不应辟召。尝谓毅与藩曰："汝辈才器，足以得志，但恐不久耳。我不就尔求财位，亦不同尔受罪累。"每见毅导从到门，辄诟之。毅甚敬畏，未至宅数百步，悉屏仪卫，步行至门，方得见。及毅死，不涉于难。人皆高之。乙卯，裕至江陵，镇恶迎拜于马首曰："仰仗大威，贼已授首，幸不辱命。"裕曰："我知非卿不能了此事也。"荆州文武相率迎降。收郗僧施斩之，余皆不问。捷音至京，举朝相庆。

时诸葛长民已有异志，闻之不悦。先是裕将西讨，使长民监太尉留府事。又疑其不可独任，加穆之建武将军，配兵力以防之。以故长民益自疑，犹冀毅未即平，与裕相持于外，可以从中作难。及闻毅死，大失望，谓穆之曰 :“昔年醢彭越，今年杀韩信。吾与子皆同功共体者也，能无危乎？”穆之不答，密以其言报裕。裕乃潜为之防。以司马休之为荆州刺史，留镇江陵，而身还建康。大军将发，长史王诞请轻身先下。裕曰 :“长民迩来颇怀异志，在朝文武恐不足以制之，卿讵宜先下。”诞曰 :“长民知我蒙公垂盼，今轻身单下，必当以为无虞，乃可少安其意耳。”裕笑曰 :“卿勇过贲、育矣。”乃听先还。

裕既登路，络绎遣辎重，兼程而下，云于某日必至。长民与公卿等，频日奉候于新亭，而裕淹留不还，辄爽其期，候者皆倦。乙丑晦，裕乘轻舟径进，潜入东府。公卿闻之，皆奔候府门，长民亦惊趋而至。裕先伏壮士丁旿于幔中，单引长民入，降座握手，殷勤慰劳。俄而置酒对饮，却人闲话，凡平生所不尽者，皆与之言。长民其悦。酒半，裕伪起如厕，忽丁旿持刀从幔后出，长民惊起，而刃已及身，遂杀之。裕命舆尸付廷尉，并收其弟黎民。黎民有勇力，与众格斗而死。故时人语曰 :“莫跋扈，付丁旿。”由是群臣恐惧，莫不悚息听命。

再说朝廷相安未久，旋又生出事来，费却一番征讨，历久方平。你道此事从何而生？先是司马休之为荆州刺史，勤劳庶务，抚恤民情，大得江汉心。有长子文思，嗣其兄谯王尚之后，袭爵于朝，与弟文宝、文祖并留京师。文思性凶暴，好淫乐，手下多养侠士刺客。离城十里，建一座大花园，以为游观之所，而兼习骑射。一日，走马陌上，见隔岸柳荫之下，有一群妇女聚立观望，内有一女，年及十五六，容颜绝丽，体态风流。文思立马视之，目荡心摇，顾谓左右曰 :“此间何得有此丽人？”有识之者曰 :“此园邻宋家女也。”妇女见有人看他，旋即避去。文思归，思念不置。有宠奴张顺，性奸巧，善伺主人意。文思托他管理园务，认得宋家，因进曰："主人连日有思，得毋为宋姓女乎？如若爱之，何不纳之后房？"文思曰："吾实爱其美，但欲纳之，未识其家允否？"张顺曰："以主人势力求之，有何不允？"文思大喜，遂令张顺前去说合。

却说宋女小名玉娟，其父宋信已亡过三年，与母周氏同居，家中使唤止有一婢。父在时，已许字郎吏钱德之子，以年幼未嫁。宋姓虽非宦室，亦系清白人家。时值三春，随了邻近妇女，闲行陌上，观望春色，却被文思隔岸看见。当时母女归家，亦在意。隔了一日，有人进门，口称司马府中差来，请周氏出见。周氏出来，问："有何事见谕？"其人曰："我姓张，系尊夫旧交。现在住居园中，又系近邻。今日此来，特为令爱作伐。"周氏曰："吾女已许字人矣，有辜盛意。"张顺愕然曰："果真许字人了？可惜送却一场富贵。宋大嫂，你道吾所说者何人？乃即府中王子也。王子慕令爱才貌，欲以金屋置之，故遣吾来求。此令爱福星所照，如何错过？"周氏曰："小女福薄，说也无益。"便走过一边。张奴见事不谐，即忙走归，以周氏之言告知主人，文思怅然失望，谓张顺曰："你素称能干，更有何计可以图他到手？"张奴曰："计却有，但恐主人不肯行耳。"文思忙问："何计？"张奴曰："今日午后，竟以黄金彩缎，用盒送去，强下聘礼。晚间，点齐我们仆众，再用健妇数人，径自去娶。倘有不从，抢他归来，与主人成其好事。事成之后，他家纵有翻悔，已自迟了。"文思点头称善，遂命如计而行。

却说周氏自张顺去后，叮嘱女儿，今后不可出门，被人看见。正谈论间，忽听扣门声急，唤婢出问。小婢开门出来，见有五六人，捧着盘盒，一拥而入。早上来的这人，亦在其内，便向他道："请你大娘出来，当面有话。"周氏听见人声嘈杂，走出堂中。张顺一见，便作揖道："大嫂恭喜，我家主人欲娶令爱，特送黄金百两，彩缎十端，以作聘礼。请即收进，今夜便要过门。”周氏大惊道：“我女已受人聘，你家虽有势力，如何强要人家女儿？快快收去，莫想我受！”张顺笑道：“受不受由你，我们自聘定的了。”遂将黄金彩段，放在桌上，竟自去了。周氏急忙走出，喊叫四邻。邻人不多几家，又是村农，惧怕王府威势，谁敢管这闲事。周氏喊破喉咙，无人接应，痛哭进内，向女儿道：“彼既强聘，必来强娶，此事如何是好？”母女相对而哭。思欲逃避他方，又无处可避。况天又渐黑下来，愈加惶惧。才到黄昏，门外已有人走动，坐至更深，大门一片声响，尽行推倒。灯球火把，塞满庭中，照曜如同白日。玉娟战战兢兢，躲在房中床上。周氏拦住房门，大叫救人。走过妇女数人，将他拉在一边，竟到房中搂着玉娟，将新衣与他改换。玉娟不依，一妇道：“到了府中，与他梳妆便了。”遂将他拥出房门上轿。斯时，玉娟呼母，周氏呼女，众人皆置不理。人一登轿，鼓乐齐鸣，灯球簇拥而去。邻里皆闭门躲避，谁敢道个“不”字。花轿去后，方有邻人进来，见周氏痛哭不已，劝道：“人已抬去，哭也无益。”又有的道，“令爱此去，却也落了好处，劝你将错就错罢。”周氏道：“钱家要人，教我如何回答？”邻人道：“钱家若来要人，你实说被司马府中抢去，只要看他有力量，与司马府争执便了。”说了一回，邻人皆散，周氏独自凄惶。

话分两头。玉娟抬入府中，出轿后，妇女即拥入房。房内红烛高烧，器用铺设，皆极华美。走过数个妇女，即来与他梳洗。始初不肯，既而被劝不过，只得由他打扮。送进夜膳，亦略用了些。不上一刻，文思盛服进房，妇女即扶玉娟见礼。文思执其手曰：“陌上一见，常怀想念。今夜得遂良缘，卿勿忧不如意也。”玉娟低头不语，见文思风流体态，言语温存，当夜亦一一从命了。

却说周氏一到天明，即报知钱家，言其女被司马府抢去。钱德气愤不过，即同周氏赴建康县哭诉情由。县主姓陆，名微，东吴人。为人鲠直，不畏强御。又值刘裕当国，朝廷清明，官吏畏法。接了状词，便即出票，先拿豪奴张顺审问。差人奉了县主之命，私下议道："司马府中，如何敢去拿人？"有的道："张顺住在郭外园里，早晚入城，吾们候在城门口拿他便了。"那知事有凑巧，差人行至城门，正值张顺骑马而来。差人走上，勒住马口道："张大爷请下骑来，有话要说。"张顺下马道："有何说话？"差人道："我县主老爷请你讲话，现有朱票在此。"张顺道："此时府中传唤，我不得闲。"差人道："官府中事，却由不得你，快去，快去！"张顺道："去也何妨。"便同差人至县，县主闻报，便即升堂。张顺昂然而入，见了县主，立而不跪。县主道："你不过司马家奴，如何哄诱主人，强抢民家闺女，大干法纪？见了本县，尚敢不跪么！"张顺道："这件事求老爷莫管罢。"县主拍案大怒道："朝廷委我为令，地方上事，我不管谁管！"喝令扯下重打四十。左右便将张顺按倒在地，打至二十，痛苦不过，只得求饶。县令道："既要饶打，且从实供来。"张奴怕打，悉将强抢情由供出。县主录了口词，吩咐收监，候申详上司，请旨定夺。有人报知文思，文思不怕县令，却怕其事上闻，刘裕见责，玉娟必断归母家，如何舍得。数次央人到县说情，求他莫究。县令执法不依，文思计无所出。或谓之曰："府中侠士甚众，县即不从，不如潜往杀之，其狱自解。"文思气愤不过，遂依其说。潜遣刺客入县，夜静时，悄悄将县令杀死。

明日，县中亲随人等，见主人死得诧异，飞报上司。裕闻报道："贼不在远。着严加搜缉。"既而踪迹渐露，访得贼在司马府中。遂命刘穆之悉收文思门下士拷问，尽得其实。裕大怒。从来说王子犯法，庶民同罪。遂收文思于狱，其强抢之女，发还母家，听行更嫁。奏过请旨，旨意下来，其党与皆斩，文思亦令加诛。休之闻之，上表求释，愿以己之官爵，赎其子罪。裕不许。然遽诛之，又碍休之面上，因将文思执送荆州，令休之自正其罪。休之不忍加诛，但表废其官，使之闲住江陵。裕怒曰："休之不杀文思，以私废公，目无国法。此风何可长也！”因征休之来京，并欲黜之。

诏至江陵，休之欲就征，恐终不免；欲拒命，虑力不敌，忧惧不知所出。参军韩延之曰：“刘裕剪灭宗藩，志图篡晋。将军若去，必不为裕所容，如何遽就死亡？若不受命，大兵立至，荆州必危。我尝探得雍州刺史鲁宗之素不附裕，久怀异志。其子竟陵太守鲁轨勇冠三军。今若结之为援，并二州之力以拒朝廷，庶州土可保。”休之曰：“今烦卿往，为我结好于宗之。”延之领命，往说宗之曰：“公谓刘裕可信乎？”宗之曰：“未可信也。”延之曰：“司马公无故见诏，其意可知。次将及公，恐公亦不免于祸。今欲与公相约，并力抗裕，公其有意乎？”宗之曰：“吾忧之久矣。苦于势孤力弱，若得司马公为主，敢不执鞭以从。”延之请盟，于是宗之亲赴荆州，与休之面相盟约，誓生死不相背负。盟既定，连名上表罪裕。裕阅其表，大怒，遂杀休之次子文宝、文祖，下诏讨之。差将军檀道济将兵三万，攻襄阳一路。江夏太守刘虔之屯兵三连，立桥聚粮以待道济。又命徐逵之将兵一万为前锋，王允之、沈渊子、蒯恩佐之出江夏口。身统大军为后继，诸将皆从。先是韩延之曾为京口从事，与裕有旧。裕密以书招之。延之接书，呈示休之，即于座上作书答云：

承亲帅戎马，远履西畿，阖境士庶，莫不惶骇。何者？莫知师出之名故也。今辱来疏，知以谯王前事，良增叹息。司马平西体国忠贞，款怀待物，当于古人中求之。以公有匡复之勋，家国蒙赖，推德委诚，每事询仰。谯王往以微事见劾，犹自表逊位，况以大过而当默然耶？前以表奏废之，所不尽者命耳。推寄相与，正当如此。而遽兴甲兵，所谓“欲加之罪，其无辞乎”！刘裕足下，海内之人，谁不见足下此心，而复欲欺诳国士！来示云：“处怀期物，自有由来。”今伐人之君，啖人以利，真可谓“处怀期物，自有由来”者乎！刘藩死于阊阖之门，诸葛毙于左右之手，甘言诧方伯，袭之以轻兵，遂使席上靡款怀之士，阃外无自信诸侯，以是为得算，良可耻也。贵府将吏及朝廷贤德，皆寄性命以过日，心企太平久矣。吾诚鄙劣，尝闻道于君子。以平西之至德，宁可无授命之臣乎！必未能自投虎口，比迹郗僧施之徒明矣。假令天长丧乱，九流浑浊，当共臧洪游于地下。不复多言。

书竟，即付来使寄裕。裕视书叹息，以示将佐曰："事人当如此矣。"其后，延之以裕父名翘，字显宗，乃更其字曰显宗，名其子曰翘，以示不臣刘氏。

却说休之知裕军报至，飞报宗之。宗之谓其子轨曰："刘裕引大军攻江陵，道济以偏师取襄阳，汝引兵一万，去迎道济。吾同休之去迎刘裕。"轨奉命辄行，将次三连，探得道济军尚未至，虔之全不设备，遂乘夜袭之。虔之战死，一军尽没。轨既胜，便移兵来拒徐逵之等。逵之等闻虔之死，皆大怒欲战，蒯恩止之曰："鲁轨，骁将也。今乘胜而来，其锋甚锐，不可轻敌。不如坚兵挫之，俟其力倦而退，然后击之，可以获胜。"逵之不从，遂出战，两军方交，鲁轨拍马直取逵之。逵之不能敌，被轨斩于马下。允之、渊子大呼来救，双马齐出，夹攻鲁轨。怎当轨有万夫不当之勇，二将皆非敌手，数合内，轨皆斩之。由是东军大败，蒯恩走免。斯时裕军于马头，闻前锋败，大怒，正议进兵，忽有飞报到来，言青州司马道赐反，刺史刘敬宣被害。裕闻之大恸，挥泪不止。

你道敬宣何以被害？先是裕虑荆、襄有变，故于青、齐、兖、冀数处，各用腹心镇守。时敬宣镇广固，其参军司马道赐，宗室之疏属也。闻休之反叛，潜与之通，密结敬宣亲将王猛子等，谋杀敬宣，据广固以应休之。一日，进见敬宣，言有密事，乞屏人语。左右皆出户，独猛子逡巡在后，取敬宣备身刀杀敬宣，道赐持其头以出，示众曰："奉密诏诛敬宣，违者立死！"左右齐呼司马道赐反，外兵悉入，遂擒道赐及其党，皆斩之，乱始定。文武佐吏守广固以待命。裕知敬宣死，祸由休之，恨不立平江陵。一面遣将去守广固，一面会集诸将，刻期济江。

未识荆、雍之兵若何御之，且听下回分解。

第八卷

任诸将西秦复失　行内禅南宋聿兴

话说休之、宗之知东军大上，刘裕自来，遂合兵五万，临江岸置阵，以拒来师。岸高数丈。其壁如削。阵前枪刀密布，矢石列排，真如铜墙铁壁，无懈可击。裕驱兵直进，下令曰："先登者有赏。"于是众力同奋，那知登未及半，上面箭如雨下，纷纷俱坠，死者相继，无一能登岸者。裕怒，披甲欲自登，诸将劝止不从。主簿谢晦趋前，抱住不放。裕抽剑指晦曰："我斩卿。"晦曰："天下可无晦，不可无公。"裕乃止。

时胡藩领游兵往来江津，裕呼之使登，藩有难色，不即遽上。裕大怒，厉声呼左右收来斩之。藩见左右持刀赶来，顾而谓曰："正欲击贼，不得奉教。"乃以刀头穿岸，少容足指，腾身而上。连杀数人，由是随之者稍多。大军因而乘之，遂皆登岸。呼声动地，无不一以当百，西军大溃。宗之、休之走，裕挥诸将追之。追下数里，忽见一枝军喊杀而来，挡住去路。追者见有接应人马，便按兵不追。你道接应何人？乃是鲁轨在后，知前军交战，恐防有失，赶来相助，恰好救了败残人马。休之、宗之见鲁轨兵到，心下稍安，收集逃亡，再整军马，已丧十分之三。休之欲退保江陵，轨请再申一战，以决胜负，乃复结阵以待。

却说檀道济从别路出师，探得荆、襄之兵尽聚江上，本州无备，乃引兵突至江陵，命勇将薛彤、高进之乘夜扒城而入，一鼓下之。既克江陵，复进兵襄阳。襄阳守将李应之开门出降，于是荆、雍皆得。斯时休之方图再战，忽闻根本已倾，惊得魂不附体，谓左右曰："前有强敌，退无归路，若何而可？"左右劝其北走，遂同宗之焚营宵遁。行未数日，军士不乐北行，散亡殆尽。亏得休之平素爱民，民见其败，急为之卫送出境。王镇恶追之，不及而还。于是休之、宗之等并降于魏。裕嘉道济之功，加号镇北将军，留守荆、雍，而班师以归。

当是时，裕功业日隆，强藩尽灭，凡宗室之有才望者皆惧见害，出奔异国。然裕意中欲俟关、陇平定，然后受禅，故犹存晋朔。一日，闻秦主姚兴死，子泓立，诸子构难，关中大乱。裕喜谓穆之曰："吾今日举秦必矣。"乃下令戒严，以世子义符为中军将军，监太尉留府事，穆之为左仆射，入居东府，总摄内外，徐羡之副之。丁巳，裕发建康，命王镇恶将步军一万为前锋，自淮、淝向洛，檀道济及胡藩将兵趋阳城；沈田子与傅宏之将兵趋武关；沈林子同王仲德将水军出石门，自汴入河；身统大军为后继。穆之谓镇恶曰："公今委卿以伐秦之任，卿其勉之。"镇恶曰："此行不克关中，誓不复济江！"

九月，诸将入秦境，所向皆捷。秦之诸屯守兵，皆望风降附。即而进攻洛阳，克之，引兵径前，直抵潼关。秦主惧，命姚绍为大将军，督步骑五万守潼关。镇恶等不得前。久之，军中乏食，众心危惧。或欲弃辎重，还赴大军。沈林子按剑怒曰："相公志清六合，今许、洛已定，关右将平，事之济否，系于前锋。奈何沮乘胜之气，弃垂成之功乎？且大军在远，贼众尚强，虽欲求还，岂可得乎？下官授命不顾，今日之事，有进无退。未知二三君子，将何面目以见相公之旗鼓耶？"众闻其言，乃不敢退。镇恶亲至弘农，说谕百姓。百姓竞送义租，军食复振。进攻秦军，大破之，遂克潼关，姚绍奔还。十三年五月，裕大军至陕。沈田子、傅宏之亦克武关，入攻峣、柳。秦主欲自将拒裕，而恐田子等袭其后，欲先击灭田子，然后倾国东出。乃帅步骑数万，奄至青泥。田子欲战，傅宏之以众寡不敌止之。田子曰：“兵贵用奇，不必在众。且今众寡相悬，势不两立，若彼结围既固，则我无所逃矣。不如乘其始至，营阵未立，先往薄之，可以有功。”遂率所领先进，傅宏之继之。秦兵合围数重，田子抚慰士卒曰：“诸君冒险远来，正求今日之战，死生一决，封侯之业，于此在矣。”士卒闻之，皆踊跃鼓噪，执短兵奋击，秦军大败。斩馘万余级。秦主奔还，与姚丕共守灞上。

镇恶引军入渭，长趋长安，乘蒙冲小舰，行船者皆在舰内。秦人见舰进而无行船者，皆惊以为神。镇恶至渭桥，令军士食毕，持仗登岸，后登者斩。众毕登，镇恶暗使人悉断舰缆，渭水迅急，舰皆随流去，倏忽不知所在。时秦兵尚有数万，镇恶谕士卒曰：“吾属并家在江南，此为长安北门，去家万里，舟楫衣粮，皆已随流而去。今进胜则功名俱显，不胜则骸骨不返，无他歧矣。卿等勉之！”乃身先士卒，进击秦军。众战士无不腾踊恐后，大破姚丕于渭桥。秦主泓引后军来援，反为败卒所蹂践，不战而溃。左右亲将皆死，单马还宫。镇恶乘胜驰入平朔门，进围其宫。泓涕泣无计，将出降。其子佛念年十一，谓父曰：“晋人将逞其欲，虽降必不免，不如引决。”泓怃然不应，佛念登宫墙自投而死。癸亥，泓率妻子群臣，诣镇恶垒门请降。镇恶收以属吏，城中夷晋六万余户，镇恶以国恩抚慰，号令严肃，百姓安堵。七月，裕至长安，镇恶迎于灞上。裕劳之曰：“成吾霸业者，卿也。”镇恶再拜谢曰：“明公之威，诸将之力，镇恶何功之有！”裕入秦宫，收彝器、浑天仪、土圭等，其余金玉、缯帛、珍宝，皆以颁赐将士。秦东平公姚赞帅其宗族诣裕降，裕皆杀之。送秦主姚泓至京师，斩于市。

裕既平秦，欲留长安，经略西北。一日，闻报刘穆之卒，如失左右手，谓诸将曰："本欲与诸君共事中原，今根本无托，不得不归矣。"乃留次子义真镇关中，以王修、王镇恶、沈田子、毛德祖四人辅之，而身东还。时义真年十二也。

先是，夏王勃勃闻裕伐秦，谓群臣曰："姚泓非裕敌也，且其兄弟内叛，安能拒人？裕取关中必矣。然裕不能久留，必将南归，留子弟及诸将守之，吾取之如拾芥耳。"乃秣马砺兵，进据安定。及闻裕还江南，奋袂大喜。即命其子赫连璝为前锋，帅骑二万向长安，身督大军为后继。沈田子出兵拒之，畏其众盛不敢进。王镇恶谓王修曰："公以十岁儿付吾曹，当共思竭力，而拥兵不进，虏何由退？"请自出击。至军，责田子不进。田子素与镇恶不睦，以其恃功骄纵，恨之切齿，至是益怒。又军中讹言，镇恶欲尽杀南人，据关中反。乃托以议事，请至军中，斩之幕下，矫称受裕令诛之。报至长安，诸将皆大惊。义真与王修被甲登城，以察其变。俄而田子帅数十骑至，言镇恶反。修命执之，数以专戮罪斩之。夏兵至，修同傅宏之出拒，连战皆胜，赫连璝乃退。又义真年少，赏赐左右无节，王修每裁抑之。左右皆怨，乃谮修于义真曰："田子杀镇恶，坐以反罪杀之。今修杀田子，是亦反也。"义真信以为实，遂杀修。由是人情离骇，莫相统一。夏兵复来，义真悉召外兵入长安，闭门拒守。关中郡县悉降于夏。

裕初闻田子杀镇恶，王修杀田子，而义真又杀修，大骇；继闻勃勃进攻长安，料义真必不能守，乃命朱龄石赴长安代之，戒之曰："卿至，敕义真轻装速发。既出关，斯可徐行。若关右必不可守，可与俱归。"那知龄石未至长安，义真已弃城而东。赫连璝率众三万追之。龄石遇之于途，谓义真曰："速行乃可以免。今载货宝辎重，日行不过十里，虏至何以待之？"义真不从。俄而，夏兵大至，傅宏之等断后，力战连日，至清泥大败，宏之、龄石及诸将皆死。会日暮，夏兵不穷追，义真左右殆尽，独逃草中。参军段宏单骑追寻，缘道呼之。义真识其声，乃从草中出曰："君非段中兵耶？身在此，然不能归矣。可刎身头以南，使家君望绝。”宏泣曰：“死生共之，下官不忍。”乃束义真于背，单马而归。裕闻青泥败，未识义真存亡，大怒，刻日北伐。谢晦谏曰：“士卒雕敝，请俟他年。”不从。会得段宏启，知义真得免，乃止。

十四年冬十月，诏进宋公爵为王，增十郡，建宋王府于京口。自置相国以下官属，加殊礼，进萧太妃为太后，世子为太子。先是，王以谶言云：昌明之后，尚有二帝。使侍郎王韶之结帝左右，密谋弑帝。帝即崩，乃称遗诏，奉琅琊王德文即皇帝位，改元元熙，是为恭帝。恭立一载，王欲受禅而又难于发言，乃集朝臣宴饮，从容言曰：“桓玄篡位，鼎命已移。我首倡大义，兴复帝室。南征北伐，平定四海。功成业著，遂荷九锡。今年将衰暮，崇极如此，物忌盛满，非可久安。今欲奉还爵位，归老京师，卿等以为何如？”群臣盛称功德，莫喻其意。日晚坐散，中书令傅亮至外，恍然悟曰：“王欲自帝矣，乌可不成其业？”遂复入，行至宫门，而门已闭。乃叩扉请见，王命开门见之。亮入，但曰：“臣暂还都。”王解其意，无复他言，唯云：“卿去，须几人相送？”亮曰：“数十人可也。”即时奉辞，亮出，时已二鼓，见长星竟天，拊髀叹曰：“吾尝不信天文，今始验矣。”夏四月，亮至建康，以内禅事谕群臣。群臣皆俯首听命。于是下诏征王入朝。

再说恭帝即位以来，明知此座不久，常怀疑惧。一日，傅亮叩阍来见，帝坐便殿见之。亮入再拜，启于帝曰：“宋王功德隆重，人心久归。愿陛下法尧禅舜，以应天命。”帝曰：“如是，当作禅文。”亮即袖中取草呈上，请帝自书。帝欣然操笔，谓左右曰：“桓玄之时，晋氏已无天下，重为刘公所延，将二十载。今日之事，本所甘心。”遂书赤书为诏。诏曰：

隆替无常期，禅代非一族，贯之百王，由来尚矣。晋道陵迟，仍世多故，爰稽元兴，祸难既积。安皇播越，宗祀堕泯，则我宣、元之祚、已堕于地。相国宋王，天纵圣德，灵武秀世，一匡颓运，再造区夏，固以兴灭继绝矣。乃三孚伪主，开涤五都，雕颜卉服之乡，龙荒朔漠之长，莫不回首朝阳，沐浴玄泽。故四灵效瑞，川岳启图，嘉祥杂遝，休应炳著。玄象表革命之期，华夷著乐推之愿。代德之符，著于幽显。瞻乌爰止，允集明哲。夫岂延康有归，咸熙告谢而已哉。朕虽庸暗，昧于大道，永鉴废兴，为日已久。念四代之高义，稽天人之至望，予其逊位别宫，归禅于宋，一依唐虞、汉魏故事。

禅诏既下，群臣请帝出宫，以让新天子即位。帝曰："天下犹非吾恋，况一宫乎！"

甲子，帝逊居于琅琊旧第，百官拜辞。秘书监徐广流涕哀恸，谢晦谓之曰："徐公得毋过戚？"广曰："君为宋朝佐命，身是晋室遗老，悲欢之事，固不同也。"丁卯，宋王裕至石头，群臣进玺绶，乃为坛于南效，即皇帝位。文武百僚朝贺毕，自石头备法驾，入建康宫，临太极殿，建号大宋，改元永初。奉帝为零陵王，降褚后为妃。优崇之礼，皆依晋初故事。建宫于秣陵县，以兵守之。庚午，立七庙，追尊父翘为孝穆皇帝，妣赵氏为孝穆皇后。上事继母萧太后素谨，春秋已高，每旦入朝，未尝失时刻，及即位，尊为皇太后。又大封功臣宗室，增赐从兄怀敬食邑五百户，报其母乳哺之恩也。傅亮、徐羡之、檀道济等，俱增位进爵。追封已故左仆射刘穆之为南康郡公，左将军王镇恶为龙阳县侯。

上思念穆之不置，谓左右曰："穆之不死，当助我治天下。可谓人之云亡，邦国殄瘁。"又曰："穆之死，人轻易我。"其子刘邕，虽袭父爵，而上不重用。左右或言于上，上曰："吾岂不知邕为穆之儿？但其人有奇癖，非人情不可近。"盖邕嗜食疮痂，以为味似鳆鱼。初为南康郡，其吏役二百许人，不问有罪无罪，鞭之见血，结痂必送进，取以供膳。尝诣孟灵休，灵休先患炙疮，痂落在床，邕取食之。灵休大惊，问："何食此不洁？"邕曰："吾性嗜此。"灵休因将痂之未落者，尽剥取以给之。邕去，因与友人书曰："刘邕向顾见啖，遍体流血。"闻者皆以为笑，以故见恶于帝。

却说帝恐零陵尚存，人心未一，密以毒酒一瓶，授郎中令张伟，使往鸩之。伟叹曰："鸩君以求生，不如死。"乃于道自饮而卒。先是零陵逊位，深虑祸及，与嫔妃共处一室，自煮食于床前。饮食所资，皆出褚妃之手，故宋人莫得伺其隙。侍中褚谈之，褚妃兄也。帝令谈之探妃，妃出别室，与兄相见。兵士遂逾垣而入，进药于王。王不肯饮，曰："佛教自杀者，不复得人身。"兵入以被掩杀之。帝闻其死，率百官临朝堂三日，葬以帝礼，谥曰恭帝。后人有诗悼之曰：

虚号称尊仅一年，床前煮食剧堪怜。
晋家气数应当尽，一线如何许再延？

且说帝自受禅以来，勤于政事，力矫前代之弊，从此人民乐利，天下又安。一日，帝视朝，百官皆集，问曰："当今之事，何者宜先？"群臣请立太子以固国本，帝从之。乃先封诸子义真为庐陵王，义隆为宜都王，义康为彭城王，追谥故妃臧氏为敬皇后，而立义符为太子。初帝常在军中，战争无虚日，年近五十，尚无子。至晋义熙二年，始生太子于京口，得之甚喜。及长，有勇力，善骑射，解音律，常命刘穆之辅之。留守京师。然性好淫乐，多狎群小，帝以其长立之，屡戒不悛。因谓谢晦曰："吾思神器至重，不可使负荷非才。今太子多失，卿以为庐陵何如？"晦曰："陛下既思存万世，其事不可不慎，臣请往而观之。"出造庐陵，庐陵知晦从帝所来，殷勤相接，与之坐谈今古，议论风生，语纷纷不绝。晦默然相向，数问数不答。还谓帝曰："德轻于才，非人主也。"帝乃止，储位得不易。

未几，帝不豫，徐羡之、傅亮、谢晦、檀道济入侍汤药。越数月，帝疾甚，召太子诫之曰："檀道济虽有干略，而无远志。徐羡之、傅亮当无异图。谢晦数从征伐，颇识机变，若有同异，必此人也。”又为手诏曰：“后世若有幼主，朝事委宰相，母后不许临朝。”徐、傅、谢、檀四人，同受顾命。癸亥，帝殂于西殿，享年六十七。

先是，帝居大位，节己爱人，严整有度，目不视珠玉，后廷无纨绮之服、丝竹之音。宁州献虎魄枕，光色灿丽，帝得之大喜。左右疑其爱之也。帝曰：“吾闻虎魄能治金创。”命捣而碎之，以给北征将士。平秦之日，得一美女，容貌绝佳，乃秦主兴从妹。帝纳之，宠爱无比。因之早卧宴起，颇废政事。一日，谢晦进见，时帝方拥美人共寝，内侍不敢报。晦屏立门外，候至日午，帝方起。晦因谏曰：“陛下一代英雄，平生不好女色，年近迟暮，而以有用之精神耗于无用之地，臣窃以为不可。”帝立悟，即时遣出。性尤坦易，出入仪卫甚简，常著木齿屐步出西掖门，幸徐羡之宅，左右从者不过十余人。又微时多符瑞，及贵，史官审以所闻，宜载之简策，以昭示来世，帝拒而不答。疾既重，群臣请祷上下神祇，不许，惟使侍中谢方明以疾告宗庙而已。其豁达大度，有类汉高，故能诛内靖外，功格宇宙，为宋高祖。

高祖既崩，群臣奉太子即位，是为少帝。大赦，尊皇太后为太皇太后，立妃司马氏为后，徐羡之、傅亮为左右仆射，谢晦为卫将军，同掌国政。时魏师南侵，命檀道济领南兖州刺史，镇广陵以拒之。是时，新主当阳，旧臣在位，纪纲法度，一遵永初之政。正是上下相安，天下从此可以无事。

那知新主即位未几，又生出一番变动来，且听下回分剖。

第九卷

废昏庸更扶明主　杀大将自坏长城

话说少帝即位以后，全无君人之度，狎匿左右，游戏无节，时时使枪弄棒，鼓鞞之声震于外庭。又在后园凿一大池，周围数里，号天渊池。造龙舟于中，日夕游宴为乐。高祖所积内库宝物，不上三月，耗费殆尽。群臣屡谏不从。徐羡之、傅亮深以为忧，谓谢晦曰："幼主所为如此，高祖之业必为堕坏，奈何？"晦曰："嗣子可辅则辅之，不可辅则废之。吾侪宁负嗣主，不负社稷。"羡之以为然，于是密谋废立。晦又曰："今若废帝，次立者应在庐陵。庐陵非守成之主，此不可不慎也。"

先是，庐陵性警悟，举动轻易，向执政多所求索，执政不与，庐陵深以为怨，数有不平之言。故诸臣不欲奉以为主，乘其与帝有隙，先表奏其罪恶，废为庶人，徙新安郡。义真既黜，徐、傅便欲废帝。以檀道济先朝旧将，同受顾命，且有兵众，威服殿省，必得与之共事，乃无后患。于是遣使兖州，征道济入朝。有中书郎邢安泰者，典宿卫兵，结之为内应。俄而道济至京，羡之等邀至第中，告以废立之事。道济曰："废之更何所奉？"羡之曰："宜都王素有令望，又多符瑞，可立也。"道济以为然。

甲申，谢晦托以领军府败，起工修治，聚将士于府内，明晨举事。夜邀道济同宿，晦怀恐惧，反侧不得眠。道济则鼾呼而寝，晦因此服其胆量。诘旦，道济引兵居前，羡之等继后，入自云龙门，邢安泰先戒宿卫，莫有御者。直至内殿，问帝何在？宫人曰："昨帝于华林园为列肆，亲自沽卖。夕游天渊池，即龙舟而寝。"众遂入园求帝，时帝未起。内侍报有兵至，帝大诧异，方下床，军士已跃入龙舟。杀二内侍，帝格之伤指。扶出船头，以兵卫之，拥入东阁。徐、傅等即矫称太后令，数帝过恶，收其玺绶，降为营阳王，送归故太子宫。群臣拜辞，后又迁帝于吴，使邢安泰弑之，并杀庐陵于新安，闻者悲之。

是时，九重无主，宜都王尚在荆州。羡之与亮欲先树外援，乃除谢晦都督荆、襄七州诸军事、荆州刺史，精兵旧将，悉配麾下。傅亮始率行台百官，奉法驾，迎宜都王于江陵，入承大统。亮行数日，遇蔡廓于途，问以时事。廓曰："营阳在吴，宜厚加供奉。倘一旦不幸，诸君有弑主之名。欲立于世，将可得耶？"时亮已与羡之议害营阳，不知其已弑也。亟驰信止之，已无及矣。羡之大怒曰："与人共计议，如何旋背，即卖恶于人耶？"既而亮至江陵，率百僚诣王第，上表进玺绶，行九叩礼。宜都王时年十八，下教曰：

> 猥以不德，谬降大命，顾已惊悸，何以克堪。辄当暂归朝廷，展哀陵寝，并与贤彦，申写所怀。望体此心，勿为辞责。

继闻营阳、庐陵二王死，大惊，驾不敢发。司马王华曰："先帝有大功于天下，四海所服。虽嗣主不纲，人望未改。徐羡之中材寒士，傅亮布衣诸生，非有晋宣帝、王大将军之志明矣。受寄崇重，未容遽敢背德。畏庐陵严断，将来必不自容，故先废之。以殿下宽睿慈仁，远近所知，越次奉迎，冀以见德。又羡之等五人同功并位，孰肯相让？就怀不轨，势必不行。废主若存，虑其将来受祸，故此杀害。不过欲握权自固，以少主仰待耳。殿下但当长驱至京，以副天人之心。”长史王昙首、南蛮校尉到彦之皆劝王行。王乃命王华留总后任，使到彦之将兵前驱。彦之曰：“料彼不反，便应朝服顺流，若使有虞，此师既不足恃，反开嫌隙之端，非所以副远近之望也。”王乃止。令百官皆从行，而留彦之镇襄阳。

是日，方引见傅亮，对之号泣，哀动左右。既而问及义真、少帝遭害本末，悲哭呜咽，侍侧者莫能仰视。亮局蹐不宁，流汗沾背，不敢对而出。王于是就道，严兵自卫，台兵不得近步伍。行次大江，有黑龙跃负王舟，左右皆失色。王曰：“此大禹所以受命也，我何德以堪之。”八月丙申，驾至建康，君臣迎拜于新亭。徐羡之私问傅亮曰：“王可方谁？”亮曰：“晋文景以上人。”羡之曰：“必能明我赤心。”亮摇首曰：“未必。”

丁酉，即皇帝位于中堂，是为文帝。备法驾入宫，御太极前殿，大赦，改元元嘉。文武赐位二等，诏复庐陵王先封，迎其柩还建康，徐、傅等大惧。诏谢晦赴任荆州。晦将行，与蔡廓别，屏人问曰：“吾其免乎？”廓曰：“卿受先帝顾命，任以社稷，废昏立明，义无不可。但杀人二兄，而以之北面，挟震主之威，据上流之重，以古推今，自免为难。”晦默然，然初惧不得去，既发，顾望石头城，喜曰：“今得脱矣。”时会稽孔宁子为帝谘议参军，及即位，以为步兵校尉，与侍中王华并有富贵之望。疾徐羡之、傅亮专权，构于帝曰：“徐、傅不除，大位终无安理。”帝本欲诛二人，并发兵讨晦，以其权尚重，故迟迟不发。闻二人言，益信。于是引用腹心，征到彦之于雍州，为中领军，委以戎政。彦之闻召，自襄阳南下。过荆州，谢晦虑其不过，已而彦之至杨口，步往江陵，深布诚款，留名马利剑以与晦，晦由此大安。

却说元嘉三年二月乙丑，帝已大权在握，乃下诏暴徐、傅、谢晦专杀二王之罪，命有司收之，且曰："晦据有上流，若不服罪，朕当亲率六师，讨其不臣。"是日，黄门郎谢皭在朝闻之，飞报亮与羡之。羡之欲逃，乘内人问讯车出郭，步走至新林，知不免，入陶灶中自经死。亮乘车出郭门，为门者所执。上遣人以诏书示之，并谓曰："以公江陵之诚，当使诸子无恙。"亮读诏书讫，曰："亮受先帝布衣之眷，遂蒙顾托，黜昏立明，社稷之计也。欲加之罪，其何辞乎？"于是诛亮而徙其妻子于建安。戮羡之尸，杀其二子。收谢皭于狱。帝将讨晦，召道济于广陵。道济闻召即来，见帝于合殿。帝谓之曰："弑逆之事，卿不豫谋，卿无惧焉。今欲委卿西伐，卿以为克否？"对曰："臣昔与晦从先帝北征，入关十策，晦有其九。才略明练，殆为少敌；然未尝孤军决胜，戎事恐非其长。臣悉晦智，晦悉臣勇。今奉王命讨之，可未陈而擒也。"帝大悦。

却说谢晦闻徐、傅等诛，帝将讨己。于是先发二人哀，次发子弟凶问。既而自出射堂勒兵。晦从高祖征伐有年，指挥处分，莫不曲尽其宜。数日间，四远投集，得精兵三万，乃抗表上奏云：

> 故司徒徐羡之、故司空傅亮，忠贞自矢，功在社稷。陛下不察，横加冤酷，疑臣同逆，又下诏讨臣。伏惟臣等若志欲窃权，不专为国，初废营阳，陛下在远，武皇之子尚有童幼，拥以号令，谁敢非之？岂得溯流三千里，虚馆七旬，仰望鸾旗哉？故庐陵王义真本于营阳之之世，积怨犯上，自贻非命。不有所废，将何以兴？耿弇不以贼遗君父，臣实效之，亦何负于宗室耶？此皆王华、王昙首等险躁猜忌，谗构成祸，今当举兵以除君侧之恶。

晦上表讫，以弟谢遁为竟陵内史，司马周超佐之，将万人留守，自统精兵二万发江陵。大列舟舰，自江津至于破冢，旗旌蔽日。叹曰："恨不以此为勤王之师也。"帝览表大怒，欲自讨之。乃命彭城王义康居守，亲统大军数万，以到彦之为前锋，檀道济继之，即日电发，络绎奔路。

时谢晦在道，探得京军已发，谓其将庾登之曰："彼既西上，吾且俟其至而击之，何如？"登之曰："善，此乃反客为主计也。"晦乃停军江口，严阵以待。先是诸人为自全之计，以为晦据上流，道济镇广陵，各拥强兵，足制朝廷。羡之、亮秉权居中，可得持久。故到彦之军至，晦犹不以为意，及闻道济率众来，不觉失色，曰："道济何为来哉？"然犹恃其强，欲力战胜之。恰值西北风起，遂乘风帆而上。那知行未数里，风势忽转，前后连亘，急令落帆掉桨，而西人离沮，无复斗心。道济亲立船头，挥众迎击，谓西军曰："所诛者一人，汝曹何为与之俱死？"西军素服道济，闻其言，皆不战而溃，晦见大军瓦解，慌急无措，单领心腹数人，乘小船急走，连夜逃归江陵。帝闻前师克捷，大喜。遂自芜湖东还，命到彦之率师追之。

却说晦至荆州，众散略尽，乃携其弟遁七骑北走。遁体肥壮，不能乘马，晦每缓辔待之，不得速发。追兵至，执之，槛送建康。到彦之收谢氏子弟及周超等皆斩之，余从逆者并受其降。晦至建康，帝命与谢皭同斩都市。临刑，皭赋诗曰：

伟哉横海鳞，壮矣垂天翼。
一旦失风水，翻为蝼蚁食。

晦亦续之曰：

功遂侔昔人，保退无智力。
既涉太行险，斯路信难陟。

其女彭城王妃被发徒跣，抱晦而哭曰："大丈夫当横尸战场，奈何狼藉都市？"晦有惭色。帝既诛晦，论平贼功，进道济为司空，封永修公、江州刺史，到彦之为南豫州刺史，以彭城王义康为王侍中，委以国政。

义康帝之次弟，性聪察，曾为南徐州刺史。在州职事修治，与帝友爱尤笃。而帝自践祚以来，羸疾积年，心劳辄发，屡至危殆，义康尽心奉侍，药石非口所亲尝不进。或连夕不寝，总理内外，曲合帝心。故凡所陈奏，入无不可。方伯以下，并令义康选用。生杀大事，或自断决，帝亦不怪。由是势倾远近，朝野辐辏。每旦，府门常有车数百乘，义康引身相接，未尝懈倦。复能强记，耳目所经，终身不忘。好于稠人广席间标题所记，以示聪明。尝谓左右曰："王敬弘、王球之属碌碌庸才，坐取富贵，那复可解！"然素无学术，不识大体。朝士有才用者，皆引入己府，私置僮仆六千余人。四方献馈，皆以上品荐义康，而以次者供御。帝尝冬月啖甘，叹其形味并劣，义康曰："今年甘殊有佳者。"遣人还东府取之，大于供御者三寸。自谓兄弟至亲，不复存君臣形迹也。

先是，领军将军刘湛与仆射殷景仁素相莫逆，其进也，景仁实引之。湛既进，以景仁位遇本不逾己，而一旦居前，意甚愤愤。又以景仁专管内任，谓为间己，猜忌渐生。知帝信仗景仁，宠遇不可夺，遂阴与义康相结，欲因宰相之力以回上意，倾黜景仁，独当时务，屡使义康毁之于帝。景仁对亲旧叹曰："引之令入，入便噬人，吾且避之。"乃称疾解职。帝不许，使停家养病。又湛与道济不睦，而道济功名日甚，宠命频加，益忌之。会帝久疾不愈，自惧危笃，使义康具顾命诏。义康之党皆谓宫车一日晏驾，大业当归彭城，而虑道济立异，湛于是说义康曰："道济屡立奇功，威名甚重，其左右腹心并经百战，诸子又有才气，主上若崩，道济不可复制，非大王之福也。盍先除之以绝后患。"义康信之，乃言于帝，召道济入朝。

当是时，魏方入寇，道济出师拒之，前后与魏三十余战，所向皆捷。军至历城，魏纵轻骑邀其前后，焚烧谷草，道济军乏食，乃自历城引还。军人有亡降魏者，告以食尽，魏人追之，众恼惧将溃。道济夜唱筹量沙，以所余少米覆其上，魏军见之，谓道济资粮有余，以降者为妄而斩之。时敌人甚盛，骑士四合，道济命军士皆披甲，己白服乘舆。魏人疑有伏兵不敢击，稍稍引退，道济乃全军而返。归未逾月，忽有诏至，召之入京。其妻向氏曰："高世之勋，自古所无，今无事相召，未识吉凶若何？"道济曰："吾方全师保境，何负国家，而致患生不测！汝无虑焉。"遂行。既至建康，以帝疾未瘳，留之累月。会帝病稍间，召而见之，慰劳甚至，命即还镇。道济方出宫，帝忽昏迷不省人事。刘湛谓义康曰："道济既召之来，未可纵之去也。"遂执之，下诏称道济潜散金货，招诱不逞之徒，因朕寝疾，规肆祸心，收付廷尉。道济见收，勃然忿怒，目光如炬，脱帻投地曰："乃坏汝万里长城。"遂死。并诛其子十一人，又杀其参军薛彤、高进之。二人皆道济腹心，有勇力，号万人敌，时人比之关、张者。魏人闻之喜曰："道济死，吴儿辈不足复惮矣。"后人作长歌挽之曰：

寄奴崛起开鸿烈，四方猛士归心切。
风虎云龙会一朝，就中道济尤瑰杰。
身经百战立奇功，血痕染得征袍红。
慑服强邻镇西土，手麾旄钺摽雄风。
一朝谗口纷纷集，鸟尽弓藏从古说。
韩侯见执黥彭烹，千古冤魂同一辙。
目光如炬发冲冠，投帻狂呼白日寒。
自坏长城真可惜，徒令志士心为酸。
呜呼！长城自坏亦已矣，宋祚倾颓魏人喜。

道济既死，帝在病中未知。及疾瘳，义康奏之。帝深惋惜，谓义康曰："尔何匆遽若此？"义康曰："刘湛为臣言，不杀道济，后必有患，臣故诛之。"帝由是怒湛。

却说湛初入朝，帝悦其才辩，每与谈论，必竟日始退，习以为常。至是帝为左右曰："向吾与刘班言，每视日早晚，唯恐其去。今与刘班言，吾亦视日早晚，惟恐其不去。”湛亦觉帝宠渐衰，乃欲使后日大业，终归义康。阴结廷臣刘斌、刘敬文、孔胤秀等为死党，伺察禁省，有不与己同者，必百方构陷之。推崇义康，无复人臣之礼。帝闻之益怒。殷景仁密言于帝曰：“相王权重，群小党附，非社稷计，宜少加裁抑。”帝深然之，于是决意黜义康而诛湛等。一日，以密旨召义康入宿，留止中书省。其夜帝出华林园，坐延贤堂，召殷景仁。景仁卧疾五年，虽不见上，而密函去来，日以十数，形迹周密，莫有窥其际者。至是闻召，犹称脚疾，坐小床舆入见。诛讨处分，帝皆委之，收刘湛付廷尉，下诏暴其罪恶，就狱诛之。并杀其三子，及其党刘斌、刘敬文、孔胤秀等八人。

先是骁骑将军徐湛之与义康尤亲厚，帝恶之，事败被收，罪当死。其母会稽公主，于兄弟为长嫡，素为帝所敬礼，家事大小，必咨而后行。高祖微时，有纳布衫袄，臧皇后手所作也。既贵，以付公主曰：“后世有骄奢不节者，可以此衣示之。”至是公主入宫，见上号哭，不复施臣妾之礼，以锦囊盛纳布袄，掷于帝前曰：“汝家本贫贱，此是吾母为汝父所作。今日得一饱餐，便欲杀我儿耶？”帝乃赦之。又吏部尚书王球，简淡有美名，为帝所重。其侄王履，贪利进取，深结义康、刘湛。球屡戒之，履不悛。诛湛之夕，履恐祸及，屦不及穿，仓皇奔至球所求救。球命左右取屦与之，饮以温酒，谓之曰：“常日语汝云何？”履怖惧不能答。珠徐曰：“阿父在，汝亦何忧？”时帝本欲杀之，以球故，竟免其死，废于家。帝以湛等罪状示义康，义康叩头谢罪，上表求贬，乃出为江州刺史，幽之豫章。义康停省十余日，见帝拜辞。帝惟对之恸哭，余无所言。即发，帝遣沙门慧琳视之。义康曰：“弟子有还理否？”慧琳曰：“限公不读数百卷书耳。”先是谢述累佐义康，数有规益，未几早卒，义康因叹曰：“昔谢述惟劝吾退，刘班惟劝吾进，今班存而述死，其败也宜哉！”及在安城读书，见淮南厉王长事，废书叹曰：“自古有此，我乃不知，此慧公所以恨我不读书也。罪何以免？”今且按下。

再说义康既出，不数月，景仁亦死。帝旁无信臣，唯詹事范蔚宗以文学见知，然亦不甚委任。有散骑郎孔熙先者，博学文史，兼通数术。其父为广州刺史，以赃获罪，义康救之得免。及义康迁豫章，熙先密怀报效。且以天文图谶，帝必以非道晏驾，由骨肉相残，江州应出天子，因欲弑帝，立义康。见朝臣内惟范蔚宗志意不满，可引与同谋，乃结蔚宗甥谢综，以交蔚宗。熙先家饶于财，数与蔚宗博，故为拙行，以财输之。蔚宗既利其财，又爱其文艺，由是情好款洽。一日，二人偶谈时事，熙先连称可惜者再。蔚宗问何惜？熙先曰：“吾惜文人以盖世之才，不立盖世之功耳。”蔚宗又问若何立功？熙先乃说之曰：“彭城王英断聪敏，人神攸属，失职南垂，天下愤怒。小人受先君遗命，以死报彭城之德。迩来人情骚动，天文舛错，此所谓时运之至，不可推移者也。丈人顺天人之心，结英豪之士，表里相应，发难于肘腋，然后诛除异己，崇奉明圣，号令天下，谁敢不从？小人请以七尺之躯，三寸之舌，立功立事，而归诸丈人。丈人以为何如？”蔚宗愕然不应。熙先曰：“又有过于此者，遇则未敢道耳。”蔚宗曰：“何为也？”熙先曰：“丈人奕叶清通，而不得连姻帝室。人以犬豕相遇，而丈人曾不耻之，欲硁硁自守，不亦惑乎？”盖蔚宗门无内行，有中蒿之羞，为时鄙贱，故熙先以此激之。蔚宗果以为大戚，思欲建非常之事，一泄其辱，反意乃决。正是，狂言顿起萧墙祸，治日偏多肘腋忧。

但未识弑逆之计行于何时，且听下文再讲。

第十卷

急图位东宫不子　缓行诛合殿弑亲

话说蔚宗听了熙先一番言语，遂怀反意，密结其甥谢综。府史仲承祖、丹阳尹徐湛之及彭城旧时亲厚者十余人，又有道人法略、女尼法静，皆感彭城旧恩，愿以死报。法静有妹夫许耀，领队在台，许为内应。一日，探得帝将出游，燕群臣于武帐冈，耀领台兵侍卫，蔚宗、湛之等皆从。遂谋以是日作乱，约定宴饮之次，蔚宗托有密事奏帝，请屏左右，耀便进前弑帝，尽杀左右大臣，蔚宗入居朝堂，奉迎义康即位。谋既定，专待临期行事，各如所约。

那知蔚宗是日侍饮，恐惧殊甚，耀在帝侧，扣刀挺立，屡目蔚宗，蔚宗垂首，默无一语。耀亦不敢动。俄而座散，徐湛之退而惧曰："事无成矣，吾何与之同死！"密以其谋白帝。帝闻之大骇，急命有司收蔚宗、熙先、谢综等讯之。熙先望风吐款，辞气不挠。蔚宗初犹抵赖，以熙先承认，亦不敢辨。乃并下狱待决。上奇熙先之才，责吏部尚书何尚之曰："使孔熙先年将三十，作散骑郎，那不作贼！"蔚宗在狱为诗曰："虽无嵇生琴，庶同夏侯色。"初意入狱即死，而帝穷治其狱，遂经二旬。狱吏戏之曰："外传詹事或当长系。"蔚宗闻之惊喜，谢综、熙先笑之曰："詹事平日攘袂瞋目，跃马顾盼，自以为一世之雄。今扰攘纷纭，畏死乃尔耶？”临刑，蔚宗母至市，涕泣责之，以手击其颈，色不怍。妹及妓妾来别，蔚宗悲涕流连。谢综诮之曰：“舅殊不及夏侯色。”蔚宗收泪而止。遂与综、熙先及其子弟党与同日并诛。有司奏治彭城之罪，帝初不许，后因魏师犯瓜步，帝虑不逞之人，奉其为乱，赐死安城。

且说帝初即位，立妃袁氏为后，后性贤明，帝待之恩礼甚笃。初生太子劭，后详视良久，使宫人驰告帝曰：“此儿形貌异常，必破国亡家，不可举。”帝闻之，狼狈奔赴，至后殿户外，以手拨幔禁之，乃止。先是袁氏家贫，后尝就帝，求钱帛给之。而帝性节俭，所赐钱不过三五万，帛不过三五十匹。及潘淑妃生始安王浚，宠倾后宫，所求无不得。一日，后向帝求钱，嫌所得不多。宫人曰：“后有求，帝不肯与。若使潘妃求之，虽多必获。”后欲验其言，因托潘妃代求三十万钱，信宿便得。因此深为恚恨，郁郁成疾。从此不复见帝。及疾笃，帝至床前执手流涕，问所欲言。后终不答，直视良久，以被覆面而崩。时年三十六。帝甚痛悼，所住徽音殿五间，设神位于中，其殿常闭，非有诏不许擅开。有张美人者，尝以非罪见责，应赐死，从后灵殿前过，流涕大言曰：“今日无罪就死，先后有灵，当知吾冤。”说声未了，殿忽豁然大开，窗牖俱辟。职掌者驰白于帝，帝惊往视之，其事果实，美人乃得释。人以为袁后阴灵所护也。

再说太子劭既长，美姿容，好读书，便弓马，喜延宾客。意之所欲，帝必从之。既居储位，帝以宗室强盛，虑有内难，特加东宫兵，使与羽林相若，若有实甲万人。初，以潘妃承宠，致后含恨而死，深恶潘妃及始安王浚。浚惧为将来之祸，乃曲意事劭。劭更与之善，欢洽无间。有王鹦鹉者，东阳公主之婢，貌颇姣好。太子尝至主第，见而悦之，托言身倦，假寝后园，呼鹦鹉侍，遂与之私。鹦鹉狡而淫，苟合时，能曲尽太子欢，太子大喜。其后鹦鹉又与浚私，弟兄传嬖之，公主弗禁也。劭与浚并多过失，数为上所诘责，常郁郁不快。一日，鹦鹉见太子色不豫，问其故。劭曰："主上难事，吾安得早登大位，得遂所欲乎？"鹦鹉曰："天子万福，太子岂能遽登大宝？莫若使女巫祈请天帝，使过不上闻，则太子可无忧矣。"劭深然之。你道女巫何人？此女姓严氏，名道育，吴兴人。初为妓家，有妖人常来留宿，授以采阳补阴、役使鬼物之术。后遂为巫，往来于富家臣室，其术颇有灵验，故东阳公主家亦得出入焉。鹦鹉尤与相善，常同床共宿，授以房中之术，故鹦鹉亦能蛊惑人，为太子所爱。一日，道育谓主曰："天帝有宝物赐主，主后福无穷。"主初不信，其夜主卧于床，忽见流光若萤，飞入书筒中，急起开视，得二青珠，大以为神，由是劭与浚亦惑之。遂使作法祈请，令过不上闻。道育曰："上天已许我矣，太子等纵有过，决不泄露。"劭等益敬事之，号曰"天师"。其后又为巫蛊，琢玉为帝形像，埋于含章殿前，使宫车早早晏驾。共事者惟道育、鹦鹉、始安王浚，及东阳府奴陈天与、黄门陈庆国数人，余莫知也。

会东阳公主卒，鹦鹉例应出嫁，陈天与先与之通，欲得之。后鹦鹉又与浚之私人沈兴远交好，厌薄天与，遂嫁兴远。天与有怨言，鹦鹉唆劭杀之，陈庆国惧曰："巫蛊事，唯我与天与宣传往来，今天与死，我其危哉。且事久终泄，不如先自首也。"乃具以其事白帝。帝大惊，即遣收鹦鹉，封籍其家。劭惧，以书告浚。浚覆书曰："彼人所为如此，正可促其余命，或是大庆之渐耳。"

先是二人往来书札，常谓帝为彼人，或谓其人。谓江夏王义恭为佞人，皆咒诅巫蛊之言。其书并留鹦鹉处，至是皆被收去。又搜得含章殿所埋玉人，帝益怒，命有司穷治其事。道育亡命，捕之不获。时浚镇京口，已有命为荆州刺史，移镇江陵，将入朝而巫蛊事发。帝惋叹弥日，谓潘淑妃曰："太子图富贵，或祈我速崩。虎头复如此，非复思虑所及。汝母子岂可一日无我耶？"虎头，浚小字也。妃叩首求解，帝遣中使切责之，犹未忍加罪也。道育亡命后，变服为尼，匿于东宫，又逃之京口，匿于浚所。浚入朝，复载还东宫，欲与俱住东陵。道育偶过其戚张昨家，为人所告。帝遣人掩捕，得其二婢，云道育随始安王还都，今又逃往京口矣。帝方谓劭与浚已斥遣道育，今闻其犹相匿之，惆怅惋骇，乃与侍中王僧绰、仆射徐湛之、尚书江湛密谋废太子，赐始安王死。须俟道育捉到，面加检覆，方治二人之罪。

时帝诸子尚多，武陵王骏素无宠，故屡出外藩，不得留建康。南平王铄、建平王宏、随王诞皆为帝所爱，议择一人立之。而铄妃为江湛之妹，劝帝立铄。诞妃为徐湛之女，劝帝立诞。帝不能决。僧绰曰："建立之事，仰由圣怀。臣请唯宜速断，不可稽缓。当断不断，反受其乱。愿以义割恩，略去不忍之心，不尔便应坦怀如初，无烦疑论。宏机虽密，易致宣广，不可使难生虑表，取笑千载。"帝曰："卿可谓能断大事，然此事至重，不可不殷勤三思。且彭城始亡，人将谓我无复慈爱之道。"僧绰曰："臣恐千载之后，言陛下唯能裁弟，不能裁儿。"帝默然。既退，江湛谓僧绰曰："卿向所言，毋乃太伤切直。"僧绰曰："弟正恨君不直耳。"

帝自是每夜与湛之屏人语，或连日累夕，常使湛之自秉烛，绕壁检行，虑有窃听者。那知潘淑妃怪帝久不入宫，密密打听，已知帝有废太子、杀始安意，乃召浚入，抱之泣曰："汝前咒诅事发，犹冀刻意改过，何意更藏道育，帝怒不可解矣。我何用生为？可送药来，当先自尽，不忍见汝祸败也。"浚奋衣起曰："天下事寻当自判，愿小宽虑，必不上累。"遽驰报劭曰："事急矣，须早图之。"劭乃密与腹心队主陈叔儿、斋师张超之等共谋弑帝。每夜飨将士，或亲自行酒。僧绰觉其异，密以启闻。帝以严道育尚未解至，故迟不发。

癸亥夜，劭诈为帝诏云："鲁秀谋反，汝平明帅众入。"因使张超之召集东宫甲士，豫加部勒，云有所讨。夜呼右军长史萧斌、左卫率袁淑、积弩将军王正见等并入宫。劭流涕谓曰："主上信谗，将见罪废。内省无过，不能受枉。明旦当行大事，望相与戮力。"因起遍拜之。众惊愕，莫敢对。良久，淑、斌皆曰："自古无此，愿加三思。"劭怒变色，斌惧曰："当竭身奉令。"淑叱之曰："卿便谓殿下真有是耶？殿下幼常患风，或是疾动耳。"劭愈怒，因盼淑曰："事当克否？"淑曰："居不疑之地，何患不克？但既克之后，不为天地所容，大祸亦旋至耳。假有此谋，犹宜中止。"左右引淑出曰："此何事而可中止耶？"淑还省，绕床行，至四更乃寝。甲子，宫门未开，劭以朱衣加戎服上，乘画轮车，与萧斌同载，卫从如常日入朝之仪。呼袁淑甚急。淑高卧不起，劭停车奉化门，络绎遣人催之。淑不得已徐起，至车后，劭呼之登车。又辞不上，乃命左右杀之。

俄而内城开，劭从万春门入。旧制东宫队不得入城，劭乃以伪诏示门卫曰："受敕有所收讨。"呼令后队速来，门卫信之，不敢诘。张超之等数十人驰入云龙门，进及斋阁，直卫兵尚寝未起，门阶户席寂无一人。超之遂拔刃径上合殿。帝是夜与徐湛之屏人语，至旦烛犹未灭，见超之入，举几捍之。超之挥刃，帝五指皆落，遂趋前弑之。湛之惊起，急趋北户，户未及开，兵入杀之。后人有诗颂袁后之先见云：

天生枭獍异常儿，何事君王不杀之？
羽翮养成行大逆，方知巾帼胜须眉。

劭进至合殿中间，闻帝已殂，出坐东堂，萧斌执刀侍立。呼中书舍人顾嘏，嘏震惧不即出。既至，劭问曰："欲共见废，何不早启？"嘏未及答，即于座前斩之。江湛直宿上省，闻喧噪声，知有变，叹曰："不用王僧绰言，以至于此。"乃匿旁屋中，兵士搜出杀之。宿卫罗训、徐罕，皆望风屈服。独左细仗主卜天与不暇被甲，疾呼左右出战。徐罕曰："殿下入，汝欲何为？"天与骂曰："殿下此来为何，汝尚作此语？"遂拔箭射劭于东堂，几中之。劭党奋击，断臂而死。其队将张泓之、朱道钦亦皆战死。劭遂杀潘淑妃及帝亲信左右数十人，急召始安王浚。

时浚在西州府，未得劭信，未识事之济否，恇扰不知所为。舍人朱法瑜奔告曰："台前喧噪，宫门皆闭，道上传言太子反，未沿祸变所至。"浚阳惊曰："今当奈何？"法瑜劝入据石头，浚从之。将军王庆曰："今宫内有变，未知主上安危，凡在臣子，当投袂赴难。凭城自守，非臣节也。"浚不听，乃从南门出，径向石头，从者千余人。俄而劭遣张超之驰马召浚，浚屏人问状，即戎服乘马而去。朱法瑜固止之，不从。王庆亦扣马谏曰："太子反逆，天下怨愤。殿下但当坚闭城门，坐食积粟，不过三日，凶党自离。情事如此，今岂宜去？"浚大言曰："皇太子令，敢有复阻者斩！"既入见劭，劭谓之曰："潘淑妃为乱兵所害。"浚曰："此是下情，由来所愿。"劭诈以帝诏，召大将军义恭、尚书何尚之，至则并拘于内。并召百官，至者才数十人，劭遽即位，改元太初。下诏曰："徐湛之、江湛弑逆无状，吾勒兵入殿，已无所及，号惋崩衄，肝心破裂。今罪人斯得，元凶克殄，可大赦。"降诏毕，即称疾还永福省，不敢临丧，以白刃自守，夜则列灯不寝。以萧斌为尚书仆射、领军将军，何尚之为司空，诸逆徒拜官进爵有差。青州刺史鲁秀将赴任，劭留之于京，使掌库队，谓之曰："徐湛之常欲相危，我已为卿除之矣。"舍人董元嗣乘间奔寻阳，具言太子弑逆，其事始彰。是时沈庆之为武陵王司马，密谓腹心曰："萧斌妇人，不足有为。其余将帅，皆易与耳。东宫同恶不过三十人，此外屈逼，必不为用。今辅顺讨逆，不忧不济也。"

先是劭不知王僧绰之谋，用为司徒。乃检文帝巾箱，得僧绰所奏飨士启，大怒，杀之。因诬北第诸王侯，云与僧绰同反，遂杀长沙、临川、桂阳、新渝诸王侯等。密赐沈庆之手书，令杀武陵王骏。庆之得书，来见王。王惧，辞以疾。庆之突入，见王于中堂，以劭书示之。王泣求入内，与母诀别，庆之曰："下官受先帝厚恩，今日之事，唯力是视，焉肯辅逆，殿下何见疑之深？”王起再拜曰：“家国安危，皆在将军。”庆之即命内外勒兵。主簿颜竣曰：“今四方未如义师之举，劭据有天府，若首尾不相应，此危道也。宜待诸镇协谋，然后举事。”庆之厉声曰：“今举大事，而黄头小儿皆得参预，何得不败？宜斩以徇众。”王令竣向庆之谢罪。庆之曰：“卿但任笔札事耳，忽预军机也。”王于是专委庆之处分。旬日之间，内外整办，人服其才。庚寅，武陵王戒严誓众，以沈庆之为主军元帅，襄阳太守柳元景为冠军将军，随郡太守宗悫为中兵将军，内史朱修之为平东将军，记室颜竣为咨议参军，移檄四方，于是各路州郡闻之翕然响应。第一点荆州刺史南谯王义宣；第二路雍州刺史臧质；第三路司州刺史鲁爽；第四路青州刺史萧思话；第五路冀州刺史垣护之。一时并起，举兵赴难。

单有随王诞镇东吴，有强兵数万，将受劭命。其参军沈正谏之不从，退立于宫门之外，泣谓司马顾琛曰：“国家此祸，开辟未有。今以江南骁锐之众，唱大义于天下，其谁不响应？岂可使殿下北面凶逆，受其伪宠乎？”琛曰：“江南忘战日久，虽逆顺不同，然强弱亦异。当待四方有义举者，然后应之，不为晚也。”正曰：“天下未有无父无君之国，宁可自安仇耻，而责义四方乎？今正以弑逆冤丑，义不共戴，举兵之日，岂必求全耶！冯衍有言：‘大汉之贵臣，将不如荆齐之贱士乎？’况殿下义兼臣子，事关国家者哉！”琛乃与正复入说诞，诞遂不受劭命。闻武陵已建义，亦起兵应之。

先是文帝北拒魏师，劭常从军，自谓素习武事。及得志，语朝士曰：“卿等但助我理文书，忽措意戎旅，若有寇难，吾自当之。但恐贼虏不敢动耳。”及闻四方兵起，始忧惧戒严。

却说柳元景引兵先下，统领薛安都等十二军，发湓口，徐遗宝以荆州之众继之。丁未，武陵王驾发寻阳，沈庆之总中军以从。檄至建康，劭读之色变，以示太常颜延之曰：“此谁笔也？”延之曰：“颜竣笔也。”劭曰：“言辞何至于是？”延之曰：“竣尚不顾老臣，安能顾陛下！”劭怒稍解。劭欲尽杀从骏起兵者士民家口，何尚之曰："凡举大事者不顾家，且多是驱逼，今忽诛其家室，正足坚彼意耳。”劭以为然，乃下诏一无所问。又疑旧臣不为己用，乃厚抚鲁秀、王罗汉，以军事委之。萧斌劝劭勒水军，自上决战，次之则保据梁山。江夏王义恭欲令劭败，恐义兵起于仓猝，船舫陋小，不利水战，乃佯为策曰："贼骏少年，未习军旅，远来疲弊，宜以逸待之。今远出梁山，则京都空弱，东军乘虚，或能为患。若分力两赴，则兵散势离，不如养锐待期，坐而观衅。割弃南岸，栅断石头，此先朝旧法，不忧贼不破也。”劭善其策，斌厉色曰："南中郎二十年少，能建如此大事，岂复可量。三方同恶，势据上流，沈庆之谙练军事，柳元景、宗悫久经战阵，形势如此，实非小敌。宜及人情未离，尚可决力一战。端坐台城，何由得久？”劭不听。或劝劭保石头城，劭曰："昔人所以固石头城者，待诸侯勤王耳。我若守此，谁当见救？唯应力战决之，不然不克。”于是日日自出行军，慰劳将士。悉焚淮水南岸民房，驱百姓咸渡水北，以为却敌之计。

话分两头。柳元景自发湓口，以舟舰不坚，恐水战不利，乃倍道兼行。兵至江宁，舍舟步上，使薛安都帅铁步数千，耀兵淮上。移书朝上，为陈逆顺，劭党大惧。先是王发寻阳有疾，不能见将士，唯颜竣出入卧内，拥王于膝。疾屡危笃，不任资禀，竣皆专决。军政之外，间以文教书檄，应接遐迩，昏晓临哭，若出一人。如是者累旬。虽舟中甲士，亦不知王疾之危也。行至南州，疾始愈，出见将士。将士无不踊跃。

是时，元景潜至新亭，依山为垒，新降者皆劝元景速进。元景曰："不然。理顺难恃，同恶尚众，轻进无防，实启寇心。”于是坚立营寨，周蔽木石。劭见东军已在新亭，乃使萧斌统兵，褚湛之统水军，与鲁秀、王罗汉等合精兵三万，直攻其垒。自登朱雀门督战。元景将战，下令军中曰："鼓繁气易衰，叫数力易竭。但衔枚疾战，一听吾鼓声。”斯时劭之将士，怀劭重赏，皆殊死战。元景水陆受敌，麾下勇士悉遣出斗，左右唯留数人宣传。看看兵势将败，元景失色，忽闻敌军中连击退鼓，劭众遽止，于是军势复振。

但未识击退鼓者何人，且听下回分解。

第十一卷

诛元凶武陵正位　听逆谋南郡兴兵

话说鲁秀虽为劭将，阴欲叛之。新亭之战，见劭兵将胜，故击退鼓以沮之，劭众果退。元景乃开垒鼓噪以逐之，劭军大溃，坠淮死者不可胜数。劭自执剑，手斩退者不能禁，将士半遭杀戮，萧斌身亦被伤。劭仅以身免，单骑还宫。鲁秀、褚湛之等，皆降于元景。丙寅，王至江宁，江夏王义恭乘间南奔，见王于新亭，相对痛哭。劭闻其走，杀其子十二人。戊辰，义恭、沈庆之等上表劝进，己巳，王即皇帝位，是为孝武帝。大赦，文武赐爵一等。从军者二等，改谥大行皇帝曰文庙，号太祖。是日，诸路之兵并集，劭于是缘淮树栅以守。鲁秀等率众攻之，王罗汉放仗降，缘淮守卒以次奔散，器仗鼓盖充塞路衢。是夜，劭闭守六门，于门内凿堑立栅，城中沸乱，文武将吏争逾城出降。萧斌见势不支，宣令所统皆使解甲，自石头戴白幡来降，以求免死。诏不许，斩于军门。劭欲载宝货逃入海，人情离散，不果行。未几，诸军克台城，各由诸门入，会于前殿，获王正见斩之。张超之走至合殿御床之所，为军士所杀。刳肠割心，诸将脔其肉，生啖之。建平等七王，号哭俱出。劭穿西垣，入武库井中。队主高禽执之，劭曰：“天子何在？”禽曰：“近在新亭。”至殿前，臧质见之曰：

“奈何为此天地不容之事？”劭谓质曰：“可得为启，乞远徙否？”质曰：“主上近在航南，当有处分。”缚劭于马上，防送军门。时不见传国玺，问劭何在？劭曰：“在严道育处。”搜得之，遂斩劭首，并诛其四子于牙下。浚率左右数十人，领其三子南走，遇义恭于越城。浚下马曰：“南中郎今何所作？”义恭曰：“上已君临万国。”又曰：“虎头来得毋晚乎？”义恭曰：“殊当恨晚。”又曰：“故当不死耶？”义恭曰：“可诣行阙请罪。”又曰：“未审能赐一职自效否？”义恭曰：“此未可量。”勒与俱归，行至中道杀之，及其三子。枭二逆父子首于大航，暴尸于市，污潴其所居斋，眷属皆赐死于狱。劭妃殷氏且死，谓狱吏曰：“彼自骨肉相残，何以枉杀无罪人？”狱吏曰：“受拜皇后，非罪而何？”殷氏曰：“此权时耳，事定，当以鹦鹉为后也。”严道育、王鹦鹉并都街鞭杀，血肉糜烂，焚尸扬灰于江。收殷冲、尹弘、王罗汉等并斩之。庚辰解严，帝如东府，百官请罪，皆释之。于是大封宗室功臣，进义恭为太尉、南徐州刺史，义宣为南郡王、荆州刺史，诞为竟陵王、扬州刺史，臧质为车骑将军、江州刺史，鲁爽为南豫州刺史，鲁秀为司州刺史，徐遗宝为兖州刺史，沈庆之为领军将军，柳元景、宗悫为左右卫将军，颜竣为侍中。追赠袁淑、徐湛之、江湛皆爵以公，王僧绰、卜天与皆爵以侯，张泓之等各赠郡守。或谓何尚之为劭司空，其子偃为侍中，并居权要，当与殷冲等同诛。而帝以其父子素有令望，且居劭朝，用智将迎，时有全脱。又城破后，尚之左右皆散，犹自洗黄阁，以迎新主，故任遇不改。今且按下慢表。

再说江州刺史臧质少轻薄无行，为时所轻。既而屡居名郡，涉猎文史，有气干，好言兵。立功前朝，自谓人才足为一世英雄。太子劭之乱，潜有异图，以南郡王义宣庸暗易制，欲奉以为帝。因而覆之。至江陵，即称臣拜义宣，义宣惊愕问故，质曰：“今日情势，大位合归于王。”义宣以奉武陵为王，故却，其计不行。及劭既诛，义宣与质功皆第一，由是益骄。义宣在荆州十年，财富兵强，朝廷所下制度，意有不合，事多专行。臧质到江州，巨舫千余，部伍前后百余里。帝方自揽威权，而质以少主轻之，政刑庆赏，不复谘禀。擅用湓口米万石，台符屡下诘责，渐致猜惧，因密结鲁爽、鲁秀、徐遗宝，以为推戴义宣之计。而义宣未之知也。先是义宣有女四人，幼养宫中，义宣赴荆州，其女仍留在宫。而帝性好淫，闺房之内不论尊卑长幼，皆与之乱，以故义宣诸女并为所污。其次女名楚江郡主，丽色巧笑，尤善迎合，帝爱之，誓不相舍。乃令冒姓殷氏，封为淑仪，以至丑声四布。义宣由是切齿，怨怒之色，时形于面。臧质欲激之使反，乃以书说之曰：

人臣负不赏之功，挟震主之威，自古能全者有几？今万物系心于王，声迹已著，见义不作，将为他人所先。若命徐遗宝、鲁爽驱西北精兵来屯江上，质率九江楼船，为王前驱，如是已得天下之半。王以八州之众，徐进而临之，虽韩白更生，不能为建康计矣。且少主失德，闻于道路，宫闱之丑，岂可三缄？沈、柳诸将亦我之故人，谁肯为少主尽力者？夫不可留者年也，不可失者时也。质常恐溘先朝露，不得展其膂力为王扫除，于时悔之何及？敢布腹心，惟王图之。

义宣得书，谋之左右。其将佐竺超民等咸怀富贵之望，欲倚质威名以成事，共劝义宣从其计，遂许之。质乃以义宣旨，密报鲁爽、鲁秀、徐遗宝，期以今秋举兵。使者至寿阳，爽方大醉，失义宣指，谓宜速发，遂窃造法服等物，自号建平元年，建牙起兵。义宣等闻爽已反，皆狼狈兴师，板爽为征北将军，爽亦析义宣等，其文曰："丞相刘，今补天子，名义宣。车骑臧，今补丞相，名质。"见者皆骇愕。鲁秀率兵赴江陵，见义宣略谈数语而出，拊膺叹曰："臧质误我，乃与疾人作贼，今年败矣。"当是时，义宣兼荆、江、兖、豫四州之力，帅众十万，发江津。舳舻数百里，以质为前锋，爽亦引兵直趋历阳，威震远近。

帝大惧，欲奉乘舆法物迎之。竟陵王诞曰：“奈何持此座与人？”固执不可。帝乃命柳元景为抚军将军，统领诸将以讨义宣。元景进据梁山洲，于两岸筑偃月垒，水陆待之。义宣移檄州郡，加进位号，使同发兵。雍州刺史朱修之伪许之，而遣使陈诚于帝。益州刺史刘秀之斩义宣使者，不受伪命，义宣乃使鲁秀将兵击之。王玄谟闻秀不来，喜谓元景曰：“若臧质独来，可坐而擒也。”冀州刺史垣护之，遣宝姐夫。邀之同反，护之不从。率众阴袭其城，克之。遗宝败，走奔鲁爽。爽至历阳，薛安都引兵拒之，败其前锋，爽不能进。又军中乏粮，引兵退。薛安都帅轻骑追之，乃于小岘，爽勒兵还战，饮酒数斗，大醉，立马阵前，指挥兵众。安都望见，跃马大呼，直前刺之，应手而倒。兵士斩其首，爽众奔散。进攻寿阳，克之，并杀徐遗宝。是时，义宣至鹊头，元景送爽首示之。爽累世将家，骁勇善战，号万人敌，一旦死于安都之手，义宣与质皆骇惧，三军为之夺气。太傅义恭遣使与义宣书曰：

> 往时仲堪假兵桓玄，寻害其族；孝伯推诚牢之，旋踵而败。臧质少无美行，弟所具悉，今借西楚之强力，图济其私，凶谋若果，恐非复池中物也。弟自思之，勿贻后悔。

义宣得书，颇怀疑虑。

甲辰，军至芜湖。质夜来军中，进计于义宣曰：“今以万人取南州，则梁山路绝；万人缀梁山，则玄谟不敢动。下官中流鼓棹，直趋石头，此上策也。”刘湛之密言于义宣曰：“质求前驱，此志难测，不如尽锐攻梁山，事克，然后长驱，此万安之计也。”义宣遂不用质计。质又请自攻东城，刘湛之曰：“质若复克东城，财大功尽归之矣。宜遣麾下自行。”义宣乃遣淇之与质俱进，顿兵两岸，夹攻东城。

于是玄谟督诸军大战，薛安都帅突骑，先冲其阵之东南，陷之，斩湛之首。偏将刘季之、宗越又陷其西北，质兵亦败。垣护之纵火烧江中舟舰，烟焰弥天，延及西岸，营垒殆尽，全军皆溃。义宣单舸急走，闭户而泣，荆州人随之者犹百余舸。质欲见义宣计事，而义宣已去，只得弃军北走。其众或降或散，一时俱尽。质有妹丈羊冲为武昌郡，往投之。至则冲已为郡人所杀。质无所归，乃逃于南湖，掇莲实食之。追兵至，以荷覆头，自沉于水，出其鼻。军主郑俱儿望见，射之中心，兵刃乱下，肠胃萦水草，斩其首，送建康。

义宣走至江夏，闻巴陵已有军守，回向江陵，众尽散。与左右十余人，徒步而行，脚痛不能前，僦民露车自载。缘道求食，至江陵郭外，时竺超民留守城中，遣人报之。超民仍具羽仪兵众，迎之入城。城中甲士尚有万人。参军翟灵宝嘱其抚慰将士，授之言曰："兹以臧质违指授之宜，用致失利。今当治兵缮甲，更为后图。昔汉高百败，终成大业。"而义宣忘灵宝之言，误云"项羽千败，终成大业"，众将咸掩口笑。鲁秀犹欲收集余众，更图一决。而义宣昏沮，无复神守，入内不复出。左右腹心，稍稍离叛。既而闻鲁秀北走，欲随之去，乃携爱妾五人，着男子服相随。城中扰乱，白刃交横。义宣惧，坠马，遂步进。超民送至城外，以马与之，归而闭城。义宣求秀不得，左右尽弃之，还宿南郡空廨。旦日，官军至，执而囚之。义宣入狱，坐地叹曰："臧质老奴误我。"五妾寻被遣出，义宣号泣，语狱吏曰："常日非苦，今日分别，乃真苦耳。"鲁秀众散不能去，还向江陵。城上人射之，秀求入不得，赴水而死。朱修之入江陵，杀义宣并其子十六人，乃同党竺超民、蔡超、颜乐之等。大军奏凯，柳元景、王玄谟、薛安都等，各授封赏。由是朝廷无事，天下稍安。今且按下慢表。

且说晋陵武进县。生一异人，姓萧，名道成，字绍伯，小字斗将，汉相国萧何二十四世孙也。父承之，字嗣伯，少有大志，才力过人。仕于宋，初为建威府参军，义熙中，平蜀贼谯纵，迁扬武将军、汶山郡太守。元嘉初，徙为济南太守。到彦之北伐魏，大败归，魏乘胜破青州诸郡，承之率数百人拒战。魏众大集，承之偃兵息众，大开城门。左右曰："贼众我寡，何轻敌之甚？"承之曰："今日悬守穷城，事已危急，若复示弱，必为所屠，唯当以强示之耳。"魏兵果疑有伏，遂引去。文帝以有全城之功，迁为中兵参军、员外郎。氐帅杨难当反于汉川，承之轻军前行，败其将薛健于黄金山。健既败去，承之即据之。难当引兵来攻，相拒四十余日。贼皆衣犀甲，刀箭不能伤。承之命军中造木槊，长数尺，以大斧捶其后，贼不能当，乃焚营退。梁州平，进为龙骧将军、南泰山太守。有惠政，封五等男，食邑三百四十户。及没，梁土士民思之，立庙于峨公山，春秋祭祀。道成其长子也，生于元嘉四年，资表英异，龙颡钟声，鳞文遍体。宅南有一大桑树，本高三丈，横生四枝，状如华盖。道成年数岁，常戏其下。从兄敬宗见之曰："此树为汝生也。"年十三，儒士雷次之立学于鸡笼山，往而受业。治《礼记》及《左氏春秋》，过目辄晓。及长，仕为建康令，有能名。萧惠开有知人鉴，谓人曰："昔魏武为洛阳北部时，人服其英俊。今看萧建康，但当过之耳。"及惠开镇襄阳，启道成自随。讨樊邓诸山蛮，破其聚落，进为左军中兵参军。孝建初，袭爵五等男，复以中兵参军为建康令。见朝事日非，宗室将衰，结纳四方豪杰，隐有澄清天下之志。尝梦上帝谓之曰："汝是我第十九子。"觉而异之。盖自五帝三王已降，受命之次，至道成而第十九也。今且按下。

却说孝武在位八年，疏忌宗室，杀戮无度，与竟陵王诞不睦，诬以谋叛杀之。又疑大臣擅权，而腹心耳目多委寄近习。有戴法兴、戴明宝者，向为藩邸旧臣，甚见亲昵。及即位，皆以为南台御史，以预建义功，赐爵县男。又有巢尚之者，人士之末，涉猎文史，为帝所知，亦以为中书舍人。三人权重当时，大纳货贿，凡所荐达，言无不行。天下辐辏，门外成市。大臣义恭、柳元景、颜师伯等，皆畏罪避嫌，由是朝政日坏。俄而帝有疾，夏五月庚申殂于玉烛殿。群臣临丧，奉太子子业即位，时年十六。改年景和，是为废帝。尚书蔡兴宗上玺绶，太子受之，傲惰无戚容。兴宗出告人曰："昔鲁昭不哀，叔孙知其不终。家国之祸，其在此乎？"乙卯，悉罢孝建以来所改制度，还依元嘉。兴宗慨然，谓义恭曰："先帝虽非盛德之主，要以道始终，三年无改，古典所贵。今殡宫甫撤，山陵未远，而制度兴造，一皆刊削。虽当禅代，亦不至尔。天下有识，当以此窥人。"义恭不从。八月，王太后疾笃，使呼废帝，废帝曰："病人间多鬼，那可往？"召之再三不至。太后怒，谓侍者曰："取刀来，剖我腹，那得生此宁馨儿！"乙丑，太后殂，帝不一视。性本狂暴，始犹难太后、大臣及戴法兴等，未敢自恣。太后既殂，内无所忌，欲有所为，法兴辄抑制之，谓曰："官家所为如此，欲作营阳耶？"帝不能平。所幸阉人华愿儿，赐与无算，法兴常加裁减。愿儿恨之，谓帝曰："道路皆言宫中有二天子，法兴为真天子，官家为赝天子。"且帝居深宫，与物不接，法兴与太宰颜柳相共为一体，往来门客恒有数百。法兴是孝武左右，久在宫闱。今与他人作一家，深恐此座非复帝有。帝遂召法兴入宫，立赐之死。

先是孝武之世，王公、大臣惧诛，重足屏息，莫敢妄相过从。及崩，义恭等皆相贺曰："今日始免横死矣。"甫过山陵，柳元景、颜师伯等张乐酣饮，不舍昼夜。及法兴见杀，无不震慑，皆恐祸及。于是元景、师伯密欲废帝，日夜聚谋，而持疑不能决。元景泄其谋于沈庆之，庆之素与义恭不睦，又师伯专断朝事，不与庆之参决，每谓人曰："沈公国之爪牙耳，安得豫政事？"庆之深以为恨，乃发其谋以白于帝。帝闻之，不及下诏，辄自帅羽林兵，掩至义恭宅杀之，并其四子。断绝义恭肢体，分裂肠胃，挑取眼睛，以蜜渍之，谓之"鬼目粽"。别遣使者召柳元景，以兵随之。左右奔告，元景知祸至，入辞其母，整朝服，乘车应召。其弟叔仁有勇力，被甲，帅左右壮士欲拒命，元景苦禁之。既出巷，军士大至。元景下车受戮，容色恬然，一门尽诛。获颜师伯于道，杀之。又杀廷尉刘德愿。自是公卿以下，皆被捶曳如奴隶矣。先是帝在东宫多过失，孝武欲废之。侍中袁顗盛称其美，孝武乃止。帝由是德之。既诛元景，以顗代其任。

有山阴公主者，名楚玉，帝之姊也。下嫁驸马都尉何戢，性淫纵，帝宠之，常与同辇出入。一日，谓帝曰："妾与陛下男女虽殊，俱托体先帝，陛下六宫万数，而妾惟驸马一人，事大不均。"帝笑曰："易耳。"乃选少壮男子三十人，号曰"面首"，赐之以逞其欲。谓公主曰："今而后，莫怨不均矣。"吏部郎褚渊，字彦回，风度修整，容貌如妇人好女。公主见而悦之，请于帝，欲以自随。帝命渊往侍公主。渊辞不往，曰："臣唯一心事陛下，不敢私侍公主。"帝笑而置之。公主思念弥切，乃遣人要于路，拥之以归，闭之后房。谓渊曰："吾阅人多矣，未有如卿之美者。愿同枕席之欢，无拂吾意。"遽起身就之。渊退立一旁，拱手言曰："名义至重，玷辱公主，即玷辱朝廷，不敢。"公主再三逼迫，渊抵死相拒。良久，事不就。公主走出，谓侍婢曰："倔强乃尔，吾欲杀之，又不忍。若何使他心肯，以遂吾怀？"侍婢曰："此是囊中物，主且耐心，何忧不谐。"公主欲乘其睡而逼之。渊至夜间，衣不解带，秉烛危坐。侍婢络绎相劝，且以危言怵之曰："不从，将有性命忧。"渊曰："吾宁死，不能为此事。"公主谓之曰："卿须眉如戟，何无丈夫气耶？"相逼十日，渊卒不从。"面首"等恐夺其宠，皆劝纵之，曰："留此人在，适败公主兴也。"公主遂纵渊归。后人有诗美之曰：

> 不贪淫欲守纲维，如戟须眉果足奇。
> 堪笑山阴人不识，彦回才是一男儿。

彦回既归，知其事者，皆钦敬之。

但未识朝廷淫乱之风，作何底止，且听下回分解。

第十二卷

子业凶狂遭弑逆　邓琬好乱起干戈

话说废帝无道日甚，尝入太庙，指高祖像曰："渠大英雄，生擒数天子。"指太祖像曰："渠亦不恶，但末年不免儿斫去头。"指世祖像曰："渠大齄鼻，如何不齄？"立召画工齄之。又新安王子鸾，向为孝武宠爱。帝疾之，遣使赐死，又杀其母弟南海王子师，及其母妹。发殷贵妃墓，又欲掘景宁陵。太史以为不利于帝，乃止。帝舅王藻，尚世祖女临川公主。公主淫妒，不悦其夫。谮于帝，藻下狱死。太守孔灵符所至有政绩，近臣谮之，帝遣使鞭杀灵符，并诛其二子。袁顗始蒙帝宠，俄而失指，待遇顿衰。顗惧求出，乃以顗为雍州刺史。其舅蔡兴宗谓之曰："襄阳星恶，何可往？"顗曰："白刃交前，不救流矢，今者之行，唯愿生出虎口，遑顾其他。"时兴宗亦有南郡太守之命，兴宗辞不往。顗说之曰："朝廷形势，人所共见。在内大臣，朝不保夕。舅今出居峡西，为八州行事；顗在襄、沔，地胜兵强，去江陵咫尺，水陆流通。若朝廷有事，可以共立桓、文之功。岂比受制凶狂，临不测之祸乎？今得间不去，后复求出，岂可得耶？"兴宗曰："吾素门寒进，与主上甚疏，未容有患。宫省内外，人不自保，会应有变，若内难得弭，外衅未必可量。汝欲在外求全，我欲居中免难，各行其志，不亦善乎！”顗于是狼狈上路，犹虑见追，行至寻阳，喜曰：“今得免矣。”时邓琬为寻阳内史，与顗人地本殊，顗与之款洽过常，每相聚论，必穷日夜，见者知其有异志矣。今且按下。

却说帝姑新蔡公主，名英媚，颜色美丽。下降宁朔将军何迈，夫妇亦极相得。一日，朝于宫中，帝见而爱之，遂留宴后宫，亲自陪饮，以酒劝之曰：“卿吾姑也，今者之来，足令六宫无色。奈何？”公主会其意，徐曰：“妾系陛下一本，名教攸关，无福消受帝恩。”帝曰：“朕为天下主，何不可之有？”拥之求淫，公主笑而从之，事毕求归，帝曰：“吾将立卿为妃，何言归也？”公主笑曰：“妾承陛下不弃，私相欢乐可耳。若以妾为妃，何以颁示天下？”帝曰：“朕自有计，可无妨也。”遂纳公主于后宫，谓之谢贵妃，旋拜为夫人，加鸾辂龙旗，出警入跸以悦之。杀一宫婢，纳之棺中，载还迈第，令行丧礼。

却说迈素豪侠，公主入宫遽死，心已疑之。后闻谢贵嫔立，莫识其所自来，知必有中冓之丑，用以李代桃之计，于是大怒，因多养死士，谋俟帝驾出游，乘间弑之。那知其谋未发，帝亦预防其变，一日亲领兵士，围其第杀之。合家尽死。

先是，沈庆之既发颜、柳之谋，自昵于帝，数尽言规谏，帝浸不悦。庆之惧，杜门不接宾客。蔡兴宗往亦不见，乃语其门下士范羡曰：“公闭户绝客，以避悠悠请托者耳，仆非有求于公者，何为见拒？”范羡以告，庆之遽见之。兴宗因说之曰：“主上比者所行，人伦道尽，率德改行，无可复望。今所忌惮，惟在于公。百姓喁喁，所仰望者，亦惟公一人。公威名素著，天下所服。今举朝皇皇，人怀危怖，指麾之日，谁不响应。如犹豫不断，欲坐观成败，岂惟旦暮及祸，四海重责，将何所归。仆蒙眷异常，故敢尽言，愿公详思其计。”庆之曰：“仆诚知今日忧危，不复自保。但尽忠奉国，始终以之，当委任天命耳。加以老退私门，兵力顿阙，虽欲为之，事亦无成。”兴宗曰：“当今怀谋思奋者，非欲邀功赏富贵，正求脱旦夕之死耳。殿中将帅，惟听外间消息。若一人唱首，则俯仰可定。况公统戎累朝，旧日部曲布在宫省，受恩者多。沈攸之辈，皆公家子弟，何患不从？且公门徒义附，并三吴勇士。殿中将军陆攸之，公之乡人，今入东讨贼，大有铠仗，在青溪未发，公取其器仗，以配衣麾下，使陆攸之率以前驱，仆在尚书中自当帅百僚，案前世故事，更简贤明以奉社稷，天下之事定矣。又朝廷诸所施为，民间传言公悉豫之。公今不决，当有先公起事者，公亦不免附从之祸。况闻车驾屡幸贵第，酣醉淹留，或屏左右，独入阁内，此万世一时，不可失也。”庆之不从。又青州刺史沈文秀，庆之侄，将之镇，帅部曲出屯白下，亦说庆之曰：“主上狂暴如此，祸乱不久。而一门受其宠任，万民皆谓与之同心。且若人爱憎无常，猜忍特甚，不测之祸，进退难免。今因此兵力图之，易于反掌，机会难值，愿公勿失。”文秀言之再三，至于流涕，庆之终不肯从。及帝诛何迈，量庆之必当入谏，先闭青溪诸桥以绝之。庆之不得进而还。俄而，帝使使者赐庆之药，庆之不肯饮，使者以被掩杀之，时年八十。庆之子文叔欲亡，恐如义恭被帝支解，谓其弟文季曰：“我能死尔能报。”遂饮庆之药而死。文季挥刀驰马而去，追者不敢逼，遂得免。帝诈言庆之病死，赠太尉，谥曰忠武公，葬礼甚厚。

一日，帝梦王太后责之曰：“汝不仁不义，罪恶贯盈，本无人君之福。加以汝父孝武，险虐灭道，怨结神人，儿子虽多，并无天命。大运所归，应还文帝之子。”觉而大怒，欲去太后神位，左右谏之乃止。由是益忌诸叔，恐其在外为患，皆聚之京师，拘于殿内，殴捶陵曳，无复人理。见湘东王彧、建安王休仁、山阳王休祐皆肥壮，为竹笼盛而秤之，以彧尤肥，谓之“猪王”，谓休仁为“杀王”，休祐为“贼王”。以三王年长，尤恶之，常录以自随，不使离左右。东海王祎性凡劣，谓之“驴王”。桂阳王休范、巴陵王休若年尚少，故待之略宽。尝以木槽盛饭，并杂食搅之，掘地为坑，实为泥水，使彧裸体匍匐坑中，以口就槽食之，用为笑乐。前后欲杀三王十余次，赖休仁多智数，每以谈笑佞谀解之，故得不死。或尝忤旨，帝命缚其手足，贯之以杖，使人担付大官曰：“今日屠猪。”休仁笑曰：“猪未应死。”帝问其故，曰：“待皇太子生，杀猪取其肝肠。”帝怒乃解，收付廷尉，一宿释之。盖帝无子，有少府刘曚妾怀孕将产，迎之入宫，俟其生男，当立为太子。故休仁言之以解其怒。尝召诸王妃主于前，除去妆束，身上寸丝不留，使左右乱交于前，身在旁指点嬉笑以为娱乐，违者立死。南平王妃江氏不从，帝怒，杀其三子，鞭江妃一百。建安王太妃陈氏年近不惑矣，而容颜尚少。帝命右卫将军刘道隆淫之，曰：“尔形体强健，足以制此妇。”呼休仁从旁视。诫左右曰：“俟休仁色变，即杀之。”太妃惧杀其子，只得赤体承受。道隆欲迎帝意，将太妃竭力舞弄，极诸般丑态，良久乃已。帝大悦，赏道隆酒。休仁目不他视，颜色无异，乃释之。

后更爱憎无常，稍一忤旨即杀。左右宿卫之士皆怀异志，惟直阁将军宗越、谭金、童太一等，以勇力为帝爪牙，赏赐美人金帛，充牣其家，越等皆为尽力。怀异志者，惮之不敢发。一日，帝忽怒主衣寿寂之，见辄切齿，曰：“明日必杀之。”寂之惧，乃结主衣阮佃夫、李道儿，内监王道隆、姜产之、钱蓝生，队主柳光世、樊僧整等十余人，阴谋弑之，奉湘东为帝。使钱蓝王密报三王。阮佃夫虑力少不济，更欲招合。寿寂之曰：“谋广或泄，不烦多人。且若人将南游，宗越等并听出外装束，今夜正好行事，勿忧不济也。”

先是帝游华林园竹林堂，使宫人裸体相逐，一人不从，杀之。夜梦在竹林堂，有女子骂曰：“汝悖虐不道，明年不及熟矣。”乃于宫中求得一人，似梦所见者，斩之。又梦所杀者骂曰：“我已诉上帝矣，汝死在目前。”于是巫言竹林堂有鬼，其夕悉屏侍卫，与群巫及彩女数百人，射鬼于竹林堂。事毕，将奏乐，寂之抽刀前入，姜产之次之，李道儿等皆随其后。时休仁在旁屋闻行声甚疾，谓休祐曰：“事作矣。”相随奔景阳山。帝见寂之至，引弓射之，不中。彩女皆迸走，帝亦走，大呼“寂，寂”者三，寂之追而弑之。宣令宿卫曰：“湘东王受太皇太后令，除狂主，今已平定矣。诸人其毋恐。”时事起仓卒，殿省惶惑，未知所为。

休仁引湘东王升西堂，登御座，召见诸大臣。王失履，跣足，犹著乌帽。坐定，休仁呼主衣以白帽代之。令备羽仪，乃宣太皇太后令，数废帝罪恶，命湘东王纂承皇极。丙寅，王即皇帝位，是为明帝，封寿寂之等十四人为县侯。先是宗越、谭金、童太一等为废帝所宠，及帝立，内不自安，因谋作乱。沈攸之以闻，皆下狱死。令攸之复入直阁。时刘道隆为中护军，建安王怨其无礼于太妃，求解职，不与同朝，乃赐道隆死。以建安王为司徒尚书令，一应昏制谬封，并皆刊削，中外皆欣欣望治矣。

话分两头。江州刺史晋安王子勋，孝武第三子也。年十一，长史邓琬辅之，镇寻阳。先是废帝恶之，遣左右朱景云以药赐子勋死。景云至湓口，停不进。子勋将吏闻之，驰告邓琬，惶惧请计。琬曰：“身南土寒士，蒙先帝殊恩，以爱子见托，岂得惜百口门户？誓当以死报效。且幼主昏暴，社稷将危，虽曰天子，事犹独夫。今便指帅文武，直造京邑，与群公卿士废昏立明矣。”乃称子勋教，令所部戒严，子勋戎服出听事。集僚佐，谕以起兵。参军陶亮首请效死前驱，众皆奉令。乃使亮为军事参军，太守沈怀宝等并为将帅。时校尉张悦犯事在狱，琬知其才，称子勋命，释其桎梏，用为司马，与之共掌内外军事。收集民丁器械，旬日之间，得甲士五千人。先遣别将断大雷之路。禁绝商旅以及公私使命。斯时尚未知废帝已弑也。

及明帝即位，颁诏四方，各赐新命。加子勋为车骑将军，开府仪同三司。将吏得诏，皆大喜，共造邓琬曰：“暴乱既除，殿下又开黄阁，实为公私大庆。”而琬以晋阳次第居三，又在寻阳起事，与孝武同符，谓事必有成，因取诏书投地曰：“殿下当开端门，黄阁是吾徒事耳，此何足庆？”众愕然。琬乃更与陶亮等缮治器甲，简集士卒，寄书袁颛，嘱令举兵。颛亦诈称奉太皇太后令，使其入讨，任参军刘胡为大将，登坛誓众，奉表寻阳劝进。

乙未，子勋即皇帝位于九江，改元义嘉。驰檄四方，指斥明帝"矫害明茂，篡窃天宝，干我昭穆，寡我兄弟，藐孤同气，犹有十三，圣灵何辜，而当乏飨"。四方见檄，莫不举兵响应。当是时，郢州反了安陆王子绥，荆州反了临海王子顼，徐州反了刺史薛安都，冀州反了刺史崔道固，青州反了刺史沈文秀，而益州刺史萧惠开闻晋安起兵，集将佐谓曰："湘东太祖之昭，晋安世祖之穆。其于当璧，并无不可。但景和虽昏，本是世祖之嗣，不任社稷，其次犹多，吾荷世祖之眷，当推奉九江。"乃遣其将费欣寿将兵五千东下。又广州刺史袁昙远、梁州刺史柳元怙、山阳太守程天祚，皆附于子勋。

却说朝廷闻西方皆反，又虑东土不靖，特遣侍郎孔璪入东慰劳。那知璪至会稽，反为叛计，说会稽长史孔颛曰："建康虚弱必败，不如拥五郡以应袁、邓。"孔颛从之，遂驰檄各郡。于是吴郡太守顾琛、吴兴太守王昙生、义兴太守刘延熙、晋陵太守袁标，皆据郡应之。是岁，四方贡献，皆归寻阳，朝廷所保，唯丹阳、淮南等数郡。其间诸县已有谋应子勋者。宫省危惧，帝集群臣问计，蔡兴宗曰："今普天同叛，人尽异心，宜镇之以静，至信待人。叛者亲戚布在宫省，若绳之以法，则土崩立至。宜明罪不相及之义，物情既定，人有战心。六军精勇，器甲犀利，以待不习之兵，其势相万。愿陛下勿忧。"忽报豫州刺史殷琰亦叛附寻阳，帝益惧，谓兴宗曰："诸处皆反，殷琰亦复同逆。顷日人情云何，事当济否？"兴宗曰："逆与顺，臣无以辨。今商旅断绝，米甚丰贱，四方云合，而人情更安，以此卜之，清荡可必。但臣之所忧，更在事后，犹羊公言既平之后，方劳圣虑耳。"

先是帝使桓荣祖赴徐州，说薛安都归朝。安都曰："今京师无百里地，不论攻围取胜，自可拍手笑杀，且我不欲负孝武。"荣祖曰："教武之行，足致余殃。今虽天下雷同，正是速死，无能为也。"安都不从。早午，帝命建安王都督征讨诸军事，王玄谟副之。以沈攸之为前锋，将兵屯虎槛。又忧孔颉、殷琰二处为难，问群臣曰："谁能为朕平此二处？"兴宗曰："朝臣中萧道成智勇出众，可令吴喜助之，去讨会稽。刘勔素能御下，可令吴安国助之，去平寿阳。"帝从之，乃遣道成将兵三千，东讨孔颉；刘勔将兵三千，西讨殷琰。然自两路分讨，京师兵力益弱，屡遣人纠合四方，莫有应者。日夕计议，苦无良策。

一日，帝方坐朝，忽有一臣出班奏曰："臣保举一人，可使伐叛除逆。"众视之，乃司法参军葛僧韶也。帝曰："卿所举者何人？"僧韶曰："臣舅兖州刺史殷孝祖，手下将勇兵强，为人忠义自矢，若徵之入朝，定获其用。"帝曰："孝祖若肯助顺固善，但恐徵之未必至耳。"僧韶曰："臣请奉命往，以大义责之，彼必俯首来归也。"帝大喜，遂遣之。

时薛索儿兵据津径，要截行旅，僧韶几为所获，间行得免。既见孝祖，教祖问以朝廷消息，近日情势若何。僧韶曰："朝廷兵力非绌，粮储亦足，特少担当任事之人。深知我舅智勇俱备，戎事素长，故欲委以全驱之任，特来相召。主上虚席以待，愿舅速往。"孝祖犹豫，无赴召意。僧韶又曰："从来天下之势，强弱无常，顺逆有定，助顺必昌，附逆终败，一定之势也。甥请为舅言之，景和凶狂，开辟未有，朝野危极，假命漏刻。主上夷凶剪暴，更造天地。国乱朝危，宜立长君。而群迷相煽，构造无端，贪利幼弱，竞怀希望。假使天道助逆，群凶是申，则主幼事艰，权柄不一，兵难互起，岂有自容之地？舅少有立功之志，若能控济、河义勇，还奉朝廷，非惟匡主静乱，乃可垂名竹帛。"孝祖奋然起曰："子言良是，吾计决矣！"即日委妻子于瑕丘，帅文武将吏三千人，随僧韶还建康。时朝廷惟保丹阳一郡，内外忧危，咸欲奔散，而孝祖之众忽至，并伧楚壮士，甲仗鲜明，刀枪犀利，人情大安。帝赐宴殿前，殷勤慰接。孝祖亦慷慨自许，誓以死报。乃进号冠军将军，假节，督前锋诸军事，进屯虎槛拒敌。

却说邓琬性本贪鄙，既执大权，父子卖官鬻爵，酣歌博弈，日夜不休。宾客到门，历旬不得一见。群小横行，士民忿怒，而自以四方响应，事必克济。遣大将孙冲之领兵一万为前锋，进据赭圻。冲之至赭圻，报琬曰："舟楫已办，器械亦整，三军踊跃，人争效命。可以沿流挂帆，直取白下。愿速遣陶亮众军兼行相接。"琬信之，乃加陶亮右卫将军，统郢、荆、湘、梁、雍五州之兵，一时俱下建安。王闻之，急令殷孝祖、沈攸之进拒。那知孝祖负其诚节，陵轹诸将，台军有父子兄弟在南者，悉欲推治。由是人情乖离，莫乐为用。亏得攸之内抚将士，外谐群帅，赖以得安。又孝祖每战，常以鼓盖自随，军中相谓曰："殷统军可谓死将矣，今与贼交锋，而以羽仪自标显，若善射者十人共射之，欲不毙得乎？"于是众军水陆并发，进攻赭圻。陶亮引兵救之，孝祖突出奋击，手斩敌将数人，亮兵将退，忽有一枝流矢飞来，正中其喉而死。军皆惊溃，攸之亦退。

建安闻孝祖死，复遣宁朔将军江方兴，将五千人赴赭圻助攸之。攸之以为孝祖既死，敌有乘胜之心，明日若不进攻，则示之以弱。但方兴与己名位相亚，必不肯为己下，军政不一，致败之由。乃自帅诸军主来见方兴，曰："今四方并反，国家所保，无复百里之地。唯有殷孝祖为朝廷所委赖，锋镝裁交，舆尸而反，交武丧气，朝野危心。事之济否，唯在明旦一战。战若不捷，则大事去矣。诘朝之事，诸人或谓吾应统之，自卜懦薄，干略不如卿，今辄推卿为统，一任指麾，但当相与戮力耳。"方兴大悦。攸之既出，诸将并尤之。攸之曰："吾本以济国活家，岂计此之高下！且我能下彼，彼必不能下我，共济艰难，岂可自相同异？"诸将皆服。

却说孙冲之谓陶亮曰："教祖枭将，一战便死，天下事定矣。不须复战，便当直取京都。"亮曰："沈攸之一军尚全，须再破之，方可长驱而进，此时未可遽也。"于是按兵不动。明日，方兴、攸之帅诸军进战，孙冲之凭城拒守，陶亮督众奋勇相敌，自早战至日中，兵交未已。正是：鼓鞞震处山河动，血肉飞时日月昏。

未识两下胜败若何，且俟下回再讲。

第十三卷

计身后忍除同气　育螟蛉暗绝宗祧

话说攸之、方兴二将进攻赭圻，战至日中，未分胜败。只见一枝人马摇旗呐喊，飞奔而来，冲入敌军，势如破竹。敌军大败，纷纷退去。冲之惧，弃城走，遂拔赭圻。你道这枝人马从何而来？乃建安王在后，闻报前军厮杀，恐其不胜，便差亲将郭季之、杜幼文、垣恭祖统领精兵三万，前来助战，果得其力，杀败敌兵，夺了赭圻城一座。邓琬知赭圻不守，乃请袁觊进兵。觊闻报，悉起雍州之兵赶来。楼船千艘，铁骑成群，军容甚盛。命刘胡帅众三万，东屯鹊尾，自引大军，与官兵相持于浓湖。今且按下慢讲。

却说萧道成同了吴喜，东讨孔觊，觊闻台军将至，遣其将孙昙瓘等军于晋陵九里，以扼官军，兵势甚壮。道成等所领寡弱，众虑不敌。其日天大寒，风雪甚猛，塘埭决坏，士无固心，诸将欲退保破冈。道成宣令，敢言退者斩。众少定，乃筑垒息甲。明日，乘天气寒冷，出其不意，奋勇进击，遂大破之。先是吴喜数奉使东吴，性宽厚，所至人并怀之。百姓闻吴河东来，皆望风降散，故台军所向克捷。既克义兴，复拔晋陵，守将皆弃城走。孔璪屯军吴兴，闻台军已近，大惧堕床曰：“悬赏所购，唯我而已。今不遽走，将为人擒。”遂奔钱塘。大兵直至会稽，城中将士多奔亡，孔觊不能禁，乘夜帅数骑逃奔嵴山。于是官军入城，执孔璪杀之。俄而嵴山民缚孔觊以献，亦斩之。余将孙昙瓘、顾琛、王昙生、袁标悉诣官军降，道成皆宥不诛。诸郡悉平。捷闻，帝大喜。乃诏东征诸将，悉以兵赴赭圻，军势大振。不一日，又得刘勔捷报，连胜殷琰数阵，夺得城池数处，琰婴城自守，不日可平。朝廷闻之益喜，乃合大军专伐寻阳。

却说诸军与袁觊相拒于浓湖，时觊众犹盛，胡又宿将，勇健多权略，连战数阵，官军不能胜，将士忧之。龙骧将军张兴世谓建安王曰："贼据上流，兵强地胜。我虽持之有余，而制之不足。若以奇兵数千，潜出其上，因险而壁，见利而动，使其首尾不能顾。中流既梗，粮运自艰，此制贼之一奇也。吾观上流形势，钱溪江岸最狭，去大军不远。下临洄洑，船下必来泊岸。又有横浦，可以藏船。千人守险，万夫不能过，冲要之地，莫过于此。"诸将并赞其策。乃选战士七千，轻舸二百，以配兴世。兴世帅其众，泝流西上，寻复退归，如是者累日。刘胡闻之笑曰："我尚不敢越彼下取扬州，张兴世何物人，而欲暂据我上？"不为之备。一夕四更，值便风，兴世举帆直前，渡湖白，过鹊尾，胡大惊，乃遣其将胡灵秀将兵东岸，翼之而进。及夜，兴世宿景洪浦，灵秀亦留。兴世潜遣其将黄道标帅七十舸，径趋钱溪，立营寨。天明，引兵据之，灵秀不能制。刘胡闻兴世据钱溪，自将水步兵来攻。将士欲迎击之，兴世禁之曰："贼来尚远，气盛而矢骤。骤既易尽，盛亦易衰，不如待之。"令将士筑城如敌。俄而，胡来转近，船入洄洑，兴世乃命寿寂之、任农夫，帅壮士数百击之。众军相继并进，斩首数百。胡败走，收兵而下。

时攸之未知钱溪消息，恐袁觊并力攻之，城不得立，乃命吴喜、萧道成进攻浓湖，以分其势。是日，刘胡果率步卒二万，铁马一千，欲更攻兴世。未至钱溪数十里，袁觊以浓湖之急，遽追之还。钱溪城由此得立。胡既退归，遣人传唱钱溪已平，兴世被杀，众闻之惧。沈攸之曰："是必不然，若钱溪实败，万人中岂无一人逃亡得还者？必是彼战失利，唱空声以惑众耳。"勒军中不得妄动。未几，钱溪捷报果至，众心乃安。

兴世既据钱溪，梗其运粮之路，浓湖军乏食。觊令刘胡急攻钱溪，胡谓左右曰："吾少习战，未娴水斗，若步战，恒在数万人中，水战在一舸之上。舸舸各进，不复相关，正在三十人中，此非万全之计，吾不为也。"乃托疟疾，住鹊头不进。谓觊曰："兴世营寨已立，其城不可猝攻。昨日小战，未足为损，现有大雷诸军，共遏其上。大军在此鹊头，诸将又断其下流，兴世已堕围中，不足复虑。"觊怒曰："今粮草鲠塞，当如之何？"胡曰："彼尚得泝流越我而上。此运何以不得沿流越彼而下耶？"觊不得已，乃遣司马沈仲玉，将千人步趋南陵以迎粮。仲玉至南陵，载米三十万斛，钱布数十舫，竖榜为城，欲乘流突过。行至贵口，兴世进击，破之，悉掳其资实以归。仲玉单骑走还，觊大惧，谓胡曰："贼入人肝脾里，何由得活？奈何按兵坐待？"盖觊本无将略，性又恇怯，在军中未尝戎服，语不及战阵，惟赋诗谈义，不复抚接诸将。即与胡论事，酬对亦简。由是大失物情，胡心亦离。至是胡阴谋遁去，诳觊道："今帅步骑二万，上取钱溪，兼下大雷余运，誓不与兴世两立。"觊喜，悉以坚甲利兵配之。那知胡以兵往，舍钱溪不攻，径趋梅根，烧大雷诸城而走。至夜，觊方知之，大怒，骂曰："今年为小子所误。"呼取常所乘善马飞燕，谓其众曰："吾当自出追之。"因亦走。三军无主，一时皆溃。建安王勒兵入其营，纳降者十万，命攸之等追觊。

却说袁觊走至鹊头，与戍主薛伯珍谋向寻阳，夜止山间，杀马以劳将士。顾谓伯珍曰："我非不能死，且欲一至寻阳，谢罪主上，然后自刎。"因慷慨叱左右索节，无复应者。及旦，伯珍请屏人言事，遂斩觊首，诣台将俞湛之降。湛之斩伯珍，送首以为己功。

再表刘胡至寻阳，诈晋安王云袁觊已降，军皆散，惟己所领独全。宜速处分，为一战之资。当停军湓城，誓死不贰。邓琬信以为实，厚给军粮，令往湓城拒守。而胡至湓城，即拥兵远遁。邓琬闻胡又去，忧惶无计，不知所出。张悦欲诛之以为己功，乃诈称有疾，呼琬计事，令左右伏兵帐后，戒之曰："若闻索酒，便出杀之。"琬既至，悦曰："卿首唱此谋，今事已急，计将安出？"琬曰："正当斩晋安王，封府库以谢罪耳。"悦曰："今日宁可卖殿下求活耶？"因呼酒，伏发，遂斩之。连夜乘轻舸，赍琬首，诣建安王休仁降。于是寻阳城中大乱，共执晋安王子勋，囚之以待命。沈攸之军至，乃斩之。传首建康，时年十一。

庚子，建安王休仁至寻阳，遣吴喜、萧道成向荆州，张兴世、沈怀明向郢州，刘亮、张敬儿向雍州，孙超之向湘州，沈思仁、任农夫向豫章，平定余寇。刘胡逃至石城，捕得斩之。其在外诸王，诏并赐死。至是诸郡皆平，单有殷琰据寿阳、合肥未下。刘勔患之，召诸将会议，偏将王广之曰："得将军所乘马，立平合肥。"皇甫肃曰："广之敢夺节下马，可斩也。"勔笑曰："观其意，必能立功。"即推鞍下马与之。广之往攻合肥，三日而克。勔嘉其功，擢为军主。广之谓肃曰："将军若从卿言，何以平贼？卿不识才，乃至于此。"

是时，帝以寿阳未平，使中书为诏，谕殷琰降。蔡兴宗曰："天下既定，是琰思过之日。陛下宜赐手诏数行，以相慰引。今直中书为诏，彼必疑为非真，非所以安其心也。"帝不听。及琰得诏，果疑刘勔诈为之，不敢降，求附于魏。其主簿夏侯详谏曰："今日之举，本效忠节，若社稷有奉，便当归身朝廷，何可北面左衽？且魏军近在淮次，官军未测吾之去就，若遣使归款，必厚相抚纳，岂止免罪而已。"琰乃使详出见勔，勔以帝命慰之。琰乃帅将佐出降，勔悉加慰抚，不戮一人。入城，约勒将士，百姓秋毫无犯，寿阳人大悦。时魏兵将救寿阳，闻琰已降，乃去。琰至朝，仍还旧职。

却说泰始二年，帝以南方既平，欲示威淮北，乃命镇东将军张永、中领军沈攸之，将甲士十五万，迎薛安都入朝。蔡兴宗谏曰："安都归顺，此诚非虚，正须单使尺书，召之入朝。今以重兵迎之，势必疑惧，或能招引北虏，为患方深。若以叛国罪重，不可不诛，则向之所宥，亦已多矣。况安都外据大镇，密迩边陲，地险兵强，攻围难克。揆之国计，尤宜驯养，如其外叛，将为朝廷旰食之忧。"上不从，谓萧道成曰："吾今因此北讨，卿意以为何如？"对曰："安都狡猾有余，今以兵逼之，恐非国家之利。"帝曰："诸军猛锐，何往不克？卿勿多言。"安都闻大兵北上，大惧，遣使乞降于魏，求以兵援。魏乃命大将军尉元，帅兵三万出东道救之。官军至彭城，魏兵与安都夹击之。尉元邀其前，安都乘其后，大破永等于吕梁之东，死者以万数，枕尸六十余里。委弃军资器械，不可胜计。永足指尽堕，与攸之仅以身免。帝闻之，召兴宗于前，以败书示之曰："我愧卿甚。"由是尽失淮北四州，及豫州、淮西之地。

先是帝初即位，宽和有令誉，义嘉之党，多蒙宽宥，随才引用，有如旧臣，人情安之。其后淮、泗用兵，府藏空竭，内外百官并断俸禄。而帝奢侈无度，每造器用，必为正御、副御、次副各三十枚。嬖幸用事，货贿公行，性复猜忍，多忌讳，言语文书，有祸败凶丧，及疑似之言，应回避者数百千品，犯则必加罪戮。改"騧"字为䯄，以其似"祸"字故也。左右忤意，往往有刳斮者。时南兖州刺史萧道成在军中久，民间或言道成有异相，当为天子。帝疑之，征为黄门侍郎。道成惧诛，不欲内迁，而无计可留。参军荀伯玉献计曰："可使游骑数十入魏境，抄掠其居民，魏必出兵相逐。朝廷闻魏师入寇，必令复任御之。"道成如其计，魏果遣游骑数百，履行境上。道成以闻，帝果使复本位御之。又道成有祖墓，在武进县彭山。其山冈阜相属数百里，尝有五色云起，盖于墓之前后左右，人以为瑞。帝闻而恶之，潜使人以大铁钉长五六尺，钉墓四维，以为厌胜。

先是帝无子，密取诸王姬有孕者，纳之宫中，生男则杀其母，使宠姬子之。有陈贵妃者，名妙登，建康屠家女也，最得帝宠。尝谓之曰：“得汝生子，我便以为太子。”久之无出。一日，李道儿侍侧，帝问曰：“尔多男否？”对曰：“臣一妻一妾，岁各生一，已有十男。”帝笑曰：“卿可谓箭无虚发者矣。”及夜，与陈妃同寝；呼其小字曰：“妙登，今夜一叙，明日将以卿赐李道儿，卿愿否？”妃大惊，曰：“妾虽微贱，曾与陛下接体，奈何赐以与人？”帝曰：“无害，不过借汝腹去度种耳，有孕便召卿归也。”妃曰：“妾一失节，何颜再事陛下？”帝曰：“宗嗣事大，失节事小，卿莫以是为嫌。”妃暗暗领命。明日，帝佯怒妃，责以失旨，命赐道儿。道儿入谢，嘱之曰：“有孕便来报朕也。”于是道儿为之尽力，未几果有孕，帝便迎之还内，生苍梧王昱，立为太子。遂借他事，赐道儿死。后人有诗嘲陈妃云：

数载承恩作嫔嫱，无端别就合欢床。
只因欲觅人间种，那管刘郎与阮郎。

至是，帝以太子幼弱，深忌诸弟。晋平王休祐性刚狠，前后忤旨非一。一日，从游岩山射雉，左右从者并在仗后。日将暗，遣寿寂之等数人，逼休祐坠马，拉其胁杀之。传呼骠骑落马，上阳惊，遣御医络绎就视，比至，则气已绝。载其尸还第，追赠司空，葬之如礼。未几帝寝疾，与嬖臣杨运长等为身后之计，以建安王人望所归，欲除之以绝后患。运长等亦虑晏驾后，休仁秉政，己辈不得专权，劝帝诛之，一日，召休仁入内殿，坐语良久。既而谓曰：“今夕不必还府，就尚书省宿，明早卿可早来。”其夜，休仁方就枕，见武士数人突至床前，呼之曰：“王且起，天子有诏，赐王死。药在此，可速饮之。”休仁披衣而起，怒且骂曰：“帝得天下，谁之力耶？孝武以诛钼兄弟，子孙灭绝，今复为尔，宋祚其能久乎？”帝虑有变，力疾乘舆，出端门，闻休仁死乃入。然帝与休仁素厚，虽杀之，每谓人曰：“我与建安年相若，少便款狎，景和、泰始之间，勋诚实重，事计交切，不得不尔。”痛念之至，不能自已，因流涕不自胜。以其子伯融袭爵。又忌荆州刺史、巴陵王休若为人和厚，能谐物情，恐将来倾夺幼主，欲遣使赐死。虑不奉诏，乃令移镇江州，手书殷勤。命暂来京，共赴七月七日宴。休若至健康，赐死于第。赠侍中、司空。以桂阳王休范为江州刺史。

时帝诸弟俱尽，惟休范人才庸劣，幸而得全。或潛萧道成在淮阴，有贰心于魏，帝封银壶酒，使吴喜持往淮阴，饮之，以验道成诚伪。道成惧，不敢饮。喜乃密告之曰："帝无恶意，此酒可饮也。”先自饮之，道成亦饮，尽欢而散。喜还朝，保证道成无二，帝乃释然。俄而，征道成入朝，左右以朝廷方诛大臣，劝勿就征。道成曰："诸卿殊不见事，主上自以太子稚弱，翦除诸弟，何关他人？今日惟应速发，若淹留顾望，必将见疑。且骨肉相残，自非灵长之祚，祸难将兴，方与卿等戮力耳。”遂星夜赴都。既至，拜散骑常侍、太子左卫率。

先是帝在藩，与褚渊相善。及即位，深相委仗，至是疾甚。渊方为吴郡太守，急召之。渊既至，入见帝于寝殿。帝流涕谓曰："吾近危笃，故召卿，欲使卿著黄䙓耳。”黄䙓者，乳母之服，以托孤之任寄之也。渊惶惧受命。夏四月己亥，帝大渐，以桂阳王休范为司空、褚渊为左仆射、刘勔为右仆射，与尚书令袁粲、刘秉，并受顾命。渊素与道成相善，引荐于上，诏又以道成为右卫将军，与袁粲等共掌机事。是夕，帝见休仁执剑入内，惊问左右曰："建安何以来？”左右答不见。继而连呼曰："司徒宽我！司徒宽我！”遂崩。

庚子，太子昱即皇帝位，时年十岁。朝政皆委袁粲、褚渊。二人承明帝奢侈之后，务行节俭，而阮佃夫、杨运长等用事，货赂公行，不能禁也。一日，群臣在朝，方议国事，忽有大雷戍主驰檄到京，报称桂阳王休范反于江州，帅兵十万，昼夜东下。当是时，幼主初立，群情未附，武备废弛，忽闻休范作乱，人心皇皇，上下危惧。乃召在位大臣共集中书省，计议守战之事。众臣面面相视，茫无定见。道成慷慨言曰："昔上流谋逆，皆因淹缓至败。休范必远征前失，轻兵急下，乘我无备，所谓疾雷不及掩耳也。今应变之术，不宜远出，若偏师失律，则大沮众心。宜顿兵新亭、白下，坚守宫城及东府石头，以待贼至。千里孤军，后无委积，求战不得，自然瓦解。我请顿新亭以当其锋。"顾谓张永曰："征北守白下。"指刘勔曰："领军屯宣阳门，为诸军节度。诸贵安坐殿中，不须竞出。我自破贼必矣。"因索笔下议，众并注同。中书舍人孙千龄阴与休范通谋，独曰："宜依旧法，遣军据梁山。"道成正色曰："贼今已至近，梁山岂可得至？新亭既是兵冲，所欲以死报国耳。常时乃可曲从，今不能也。"离坐起，执刘勔手曰："领军既同鄙议，不可改易。"勔许之。于是道成出顿新亭，张永屯白下，卫尉沈怀明戍石头，袁粲、褚渊入卫殿省。时仓猝不暇授甲，开南北二武库，随将士所取。及道成至新亭，治营垒未毕，果报休范前军已至。

你道休范为何而反？盖休范素凡讷，少知解，不为诸兄所齿，物情亦不向之，故明帝之末，得免于祸。及苍梧即位，年在幼冲，素族秉政，近习用事，休范自谓尊亲莫二，应入为宰辅。既不如志，怨愤颇甚。其谋主许公舆，令休范折节下士，厚相资给。于是远近赴之，岁收万计，畜养才勇，缮治器械。会夏口阙镇，休范以为必属于己。朝廷又以晋熙王燮为郢州刺史，配以兵力，使镇夏口。休范闻之益怒，密与许公舆谋袭建康。公舆以为："兵宜速进，朝廷即闻吾反，商议出兵，不能一时即决，而我兵已捣建康。建康一得，余郡自服。"休范从之，乃悉起江州之兵，使大将丁文豪、杜黑蠡为前锋，兼程而进。那知已被道成料着。贼至新林，道成方解衣高卧，以安众心。徐索白虎幡，登西垣，督众拒守。休范有勇将萧惠朗，乘初至之锐，帅敢死士数百人突入东门，杀散守卒，直至射堂。城中皆避其锋，道成亲自上马，帅麾下搏战。偏将陈显达从后击之，惠朗乃退。许公舆又为休范谋曰："我众敌寡，不必聚攻一处。王今留攻新亭，而遣丁文豪、杜黑蠡，各领精骑直趋建康。新亭破，则建康愈危；建康破，则新亭不攻自下。"休范从之。正是：兵临濠下威风大，将到城边战伐深。

未识建康若何御之，且听下文分解。

第十四卷

辅幼主道成怀逆　殉国难袁粲捐身

话说休范自以大众攻新亭，而别遣文豪、黑蠡直捣建康。文豪大破台军于皂荚桥，时王道隆将羽林兵在朱雀门内，急召刘勔来助。勔至朱雀门南，命撤桁以折南军之势。道隆怒曰："贼至但当急击，奈何撤桁示弱？"勔亦愤，遂渡桁南，亲自搏战。那知战阵方合，被黑蠡一骑冲来，斩于马下。兵士散乱，道隆不能支，亦弃众走。黑蠡追杀之。黄门郎王蕴负重伤，踣于御沟之侧，或扶之以免。于是中外大震，白下、石头之众皆溃。张永、沈怀明逃还宫中，争传新亭亦陷。孙千龄开承明门出降。太后执帝手泣曰："天下败矣！"先是月犯右执法，太白犯上将，或劝刘勔避职。勔曰："吾执心行己，无愧幽明。若炎眚必至，避岂得免？"又勔晚年颇慕高尚，立园宅，名为"东山"，遗落世务，罢遣部曲。道成曾谓之曰："将军受顾命，辅幼主，当此艰难之日，而深尚从容，废省羽翼，一朝事至，悔可追乎？"勔不从，而果败死。

话分两头。道成与休范拒战，自晡达旦，矢石不息。其夜大雨，鼓角不复相闻，将士积日不得寝食，军中马夜惊，城内乱走。道成秉烛危坐，厉声呼叱，如是者数四，乃定。明日复战，外势愈盛，众皆失色。道成曰：“贼虽多而乱寻，当破矣。”其时麾下有勇将两员，一姓黄名回，一姓张名敬儿。敬儿，南阳人。少便弓马，有胆气，好射猛兽，发无不中。素无赖，家贫，佣于城东吴泰家。泰有爱婢，敬儿与之通。事发，泰欲杀之，逃于空棺中，以盖加上，乃免。后得志，诬泰通袁觊为逆，明帝杀泰，籍其家，僮役财货，敬儿皆有之。先所通婢，即以为妾。初，敬儿母卧于田中，梦犬子有角，舐其阴处，遂有孕而生敬儿。故初名狗儿。明帝嫌其名鄙俚，改为敬儿。时从道成守新亭，与黄回共立城上，望见休范白服乘肩舆，以数十人自卫，登城南观战。敬儿谓回曰：“彼可诈而取也。”回曰：“卿可取之，我誓不杀诸王。”敬儿以白道成，道成曰：“卿能办此，当以本州相赏。”敬儿乃与回并出城南，放仗走，大呼称降。休范喜，召至舆前。黄回阳至密意，休范信之，置二人于左右，命进酒。饮至半酣，笑呼道成名曰：“尔腹心已溃，何可乃尔！”回见休范无备，目敬儿，敬儿遂夺休范防身刀，斩休范首。左右皆惊走。敬儿提头嫚骂，与回奔归新亭。道成得首，便差队主陈灵宝持送建康。灵宝行至中道，恰逢西兵阻路，弃首于水，挺身到京，唱云已平，而无以为验。众莫之信。休范将士亦不之知，进战愈力，俄而其众知休范已死，稍欲退散。文豪厉声曰：“我独不能定天下乎！”因诈称休范已杀道成，据新亭矣。士民惶惑，乘夜诣新亭垒，投刺者以千数，道成皆焚之。登北城谓曰：“刘休范昨已就戮，尸在南冈下，身是萧平南，诸君谛视之。名刺皆已焚，卿等勿怀忧惧也。”众皆愕然而散。道成知台军屡败，急遣陈显达、张敬儿将兵自石头济淮，从承明门入卫宫省。于是台军之气亦振，大破贼众，遂斩丁文豪、杜黑蠡于宣阳门，余皆窜走。斯时道成在军，见大势已宁，亦即整旅还都。百姓缘道聚观，皆曰：“全社稷者，此公也。”及入朝，拜为中领军、兖州刺史，留卫京师。与袁粲、褚渊、刘秉更日入直，号为“四贵”。今且按下。

却说苍梧王之为太子也，年六岁，始就学，而惰业嬉戏，师不能禁。好缘漆帐竿，去地丈余，久之乃下。年渐长。喜怒益乖。左右有失旨者，辄手加扑打，蓬首跣足，蹲踞于地，以此为常。明帝屡敕陈太妃痛捶之。及即位，内畏太后，外惮诸大臣，犹未敢纵逸。自加元服，变态百出，好出外游行，太妃每乘青犊车，随路检摄，其后渐自放恣，太妃亦不能禁。始出宫，犹整仪卫，俄而弃车骑，帅左右数人，或出郊野，或入市廛，或往营署，与嬖人解僧智、张五儿等恒相驰逐。夜开承明门以出，夕去晨返，晨出暮归。从者并执戈矛，路逢行人男女及犬马牛驴，随手刺死，无一免者。民间忧惧，商贩皆息，门户昼闭，行人道绝。至针椎凿锯之徒，不离左右。尝以铁椎椎人阴囊，囊破裂，左右见之，有敛眉闭目者，苍梧大怒，令此人袒胛正立，以矛刺之，洞胛而过。大内耀灵殿，本明帝临政之所，养驴数十头于内。己所乘马，养于御床侧。又知己非帝子，为李道儿所生，每出入去来，常自号“李将军”。京营有女子，年十五六，性痴憨，驾至不避，从旁嬉笑。苍梧便入其屋，不避左右，与之苟合。女亦全不愧惧，任其所为，遂大悦。自是往来无间，人谓之“路嫔墙妃”，又性极好杀，一日不杀人，则惨惨不乐。殿省忧惶，食息不保。阮佃夫惧蹈不测，谋候其驾出游，称太后令，闭城门，执而废之，立安成王准。事觉，收佃夫诛死，寸斩其家属。或有告朝臣杜幼文、沈勃、孙超亦与佃夫同谋，遂帅卫士自掩三家，刳解脔割，婴孩不免。时沈勃居丧在庐，左右未至，帝挥刀独前、勃知不免，手搏其耳，唾骂之曰：“汝罪逾桀纣，屠戮无日，恨吾不获见之。”遂死。会端午，太后赐帝毛扇，怒其不华，令太医煮药，欲鸩太后。左右止之曰：“若行此事，陛下便应作孝子，岂复得出入狡狯？”帝曰：“汝语大有理。”乃止。凡诸鄙事，过目则能。锻炼金银，裁衣做帽，莫不精绝。未尝吹篪，执管便韵。自造露车一乘，其上施篷，乘以出入，其捷如飞，羽仪追之不及。又各虑祸，不敢追寻，唯整部伍，别在一处瞻望。尝直入领军府，天时盛热，道成解衣袒腹，昼卧堂中。见帝至，仓皇起立。帝指曰："好大腹。"遂命立于室内，画其腹为的，持弓引满射之。道成敛手曰："老臣无罪。"左右王天恩曰："领军腹大，是佳射堋，一箭便死，后无复射，不如以骲箭射之。"帝乃更以骲箭射，正中其脐，投弓大笑曰："此手何如？"又尝自磨刀曰："明日杀萧道成。"陈太妃骂之曰："萧道成有功于国，若害之，谁复为汝尽力？"乃止。道成忧惧，密与袁粲、褚渊谋曰："幼主所为如此，不惟吾等不免，社稷亦不可保。不先废之，后悔奚及。"粲曰："主上幼年，微过易改。伊、霍之事，非季世所行。纵使功成，亦终无全地。"渊默然。功曹纪僧真言于道成曰："今朝廷猖狂，人不自保。天下之望，不在袁、褚，公岂得坐受夷灭？"道成然之，寄书萧赜，令为之备。

却说赜字宣远，道成长子也。方生之夕，母陈氏梦有龙据屋上，故又字龙儿。即齐世祖武皇帝也。初为寻阳郡赣邑令，值晋安王反，赜不从，被执下狱。众皆散。门客桓康骁勇多力，装筐篮为担，一头坐了夫人裴氏，一头坐了两位公子，挑之以逃，匿深山中，继与萧欣祖会集旧伴四十余人，袭破郡城，救之出狱。及郡兵来追，桓康拒后力战，手斩其将，追兵乃退。及晋安既平，朝廷征赜入京，拜为尚书库部郎，至是为晋熙王长史，行郢州事。道成欲使以郢州兵为援，故报之。道成又欲出奔广陵起兵，使人密告冀州刺史刘善明、东海太守垣荣祖。荣祖，字华先，少好武，骑射绝伦，尤善弹。尝登西楼，见鸿鹄翔于云中，谓左右曰："吾当生取之。"弹其两翅，毛尽脱，鹄坠地，养其毛复长，纵之飞去，其妙如此。与刘善明皆道成腹心也。善明报以书曰："宋氏将亡，愚智共知。公神武高世，唯当静以待之，因机奋发，功业自定，不可远去根本，自贻后悔。"荣祖亦报曰："领府去台百步，公走人岂不知？若单骑轻行，广陵人闭门不受，公欲何之？公今动足下床，恐即有叩台门者，大事去矣。"道成虽得二人言，尚怀犹豫。纪僧真曰："二人之言是也。主上虽无道，国家累世之基，犹为安固。公百口北渡，必不得俱，纵得广陵城，天子居深宫，施号令，目公为逆，何以避之？此非万全之计也。况今幼主出入无常，每好单行道路，于此立计，易以成功。外州起兵，鲜有克捷。”道成乃止。

有王敬则者，临淮人，少贫贱。母为女巫，常谓人云：“敬则生时，胞衣紫色，应得鸣鼓角。”人笑之曰：“汝子得为人吹角可矣。”性倜傥不羁，好刀剑，尝与暨阳县吏斗，谓曰：“我若得为暨阳令，当鞭汝小吏背。”吏唾其面曰：“汝得暨阳县，我亦得司徒公矣。”平时善拍张，以勇力补刀戟卫士。前废帝常使敬则跳刀，高出白虎幢五六尺，跳罢，仍抚髀拍张，儇捷异常。后补暨阳令，昔日斗吏亡叛，勒令出见，曰：“我得暨阳令，汝何时得司徒公耶？”其人叩头谢罪。敬则曰：“尔亦壮士，吾不汝责也。”至是为越骑校尉，见帝无道，欲自结于道成。夜着青衣。扶匐路侧，听察帝之往来。复阴结内廷杨万年、陈奉伯等为内援，专伺得间，即便行事。

是时，苍梧荒淫益甚，每往来寺院中。城西有青园庵，乃女尼所居。房宇深邃，徒众数十。一日，帝突至其处，群尼仓皇跪接。帝视之曰：“是皆秃耳。”见一幼尼尚未剃发，貌颇娟好，问之曰：“尔在此何欲？”对曰：“欲修行耳。”帝笑曰：“恐所欲不在是。”便携之入室，裸而淫之。又令左右择尼中年少者，遍淫之，问曰：“此举何如？”左右曰：“此举是陛下大功德。”遂大笑而散。又有一道人，名昙度，素无赖，与之亲善。一夜，行至领军府前，左右曰：“一府皆眠，帝何不缘墙而入，杀其一家？”帝曰：“我今夕欲与一处作耍，无暇为此，宜待明夕。”遂去。明日乘露车，与左右向台冈赌跳，仍往青园尼寺，留连半日，晚至新安寺偷狗，就昙度道人煮之，坐地而饮，酣醉如泥。左右扶之还宫，寝于仁寿殿内。有杨玉夫者，常得帝意，出入必与偕。至是忽憎之，见辄切齿，骂曰：“明日当杀此子，取肝肺，和狗肉食。”是夜为七月七日，临睡，吩咐玉夫曰：“汝于庭中伺织女渡河，见即报我，不见则杀汝。”玉夫大惧，乃与杨万年、陈奉伯伺帝熟寝，潜取帝防身刀刎之，时年十五。

先是，帝出入无时，省内诸阁，夜皆不闭。群下畏相逢值，莫敢出走，宿卫并逃避，内外莫相禁摄。故帝虽被弑，无一觉者。乃令陈奉伯袖其首，依常行法开承明门出。遇王敬则于外朝，遂以首付之，使报道成。敬则驰诣领军府，叩门大呼曰："大事已定，领军速即入朝。"道成犹虑苍梧诳之，不敢开门。敬则耸身墙上，投其首以示道成。道成洗视之。果帝首，大喜，便戎服乘马而出，偕敬则入宫。至承明门，诈称驾还。敬则恐内人觇见，以刀环塞门孔处，呼门甚急。门吏开门迎之，只道帝归，俱伏地震慑，不敢仰视。道成入殿，殿中惊骇，既而闻苍梧已死，咸称万岁。

及旦，道成整宿卫，出立殿庭槐树下，以太后令召袁粲、褚渊、刘秉，入朝会议。三人既至，闻帝已被弑，皆惊愕不敢发言。道成谓秉曰："此使君家事，何以断之？"秉未答，道成须髯尽张，目光如电。秉惧曰："尚书众事，可以见付，军旅处分，一委领军。"道成又让袁粲，粲亦不敢当。王敬则拔白刃，在殿前跳跃曰："天下事，皆应关萧公，敢有开一言者，血染敬则刃！"手取白纱帽，加道成首，令即位，曰："今日谁敢复动，事须及热。"道成正色呵之曰："卿都不自解。"粲欲有言，敬则叱之，遂不出口。褚渊曰："非萧公无以了此。"手取事状授道成。道成曰："相与不肯，我安得辞。"乃下议立安成王为帝。作太后令曰：

> 昱以冢嗣登皇统，庶其体识日宏，社稷有寄。岂意穷凶极悖，日月滋甚，加以犬马是狎，鹰隼是爱，单骑远郊，独宿深野，趋步阛阓，酣歌垆肆，淫人子女，掠人财物，手挥矛铤，躬行刳斮。自昔辛、癸，爰及幽、厉，方之于此，未譬万分。民怨既深，神怒已积，七庙阽危，四海褫气。废昏立明，前代令范。况乃灭义反道，天人所弃者哉！故密令萧领军潜运明略，幽显协规，普天同泰，骠骑大将军安成王准体自太宗，地隆亲茂，皇历攸归。宜光奉祖宗，临享万国，便依旧典，以时奉行。

于是备法驾，诣东府，迎安成王准即皇帝忙，时年十一，是为顺帝。降封昱为苍梧王，葬之郊坛西。自是军国大事，皆听道成处分。封杨玉夫等二十五人为侯。

先是刘秉初退朝，其从弟刘韫迎而问之曰："今日之事，当归兄否？"秉曰："吾等已让领军矣。"韫拊膺叹曰："兄肉中讵有血耶？今年族矣。"秉默然。然犹谓尚书一官，万机根本，以宗室居之，则天下庶可无变。既而道成当国，布置心膂，与夺自专。褚渊素相凭附，秉与袁粲，阁手仰成矣。

却说袁粲，字景倩，陈郡阳夏人。早丧父，祖母哀其孤幼，名之曰"愍孙"。少好学，有清才，不以权势为重。平素每有朝命，常固辞，逼切不得已，方就职。至是知道成有不臣之志，阴欲图之。诏使出镇石头，即时受命。

又荆州刺史沈攸之在明帝时，与道成同直殿省，深相亲善。道成有女，攸之娶为子妇。其在荆州，有言其反者，道成力保其不反，攸之深以为感。及苍梧遇弑，道成遣其长子元琰，以苍梧刳斮之具示之。攸之知道成将篡位，大怒，谓左右曰："吾宁为王陵死，不为贾充生。"然犹未暇举兵，乃上表称庆。

时张敬儿为雍州刺史，素与攸之、司马刘攘兵善，疑攸之有异，密以问攘兵。攘兵无所言，寄敬儿马灯一只以示意。敬儿乃密为之备。攸之有素书十数行，常藏于裲裆角，云是明帝与己约誓，不忍坐视国亡。其妾崔氏谏曰："官年已老，那不为百口计？"攸之指裲裆角示之。又会集诸将云："顷太后使至，赐我以烛，剖之得太后手令，云社稷之事，一以委公。吾不可负太后命，扶危定倾，愿与诸君任之。"众皆应命，乃遗道成书曰：

少帝昏狂，宜与诸公密谋商议，共白太后，下令废之。奈何交结左右，亲行弑逆？乃至积日不殡，流虫在户，凡在臣下，谁不惋骇。又移易朝旧，布置亲党，宫阁管籥，悉关家人。吾不知子孟、孔明之遗训固如此乎？足下既有贼宋之心，吾宁敢无包胥之节耶！

书去，即建牙勒兵。盖攸之素蓄士马，资用充积，甲士十万，铁骑三千，兵势甚盛。乃遣辅国将军孙同为前锋，余军相继东下。道成闻其兵起，即自入守朝堂，命其子萧凝代镇东府，萧映出镇京口，内外戒严，以右卫将军黄回为郢州刺史，督军讨之。

先是道成以世子赜为晋熙王燮长史，修治器械，以防他变。及徵燮为扬州，以赜为右卫将军，与燮俱下。命柳世隆行郢州事。赜将行，谓世隆曰："攸之一旦为变，焚夏口舟舰，沿流而东，不可制也。若得攸之留攻郢城，君守于内，我攻于外，破之必矣。"世隆领命。及攸之起兵，赜方行至溢口，欲敛兵守之。众将皆劝倍道趋建康，赜曰："溢口地居中流，密迩畿甸，若留屯溢口，内卫朝廷，外援夏口，保据形胜，控制西南。今日至此，天所使也。"或疑城小难固，赜曰："苟众心齐一，江山皆城隍也，何患城小！"乃送晋熙王归郢州，而己则留镇溢口，遣使密报道成。道成闻之，喜曰："真吾子也。"乃以赜为西讨都督。

话分两头。湘州刺史王蕴遭母丧，罢归，路过巴陵，与攸之深相结。还至京师，乃与袁粲、刘秉、刘韫谋诛道成，而黄回、孙昙权、卜伯兴等皆与通谋。当是时，刘韫为领军将军，入直门下省，卜伯兴为直阁，黄回出屯新亭，粲等定计，矫太后令，使韫与伯兴帅宿卫兵，攻道成于朝堂，黄回等为外应，刘秉等并赴石头。谋既定，将以告褚渊，众谓渊与道成素善，不可告。粲曰："渊与彼虽善，岂容大作同异？今若不告，事定，便应除之。"乃以谋告渊。渊即告道成，道成闻之，乃使薛渊往石头，阳为助粲，阴实防之。薛渊涕泣拜辞。道成曰："卿近在石头，日夕去来，何悲之甚？"对曰："不审公能保袁公共为一家否？今往，与之同则负公，不同则立受祸，何得不悲？”道成曰：“所以遣卿者，正谓能尽临事之宜，使我无西顾忧耳。但当努力，无复多言。”道成既遣薛渊防外，又恐内变难制，乃以王敬则为直阁，与卜伯兴共总禁旅。戒之曰：“有变先杀伯兴、刘韫。”敬则领命而去。

是时，粲与诸人本期壬申之夜，内外并发，而刘秉恇扰不知所为，才及晡后，即束行装，啜羹写胸上，手振不自禁。日未暗，载妇女尽室奔石头，部曲数百，赫奕满道。既至见粲，粲惊曰：“何事遽来？今败矣！”秉曰：“得见公，万死无憾。”孙昙权闻之，亦奔石头，乃大露。道成密使人告敬则。时阁门已闭，敬则欲开阁出，卜伯兴严兵为备。敬则乃锯所止屋壁得出，至中书省，帅禁兵收韫。韫已戒严，列烛自照，见敬则猝至，惊起迎之曰：“兄何夜顾？”敬则呵之曰：“小子那敢作贼！”韫惶急，走抱敬则。敬则拳殴其颊，仆地，乃杀之。伯兴仓皇出，敬则亦迎而杀之。王蕴闻刘韫死，叹曰：“事不成矣。”狼狈率部曲数百向石头。薛渊据门射之，蕴谓粲已败，即散走。道成又遣其将戴僧静帅数百人向石头，自仓门入，与薛渊并力攻粲。孙昙权御之，殊死战，杀台军百人，僧静乃分兵攻府西门，纵火焚之。粲与秉在城东门，见火起，秉不顾粲，即逾城走。粲亦下城，欲还府，谓其子最曰：“本知一木不能止大厦之崩，但以名义至重不忍负耳。”僧静乘暗独进，来杀袁粲。最在粲后，觉有追逐声，急以身卫父。僧静直前斫之，最仆地。粲谓最曰：“我不失忠臣，汝不失孝子，亦何害？”遂父子俱死。百姓哀之，为之谣曰：“可怜石头城，宁为袁粲死，不作诸渊生。”

但未识粲死之后，宋事作何结局，且听下回分解。

第十五卷

沈攸之建义无成　萧绍伯开基代宋

话说袁粲死后，党羽瓦解。刘秉走至额担湖，追兵斩之。王蕴、孙昙权皆被获诛死。唯黄回期于诘旦领兵为应，闻事泄，不敢发。道成抚之如旧。

粲有门生狄灵庆，平时解衣推食，待之甚厚。及粲死，一门尽诛，遗下一儿，仅数岁，乳母窃之以逃。念无可投者，唯灵庆一家，素受袁氏厚恩，携儿投之，求其庇护。灵庆曰："吾闻朝廷构袁氏儿，悬千金赏。今来吾家，富贵到矣。"因即抱儿出首。乳母呼曰："天乎！公昔有恩于汝，故冒死远投，汝奈何欲杀郎君以求重赏？若天地鬼神有知，我见汝灭族不久！"先是儿在时，常骑一大㲛狗嬉戏，朝夕相随。死后，灵庆常见袁儿跳跃堂上，或怒目视，家中器物常颠倒。本期朝有重赏，那知道成亦薄其为人，绝不加赏。灵庆已失望。一日，忽见一狗走入其家，遇之于堂，猝起而噬其喉。灵庆仆地，狗至死不放，灵庆遂死。未几，妻与子相继没。此狗即儿所骑大㲛狗也。人以为灵庆之负恩，不若狗之报主云。今且按下不表。

再说沈攸之遣其将孙同以三万人为前驱，刘攘兵以二万继后，分兵出夏口，据鲁山，自恃兵强，颇有骄色。以郢城弱小，不劳攻取，遣人告柳世隆曰：“被太后令，当暂还都，卿即相与奉国，相得此意。”世隆不答。其将宗俨之劝攻郢城，臧寅止之曰：“不可。郢城虽小而地却险。攻守势异，非旬日可援。若不时举，徒然挫锐损威。今顺流长驱，计日可捷。既倾根本，则郢城岂能自固？”攸之从其计，留偏师攻郢城，自将大军东下。世隆欲诱之来攻。置阵于西渚挑战，又遣军士于城楼上大声肆骂，且秽辱之。攸之怒，改计攻城，令诸军登岸，烧郭邑，筑长围，昼夜攻战。世隆随宜拒应，攸之不能克。

是时，内难虽平，外患未已，道成昼夜忧惧。问于参军江淹曰：“天下纷纷，君谓何如？”淹曰：“成败在德，不在众寡。公雄武有奇略，一胜也。宽容而仁恕，二胜也。贤能毕力，三胜也。民望所归，四胜也。奉天子以伐叛逆，五胜也。攸之力锐而器小，一败也。有威而无恩，二败也。士卒解体，三败也。搢绅不怀，四败也。悬兵数千里，而无同恶相济，五败也。虽豺狼十万，终为我获。”道成笑曰：“君言过矣。”刘善明亦言于道成曰：“攸之收众聚骑，造舟治械，包藏祸心，于今十年。性既险阻，才非持重，而起逆累旬，迟回不进。一则暗于兵机，二则人情离怨，三则有掣肘之患，四则天夺其魄。本虑其剽勇轻速，掩袭未备，决于一战。而留攻郢城，以淹时日，今六师齐备，诸侯同举，此笼中之鸟耳，不足虑也。窃以黄回素怀异志，假以强兵，恐劳公虑耳。”道成曰：“其罪未彰，吾不忍废。且彼无能为也。”于是道成出屯新亭。

却说沈攸之尽锐攻郢城，柳世隆乘间屡破之。萧赜引兵据西塞，为世隆声援。时范云为郢府法曹，以事出城，为攸之军士所获。攸之使送书入城，饷世隆犊一羫，鱼三十尾，皆去其首。城中欲杀之，云曰：“老母弱弟，悬命沈氏，若违其命，祸必及亲。今日就戮，甘心如荠。”乃释之。

先是攸之素失人情，但劫以威力，初发江陵，已有逃者。乃攻郢城三十余日不拔，逃者稍多。攸之日夕乘马，历营抚慰，而去者不息。于是大怒，召诸将吩咐曰："我被太后令，建义下都。大事若克。诸君定获封侯之赏，白纱帽共著耳。如其不成，朝廷自诛我百口，不关余人事。近来军人叛散，皆卿等不以为意。我亦不能问叛身，自今军中有叛者，军主任其罪。"令一出，众皆疑惧。于是一人叛，遣人追之，亦去不返，莫敢发觉。

刘攘兵虽为攸之将，心怀反复。一日，手下军人亦有逃去者，惧坐其罪，密以书射入城中请降。世隆约开门以候。是夜，攘兵烧营而去。军中见火起，争弃甲走，将帅不能禁。攸之闻之怒，衔须咀之，收攘兵侄刘天赐、女婿张平虏斩之。向旦，帅众过江，至鲁山，军遂大散，诸将皆走。臧寅曰："不听吾言，至有此日。但幸其成，而弃其败，吾不忍为也。"遂投水死。攸之犹有数十骑自随，宣令军中曰："荆州城中大有钱，可共还取以为资粮。"时郢城尚无追军，而散军亦畏抄杀，更相聚结，可二万人，随攸之还江陵。那知张敬儿乘攸之东下，即起雍州之众，来袭其城。攸之子元不能抗，遂弃城走，为人所杀。其城已为敬儿所据。攸之士卒闻之，未至江陵百余里，皆散。攸之无所归，走至华容界，遂自缢。村民斩其首，送江陵。敬儿擎之以楯，覆以青伞，狥诸市郭，乃送建康；既而悉诛其亲党，收其财物数十万，皆以入私。

初，边荣为府录事所辱，攸之为荣鞭杀录事，荣感其恩，誓以死报。及敬儿兵来，荣为留府司马，或劝诣敬儿降。荣曰："受沈公厚恩，共此大事。若一朝缓急，便易本心，吾不能也。"城破，军士执见敬儿，敬儿曰："边公何不早来？"荣曰："沈公见留守城，不忍委去。本不祈生，何须见问？"敬儿曰："死何难得！"命斩之，荣欢笑而去。荣客程邕之见荣将斩，前抱之曰："与边公同游，不忍见边公死，乞先见杀。"兵人不得行戮，以白敬儿，敬儿曰："求死甚易，何为不许？"命先杀之，然后及荣。见者莫不垂泣曰："奈何一日杀二义士？"

却说道成闻捷，还镇东府，下令解严。以柳世隆为尚书右仆射，萧赜为江州刺史，萧嶷为中领军，褚渊为中书监。凡朝廷要职，皆用腹心为之。单有黄回屡怀异志，至京之日，尚拥部曲数千人。道成欲收之，恐致乱，乃托以宴饮，召入东府，伏甲斩之。由是异己悉除，内外咸服，骎骎乎有代宋之势矣。

且说南朝最重闻望，时长史谢朏负盛名，道成欲引之参赞大业。深夜召之，屏人与语，久之，朏无一言。唯二小儿执烛侍，道成虑朏难之，取烛置几上，遣儿出，挑之使言，朏又无语，乃呼左右，不乐而罢。右长史王俭知其指，他日请间，言于道成曰："功高不赏，古今非一。以公今日位地，欲终北面得乎？"道成正色裁之，而神采内和。俭因曰："俭蒙公殊盼，所以吐所难吐，何赐拒之深？宋氏失德，非公岂复宁济。但人情浇薄，不能持久。若小复推迁，则人望去矣。岂惟大业永沦，七尺亦不可保。"道成曰："卿言不无有理。"俭又曰："公今名位，尚是经常宰相，宜体绝群后，微示变革。俭请衔命，先令褚公知之。"道成曰："少日我当自往，卿不须去也。"俭乃退。

却说俭字仲宝，祖昙首，父僧绰。僧虔、僧达，皆其叔也。昙首暇日，尝集子孙于一堂，任其戏嬉。僧达跳下地，作彪子形。僧虔累围棋子十二，既不坠落，亦不复加，僧绰采蜡珠为凤凰，僧达夺取打坏，亦复不惜。昙首叹曰："僧达俊爽，当不减人。然亡吾家者，必此子也。僧绰当羽仪王国，福泽之厚，终不如僧虔。"后皆如其言。俭生未期，而僧绰遇害，为僧虔所抚养。性笃学，手不释卷。年数岁，便有宰物之志，赋诗曰："稷契匡虞夏，伊吕翼商周。"宾客咸称美，僧虔曰："我不患此儿无名，政恐名太盛耳。"一日，袁粲见之曰："此宰相种也。栝柏豫章，虽小已有栋梁气矣，终当任人家国事。"僧虔尝有书诫俭曰："重华无严父，放勋无令子，亦各由己耳。王家门中，优者龙凤，劣犹虎豹。祖宗不能为汝荫，政应自加努力。"俭因此益自励。至是为太尉右长史，知道成将代宋，欲辅成其业，以建不世之勋，故汲汲劝其受禅。

越一日，道成自造褚渊，携手入室，款语良久，乃谓曰："我夜梦得官。"渊曰："今授始尔，恐一二年间，未容便移。且吉梦未必应在旦夕。"道成还以告俭，俭曰："褚是未达理耳。且褚虽位望隆重，不过一惜身保妻子之人，非有奇才异节。公有所为，彼必不敢立异，俭能保之。"乃倡议加道成重爵，体绝群臣，以议报渊，渊果无违异。丙午，诏进道成太傅、假黄钺、大都督中外诸军事，兼领扬州牧，剑履上殿，入朝不趋，赞拜不名。又道成心重谢朏，必欲引参佐命，拜为左长史。尝置酒与论魏、晋故事，因曰："石苞不早劝晋文，死方恸哭，非知机也。"朏曰："晋文世事魏室，必将终身北面。借使魏依唐、虞故事，亦当三让弥高。"道成不悦，仍以朏为侍中，更以王俭为左长史。

三月甲辰，以太傅为相国，总百揆，封十郡，为齐公，加九锡，诏齐国官爵礼仪，并仿天朝。甲寅，齐公受策命，赦其境内，以石头为世子宫，一如东宫之制。褚渊求说于齐，引魏司徒何曾为晋丞相故事，求为齐官。齐公不许。以王俭为齐尚书右仆射，俭时年二十八也。四月壬申，进齐公爵为王；辛卯，宋顺帝下诏，禅位于齐。是时帝当临轩，不肯出，逃于后宫佛盖之下。王敬则勒兵殿廷，以板舆入迎，拔刀指太后曰："帝何在？"太后惧，自率阉人搜得之，帝涕泣不已。敬则启譬令出，引使登车。帝收泪，谓敬则曰："欲见杀乎？"敬则曰："无恐，出居别宫耳，官先取司马家亦如此。"帝泣而弹指曰："愿后世世世勿复生天王家。"宫中皆哭。帝拍敬则手曰："必无过虑，当饷辅国十万钱。"

是日百僚陪位，侍中谢朏在直，当解玺绶，阳为不知，曰："有何公事？"传诏云："解玺绶授齐王。"朏曰："齐自应有侍中。"走至殿侧，引枕卧。传诏惧，使朏称疾。朏曰："我无疾，何所道？"遂朝服步出东掖门，登车还宅。乃以王俭权为侍中，解玺授。礼毕，顺帝乘画轮车，出东掖门，就东邸，问："今日何不奏鼓吹？"左右莫有应者。右光禄大夫王琨在晋世已为郎中，至是攀车后獭尾，恸哭曰："人以寿为欢，老臣以寿为戚。既不能先驱蝼蚁，乃复频见此事。"呜咽不自胜，百官雨泣。褚渊率群臣奉玺授，诣齐宫劝进。渊从弟炤谓渊子贲曰："司空今日何在？"贲曰："奉玺授，在齐大司马门。"炤曰："不知汝家司空将一家物与一家，亦复何为？"

甲午，王即皇帝位于南郊，是为齐高帝。还宫大赦，改元建元。奉宋顺帝为汝阴王，优崇之礼，皆仿宋初。筑宫丹阳，置兵守之。诸王皆降为公，自非宣力齐室，余皆除国，以褚渊为司徒，宾客贺者满座。褚炤叹曰："彦回少立名行，何意披狂至此？此门户不幸，复有今日之拜。向使彦回作中书郎而死，不当为一名士耶？名德不昌，乃复有期颐之寿。"渊固辞司徒之命，不拜，奉朝请。

一日，渊入朝，以腰扇障目。有刘祥者，好文学，性气刚疏，轻言肆行，不避高下，从车侧过曰："作如此举止，羞面见人，扇障何益？"渊曰："寒士不逊。"祥曰："能杀袁、刘，安得免寒士？"指车前驴曰："驴，汝好为之，如汝人才，可作三公。"渊顾仆曰："速驱之！速驱之！毋听狂言。"时轻薄子，多以名节讥渊，以其眼多白精，谓之"白虹贯日"，为宋氏亡征也。河东裴颙上奏，数帝过恶，挂冠径去。帝怒杀之。太子赜请杀谢朏，帝曰："杀之适成其名，正应容之度外耳。"久之，因事废于家，沛国刘瓛为当时儒学冠，帝以为政之道问之，对曰："政在《孝经》。凡宋氏所以亡，陛下所以得者，皆是也。陛下若戒前车之失，加之以宽厚，虽危可安。若循其覆辙，虽安必危。"帝叹曰："儒者之言，可宝万世。"帝性节俭，即位后，不御精细之物，后宫器物栏槛，以铜为饰者，皆改为铁。内殿施黄纱帐，宫人著紫皮履，见主衣中有玉介导，命即打碎，曰："留此政是兴长疾源。"每曰："使我治天下十年，当使黄金与土同价。"由是奢侈悉汰，风俗一变。夏五月乙未，或走马过汝阴王之门，卫士恐有为乱者，奔入杀王而以疾闻。上不罪而赏之，并杀宋宗室诸王，无少长皆死。丙寅，追尊皇考曰“宣皇帝”，皇妣陈氏曰“孝皇后”。封皇子嶷为豫章王，钧为衡阳王，映为临川王，晃为长沙王，晔为武陵王，暠为安成王，锵为鄱阳王，铄为桂阳王，鉴为广陵王，皇孙长懋为南郡王。立太子赜为皇太子。

却说太子少历艰难，功名素著，自以年长，与帝共创大业，朝事大小悉皆专断，多违制度，内外祇畏，莫敢有言者。侍中荀伯玉密启之，帝大怒，不见太子，欲废之而立豫章王嶷。太子闻之，忧惧称疾，月余不出。而帝怒不解，一日，昼卧太阳殿，王敬则直入叩头，启请驾往东宫，以慰太子。帝不语，敬则因大声宣旨往东宫，命装束。又敕大官设馔，密遣人报太子候驾。因呼左右索舆，帝了无动意。敬则索衣以披帝身，扶帝上舆，遂幸东宫，召诸王大臣宴饮。太子迎帝，游玄圃园。长沙王执华盖，临川王执雉尾扇，竟陵王子良持酒枪，南郡王长懋行酒，太子与豫章王捧肴馔。帝大悦，酒半，褚彦回弹琵琶，王僧虔弹琴，沈文季歌《子夜歌》。王敬则脱朝服，去冠挽髻，奋臂拍张，叫动左右。帝笑曰：“岂有三公如此者？”对曰：“臣由拍张，故得三公。今日岂可忘拍张？”帝大笑，赐太子以下酒，并大醉尽欢，日暮乃散。是日微敬则，太子几废。以故太子德敬则，而怨伯玉。

先是，伯玉少贫贱，卖卜为业。帝镇淮阴，用为参军，所谋皆合，甚见亲信。尝梦帝乘船在广陵北渚，两腋下有翅不飞。伯玉问翅何时飞，帝曰：“尚待三年。”伯玉于梦中叩首祝之，忽有龙出帝腋下，翅皆飞扬，醒以告帝，帝喜。后二年，帝破桂阳，威名大震；五年而废苍梧，大权在握，谓伯玉曰：“卿梦今日验矣。”至是因启太子之过，帝愈信其无欺，使掌军国密事，势倾朝野。每暂休外，轩盖填门。其母死，朝臣无不往吊。褚渊、王俭五鼓往，未到伯玉宅二里许，王侯卿士已拥塞盈巷，至下鼓尚未得前。及入门，又倚厅事久之，方得吊。比出，二人饥乏，气息惙然，恨之切齿。明日入宫，言于帝云："臣等所见二宫及斋阁以比伯玉宅，政可设雀罗。怪不得外人有言：'千敕万令，不如荀公一命。'"帝闻而笑之，宠任如故。后太子即位，遂赐死。初，伯玉微时，有善相墓者，谓其父曰："君墓当出暴贵者，但不得久耳。又出失行女子。"伯玉闻之曰："朝闻道，夕死可矣。"顷之，伯玉姊当出嫁，是夕，随人逃去，而伯玉卒至败亡。此是余话，今且不表。

却说帝得天下，年齿已高。自践祚以来，勤劳万几，宵旰不息，精神渐减。四年二月乙未，帝不豫；三月庚申，疾益甚，乃召司徒褚渊、左仆射王俭，授遗诏辅政。诏曰：

> 吾本布衣素族，念不到此，因藉时来，遂隆大业，遘疾弥留，至于大渐。公等事太子如事吾，当今敦穆亲戚，委任贤才，崇高节俭，弘宣简惠，则天下之理尽矣。死生有命，夫复何言！

壬戌，帝崩于临光殿，年五十六。于是群臣奉太子即位，是为武帝。称遗诏，以司徒褚渊录尚书事，左仆射王俭为尚书令、车骑将军，丧礼悉从俭约，遵遗诏也。庚午，以豫章王嶷为太尉，领扬州牧。

武帝诸弟中，豫章最贤，常虑盛满难启，求解扬州。帝不许曰："毕汝一世，无所多言。"嶷尝过延陵季子庙，观沸井，有牛奔突部伍，左右欲执牛主推问，嶷不许。取绢一疋，横系牛角，放归其家。其为政宽厚类如此。时临川王映亦号贤王，帝问其居家何事，映曰："唯使刘献讲《礼》，顾则讲《易》，朱广之讲《庄》、《老》，臣与二三诸彦、兄弟友生，时复击赞，以此为乐。"帝大赏之。他日谓嶷曰："临川为善，遂至于斯。"嶷曰："此大司马公之次弟，安得不尔！"帝以玉如意指嶷曰："未若皇帝次弟，为善更多也。"相与大笑。时帝友爱甚笃，而太子长懋素忌诸叔，故诸王皆不愿与政。未几豫章卒，年四十九，帝甚哀之。王融为铭云："半岳摧峰，中河堕月。"帝见而流涕曰："此正吾所欲言也。"嶷死后，忽见形于沈文季曰："我患痈与痢，未应便死。皇太子于膏中加药数种。使痈不差，复于汤中加药一种，使痢不断。吾已诉先帝，先帝许还东邸当判此事。向胸前出青纸文书，示文季曰：'与卿相好，为吾呈上。'"言讫不见。文季大惊，秘不敢言。

但未识太子有何报应否，且听下回分解。

第十六卷

纵败礼宫闱淫乱　臣废君宗室摧残

话说豫章身故，人皆以得疾而卒，那知太子暗行毒害。一灵不散，忽见形于沈文季，述其致死之由。文季知之，不敢告人。俄间太子疾，文季谓人曰："太子殆不起矣。"越数日，太子果卒。帝哀痛殊甚。时竟陵王子良好文学，有令望，为帝次子，人皆以储位之归，宜在子良。而帝卒以嫡嗣为重，不立太子而立太孙。

却说太孙名昭业，字元尚，文惠太子长子也。始高帝为宋相，镇东府，昭业年五岁，在床前戏。高帝方对镜，令左右拔白发，问之曰："儿谓我谁耶？"答曰："太翁。"高帝笑谓左右曰："岂有为人作曾祖而拔白发者乎？"即掷镜不拔。及长，美容止，工隶书，武帝特所钟爱，敕皇孙手书，不得妄出，以示贵重。性辨慧，进退音吐，皆有仪度。接对宾客，款曲周至。然矫情饰诈，阴怀鄙慝。与左右无赖群小二十许人，共衣食，同卧起。当太子在日，每禁其起居，节其用度。昭业谓其妃何氏曰："阿婆，佛法言有福生帝王家。今知生帝王家，便是大罪，左右主帅，动见拘执，不如市边屠酤富儿，反得快意。"尝私就富人求钱，无敢不与。别作钥钩，夜开西州后阁，与左右至营署中淫宴。其师史仁祖、侍书胡天翼相谓曰："皇孙所为若此，若言之二宫，则其事非易。若于营署为异人所殴，岂惟罪止一身，亦当尽室及祸。年各七十，余生宁足吝耶！”数日相继自杀，二宫不知也。所爱左右，皆逆加官爵，书于黄纸，许南面之日，依此施行。侍太子疾，衣不解带。及居丧次，号泣不绝声，见者呜咽。裁还私室，即欢笑酣饮。常令女巫杨氏祷祀，速求天位。及太子卒，谓由杨氏之力，倍加敬信。武帝往东宫临丧，昭业迎拜号恸，绝而后苏。帝自下舆抱持之，甚嘉其孝。帝以晚年丧子，郁郁不乐，未几有疾。太孙入侍，忧愁惨戚，言发泪下，每语及帝躬病重，辄哽咽不自胜，故帝益爱之。时何妃在西州，一日，得太孙手书，别无一语，中央作一大“喜”字，而作三十六小“喜”字绕之。妃知大庆在即，亦暗暗欢喜。俄而诏竟陵王子良，甲仗入延昌殿，侍医药。由是子良日夜在内，太孙间日参承。

却说中书郎王融，字元长，少而神明警慧，其叔王俭谓人曰：“此儿年至三十，名位自立。”常侍帝于芳林园禊宴，为《曲水诗序》，人争称之。会魏使宋弁来聘，帝以融有才辨，使兼主客接之。弁见其年少，问：“主客年几？”对曰：“五十之年，久逾其半。”弁又云：“闻主客有《曲水诗序》甚佳，愿得一观。”融乃示之。弁读竟，叹曰：“昔观相如《封禅》，以知汉武之德。今览王生《诗序》，用见齐主之盛。”融曰：“皇家盛明，岂直比踪汉武？更惭鄙制，无以远匹相如。”时称其善对。独其性躁于名利，自恃人地，三十内可望公辅。尝诣王僧祐，值沈昭略在座，不识融，问主人曰：“是何年少？”融闻而不平，谓曰：“仆出于扶桑，入于旸谷，照耀天下，谁云不知，而劳卿问？”其高自标置如此。及为中书郎，尝抚案叹曰：“为尔寂寂，邓禹笑人。”又尝过朱雀桁街，路人填塞，车不能行，乃捶车叹曰：“车中乃可无七尺，车前岂可乏八驺。”素与竟陵王子良友好，于是乘帝不豫，为之图据大位。戊寅，帝疾亟暂绝，太孙未入，内外惶惧。融因欲矫诏立子良，及太孙来，融戎服绛衫，立于中书省阁口，断东宫仗不得进。顷之，帝复苏，问太孙何在，因召东宫器甲并入。太孙因见帝痛哭，帝以其必能负荷大业，谓之曰："五年中一委宰相，汝勿措意。五年外，勿复委人。若自作无成，无所多恨。"临终，复执其手曰："若忆翁当好作，诏子良善相毗辅。朝事大小，悉与左仆射、西昌侯鸾参怀。"遂殂。

却说鸾字景栖，高帝兄，始安王道生之子也。早孤，为高帝所养，恩过诸子。性俭素，车服仪从，同于素士，所居官有严能名。故武帝亦重之，以子良才弱，遗诏委以朝政。鸾闻诏，急驰至云龙门，融以子良兵禁之，不得进。鸾厉声曰："有敕相召，谁敢拒我！"排之而入。既入，指麾部署，音响如钟，殿中无不从命。遂奉太孙登殿，即帝位。是为郁林王。融知大事不遂，释服还省，叹曰："竟陵误我！"先是郁林王少养于子良妃袁氏，慈爱甚著。及王融有谋，并忌子良。时子良居中书省，虑其为变，使虎贲二百人屯太极西阶以防之。既成服，诸王皆出，子良乞停至山陵，不许。收王融于狱，赐死。融临死，叹曰："我若不为百岁老母计，当吐一言。"盖欲指斥帝在东宫时过恶也。人谓融险躁轻狡，自取其死云。

却说郁林自即位后，大殓始毕，悉呼武帝诸伎，奏乐于前。所宠嬖臣綦毋珍之、朱隆之，直阁将军曹道刚、周奉叔，宦者徐龙驹等皆用事。珍之所论荐，事无不允。内外要职，皆先论价，旬日之间，家累巨万，擅取官物，不俟诏旨。有司至相语曰："宁拒至尊敕，不可违舍人命。"徐龙驹为后阁主书，常居含章殿，著黄纶，被貂裘，南面向案，代帝书敕。左右侍直，与至尊不异。自山陵之后，帝即与左右微服，游走市里。掷涂赌跳，作诸鄙戏。赏赐嬖宠，动至百数十万。每见钱曰："我昔思汝一枚不得，今日得用汝未！"武帝聚钱，上库五亿万，斋库三亿万，金银财帛不可胜计。未满一年，所用垂尽。尝入主衣库，令何后及宠姬，以诸宝器相投击，破碎之，用为笑乐。

后字婧英，抚军将军何戢之女，性亦淫乱。初为太孙妃，太孙狎昵无赖之徒，后择美少者，皆与之私。及为后，淫荡如故。帝既好淫，后善于迎接，能曲畅其情。故帝宠爱特甚，恣其所为。有侍书人马澄，年少貌美，为帝弄童。后悦之，托以有巧思，令出入御内，绝见爱幸，尝着轻丝履，紫绨裘，与后同居处。后出素臂，与之斗腕角力，帝抚掌以为乐。又侍书杨珉，年十五，姣好如美女，而有缪毒具，为帝所幸，常侍内廷。后尤爱之，私语宫人曰："与杨郎一度，胜余人十度。"一日，帝往后宫，后正与珉拥抱未起。宫女急报驾至，后遽起见帝。冠发散乱，四体倦若无力。帝问何事昼寝，后笑曰："吾梦中方与陛下取乐，不意陛下适来，使妾余欢未尽。"帝笑曰："阻卿梦中之兴，还卿实在之乐何如？"遂解衣共寝，恣为淫荡。武帝有宠姬霍氏，年少有殊色。帝欲烝之，在后前极口称其美。后曰："陛下既爱其美，何不纳之？"帝曰："惧卿妒耳。"后曰："陛下所爱，妾亦爱之，奚妒为？妾为陛下作媒何如？"帝大悦，是夕，与帝同辇，往霍姬宫。姬接入，后抚其背曰："今夜送一新郎在此，卿善伴之。"说罢别去。帝遂就寝霍氏宫，深相宠爱，累日夜不离。那知后亦为着自己，使帝在他处留连，正好与杨珉任意取乐，可以昼夜无间。斯时秽声狼藉。萧鸾深以为耻，尝谓帝曰："外廷之事，臣得效力。宫禁之内，还期陛下肃清，无使取笑天下。"帝深恶之，遂不与相见。一日，谓鄱阳王锵曰："公以鸾为何如人？"锵素和谨，对曰："臣鸾于宗戚最长，且受寄先帝。臣等皆年少，朝廷所赖，唯鸾一人，愿陛下无以为虑。"帝默然，私谓徐龙驹曰："我欲与锵定计取鸾，锵既不同，我亦不能独办矣。"鸾闻之惧，阴欲废帝，唯虑萧湛、萧坦之典宿卫重兵，为帝心腹。因谋之尚书王晏，晏曰："此二人可以利害动也，请往说之，必得如志。"鸾因使晏密结二人，劝行废立。二人初犹未许，及见帝狂纵日甚，无复悛改，恐祸及己，乃回意附鸾，在内廷阴为鸾耳目。

先是，帝居深宫，群臣罕见其面，唯以谌与坦之为祖父旧人，尚加亲信，得出入后宫。凡亵狎宴游，二人在侧不忌。故鸾欲有所陈说，唯遣二人入告，乃得上达。一日，鸾以杨珉淫乱宫掖，尤无忌惮，遣坦之入奏诛珉。何后方对镜理妆，闻之，妆不及毕，急奔帝前，流涕覆面，曰：“杨郎好少年，无罪过，何可枉杀？”坦之拊帝耳语曰：“此事别有一意，不可令第二人闻。”帝平日每呼后为“阿奴”，因呼后曰：“阿奴暂去片时。”后不得已，走入。坦之乃曰：“外间并云珉与后有别情，彰闻遐迩，不令赴台一讯，其事益信。”帝乃敕珉赴台。珉至台，鸾亦不问，即押赴建康市行刑，俄有敕原之，而珉已死。鸾又启诛徐龙驹，帝亦不能违，而心忌鸾益甚。

直阁将军周奉叔，帝之爪牙臣也。与其父盘龙，皆以勇力闻。先是魏攻淮阳，武帝敕盘龙往救。奉叔单马，率二百余人陷阵。魏军万余骑，张左右翼围之。一骑还报奉叔已没，盘龙方食，投箸而起，上马奋矟，直奔魏军，自称“周公来”。魏人素畏盘龙骁勇，闻其名，莫不披靡，时奉叔已大杀魏军，得出在外，盘龙不知，乃东西冲击，杀伤无数。奉叔见其父久不出，复跃马入阵寻之，父子两骑，萦搅数万人中。魏军败走，父子并马而归。由是名播北国。其后奉叔给事东宫，帝尝从其学骑，尤见亲宠。即位后，迁为直阁将军。恃勇挟势，陵轹公卿。常以单刀二十口自随，出入禁闼，门卫不敢叱。每语人云：“周郎刀不识君。”鸾畏之，使坦之说帝曰：“奉叔才勇，可使出守外藩。”乃以为青州刺史。奉叔就帝求千户侯，帝许之，鸾以为不可。封曲江县男，食三百户。奉叔大怒，于众中攘刀厉色曰：“若不见与，周郎当就刀头取办耳。”鸾佯许之，及将之镇，部伍已出，鸾复以帝命召入，杀之省中。启云奉叔慢朝廷，当诛。帝不获已，可其奏。

当奉叔未诛时，侍读杜文谦恶鸾专政，谓綦毋珍之曰：“天下事概可知矣，灰尽粉灭，匪朝伊夕，不早为计，祸至何及？”珍之曰：

“计将安出？”文谦曰：“先帝旧人多见摈斥，今召而使之，谁不慷慨从命。昨闻宿卫万灵会与王范共语，皆攘袂捶床，心怀不平。君其密报奉叔，使灵会杀萧谌，则宫内之兵，皆我用也。即勒兵入尚书省，斩萧令，两都伯力耳。今举大事亦死，不举事亦死，二死等耳，死社稷可乎？若迟疑不断，异日称敕赐死，父母为殉，在眼中矣。”珍之不能用，及鸾杀奉叔，并收珍之、文谦杀之。何后以杨珉之死，日夜切齿，劝帝杀鸾。

时萧谌、萧坦之握兵权，大臣徐孝嗣、王晏、陈显达、王广之、沈文季等，皆一心附鸾。帝左右无可与谋者，唯中书令何胤，后之从叔，近直殿省，欲以诛鸾之事任之，胤谢不能；乃谋出鸾于西州，中敕用事，不复关咨政府，胤亦难之，其事复止。鸾于是逆谋益急，日夕要结诸臣。骠骑录事乐豫谓徐孝嗣曰：“外传籍籍，似有伊、霍之举。君蒙武帝殊常之恩，荷托付之重，恐不得同人此举。人笑褚公，至今齿冷。”孝嗣心然之，而不能从。帝谓萧坦之曰：“人言镇军与萧谌欲共废我，似非虚传，卿所闻若何？”坦之曰：“天下宁当有此？谁乐无事废天子耶？朝贵不容造此论，当是诸尼姥言耳，岂可信乎？官若除此二人，谁敢自保？”帝信之。然逆谋渐泄，直阁将曹道刚、朱隆之等深为之防，鸾因谓萧谌曰：“废天子，古来大事。比闻内廷已相猜疑，明日若不举事，恐无所及。弟有百岁母，岂能坐听祸败，正应作余计耳。”谌惶遽从之。

壬辰，鸾使萧谌先入，遇道刚、隆之于庭，皆杀之。直后徐僧亮见有变，大言于众曰：“吾等荷恩，今日当以死报。”又杀之。鸾引兵入云龙门，戎服加朱衣于上，比入门，三失履。王晏、徐孝嗣、萧坦之等，皆随其后。时帝在寿昌殿，裸身与霍姬相对坐，闻外有变，使闭内殿诸阁，令阉人登兴光楼望之，还报云：“见一人戎服，从数百武士，在西钟楼下。”帝大惊曰：“是何人也？”话未绝，谌已引兵入寿昌阁，帝见之，急趋霍姬房。兵士争前执之，以帛缠颈，扶出延德殿。宿卫将士见帝出，皆叩刀欲奋。萧谌谓之曰："所取自有人，卿等不须动。"宿卫素隶服于谌，皆不敢发。行至西弄，遂弑之，舆尸出殡徐龙驹宅，霍姬及诸嬖幸皆斩之。鸾既弑帝，欲作太后令，晓示百官。徐孝嗣于袖中出而进之。鸾大悦，乃以太后令，废帝为郁林王，葬以王礼。废何后为王妃。迎立新安王昭文，丁酉，即皇帝位，大赦天下，改元延熙，是为海陵王。以鸾为骠骑大将军、录尚书事，进封宣城公，政事一禀宣城处分。

先是，郁林王之将废也，鄱阳王锵初不知谋，锵每诣鸾，鸾倒屣迎之，语及家国，言泪俱发，锵以此信之。及鸾势重，中外皆知其蓄不臣之志，宫台之内皆属意于锵，劝锵入宫，发兵辅政。长史谢粲说锵曰："王但乘油壁车入宫，出天子坐朝堂，夹辅号令，粲等闭城门上仗，谁敢不同，东城人正共缚送萧令耳。"锵以上台兵力悉属东府，虑事不捷，意甚犹豫。队主刘巨，武帝旧人，叩头劝锵举事。锵命驾将入，复还内，与母陆太妃别，日暮不成行。典签知其谋，驰告鸾。鸾遣兵二千围锵第，杀锵，并杀谢粲、刘巨等。

江州刺史、晋安王子懋闻鄱阳死大惧，欲起兵，谓防阁陆超之、董僧惠曰："事成则宗庙获安，不成犹为义死。"二人曰："此州虽小，而孝武常用之。若举兵向阙，以请郁林之罪，谁能御之？"时太妃在建康，密遣书迎之。太妃有同母兄于瑶之，知其谋，遽以告鸾，鸾遂遣王元邈引兵讨子懋，又遣裴叔业、于瑶之先袭寻阳。叔业泝流直上，轻兵袭湓城，守将乐贲开门纳之。子懋闻湓城失守。帅府州兵力据城自守。部曲多雍州人，皆踊跃愿奋。叔业畏其锐，乃使于瑶之入城，说子懋曰："今还都必无过虑，正当作散官，不失富贵也。"子懋信之，遂不出兵。众情大沮。瑶之弟琳之在城中，说子懋重赂叔业，可以免祸。子懋使琳之往，琳之反说叔业取子懋。于是叔业遣兵四百，随琳之入城，僚佐皆奔散。琳之拔刃入斋，子懋骂曰："小人何忍行此！"琳之以袖障面，使人杀之。董僧惠被执，将杀，谓王元邈曰："晋安举义，仆实豫谋，得为主人死不恨。愿至大殓毕，退就鼎镬。"元邈义之，具以白鸾，得免死。于懋子昭基，年才九岁，被囚于狱。以方二寸绢为书，遗钱五百，使达僧惠。僧惠视之曰："郎君书也。"悲痛而卒。或劝陆超之逃亡，超之曰："人皆有死，此不足惧。吾若逃亡，非唯孤晋安之眷，亦恐田横客笑人。"闭门端坐俟命。超之门生谓杀超之，当有厚赏，密自后斩之，头落而身不倒。元邈厚加殡殓，门生亦助举棺，棺坠，压其首，折颈而死，人皆快之。

时临海王昭秀为荆州刺史，鸾遣除元庆至江陵，以便宜从事。长史何昌寓曰："仆受朝廷重寄，翼辅外藩，殿下未有愆失，君以一介之使来，何容即以相付耶？若朝廷必须殿下，当自启闻，更听后旨。"昭秀由是得还建康。裴叔业自寻阳进向湘州，欲杀湘州刺史、南平王锐。防阁周伯玉大言于众曰"此非天子意，今斩叔业，举兵匡社稷，谁敢不从！"典签叱左右斩之，遂杀锐。又杀郢州刺史、晋熙王銶，南豫州刺史、宜都王鉴。当时朝廷之上，以鸾有靖乱功，诏进鸾为太傅，加殊礼，封宣城王。鸾以兄子遥光为南郡太守，不之官。鸾有异志，遥光皆赞成之。凡大诛赏，无不豫谋，任为腹心之佐。先是王脾上有赤志，人以为贵征，以示晋寿太守王洪范曰："人言此是日月相，卿幸勿泄。"洪范曰："王日月在躯，如何可隐，当播告天下。"一日，桂阳王铄至东府，见鸾出，谓人曰："向录公见接殷勤，流连不能已，而面有惭色，此必欲杀我。"是夕果遇害。江夏王锋有才行，鸾尝与之言遥光才力可委，锋曰："遥光之于殿下，犹殿下之于高王，卫宗庙，安社稷。实有攸寄。"鸾失色。及杀诸王，锋又大言其非，鸾收而杀之。又遣人杀建安王子真，子真走匿床下，兵士手牵出之，叩头乞为奴，不许，杀之。遣茹法亮杀巴陵王子伦，子伦性英果，时为南兰陵太守，镇琅琊城，有守兵。法亮恐其不肯就死，以问典签华伯茂。伯茂曰："公若以兵取之，恐不可即办；若委伯茂，一夫力耳。"乃委之。伯茂手自执鸩，逼子伦饮。子伦正衣冠，坐堂上，谓法亮曰：“先朝昔灭刘氏，杀其子孙殆尽。今日之事，理数固然。君自家旧人，今衔此使，当由事不获已。但此酒非劝酬之爵，只可独饮。”因仰之而死，时年十六。法亮及左右皆流涕。

盖齐制，诸王出镇，皆置典签，一方之事，悉以委之。时入奏事，刺史美恶，专系其口，故威行州郡，自刺史以下，莫不折节奉之。南海王子罕在瑯琊，欲游东堂，典签姜秀不许，遂止。泣谓母曰：“儿欲移五步不得，与囚何异？”邵陵王子响尝求熊白，厨人答典签不在，不敢与。及鸾诛诸王，皆令典签杀之，竟无一人能抗拒者。时孔圭闻之，流涕曰：“齐之衡阳、江夏最有意，而竟害之，若不立典签，故当不至于此。”其后宣城王亦知典签之弊，不许入都奏事，典签之任始轻。

但未识宣城若何篡立，且听下文再剖。

第十七卷

救义阳萧衍建绩　立宝卷六贵争权

话说宣城王志在窃国，惧宗室不服，先加杀害。于是朝纲独揽，郡臣争先劝进。冬十月辛亥，乃假皇太后令曰：

> 嗣主冲幼，庶政多昧，且早撄尪疾，弗克负荷。太傅宣城王胤体先皇，钟慈太祖，宜入承宝命，帝可隆封为海陵王。

癸亥，鸾即帝位，是为齐明帝。改元建武，以王敬则为大司马，陈显达为太尉，王晏为左仆射，徐孝嗣为中领军，余皆进爵有差。一日，诈称海陵有疾，数遣御医瞻视，因而殒之。先是文惠太子在日，素恶明帝，尝谓竟陵王子良曰："我意中殊不喜见此人，不解其故，当由其福薄故也。"子良为之解救，及帝得志，太子子孙无遗焉。今且按下不表。

且说明帝篡位之时，正当魏孝文迁都洛阳时候。孝文久有南侵之意，一闻海陵见废，明帝篡立，谓群臣曰："今日伐齐，不患无名矣。"乃命大将薛真度向襄阳，刘昶、王肃向义阳，拓跋衍向钟离，刘藻向南郑，自将大军趋寿阳。起兵四十万，分道并进。沿边州郡飞报入朝。帝闻魏师起，大惧，乃命左卫将军王广之督司州、右卫将军萧坦之督徐州、右仆射沈文季督豫州，发诸州之兵以拒魏。

正月乙亥，魏主济淮，二月至寿阳，虎士成群，铁骑弥野。甲辰，登八公山赋诗，道遇大雨，命去盖，见军士病者，亲抚慰之。帅兵直临城下，遣使呼城中人出见。齐丰城公遥昌使参军崔庆远应之。庆远至军前，问师出何名，魏主曰："师当有故，卿欲我斥言之乎？欲我含垢依违乎？"庆远曰："未承来命，无所含垢。"魏主曰："齐主何故废立？"庆远曰："废昏立明，古今非一，未审何疑？"魏主曰："武王子孙，今皆安在？"庆远曰："七王同恶，已伏管、蔡之诛。其余二十余王，或内列清要，或外典方牧。"魏主曰："卿主若不忘忠义，何以不立近亲，如周公之辅成王，而自取之乎？"庆远曰："成王有亚圣之德，故周公得而辅相之。今近亲皆非成王之比，故不可立。且霍光亦舍武帝近亲而立宣帝，唯其贤也。"魏主曰："霍光何以不自立？"庆远曰："非其类也，主上正可比宣帝，安得比霍光？若尔，武王伐纣，不立微子而辅之，亦为苟贪天下乎？"魏主大笑曰："朕来问罪，如卿所言，便可释然。"庆远曰："见可而进，知难而退。圣人之师也。"魏主曰："卿欲和亲，抑不俗乎？"庆远曰："和亲则两国交欢，生民蒙福，否则两国交恶，生民涂炭。和亲与否，裁自圣衷。"魏主嘉其善对，赐以酒肴衣服而遣之。于是循淮而东。

时魏兵号二十万，堑栅三重，并力攻义阳。城中负楯而立，势甚危急。齐将王广之引兵救之，去城百余里，畏魏强不敢进。诸将皆有惧意，一将奋袂起曰："义阳危困，朝不保夕，吾等奉命往救，卷甲疾趋犹恐不及，闻敌强而不进，义阳若失，何面目以见朝廷？公等不往，吾请独进。"辞气激烈，三军闻之，皆有奋意。

你道言者是谁？乃是一代开创之主，姓萧，名衍，字叔达，小字练儿。父名顺之，齐高帝族弟也。少相款狎，尝兵登金牛山，见路侧有枯骨纵横，齐高帝谓之曰："周文王以来几年，当复有掩此枯骨者乎？”言之懔然动色。顺之由此知高帝有大志，尝相随从。高帝每出征讨，顺之尝为军副。方宋顺帝末年，袁粲据石头。黄回与之通谋。顺之闻难作，率家丁据朱雀桥。回遣人觇望，还报曰：“有一人戎服，英威毅然，坐胡床南向。”回曰：“此必萧顺之也。”遂不敢出。时微顺之，回必作难于内。方武帝在东宫，尝往问讯，及退，齐武手指顺之，谓豫章王嶷曰：“非此翁，吾徒无以至今日。”其见重如此。及即位，深相忌惮，故不居台辅，以参豫佐命，封临湘侯。衍即其仲子也。生于秣陵县同夏里三桥宅，时宋孝武大明八年甲辰岁。母张氏怀孕时，忽见庭前菖蒲花光采异常，以问侍者。侍者皆云不见，张氏曰：“吾闻见菖蒲花者当大贵。”因取吞之，遂生萧衍。状貌奇特，日角龙颜，重岳虎头，项有白光，身映日无影。两胯骈骨，额上隆起，有文在右手曰武。为儿时，能蹈空而行，见者皆知其不凡。及长，博学多文，好筹略，有文武才干，始为巴陵王法曹参军。王俭一见，深相器异，谓人曰：“萧郎三十内当作侍中，过此则贵不可言。”时竟陵王子良开西邸，招文学，衍与沈约、谢朓、王融、萧琛、范云、任昉、陆倕并游焉，号为“八友”。王融尤敬异之，每谓所亲曰：“宰制天下，必在此人。”累迁咨议参军，寻以父艰去职。隆昌初，明帝辅政，起为宁朔将军，镇寿春。服阕，除黄门侍郎，入直殿省，预定策勋，封建阳县男，食邑三百户。尝舟行牛渚，遇大风，入泊龙渎，有一老人衣冠甚伟，立于岸侧，谓之曰：“君龙行虎步，相当极贵，天下方乱，安之者其在君乎！宜善自爱。”问其姓氏，忽然不见。衍既屡有征祥，心益自负。寻为司州刺史，在州大著威名。尝有饷以马者，不受，饷者系马于树而去，衍出见马，以答书缚之马首，令人驱出城外，马自还主。衍舅张弘策与衍年相若，恒同游处，每入衍室，尝觉有云气绕之，体自肃然，由此特加敬礼。一日，从衍饮酒，半酣，徙席星月之下，语及时事，谓衍曰：“子善天文，近日纬象若何？国家故当无恙否？”衍曰：“其可言乎？”弘策请言其兆。衍曰：“汉北有失地气，浙东有急兵象。今冬之初，北魏兵必动，动则汉北必亡。其后便有乘机而起者，是亦无成，徒为王者驱除难耳。越二年，死人过于乱麻，齐之历数自兹尽矣。梁、楚、汉间，当有大英雄兴。”弘策曰：“今英雄何在？其在朝庙乎？在草泽乎？”衍笑曰：“汉光武有云，‘安知非仆’。”弘策起曰：“今夜之言，是天意也，请定君臣之分。”衍曰：“舅欲效邓晨乎？”相与大笑。

至是魏师围义阳，帝命王广之主中军，衍率偏师往救。众莫敢前，衍请先进。广之分麾下精兵配之。衍间道夜发，径上贤首山，去魏国数里。魏人出不意，未测多少，不敢逼。黎明，大风从西北起，阵云随之，直当魏营。俄而风回云转，还向西北。衍曰：“此所谓归气，魏师遁矣，急击勿失。”遂下令军中曰：“望麾而进，听鼓而动。”于是身先士卒，直奔魏军，扬麾鼓噪，响振山谷。敢死之士执短兵先登，长戟翼之。魏倾壁来拒，衍亲自搏战，无不披靡。城中见援兵至，亦出军攻魏栅，因风纵火，魏军表里受敌，因大溃。王肃、刘昶单骑走，斩获万计，流血盈野。义阳得全。

衍有兄懿，为梁州刺史。会魏将拓跋英引兵击汉中，懿出兵拒之，进战不利，婴城自守。魏兵围之数十日，城中粮将竭，众心汹惧。懿封题空仓数十，指示将士曰：“此中粟皆满，足支二年，但努力坚守，何患无食？”士民乃安。会魏主召英还，遣使与懿告别。懿以为诈，英去一日，犹不开门。二日，乃遣将追之。英与士卒下马交战，懿兵不敢逼，尾其后，四日四夜乃返。魏诸将请复攻义阳，魏主曰：“萧衍善用兵，今且勿与争锋，异日吾往禽之。”是役也，齐果失汉北诸郡，诸将概不加赏，独以萧衍有却敌功，除为雍州刺史。今且按下不表。

却说永泰元年春正月，帝有疾，以近亲寡弱，忌高、武子孙犹有十王，每朔望入朝，帝还后宫，辄叹息曰：“我及司徒诸子皆不长，高、武子孙日益长大，恐为后累，奈何！”因欲尽除高、武之族，以微言问陈显达，对曰："此等岂足介意。"以问始安王遥光，遥光谓当以次施行。时遥光有足疾，帝常令乘舆，自望贤门入，每与帝屏人久语，语毕，帝索香火，呜咽流涕，明日必有所诛。会帝疾暴甚，绝而复苏，遥光遂行其策，杀河东王铉、临贺王子岳、西阳王子文、永阳王子峻、南康王子琳、衡阳王子珉、湘东王子建、南郡王子夏、桂阳王昭粲、巴陵王昭秀。铉等已死，乃使公卿奏其罪状请诛，下诏不许，再奏然后许之。侍读江泌哭子琳，泪尽继之以血，亲视殡葬毕乃去。

那时激恼了旧臣王敬则，以为天下本高、武之天下，帝既夺而有之，而又杀害其子孙，于心何忍，以故语及时事，怀怒切齿，屡发不平之语。时敬则为会稽刺史，帝虑其变，乃以张瓌为平东将军、吴郡太守，添置兵力以防之。敬则闻之，怒曰："东今有谁，只是欲平我耳。东亦何易可平，吾终不受金罂。"金罂，谓鸩也。于是举兵，以奉南康侯子恪为名，子恪惧祸，亡走未知所在。遥光劝帝尽诛高、武子孙，使后有叛者无所假名。帝从其策，乃悉召诸王侯入宫。命晋安王宝义、江陵公宝览等处中书省，高、武子孙处西省，敕左右从者各带二人，过此依军法，孩幼者与乳母俱入。其夜，令太医煮椒二斛，内省办棺木数十具。至三更当尽杀之。时刻已至，而帝眠未起，中书舍人沈徽孚与内侍单景俊，共谋少留其事，以俟帝醒。恰好子恪徒跣自归，扣建阳门求入。门者以闻，景俊急至帝前，奏言子恪已至。帝惊问曰："未耶？未耶？"景俊曰："尚未行诛。"帝抚床曰："遥光几误人事。"乃赐王侯供馔，明日悉遣还第。以子恪为太子中庶子。

却说敬则帅实甲万人，过浙江，百姓担篙荷锸，随之者十余万人。帝遣大将左兴盛、崔恭祖、刘山阳、胡松等，筑垒于曲河长冈，又诏沈文季为持节都督，屯兵湖头，备京口路。敬则兵至，急攻兴盛、山阳二垒，台军不能敌，屡欲退走，而外围不开，遂各死战。胡松引骑兵突其后，白丁无器仗，皆惊走。敬则军大败。索马再上，不能得，崔恭祖刺之仆地，遂斩之。传首建康，戮及一门。

是时帝疾已笃，秋七月己酉，殂于正福殿。遗诏军政事委陈显达，内外诸事委徐孝嗣、遥光、坦之、江祏、江祀、刘暄参怀。先是萧谌自恃勋重，干预朝政，一不如志，便恚曰："见炊饭推以与人。"帝闻之大怒，召入省中，遣左右莫智明责之曰："隆昌之际，非卿无有今日。但一门二州，兄弟三封，朝廷相报已极。卿桓怀怨望，乃云'炊饭已熟，合甑与人耶'！今赐卿死。"谌谓智明曰："天去人亦复不远，我与至尊杀高、武诸王，是卿传语来去。我今死，还是卿来传语，报应何速，但帝亦岂能久乎！"未数日，帝果崩。

群臣奉太子宝卷即位，是为东昏侯。东昏恶灵柩在太极殿，欲速葬。徐孝嗣固争，得逾月。帝每当哭，辄云喉痛。大中大夫羊阐入临，头秃无发，号恸俯仰，帻遂脱地。帝辍哭大笑，谓左右曰"秃鹫啼来乎？"其在东宫，唯嬉戏无度。及即位，不与朝士相接，专亲信宦官及左右御刀应敕等。是时遥光、孝嗣、江祏、萧坦之、江祀、刘暄更直内省，分日画敕。萧衍闻之，谓张弘策曰："一国三公，国犹不堪，况六贵同朝，势必相图，乱将作矣。避祸图福，无如此州。但诸弟在都，恐罹世患，当更与益州图之耳。"乃密与弘策修武备，招聚骁勇，多伐材竹，沈之檀溪，积茅如冈阜。及闻萧懿罢益州还，仍行郢州事，衍使弘策往说之曰："今六贵比肩，人自画敕，争权睚眦，理相图灭。主上素无令誉，媟近左右，慓轻忍虐，安肯委政诸公，虚坐主诺？嫌忌已久，必大行诛戮。始安欲窥神器，形迹已见，然性猜量狭，徒为祸阶。坦之忌克陵人，孝嗣听人穿鼻，江祏无断，刘暄暗弱。一朝祸发，中外土崩。吾兄弟幸守外藩，宜为身计，及今猜忌未生，当悉召诸弟，恐异时拔足无路。郢州控带荆、襄，雍州士马精强，世治则竭诚本朝，世乱则足以匡济，与时进退，此万全之策也。若不早图，后悔无及。"懿不从。弘策又说懿曰："以卿兄弟英武，天下无敌，据郢、雍二州，为百姓请命，废昏立明，易于反掌。此桓、文之业也，勿为竖子所欺，取笑身后。雍州揣之已熟，愿善图之。”懿卒不从。衍乃迎其弟萧伟、萧憺至襄阳。

初，明帝虽顾命群公，而腹心之寄，则在江祏兄弟，故二江更直殿内，动息关之。帝有所为，孝嗣等尚肯依违，而祏执制坚确，帝深忿之。嬖臣茹法珍、梅虫儿等亦切齿于祏。徐孝嗣谓祏曰：“主上稍欲行意，讵可尽相禁制？”祏曰：“但以见付，必无所忧。”其后帝失德弥彰，祏与诸臣议欲废之，立江夏王宝元。而刘暄曾为宝元行事，执法过刻，宝元尝恚曰：“舅殊无渭阳情。”暄由是深忌宝元，不同祏议。更欲立建安王宝寅，而亦未决。遥光自以年长，意欲为帝，私为祏曰：“兄若立我，当与兄共富贵。”祏遂欲立之，以问萧坦之。坦之时居母丧，起复为领军将军，谓祏曰：“明帝立已非次，天下至今不服。若复为此，恐四方瓦解，我期不敢言耳。”吏部郎谢朓知其谋，谓刘暄曰：“始安一旦南面，则刘沨、刘晏居卿今地，徒以卿为反复人耳。”沨与晏，皆遥光腹心臣也。暄亦以遥光若立，已失元舅之尊，因从朓言，力阻祏议，遥光知之大怒，先奏谢朓煽动内外，妄贬乘舆，窃论宫禁，间谤亲贤，诏收廷尉，下狱赐死。

却说朓字玄晖，善草隶，长五言诗，沈约常云：“二百年来无此诗也。”其妻王敬则女，有父风，朓告王敬则反，敬则死，妻常怀刃欲报父仇。朓每避之，不敢相见。及拜吏部，辞让再三。尚书郎范缜嘲之曰：“卿人才无惭吏部，但恨不可刑于寡妻耳。”朓有愧色。及临诛，叹曰：“天道其不昧乎！我虽不杀王公，王公由我而死，今日之死宜哉！”刘暄既与祏异，祏复再三言之，劝立遥光，暄卒不从。祏怒谓遥光曰：“我意已决，奈刘暄不可何？”遥光于是深恨暄，密遣人刺之。

一日，暄过青溪桥，有人持刀而前，若欲行刺。暄喝左右擒之。其人见救护者众，弃刀而逃。众大骇，莫测其所自来。暄以近来江祏与吾不合，故使来刺吾，因谓帝曰：“江祏兄弟颇有异志，宜远之。”

帝本恶祏，一闻暄言，即命收之。时江祀直内殿，疑有异，遣信报祏曰："刘暄当有异谋，今作何计？"祏曰："政当静以镇之，谅亦无奈我何也。"俄有诏召祏入见，与祀共停中书省。帝使袁文旷诛之。初，文旷以斩王敬则功，当封侯，祏执不与。乃以刀环筑其心曰："复能夺我封否？"并杀江祀。刘暄方昼寝，闻二江死，眠中大惊，投出户外，问左右："收至未？"良久意定还坐，大悲曰："非念二江，行自痛也。"盖暄虽恶祏，不意帝遽杀之，恐后日己亦不免，故惶惧若此。帝自是益无忌惮，日夜与近习在宫中鼓吹戏马，常以五更就寝，至晡乃起。群甲节朔朝见，晡后方前，至暗始出，台阁案奏，数十日乃报。或不知所在。宦者裹鱼肉还家，并是五省黄案。一日，走马后园，顾谓左右曰："江祏常禁我乘马，小子若在，吾岂能得此？"因问祏亲戚有谁，左右曰："郎中江祥。"遂于马上作敕赐祥死。

却说遥光初谋，本约其弟荆州刺史遥欣自江陵引兵东下为外应，而后据东府举兵以定京邑。刻期将发，而遥欣病卒，二江被诛，于是大惧，阳狂号哭，称疾不复入朝。及遥欣丧还停东府前渚，荆州众力送者甚盛，其弟豫州刺史遥昌亦率其部曲来送，大有甲兵。遥光借此可以成事，乃于八月乙卯，收集二州部曲，屯于府之东门。召刘沨、刘晏，共谋作乱。

是夜，破东冶出狱囚，开尚方取甲仗。召骁骑将军垣历生，命之为将。遣人掩取萧坦之于家。坦之露袒逾墙走，欲向台，道逢队主颜端执之，告以遥光反，不信。端自往问得实，乃以马与坦之，相随入台。历生劝遥光乘夜攻台，辇荻烧城门，曰："公但乘舆在后，反掌可克。"遥光狐疑不敢出。天稍晓，遥光戎服出听事，命上仗登城，行赏赐。历生复劝出战，遥光专冀内廷有变，可以不战而屈，不从历生言。

却说台中始闻乱，众情惶惑，向晓，徐孝嗣入，人心乃安。左将军沈约闻变，驰入西掖门，或劝戎服。约曰："台中方扰攘，见我戎服，或者谓同遥光。”乃朱衣而入。下诏徐孝嗣屯卫宫城；萧坦之帅台军讨遥光，屯湘宫寺，左兴盛屯东篱门；司马曹虎屯青溪大桥；纵火烧司徒府，并力攻之。遥光遣垣历生、参军萧畅、长史沈昭略从西门出战。畅及昭略一临阵，皆解甲降。众情大沮。历生见事无成，亦弃矟降曹虎，虎斩之。至晚，台军以火箭烧东北角楼，烟焰张天，城内兵大溃。遥光惶急，徒跣奔入小斋，令人反拒斋户，皆重关，穿戎服，坐帐中，秉烛自照。闻外兵至，灭烛，伏匐床下。左右并逾屋出走，台军排阁入，于暗中牵出斩之，十指俱断。刘沨、刘晏仓惶欲逃，皆为军人所杀。其乱始平。己巳，以徐孝嗣为司空，沈文季、萧坦之为左右仆射，刘暄为领军将军，曹虎为散骑常侍，赏平乱之功也。徐孝嗣谏曰：“今者始安之变，幸天夺之魄，旋即败亡。不然，置陛下于何地！然皆陛下平日不以治国为事，而专事逸乐，以致衅生骨肉。愿陛下戒之慎之，一改从前之失，庶反侧不生，天位常固。”

但未识东昏听与不听，且俟下文再述。

第十八卷

行乱政外藩屡叛　据雄封众士咸归

话说二江既败，始安又诛，左右捉刀应敕之徒，皆恣横用事，时人谓之“刀敕”。以萧坦之刚狠而专，劝帝杀之，帝便领兵围坦之宅，杀之。又谮刘暄有异志，帝曰：“暄是我舅，岂应有此？”法珍曰：“明帝乃武帝同堂，恩遇如此，犹灭武帝之后。舅焉可信耶？”遂召之入省，赐死。曹虎吝而富，有钱五千万，他物称是，帝利其财杀之。三人所除新爵，皆未及拜而死。

先是，明帝临终，戒帝曰：“作事不可在人后。”故帝数与近习谋诛大臣，皆发于仓猝，决意无疑。由是在位大臣，莫能自保。中郎将许准，孝嗣心腹也，陈说事机，劝行废立。孝嗣谓必无用干戈之理，须俟帝驾出游，闭城弗纳，然后召百僚集议废之。虽有此怀，而终不能决。诸嬖幸亦稍憎之。沈文季自托老疾，不豫朝权，以求免祸，仍为嬖幸所忌。其侄昭略谓文季曰：“叔父行年六十，为员外仆射，欲求自免，岂可得乎？朝野所望，惟叔父与孝嗣两人，不行大事，岂唯身家不保，亦社稷何赖？”文季不应。一日，帝召孝嗣、文季、昭略并入，文季登车顾左右曰：“此行恐不反。”及入，赐宴于华林园。省坐方定，忽见武士数人登阶而上。茹法珍持药酒前曰：“有诏赐公等死，可饮此。”孝嗣、文季皆失色，昭略怒骂孝嗣曰：“废昏立明，古今令典，宰相无才，致有今日。”以瓯掷其面曰：“使作破面鬼。”三人皆饮药死。孝嗣二子亦坐诛。昭略弟昭光。闻收至，家人劝之逃，昭光不忍舍其母，入执母手悲泣，收者杀之。昭光侄昙亮逃，已得免。闻昭光死，叹曰：“家门屠灭，何以生为！”绝吭而死。

先是，陈显达自以高、武旧将，当明帝时已怀危惧，深自贬损。每乘朽敝车马，导从卤簿止用羸弱数人。尝侍宴酒酣，启明帝借枕，明帝令与之。显达抚枕曰：“臣年衰老，富贵已足，惟欠枕上一死，特就陛下乞之。”明帝失色曰：“卿醉矣。”及东昏即位，显达弥不乐。在建康，得江州甚喜。常有疾不令治，既而自愈。及帝之屡诛大臣也，喧传当遣兵袭江州，显达闻之，叹曰：“死生有命，与其坐而待死，不若举事而死。”乃举兵于寻阳，致书朝贵，数帝过恶。帝闻其反，命胡松帅水军据梁山，左兴盛帅步骑屯杜姥宅。显达昼夜进兵，败胡松于采石。至新林，潜领精选夜渡江，直攻台城。诸军闻之，皆奔还。宫城大骇，台军出拒。显达执马矟，引数百步骑，亲自搏战，手杀数将，台军屡却。俄而矟折，台军继至。显达不能抗，退而走，马蹶坠地，为台军所杀。兵士见主将死，一时尽溃，大难立平。

然帝自诛显达后，益事骄恣，渐出游走，又不欲令人见之。每出，先驱斥道路，所过人家，唯置空宅。尉司击鼓蹋围，鼓声所闻，居人便奔走不暇，犯禁者应手格杀。一月凡二十余出，出则不言定所，东西南北，无处不驱。常以三四更后，鼓声四出，火光照天，幡戟横路。士民喧走，老小震惊，啼号塞道，处处禁绝，不知所过。四民废业，樵苏路断。甚至吉凶失时，乳妇寄远处生产，或舆病弃尸，不得殡葬。街衢巷陌，悉悬布幔为高障，置仗人防守，谓之“屏除”，亦谓之“长围”。尝至沈公城，有一妇人临产不去，因剖视其腹，以验男女。又尝至定林寺，有沙门老病不能去，藏草间，命左右射之，百箭俱发，矢集其身如猬而死。又帝有膂力，牵弓至三斛五斗，好担白虎幢，幢高七丈五尺，于齿上担之跳跃，虽折齿不倦。侍卫满前，逞诸变态，曾无愧色。每乘马，身著软绣袍，头戴金薄帽，手执七宝矟。急装缚裤，凌冒雨雪，不避坑阱。驰骋渴乏。辄下马解取腰边蠡器，酌水饮之，复上马驰去。又选无赖小儿善走者为逐马，左右五百人，常以自随，环回宛转，周遍城邑。或出郊射雉，置射场二百九十六处，奔走往来，略不休息。一日，行至西州，观显达坠马处，忽疑豫州刺史裴叔业有异志，声言必杀之。叔业兄子裴植为直阁，闻之惧先及祸，潜奔寿阳，谓叔业曰："朝廷将以轻兵来取公矣，宜早为计。"叔业忧之。乃遣人至襄阳，问萧衍以自全之策，曰："天下大势可知，恐天复自存之理。不若回南向北，不失作河南公。"衍乃以书报之曰：

> 承下问，大势诚可虑。但群小用事，岂能及远？计虑回惑，自无所成。唯应送家还都以安慰之。若意外相逼，当勒马步二万，直出横江以断其后，则天下之事，一举可定。若欲北向，彼必遣人相代，以河北一州相处，河南公宁可得耶？如此，则南归之望绝矣。敢布腹心，公善图之。

叔业得书，虽以衍言为是，然惧有兵来，孤城难保，仍致书魏将薛真度，陈归魏之意。真度劝其早降，曰："若事迫而来，则功微赏薄矣。"于是叔业通款于魏。

帝自裴植逃去，益怒叔业，乃命崔慧景将水军讨寿阳。帝设长围于瑯琊城外，亲出送之。戎服坐楼上，召慧景单骑进围，无一人随之。慧景惧有变，裁数言，即拜辞而退。既得出，甚喜。兵过广陵，忽报叔业已卒，朝廷已有别旨。慧景乃召诸将谓曰："叔业卒，军可不往。吾荷三帝厚恩，当顾托之重。幼主昏狂，朝廷坏乱，危而不扶，责在今日。欲与诸君共建大功，以安社稷，何如？"众皆响应。乃以其子崔觉为前锋，还军向广陵。守将崔恭祖开门纳之。帝闻变，假左兴盛节，督军讨之。慧景停广陵二日，即收众济江，遣使京口，密奉宝玄为主。宝玄斩其使以闻，帝遣外监黄林夫助镇京口。及慧景至，宝玄又密与相应，杀黄林夫，开门纳之。遂率其众，随慧景向建康。

时台将张佛护引兵据竹里，筑城以拒，王莹引兵据湖头筑垒，上带蒋山西岩，实甲数万。宝玄遣使谓佛护曰："身自还朝，君何意苦相断遏？"佛护曰："小人荷国重恩，使于此创立小戍，殿下还朝，但自直过，岂敢断遏。"遂与慧景军战，各有斩获。而慧景军众，轻行不爨食，常以数舫载酒肉为军粮。每见台营中爨烟起，辄尽力攻之，台军不得食，以此饥困。崔恭祖进拔其城，杀佛护；又攻王莹垒，不克。或说慧景曰："今平路皆为台军所断，不可议进，宜从蒋山龙尾上。出其不意，下临城中，则诸军自溃。"慧景从之，乃于半夜帅精兵数千，鱼贯上山，自西岩而下，黎明兵临城外，扬旗鼓噪。台军惊恐，即时奔散。慧景遂屯兵乐游园，引众围之。于是东府、石头、白下、新亭诸城皆溃。左兴盛逃匿荻舫中，慧景擒而杀之。斯时城中慌乱，单有卫尉萧畅屯南掖门，处分城内，随方应拒，众心稍安。先是竹里之捷，崔觉与恭祖争功，慧景不能决。恭祖怒，又劝慧景以火箭烧北掖楼。觉以大事垂克，后若更造，费用功多，阻其计不行。恭祖益不悦。

时萧懿将兵在小岘，帝遣使召之入援。懿方食，闻之投箸而起，帅数千人自采石济江，张旗帜于越城，举火相应。台中人望见，皆鼓手称庆。慧景遣崔觉将精卒数千人，渡南岸击懿军，大败而还。适遇一队东宫女伎，为恭祖所掠，觉见而夺之。恭祖积忿恨，遂帅众诣台降，军心大乱。懿军渡北岸，慧景军皆走，父子俱死。自围城至此，凡十二日而败。恭祖既降，帝亦斩之。

且说宝玄初至建康，士民多往投集。慧景败，收得朝野附逆人名，帝命烧之曰："江夏尚尔，何况余人。"宝玄逃亡，数日乃出。帝召入后堂，以步障裹之，令左右数十人鸣鼓角驰绕其外，遣人谓宝玄曰："汝近围我，亦如此耳。"放出斩之。自此以后，朝政益乱。帝所宠任左右，皆横行无忌。慧景余党已蒙诏赦，而嬖幸用事，不依诏书，无罪而家富者，皆诬为贼，杀而籍其赀。有直阁徐世檦者，素为帝所委任，凡有杀戮皆在其手，亦嫌帝淫纵太过，密谓其党曰："何世天子无要人，但侬货主恶耳。"法珍以其言白帝，帝遣禁兵杀之，世檦拒战而死。由是法珍、虫儿专用事，口称诏敕，人莫敢违。八月甲辰夜，后宫火，会帝驾未还，内人不得出，外人不敢入，比及门开，死者相枕，烧三千余间。时嬖幸之徒，皆号为"鬼"。内有赵鬼能读《西京赋》，言于帝曰："柏梁既灾，建章是营。"帝乃大兴土木。

有潘妃者，号玉儿。体态轻盈，貌美而艳，最承宠幸。为起玉寿、芳乐等殿，以麝香涂壁，内作飞仙帐。四面绣绮，窗间尽画神仙，椽桷悉垂玲珮。服御之物，皆饰珍宝。凿金为莲花贴地，令妃行其上，曰："此步步生莲花也。"后人作《步步生金莲赋》，以赞潘妃之美。其词曰：

> 彼美人兮，神侔秋水，状比芙蕖。擅东昏之宠幸，驰南国之芳誉。雕饰则金应作屋，轻盈则步亦凌虚。摹花影于波心，天然绰约；度香风于舄下，行自纡徐。尔其搜丽水之珍，出尚方之帑，镂错辉煌，精英晃朗。金在熔兮液流，莲布色兮花放。俪乐游之苑内千茎，等太华之峰头十丈。信是依香为国，欢征并蒂之缘；本来解语如花，远结凌波之想。妃乃启瑶闼，辟清厢，搴蕙幄，出芝房。乍踟蹰而独立，旋彳亍而回徨。渺兮若仙风之吹下，翩兮若惊鸿之将翔。颤钗梁而不定，晕桃颊而分光。凫舄交时，化分飞之翡翠；凤头迎处，想双宿之鸳鸯。袅袅兮裙罗，盈盈兮眼波。纤纤兮新月，历历兮圆荷。忆西池之采摘，疑北渚之经过。点辨而神光离合，萦花而舞态婆娑。问太乙之红船，游仙未可；笑窅娘之素袜，踵武如何。君王于是睹之魂销，即之意下，乐且未央，欢真无价。秾华欲敛，是碧窗小坐之时；芳气还留，应绣被横陈之夜。

且说帝宠潘妃，荒迷益甚。妃父宝庆，帝呼之为阿丈。一日，宝庆家有吉庆事，往助其忙，躬自汲水助厨人作膳，以为笑乐。与其家人仆婢为伍，全不知愧。宝庆恃势作奸，没入平民资产无数。有司不敢诘，百姓怨之切齿。又有奄人王宝孙，年十三，号伥子。善迎妃意，尤得帝宠，虽梅虫儿之徒亦下之。控制大臣，移易诏敕，乃至骑马入殿，诋诃天子。公卿见之，莫不惕息。其后朝廷费用日繁，征求愈迫，建康酒租，皆折使输金。百姓困穷，号泣盈路，天下皆知齐必亡矣。

先是，萧懿之入援也，萧衍遣使谓之曰："平乱之后，则有不赏之功，当明君贤主，尚或难立，况于乱朝，何以自免？若贼灭之后，勒兵入宫，行伊、霍故事，此万世一时。若不欲尔，托以外拒为名，身归历阳，则威振内外，谁敢不从？一朝放兵，受其厚爵，高而无民，必生后悔。"长史徐曜亦苦劝之，懿并不从。拜爵为尚书令，弟畅为卫尉，掌管籥。嬖臣茹法珍等咸畏忌之，说帝曰："懿将行隆昌故事，陛下命在晷刻。"帝信之，将杀懿。懿将徐曜甫知之，密具舟江渚，劝懿西奔襄阳。懿曰："自古皆有死，岂有叛走尚书令耶？吾宁坐以待之耳。"俄而奉召入省，以药赐死。懿且死，但曰："家弟在雍，深为朝廷忧之。"诸弟皆亡匿于里巷，无人发之者，唯弟融捕得被杀。后人有诗赞懿之患云：

定倾扶危纾国忧，敢因祸至为身谋。
九泉遗恨难消处，只空干戈起雍州。

话分两头。萧衍在雍，深知齐祚将亡，日日延揽豪杰，厚集兵力，以图大举。于是四方智勇之士，相率来归。有一人姓吕，名僧珍，字元瑜，广陵人，家甚寒微。儿时从师读书，有相士至书塾，历观诸生，独指僧珍曰："此儿有奇声，封侯相也。"及长，智识宏通，身长七尺七寸，容貌伟然。司空陈显达出军沔北，见而呼坐，谓之曰："卿有贵相，名位当出我上，幸自爱。"方徐孝嗣当国，欲引与共事，僧珍知其不久必败，谢弗往。未几，孝嗣果败。衍临雍州，僧珍归之，为中兵参军。衍尝积竹木于檀溪，人不解其故。僧珍会其意，私具橹数百张。及后起兵，取竹木以造战舰，独缺橹，僧珍出以济用，人服其智。

又一人姓王，名茂，字茂先，太原人，好读兵书，通武略。齐武帝布衣时，见之叹曰："王茂先年少英俊，堂堂如此，异日必为公辅。"后为台郎，累年不调。见齐政日乱，求为边职，遂为雍州长史。衍一见，便以王佐许之，因结为兄弟，事无大小，皆与商酌，茂亦为之尽力。

又一人姓曹，名景宗，字子震，新野人。幼善骑射，好畋猎，常与少年数十人，逐群鹿于泽中。鹿马相乱，景宗于众中射之，人皆惧中马足，而箭之所及，不爽分毫，鹿皆应弦而毙，以此为乐。尝乘匹马，将数十人于中路，逢蛮贼数百劫之。景宗身带百余箭，每箭杀蛮一人，蛮遂散走，因以胆勇闻。颇爱史书，读《穰苴》、《乐毅传》，辄放卷叹息曰："大丈夫当如是也！"衍镇雍州，景宗深自结附。衍举为竟陵太守，但性躁动，不能深默。尝出行，于车中自开帷幔，左右顾望。或谏之曰："太守隆重，当肃官仪，不宜如是。"景宗曰："我在乡里骑快马如龙，与年少辈数十骑，拓弓弦作霹雳声，箭如饿鸱叫，平泽中逐獐鹿射之，渴饮其血，饥食其胃，甜如甘露浆。觉耳后生风，鼻头出火，此乐使人忘死。今为太守贵人，动转不得，路行开车幔，人辄以为不可。闭置车中，如三日新妇，如此邑邑，能不使人气尽。"而幕府勇将，则首推景宗焉。

又一人姓韦，名睿，字怀文，杜陵人。其伯父韦祖征常奇之。时同里王憕、杜恽，并有盛名。祖征谓之曰："汝自谓何如二人？"睿廉不敢对。祖征曰："汝文章或小减，学识当过之。佐国家，成功业，皆莫汝及也。"后为齐兴太守，知衍有大志，遣二子至雍，深相结纳。方显达、慧景频以兵逼建业，人心惶骇，西土人谋之于睿。睿曰：

“陈虽旧将，非济世才。崔颇更事，懦而不武，事必无成。天下真人，其惟萧雍州乎？”于是弃职归衍。衍大喜，握其手曰：“得君来此，吾事可成矣。”

又一人姓柳，名庆远，字文和，元景之侄。将门子，有干略，为雍州别驾，私谓所亲曰：“天下方乱，能定大业者唯吾君耳。”因事衍不去。

又一人姓郑，名绍叔，字仲明，荥阳人。徐孝嗣尝见而异之，曰：“此祖逖之流也。”衍临司州时，绍叔为中兵参军，相依如左右手。及衍罢州还，谢遣宾客，独请留。衍曰：“以卿之才，何往不得志？我今闲居，未能相益，宜更思他就。”绍叔曰：“吾阅人多矣，舍君谁可与共事者，固请留此。”及衍为雍州，遂补绍叔为扶风太守。

绍叔有兄植，勇力绝伦，官于京师。一日，来到雍州，候绍叔于家，绍叔见之问曰：“兄在天子左右，朝廷有何事，而遣兄至此？”植曰：“朝廷深忌雍州，托我以候汝为名，潜刺杀之。我岂肯害之哉？迫于朝命，不得不来。弟见雍州，密致此意。”绍叔遂以告衍。衍命置酒绍叔家，招植共饮。酒酣，戏谓植曰：“朝廷遣卿相图，今日闲宴，是可取良会也，何不取吾头去？”植曰：“使君豁达大度如汉高，仆何敢害。”相与大笑。饮罢，令植遍观城隍、府库、士马、器械、舟舰等项，植曰：“雍州实力，未易图也。”绍叔曰：“兄还，具为天子言之。若取雍州，请以此战。”植曰：“吾复命后，朝廷必来征伐，时事可知矣。未识我与汝复得相见否？”弟兄洒泪而别。斯时雍州麾下，猛将如云，谋臣如雨，皆有攀麟附风之意。眼见干戈即起，及闻懿死，衍益悲愤，恨不踏平建康，以诛无道。

但未识雍州若何起兵，且俟下文再续。

第十九卷

萧雍州运筹决胜　齐宝卷丧国亡身

话说萧衍素怀大志，又闻其兄萧懿被诛，且悲且怒，会集诸将，商议起兵。诸将无不踊跃从命。适有密报到来，朝廷遣辅国将军刘山阳统领三千人马，潜赴江陵，约会南康王行事萧颖胄，起荆州之兵，共袭襄阳。诸将请于半路截击之，衍曰："此不足虑，吾当以计制之。"乃使参军王天虎诣江陵，遍与州府书，声云"山阳西上，并袭荆、雍"。书去后，衍谓诸将曰："荆州素畏襄阳人，加以唇亡齿寒，能不与我为一？我合荆、雍之兵，鼓行而东，虽使韩、白复生，不能为建康计矣，况以昏主役刀敕之徒哉！"颖胄等得书，果大恐。

越一日，衍乘山阳将到，复令天虎赍书于颖胄，余人皆无。又书中但作通候语，不涉时事，而云天虎口具。张弘策问故，衍曰："用兵之道。攻心为上。近遣天虎往荆州，人皆有书，今只有一函与颖胄，而云天虎口具。颖胄问天虎，天虎无所说，众问颖胄，颖胄亦无所说。众必谓颖胄与天虎共隐其事，则人人生疑，众口沸腾。山阳闻之，必疑不敢进，则颖胄进退无以自明，必入吾谋内。是驰一空函定一州矣。"

再说山阳至江安，闻衍有书连至江陵，果怀疑贰，迟回十余日不上。颖胄大惧，计无所出，乃夜呼参军席阐文、从事柳忱，闭斋定议。阐文曰："萧雍州蓄养士马，已非一日。江陵素畏襄阳之强，又众寡不敌，取之必不可制。就能制之，岁寒复不为朝廷所容。今若杀山阳，与雍州举事，立天子以令诸侯，则霸业成矣。山阳不进，是不信我，今斩送天虎，则彼疑可释。至而图之，罔不济矣。"忱亦曰："朝廷狂悖日滋，京师贵人莫不重足屏息。今幸在远，得暇日自安。雍州之事，且借以相毙耳，独不见萧令君乎？以精兵数千，破崔氏十万众，竟为群邪所陷，祸酷相寻。前事之不忘，后事之师也。且雍州士锐粮多，萧使君雄资冠世，必非山阳所能敌。若破山阳，荆州复受失律之责，进退无一而可，宜深虑之。"其弟颖达亦劝颖胄从阐文计。颖胄遂请天虎至府，谓之曰："卿与刘辅国相识，今不得不借卿头，以释其疑。"遂斩之，送首于山阳，曰："荆州之使已斩，速以兵来，商议进讨。"山阳大喜，单车白服，率数十人来会颖胄。颖胄伏兵城内，山阳入门，即于车中斩之，送其首于雍州。以南康王教假衍节，使都督前锋诸军事，衍大喜。于是建牙集众，得甲士万余人，马千余匹，船三千艘。命王茂为先锋，曹景宗副之，身统大军为后继。刻日进发，报知颖胄，乞即兴师。颖胄以年月未利，须俟明年进兵，致书襄阳，戒勿遽动。衍复书曰：

来示兵当缓进，切以为不可。凡举大事，所藉者一时骁勇之心，事事相接，犹恐疑怠。若顿兵十旬，必生悔吝。且坐甲十万，粮用自竭，若童子立异，则大事不成。况处分已定，安可中息哉？昔武王伐纣，行逆太岁，岂复待年月乎？幸奋同舟之力，毋贻后时之悔。

颖胄得书，乃亦起兵。命将军杨公则引兵向湘州，参军邓元起引众向夏口，与衍同伐建康。

其时，朝廷闻山阳死，知颖胄叛，发诏并讨荆、雍。遣骁骑将军薛元嗣运粮百四十船，送郢州刺史张冲，使拒西师。又敕台将房僧寄使守鲁山。冲恐鲁山难守，遣将孙乐祖将三千兵助之。二月甲申，衍次汉口，自冬积霰，不见日色，至是天光开霁，士卒大悦。诸将请并力围郢，分袭西阳、武昌。衍曰："汉口相阔一里，箭道交至，房僧寄以重兵固守，与郢城为犄角。若悉众前进，僧寄必绝我军后，悔无所及。不若遣诸军济江，与荆州军合，以逼郢城，吾自围鲁山，以通沔、汉。使郧城、竟陵之粟，方舟而下；江陵、湘中之兵，相继而至，兵多食足，何忧两城之不拔？天下事可以卧取之耳。"乃使王茂等帅众济江，逼郢城。张冲开门迎战，茂等进击，大破之，杀其偏将光静。光静，冲麾下勇将也，一战而没。冲大惧，婴城自守。曹景宗进据石桥浦，下临加湖。邓元起将荆州兵，会与夏首。于是衍筑汉口城以逼鲁山，遣张惠绍将兵遏江中，以绝郢、鲁二城之信。

又杨公则已克湘州，率众会于夏口。时有殿中直帅夏侯亶，荆州司马夏侯详子也，自建康亡归江陵，称奉皇太后旨，令南康王纂承皇祚。南康遂即帝位，是为和帝。加萧衍征东大将军，都督征讨诸军事，假黄钺，军势益振。

一日，衍在军中正议进兵，忽席阐文赍颖胄书来，谓衍曰："今顿兵两岸，不并力图郢，定西阳、武昌，取江州，此机已失。莫若请救于魏，与北连和，犹为上策。"衍曰："汉口路通荆、雍，控引秦、梁，粮运资储，仰此气息，所以兵压汉口，连结数州。今若并军围郢，又分兵前进，鲁山之兵必阻沔路，搤吾咽喉。近日邓元起欲以三千兵往取寻阳，吾力止之。盖彼若欢然知机，一说士足矣。脱拒王师，固非三千兵所能下也。进退无据，未见其可。至若西阳、武昌，取之即得。然既得之后，即应镇守。欲守两城，不减万人，粮储称是，卒无所出。脱东军有上者，以万人攻两城，两城势不得相救。若我分军应援，则首尾俱弱，如其不遣。孤城必陷。一城既没，诸城相次土崩，天下大事去矣。为今之计，且俟郢州既拔，席卷沿流，西阳、武昌，自然风靡。何遽分兵散众，自贻忧患乎？且丈夫举事，欲清天步，况拥数州之兵以诛群小，悬河注火，奚有不灭，岂容北面请救戎狄，以示弱于天下？况彼未必能信，徒取丑声，此乃下计，何谓上策？卿为我还语镇军，前途攻取，但以见付。事在目中，无患不克，但借镇军静镇之耳。”阐文归以告颖胄，异议乃息。

五月，东昏以陈伯之为江州刺史，都督前锋诸军事，西击荆、雍之师。伯之即命偏将吴子阳同其子虎牙，率兵三万救郢州。衍闻之，遂进军巴口，命其将梁无惠屯渔湖城，唐修期屯白杨垒，夹岸待之。子阳进军加湖，去郢三十里，傍山带水，筑垒自固，仅以烽火相应。张冲屡次求援，子阳不敢前。丁酉，冲忧愤成疾，临没，以后事托薛元嗣，命其子张孜共守。又鲁山乏粮，军人于矶头捕鱼供食。衍命王茂引师逼之，孙乐祖惧，率其众降，房僧寄自杀。郢城之势溢孤。曹景宗乘水涨以舟师袭加湖，子阳、虎牙不能拒，弃军走。郢人大恐。是夜，守城者见有数万毛人逾堞而泣，走投黄鹄矶。识者以为此城之精也，精去不久必破矣。及旦，元嗣、张孜向衍乞降，开门纳其军。计郢城被围二百日，城中士民男女十万口，疾疫流肿死者十之八。积尸床下而寝其上，比屋皆满。既降，衍欲择一良有司治之，苦无其人。时韦睿在座，因顾之笑曰：“舍骐骥而不用，焉事皇皇而他索？”即以睿为江夏太守，行郢府事。睿收瘗死者，而抚其生者，郢人遂安。

既得郢城，诸将请攻江州，衍曰：“用兵未必须实力，所听威声耳。今山阳兵败，虎牙狼狈奔寻阳，人情理当汹惧，可传檄而定也。”乃得伯之旧人苏隆之，使说伯之曰：“如肯纳款，当用为江州刺史。”伯之即使隆之返命，但云愿降，而大军未须遽下。衍曰：“伯之此言。意怀首鼠，及其犹豫，急往逼之，计无所出，势不得不降。”乃命邓元起引兵先下，杨公则径掩柴桑，衍与诸将以次进路。伯之闻军至，退保湖口，恇扰不知所为。既而亲诣军前，束甲请罪。衍厚纳之，乃留郑绍叔守寻阳，挟伯之东下。衍谓绍叔曰："卿吾之萧何、寇恂也。前途不捷，吾当其咎。粮运不继，卿任其责。"绍叔涕泣受命。以故江湘粮运，未尝乏绝。张弘策熟悉道路形势，绘图以献。自江口至建康，凡机浦村落，军行宿次等处，如在目中。故军士上道，不失寸刻。

却说东昏虽知荆、雍兵起，狂暴如故，作芳乐苑，山石皆涂五采，跨池水，立飞阁，壁上皆画男女私亵之像。民家有好树美竹，则毁墙撤屋而徙之。时方盛暑，朝种夕死，死而复种，卒无一生。插叶装花，取玩俄顷。于苑中立市，使宫人宦者共相贩买。以潘贵妃为市令，自为市录事，小有差误，妃即与杖，伏地求饶，佯作畏惧状。又开渠立埭，身自引船，埭上设店，坐而屠肉。百姓歌云："阅武堂前种杨柳，至尊屠肉，潘妃沽酒。"又令宫人皆露裈，著绿丝屩，每于僻处遇之，或按草地，或倚石畔，私相淫媾，以为大乐。故宫人求幸者，每潜身幽僻之处以候之。又好巫觋，内侍朱光尚诈云目能见鬼。一日，入乐游园，人马忽惊，以问光尚，对曰："向见先帝，甚怒陛下数出游外，故鞭马而马惊。"东昏大怒曰："死鬼何敢惊生天子！"乃拔刀与光尚寻之。既不见，缚菰为高宗形，跪而斩之，悬首树上。群臣皆怀愤怒。

内史张欣泰谓军主胡松曰："昏人所为如是，吾侪受其荣宠，异日国亡，必将与之同戮，奈何？"松曰："吾亦忧之，但不举大事，祸必不免。近闻侍郎王灵秀、直阁将军鸿选皆有异志，不如密结二人，相与废之，立建康王宝寅，以主社稷，庶国安而身家亦保。"欣泰从之。乃密结灵秀、鸿选，共举大事。二人亦欣然应命。

秋七月甲子，东昏遣宠臣冯元嗣出外监军，命茹法珍、梅虫儿、杨明泰及张欣泰等饯之中兴堂。欣泰等乃因以作乱，谋伏壮士于堂后，先杀元嗣、虫儿、法珍、明泰于座。欣泰则阳为告变，驰入宫中，与鸿选弑东昏。灵秀则往石头，迎建康王入宫。商议既定，各人照计行事。临期，元嗣等方入席，壮士突起，砍元嗣，头坠席上。又砍明泰，破其腹。虫儿、法珍急走，虫儿伤数创，手指尽落，卒与法珍走免。左右大呼，击杀数人，余皆走散。欣泰佯即驰入告变，灵秀遂诣石头，迎宝寅。帅城中将吏数百，去车轮以载之，唱警跸，向台城。百姓数千人皆空手随之。

且说欣泰之入也，冀法珍等在外，东昏必以城中处分见委，因得表里相应。那知法珍亦复驰入，下令闭门上仗，不配欣泰一兵。故鸿选在殿内，亦不敢发。又宝寅之众，皆乌合无纪律，欲攻城，日已暝。城上人发弩射之，死数人，余皆弃宝寅去。宝寅亦逃。三日后，诣宫门求见。东昏召入问之，宝寅涕泣以告曰："迩日不知何人逼使上车，仍齐我去，制不自由。今始得归。"东昏笑，复其爵位。杀张欣泰、胡松、王灵秀、鸿选等于市。

先是郢、鲁既失，西师日进，有请东昏出师者。东昏谓茹法珍曰："师远出不用命，须至白门前，当与一决。"及衍次近道，乃聚兵为固守之计。一日，问群臣曰："谁能为朕杀贼者？"众莫应。卫军李居士趋而进曰："臣请得精骑三万，保为陛下一鼓破之，枭萧衍之首于阙下。"东昏大悦。遂命居士为前锋，率骑三万，据新亭；遣征虏将军王珍国将精兵十万，陈于朱雀航南。是日，萧衍前军至芜湖，姑孰守将弃城走，衍进据之，命诸将进师。

却说李居士屯兵新亭，望见一军前来，人马疲乏，器甲穿敝，笑谓左右曰："人谓东军勇猛，此等兵何足畏？"因率兵士鼓噪前薄。那知此军主将乃是曹景宗，因师行久，器甲敝坏。今见敌军蜂拥杀上，景宗排开阵势，匹马直出，高叫曰："来将何名？"居士答曰："我乃前锋大将李居士也。快快下马受缚，免你一死。"景宗更不打话，持刀直奔居士。左右两将当先迎敌，被景宗一刀一个，尽斩马下。居士失弓而走，景宗挥众奋击，遂大破之。居士始知东军难敌，闭营不敢出。于是景宗进据皂荚桥，王茂进据越城，邓元起进据道士墩，陈伯之进据篱门，吕僧珍进据白板桥，征鼓之声，达于内阙。居士启请东昏烧南岸邑屋，以开战场，自大航以西、新亭以北皆尽。

甲戌，衍至新林，会集诸将，曰："居士已败，城中所恃唯王珍国一军，尚拥精兵十万，陈于朱雀航南，并力破之，则建康不战自下矣。"遂进兵。东昏遣宦者王宝孙，持白虎幡临阵督战。珍国选精锐居前，老弱居后，严阵以待。东军击之不利，王茂怒，下马单刀直前，其甥韦欣庆执铁缠矟以翼之，冲击东军，应时而陷。曹景宗亦纵兵乘之，吕僧珍赍火具焚其营，将士皆殊死战，鼓噪震天地。珍国军不能抗。王宝孙切骂诸将，直阁将军席豪发愤突阵而死。豪素称万人敌，为一军所恃。既死，士卒土崩，赴淮死者无数，积尸与航等，后至者乘之以济。于是城外诸军非降即逃，李居士亦以兵降。衍纳之，遂长驱至宣阳门。建康大震，诸弟皆自城中逃出赴军。

壬午，衍分命诸将，各攻一门，筑长围守之。独陈伯之攻西明门，每城中有降人出，伯之辄呼与耳语。衍恐其复怀反复，恰值台将郑伯伦来降，衍使伯伦语之曰："城中甚忿卿举江州降，欲以封赏诱卿，归国当生割卿手足。若不降，当遣刺客杀卿，宜深为备。"伯之惧，自是始无异志。杨公则屯领军府，与南掖门相对。尝登高望战，城中遥见麾盖，以神锋弩射之，矢贯胡床，左右失色。公则曰："几中吾脚。"谈笑如初，城中夜选勇士攻公则栅，军中惊扰，公则坚卧不起，徐命击之，城中兵乃退。盖公则所领皆湘州人，素号懦怯。城中轻之，每出击，辄先犯公则垒。公则奖励军士，克获更多。先是衍兵趋建康，颖胄恐其不捷，郁郁成疾，至是遂卒。夏侯详秘之，密报于衍，衍亦秘之。及建康已危，诸处皆溃，乃发颖胄丧。以和帝诏，赠侍中、丞相，于是众望尽归于衍。

话分两头。建康有蒋子文神庙，东昏素信奉之。前慧景之乱，东昏祷于神求援，事平，封子文为钟山王。及衍逼建康，尊子文为灵帝，迎神像入大内，使巫日夕祷祀。城中军事，悉委王珍国，以卫军张稷为之副。时城中实甲，犹有七万人。东昏素好军阵，每与黄门刀敕之徒及宫人等，在华光殿互相战斗。诈作被创势，使人以板扛去，用为笑乐。昼眠夜起，一如平常。闻城外鼓角声，被大红袍，登景阳楼屋上望之，弩不及者数寸。又东昏与左右谋，以为陈显达一战即败，崔慧景围城寻走，谓衍兵亦然。但敕大官办樵米，为百日调而已。及大桁之败，众情汹惧，茹法珍等恐士民逃溃，闭门不复出兵。既而长围已立，堑栅严固，然后出荡，屡战不捷。

东昏尤惜金钱，不肯赏赐。法珍叩头请之，东昏曰："贼来独取我耶，何为就我求物？"后堂藏巨木数百榜，守城者启为城防。东昏欲留作殿，竟不与。又督责金银雕镂杂物，倍急于常，众皆怨怠，不为致力。城中咸思早亡，莫敢先发。茹法珍、梅虫儿说东昏曰："大臣不留意，使围不解，宜悉诛之。"王珍国、张稷闻之大惧，乃谋弑东昏，降西军。珍国密遣所亲献明镜于萧衍，衍断金以报之。中兵参军张齐、后阁舍人钱强、殿帅丰勇之、宦者黄泰平皆同谋。

丙寅夜，钱强密令人开云龙门，以迎外兵。珍国、张稷引兵入殿，丰勇之为内应。时东昏在含德殿，吃笙歌作儿女子态，未寝，闻有兵入，趋北户，欲还后宫。门已闭，不得出，皇无所之。黄泰平从暗中以刀砍之，伤其膝，仆地。张齐趋前斩之。宫人皆走匿。珍国乃以诏召百官至，列坐于殿前西钟下。稷拥长刀遮之，告以故。百僚莫敢违，遂令署笺，以黄绸裹东昏首，遣国子博士范云送诣石头。右卫将军王志叹曰："冠虽敝，不可加足。"取庭中树叶塞口，伪闷不置名。云赍东昏首至衍军，军士闻东昏死，皆呼万岁。衍览百僚降笺，无王志名，心嘉之。云入见，衍携其手曰："卿吾故人也。"遂留参帷幄。俄而，百僚皆出见衍，衍谓左仆射王亮曰："吾至新林，诸臣皆间道送款，卿独无有，我不怪卿。但颠而不扶，焉用彼相？"亮曰："若其可扶，明公岂有今日之举？"衍大笑。城中出者或被劫剥，杨公则亲帅麾下，陈于东掖门，卫送公卿士民，故出者多归公则营焉。衍闻而善之，乃下令军中曰："士卒入城，有擅取民间一物者斩。"由是兵不扰民，民心大悦。

但未识暴主虽除，衍将何以善后，且俟后文再讲。

第二十卷

宝寅潜逃投北魏　任城经略伐南梁

话说东昏既弑，百官纷纷投降，迎接萧衍入城。衍一一抚慰，乃命张弘策先入清宫，封府库，收图籍。时城内珍宝委积，弘策禁勒部曲，秋毫无犯。收嬖臣茹法珍、梅虫儿等四十一人，皆属吏。己卯，衍振旅入城，居阅武堂。以宣德太后令，追废宝卷为东昏侯，葬以侯礼。褚后及太子诵，并降为庶人。凡昏制谬赋，淫刑滥役，悉皆除荡。斩嬖幸茹法珍等于市。以宫女二千分赍将士，人情大悦。壬申，报捷于江陵，和帝进衍位相国，总百揆，封十郡为梁公，自置梁国以下官属，识者皆知大业终归于梁矣。

先是衍围宫城，州部皆遣使请降，独吴兴太守袁昂拒境不受命。衍遣人传语昂曰："根本既倾，枝叶安附？今竭力昏主，未足为忠；家门屠灭，非所谓孝。岂若翻然改图，自招多福。"昂复书曰：

三吴内地，非用兵之所。况以偏隅一郡，何能为役？自承麾旆届止，莫不膝袒军门，惟仆一人敢后至者，政以内揆庸素，文武无施。虽欲献心，不增大师之勇；置其愚默，宁沮众军之威，幸藉将军含弘之大，可得从容以礼。窃以一餐微施，尚复投殒；况食人之禄，而顿忘一旦？非惟物议不可，亦恐明公鄙之，所以踌躇，未遑荐壁。

衍得书叹息，深服其义。及建康平，衍使李元履巡抚东土，敕元履曰："袁昂道素之门，世有忠节，天下须共容之，勿以兵威陵辱。"元履至吴兴，宣衍旨，昂不答。武康令傅映谓昂曰："昔元嘉之末，开辟未有，故太尉杀身以明节。司徒当寄托之重，理无苟全，所以不顾夷险，以徇名义。今嗣主昏虐，自陷灭亡，雍州举事，势如破竹，天人之意可知。愿明府深思权变，无取后悔。"昂然之，然亦不请降，但开门撤备而已。

又豫州刺史马仙琕，方衍引师东下，拥兵不附。衍使其故人姚仲宾说之降，仙琕斩之以徇。又遗其叔马怀远说之，仙琕曰："大义灭亲。"亦欲斩之，军中为之固请，乃免。及衍至新林，仙琕犹于江西，抄绝运船，杀害士卒。后闻台城不守，大兵将至，向南号泣，谓将士曰："我受人任寄，义不容降。君等皆有父母，我为忠臣，君等为孝子，各行其志，不亦可乎？"悉遣城内兵出降，只拥壮士数十，闭门独守。俄兵入，围之数重，仙琕令士皆持满，兵不敢近。日暮，仙琕乃投弓于地，曰："诸军但来见取，我义不降。"乃囚送石头。衍释之，使待袁昂至俱入，曰："今天下见二义士。"乃昂至，遂与仙琕并马入朝。衍以礼见之，谓昂曰："我所以不遽加兵者，以卿忠义之门也。卿知之乎？"昂顿首谢。又谓仙琕曰："射钩斩袪，昔人所美，卿勿以杀使断运自嫌。"仙琕谢曰："小人如失主犬，后主饲之，则复为用矣。"衍笑，皆厚遇之。潘妃有国色，衍欲留之，以问王茂。茂曰："亡齐者此物，留之何益？"乃赐死于狱。

丙戌，衍入镇殿中，文武百僚莫不俯首听命。初，衍与范云、沈约、任昉以文学受知于竟陵王子良，同在西邸，意好敦密。至是引云为咨议参军。约为骠骑司马，昉为纪室参军，共参谋议。沈约隐知衍有受禅之志，而难于出口，一日微叩其端，衍不应。他日又叩之，衍曰："卿以为何如？"对曰："今与古异，公不可以淳风期物。士大夫攀龙附凤者，皆望有尺寸之功，以垂名竹帛。今儿童牧竖皆知齐祚将终，明公当乘其运。天文谶记，又复炳然。天心不可违，人情不可失。苟历数攸在，虽欲谦光，亦不可得已。"衍曰："吾方思之。"约曰："公初建牙襄阳，此时应思。今天业已成，何用复思？若不早定大业，脱有一人立异，即损威德。且人非金石，时事难保，岂可以梁公十郡之封，遗之子孙耶？若天子还都，公卿在位，则君臣分定，无复异心。君明于上，臣忠于下，岂复有人同公作贼？"衍心然之。

约退，范云入见，衍以约语告之。云曰："今日时势诚如约言，愿公勿疑。"衍曰："智者所见，乃尔暗同耶？明早，卿同休文更来。"云出语约，约曰："卿必待我。"云许诺。及明，约不待云而先入，衍命草具其事。约乃出怀中诏书，并禅受仪文等事，衍初无所改。俄而云至，望殿门不得入，徘徊寿光阁外，但云"咄咄"。约出，云问曰："何以见处？"约举手向左，云笑曰："不乖所望。"有倾，衍召云入，极叹休文才智纵横，且曰："我起兵于今三年矣，功臣诸将实有其劳，然成吾帝业者，卿与休文二人力也。"甲寅，诏梁公增封十郡，进爵为王。选擢授职，悉依天朝之制。于是以沈约为吏部尚书，范云为侍中，今且按下慢讲。

却说明帝之子九人，其时诸王存者，唯邵陵王宝攸、晋熙王宝嵩、桂阳王宝贞、鄱阳王宝寅。见梁业将成，皆有自危之志。而鄱阳王识虑深沉，尤怀忧惧，私语内侍颜文智曰："吾闻破巢之下，必无完卵。萧衍即日篡齐，齐之子孙，必遭其害。吾欲投北以求全，未识济否？"文智曰："殿下留此，必不得免。投北诚为上策，但须急走，乘此防守尚疏，或可脱身。迟则无及矣。"是夜，宝寅遂与文智各易冠服，著乌布襦，腰系千许钱，穿墙而走。时正五更，挨至城门，恰好门开，遂出城，放步便行。恐后有追者，途中不敢稍停。将近江侧，宝寅谓文智曰："此番若得过江，便有生路。但二人同行，易招旁人耳目，不如分路渡江，在北岸相等。”文智曰：“然。”二人遂分路走。

却说宝寅身居王爵，出入非车即马，从未步行路上。今处急难之际，蹑屩徒步，走了一日，足无完肤，不胜苦楚。及至江滨，举目一望，白茫茫都是江水，无船可渡。心已惶急，忽闻后面人喊马嘶，知有追兵到来，益发慌张，只得走入芦苇中藏躲。正在上天无路，入地无门时候，恰见一渔船泊在岸边钓鱼。忙以手招呼道：“渔翁快快渡我过去，定当重谢。”那渔人把他仔细一看，便道：“谢倒不必，但要与我说明，方好渡你。”宝寅道：“吾实逃难者，后有兵马赶来，望速救援。”渔人便把船拢岸，扶宝寅下船，便道：“你要我救，有笠帽破衣在此，须扮作渔人模样，同我坐在船上，执竿下钓，便令追者不疑。”宝寅从之，遂亦诈为钓者，随流上下。追者至，见江边并无一人，只有渔舟一只，离岸不远，便叫道：“渔人曾见有少年男子，同着一人行过去么？”渔人道：“此间是一条死港，无人行走的。”追者看着宝寅坐在船上，全不疑是宝寅，遂各退去。渔人始问宝寅何往，宝寅以实情告之。渔人道：“原是一位殿下。但天色已昏，且请用些夜膳，待月色上升，送你过去。”俄而饭毕，月出东山，乃放船中流，渡至西岸。宝寅忙即谢别，渔人道：“一直走去，便是往北大路了。”说罢，便回棹而去。

宝寅趁着月色，一步步向北而行，走到天明，不见颜文智来。怕一时错过，立在路旁暂歇，远远望见二人飞奔而来，行到近处，一人不认得，一人却是颜文智。文智见了宝寅，便道：“天幸恰好遇着。”宝寅忙问：“此位何人？”文智道：“此乃义友华文荣也，曾充王府卫卒，见朝廷祸乱相寻，避居于此。昨夜臣过江，即投其家。告知殿下将到，故同来迎候。”文荣道：“此间不是说话处，快请到家再商。”宝寅遂到文荣家，文荣延入内室，请宝寅坐定，便道：“殿下投北，大路上怕有盘诘，不便行走。今有小路一条，可以抄出境外。亦只好昼伏夜行，方保无事。”文智曰：“不识路径，奈何？”文荣曰：“吾随殿下同去便了。”宝寅感且泣道：“卿肯随我去，恩孰大焉。但此后我三人。总从弟兄相呼，切勿再称殿下。”二人点头应命。文荣进内，亦不向妻子说明，但云有别处公干，今夜即要起身。等至黄昏，三人饱餐夜膳，包裹内各带些干粮，随即起身，向僻路而走。也不管山径崎岖，路途劳顿，真是茫茫如丧家之犬，急急如漏网之鱼。幸向文荣熟识路径，不至错误。行了数日，来到一处，文荣道：“好了，此间已是北魏界上，前面即寿阳城了。”宝寅才得宽心。正行之间，忽有军士数人走过，喝道：“你三人从何而来？敢是南方奸细么？”文荣道：“你想是大魏的军士了？好好，快去报与你戍主晓得，说有齐邦鄱阳王到此。”原来寿阳乃北朝第一重镇，特遣任城王元澄镇守其地，地界南北，各处皆有兵戍。当日戍主杜元伦闻报，一面接三人入营，问明来历。一面飞报任城王，任城即以车马侍卫迎之。时宝寅年十六，一路风霜劳苦，面目黄瘦，形容枯槁，见者皆以为掠至生口。澄见之，待以客礼。问及祸乱本末，宝寅泪流交迸，历诉情由，井井有序。澄深器之，因慰之曰：“子毋自苦，吾当奏知朝廷，为子报仇。”宝寅拜谢。澄给以服御器用，使处客馆。宝寅请丧君斩衰之服，澄使服丧兄齐衰之服，帅百僚赴吊。宝寅居处有礼，一同极哀之节，人皆贤之。其后入见魏主，魏主赐以第宅，留之京中。今日按下不表。

却说梁王闻宝寅逃去，料他孑身独往，亦干不出甚么事来，遂置不问。唯汲汲打算为帝，谓张弘策曰：“君臣争劝我受禅，但南康王将到，若何处之？”弘策曰：“王自发雍州，王所乘舟，恒有两龙导引，左右莫不见者，天意可知。百姓缘道奉迎，皆如挟纩，人情可知。南康虽来，何敢居王之上？不如乘其未至，而先下禅位之诏，则人心早定矣。”王大悦。乃使沈约迎帝。约至姑孰，正值和帝驾到。约以禅位意，遍谕侍从，群臣无不应命。于是下诏禅位于梁，诏至建康，假宣德太后令，遣太保王亮奉皇帝玺绶，诣梁宫劝进。

丙寅，梁王即皇帝位于南郊，大赦天下，改元天监。追尊皇考为文皇帝，皇妣为献皇后，追赠兄懿为丞相，封长沙王。奉和帝为巴陵王，居于姑孰，优崇之礼，皆仿齐初。封文武功臣张弘策等十五人为公侯，立诸弟皆为王。帝欲以南海郡为巴陵国，徙巴陵王居之，以问范云，云俯首未对。沈约曰："今古事殊，魏武所云，不可慕虚名而受实祸。"帝闻之默然，乃遣亲臣郑伯禽诣姑孰，以生金进王。王曰："吾死不须金，醇酒足矣。"乃醉以酒而杀之，时年十五。先是文惠太子与才人共赋七言诗，末句辄云愁和帝，至是，其言方验。时诸王皆死，唯宝义幼有废疾，不能言语，故独得全。使为巴陵王，奉齐祀。

一日，齐南康侯子恪因事入见，帝从容谓曰："天下公器，非可力取，苟无期运，虽项籍之力，终亦败亡。宋孝武性猜忌，兄弟粗有令名者，皆杀之。朝臣以疑似枉杀者相继，然或疑而不能去，或不疑而卒为患。如卿祖以才略见疑，而无如之何。湘东以庸愚不疑，而子孙皆死于其手。我是时已生，彼岂知我应有今日？固知有天命者，非人所能害。我初平建康，人皆劝我除去卿辈。我于时依而行之，谁谓不可？正以江左以来，代谢之际，必相属灭，感伤和气，所以国祚不长。又齐、梁虽云革命，事异前代，我与卿兄弟虽复绝服，宗属未远。齐业之初，亦共甘苦，情同一家，同可遽如行路之人？且建武涂炭卿门，我起义兵，非惟自雪门耻，亦为卿兄弟报仇。我自取天下于明帝，非取之于卿家也。昔曹志魏武帝之孙，为晋忠臣，况卿在今日，犹是宗室。我方坦然相期，卿无怀自外之意，日后当知我心。"子恪涕泣伏地谢。自是，子恪兄弟凡十六人，皆仕于梁，并以才能知名，历官清显，各以寿终。此是后话不表。

却说宝寅在魏，闻梁已篡齐，伏于魏阙之下，请兵伐梁，虽暴风大雨，终不暂移。魏主怜之，乃以宝寅为镇东将军，封齐王，配兵一万，屯东城，令自召募壮勇，以充军力，俟秋冬大举。宝寅明当拜命。其夜恸哭至晨。既受命，以颜文智、华文荣皆为军主。六月，魏任城王澄进表云：

萧衍频断东关，欲令巢湖汎溢，以灌淮南诸戍，且灌且掠，淮南之地，将非国有。寿阳去江五百余里，众庶惶惶，并惧水害。脱乘民之愿，攻敌之虚，豫勒诸州，簒集士马，首秋大集，应机经略，虽混一不能，江西自可无虞。

魏主从之，乃发冀、定、瀛、湘、并、济六州人马，令仲秋之中，毕会淮南，委澄经略。宝寅一军，亦受澄节度。又遣中山王元英引师攻义阳。

且说任城既受命，悉发寿阳兵，命将军党法宗、傅竖眼、王神念分路入寇，自以大军继其后，遂拔东关、颍川、大岘三城，余城皆溃。江淮大震。先是南梁太守冯道根戍阜陵，初到任，如敌将至，修城隍，远斥候，众颇笑之。道根曰："怯防勇战，此之谓也。"城未毕，党法宗等率军二万，奄至城下。众皆失色，道根命大开门，缓服登城。选精锐三百人，出与魏兵战，破之。魏人见其意思安闲，战又不利，遂引退。梁将姜庆贞探得任城王兵皆南出，寿阳无备，遂从间道乘虚袭之，据其外郭。士民惶惧，皆无固志，孤城危如累卵。任城太妃孟氏自勒兵登陴，凭城拒守。时外兵已有登城者，太妃亲自搏战，手斩数人。将士见了，因各挺身致死，外兵稍退。俄而萧宝寅引兵来援，城中出兵合击。自四鼓战至下午，庆贞败走，城得不破。后人有诗赞太妃扞城之功云：

南将乘虚捣寿阳，仓皇无计保金汤。
闺中胆勇真无匹，击鼓凭城却敌强。

却说任城王初闻寿阳被困，欲引兵还救，继知敌兵已退，城池无恙，遂督元英进攻义阳。时城中兵不满五千人，食才支半岁，魏军攻之，昼夜不息。守将蔡道恭随方抗御，皆应手摧却，相持百余日，前后斩获不可胜计。魏军惮之，将退。会道恭疾笃，乃呼其从弟蔡灵恩及诸将，谓曰："吾受国厚恩，不能攘灭寇贼，今所苦转笃，疾必不起。汝等当以死固节，无令吾没有遗恨。"众皆流涕受命。既卒，魏人闻之，攻益急。

马仙琕帅步骑三万救义阳，转战而前，兵势甚锐。元英结营于士雅山，分命诸将伏于四处，示之以弱。仙琕乘胜，直抵长围，击魏军。英伪败以诱之，至平地，伏四起，纵兵奋击。老将傅雍擐甲执槊，单骑先入，偏将蔡山虎佐之。突阵横过，梁兵射雍，洞其左股，雍拔箭复入，仙琕大败，一子战死，遂退走。英呼雍曰："公伤矣，且还营。"雍曰："昔汉祖扪足，不欲人知。今下官虽微，亦国家一将，奈何使贼有伤将之名？"遂与诸军追之，尽夜而返。时年七十余矣，军中咸服其勇。

仙琕既退，整顿军马，复帅万余人，进救义阳，尽锐决战。一日三交，皆大败而返。城中见之胆落，灵恩势穷，以城降魏，三关戍将闻之。皆弃城走。魏乃置郢州于义阳，以司马悦为刺史。败信到京，举朝大骇。帝谓左右曰："魏兵敢于南犯者，欺吾大业新建，未遑外务耳。今须大集兵力，直捣寿阳以挫之。不然，患未已也。"乃命临川王宏都督北伐诸军事，昌义之为前锋，诸将皆从军调遣。时宏以帝弟将兵，步骑十万，器械精利，甲仗鲜明。军容之盛。人以为百年所未有。魏人闻之，不敢轻进。

先是，韦睿镇豫州，引兵攻魏小岘，城未拔，亲行围间。魏出数百人陈于门外，睿欲击之，诸将皆曰："向者轻来，未有战具，且还授甲，乃可进耳。"韦睿曰："不然。城中有二千余人，足以拒守。今无故出兵门外，必其骁勇者也。苟能挫之，其城自拔。"众犹迟疑，睿指其节曰："朝廷授此，非以为饰，军法不可犯也！"遂进击之，士皆殊死战，魏兵败走，遂拔其城。既而魏将杨灵胤率众五万奄至。众惧不敌，请启他处益兵。睿笑曰："贼至城下，方求益兵，将何所及？且吾求益兵，彼亦益兵，兵贵用奇，岂在众也。"遂击灵胤，破之。睿体素羸，未尝跨马，每战常乘板舆，督厉将士，勇气无敌。昼接宾旅，夜半起算军书，张灯达署，抚循其众，常如不及，故士皆乐为之死。及至东临，有诏班师，诸将恐兵退之后，魏人必来追蹑。睿悉遣辎重居前，身乘小舆殿后。魏人惮睿威名，望之不敢逼，全军而还。

却说临川王宏军次洛口，前军昌义之已拔梁城，诸将请乘胜深入，宏性懦怯，不许。又闻魏将邢峦引兵度淮，与元英合攻梁城。传者争言魏师之盛，大惧欲退。于是会集诸将，商议进止。

但未识诸将若何议法，且俟下卷再讲。

第二十一卷

停洛口三军瓦解　救钟离一战成功

话说临川王宏闻魏兵大至，恐惧欲退，谓诸将曰："魏兵势大，此未可与争锋，不如全师而归，再图后举。诸君以为何如？"吕僧珍曰："见可而进，知难而退，亦行军之道。王以为难，不如旋师也。"柳惔曰："自我大众所临，何城不服？而以为难乎？"裴邃曰："是行也，以克敌为务。只宜决胜疆场，使敌人匹马不返，何难之避？"马仙琕曰："王安得亡国之言？天子扫境内以属王，宁前死一尺，无却生一寸。"时昌义之在座，怒气勃然，须髯尽张，大声言曰："吕僧珍可斩也！岂有百万之师，不经一战，望风遽退，何面目见主上乎！"朱僧勇拔剑击柱，曰："欲退自退，下官当向前取死。"斯时诸将各怀愤怒，纷争不已。宏别无一语，但云再商。

议者罢出，僧珍谢诸将曰："我岂不知其不可，但殿下昨来风动，意不在军，深恐大致沮丧，故欲全师而返耳。"又进谓宏曰："众议不可违也。"宏及不敢言退，只停军不前。魏人知其不武，遗以巾帼，且歌之曰："不畏萧娘与吕姥，但畏合肥有韦虎。"萧娘谓临川，吕姥谓僧珍，韦虎谓睿也。僧珍叹曰："若得始兴、吴平二王为帅而佐之，何至为敌人所侮若是？"因谓宏曰："王既不欲进战，不如大众停洛口，分遣裴邃一军去取寿阳，犹不至为敌所笑。”宏不听，下令军中曰：“人马有前行者斩。”于是将士无不解体。

魏将杨大眼谓中山王英曰：“梁将自克梁城已后，久不进军，其势可见，必畏我也。今若进兵洛水，彼自奔败不暇矣。”英曰：“萧临川虽骙，其下尚有良将韦、裴之徒，未可轻也。宜且徐观形势以待之。”于是彼此各不进兵。俄而，一夜洛口风雨大作，恍如千军万马，奔腾而来。临川以为魏军大至，惊得神魂飞越，从床上跳起，急呼左右备马，遂不暇告知诸将，带领数骑，潜从后营拔开鹿角，冒雨逃去。及将士知之，宏去已久。于是合营大乱，各鸟兽散，弃甲抛戈，填满道路。疾病羸老之属，不及奔走，狼籍而死者近五万人。宏乘小船连夜渡江，至白石垒，叩城门求入。时守城者临汝侯渊猷，登城谓之曰：“百万之师，一朝鸟散，国之存亡，尚未可知。恐有奸人乘间为变，城不敢夜开。”宏无以对，腹中饥甚，向城求食，城上缒食馈之。及明门始开，宏乃入。时昌义之军梁城，张惠绍军下邳，闻洛口败，皆引兵退。魏人乘胜逐北，至马头垒，一鼓拔之，载其粮储归北。

帝闻师败，征宏还朝，敕昌义之守钟离，急修战守之备，命诸将各守要害，整旅以待。廷臣咸曰：“魏克马头，运米北归，当不复南向。”帝曰：“不然。此必欲进兵，特为诈计以愚我。不出十日，魏师必至。”冬十月，英果进围钟离。魏主恐不能克，复诏邢峦合兵攻之。峦以为非计，上表谏曰：

> 南军虽野战非敌而守有余，今尽锐攻钟离，得之则所利无几，不得则亏损甚大。且介在淮外，借使束手归顺，犹恐无粮难守，况杀士卒以攻之乎？若臣愚见，宜修复旧好，抚循诸州，以俟后举。江东之隙，不患其无。

书上，魏主不许，命速进军。峦又上表曰：

今中山王英进军钟离，实所未解。若为进取之计，出其不备，直袭广陵，克未可知。若止欲以八十日粮，取钟离城，臣未见其可也。彼坚城自守，不与人战，城堑水深，非可填塞。坐至来春，士卒自毙。且三军之众，不赍冬服，脱遇冰雪，何以用济？臣宁荷懦怯不进之责，不受败损空行之罪。

魏主不悦，乃召峦还，更命萧宝寅引兵会之。

却说钟离北阻淮水，地势险峻。英乃于邵阳洲两岸，树栅立桥，跨淮通道。英据南岸，杨大眼据北岸，萧宝寅从中接应，以通粮运。其时城中兵才三千人，昌义之督率将士，随方抗御。魏人填堑，使其众负土随之，严骑蹙其后，人有未及回者，与土同填堑内。俄而堑满，乃用冲车撞城。车之所及，声如霹雳，城墙辄颓。义之用泥补之，冲车虽入，而城卒不破。魏人昼夜急攻，分番相代，坠而复升，短兵相接，一日战数十合。前后杀伤万计，尸与城平，而义之勇气不衰。

先是，帝闻钟离被围，诏曹景宗督军二十万救之。时方各路调兵，命俟众军齐集，然后进发。景宗恃勇，欲专其功，违诏先进。行至中流，值暴风猝起，覆溺数舟。舟人大恐，只得退还旧处。帝闻之曰："景宗不进，皆天意也。若兵未大集，而以孤军独往，魏军乘之，必致狼狈。今破贼必矣。"至是更命韦睿将兵救钟离，授景宗节度。睿得诏，刻日起兵，由阴陵大泽行，凡遇涧谷，趋用飞桥以济，军无留顿。诸军畏魏兵之盛，皆劝睿缓行以观变。睿曰："钟离被困，凿穴而处，负户而汲，朝不保夕。车驰卒奔，犹恐其后，而况缓乎？魏人已堕我腹中，卿曹勿忧也。"旬日至邵阳，与景宗军合。帝豫敕景宗曰："韦睿，卿之乡望，宜善敬之。"景宗见睿，待之甚谨。遂共进兵，睿军居前，景宗居后。将近钟离，睿停军一日，即去魏城百余步，夜掘长堑，树鹿角，截洲为城。偏将冯道根走马步地，计马足多少，以立营垒，不失尺寸。比晓而城立，元英见之大惊，以杖击地曰："是何神也？"是时梁军人马强壮，器甲精备，魏人望之夺气。景宗虑城中危惧，募人潜行水底，赍信入城。城中始知有外援，勇气百倍。

却说魏将杨大眼自恃其勇，将万余骑来战。睿结车为阵，大眼聚骑围之。睿以强弩二千，一时俱发，洞甲穿胸，矢贯大眼右臂而走。明旦，元英来战，睿乘素木舆，执白角如意以麾将卒。一日数战，左右将士，皆遣出斗，勇气弥厉。英始退。俄而魏师乘夜来攻，飞矢如雨。或请睿下城以避箭，不许。军中惊窜，睿于城上厉声呵之乃定。魏兵亦退。初，梁军士过淮北伐刍藁者，皆为大眼所擒。景宗募勇敢七千余人，筑垒于淮北，去大眼营数里。大眼来攻，景宗亲自博战却之。垒城，使别将守之。魏军有抄掠者，皆擒以归。自后梁人始得纵刍牧。睿谓景宗曰："敌所恃者，以桥跨淮，使首尾相应。今欲破其军，必先断其桥。"景宗然之，乃豫装高舰，使与桥等，为火攻之计。睿攻其南，景宗攻其北。计已定，闭垒不出。魏人莫测其故，疑为畏己，军心渐懈。时交三月，大雨连日，淮水暴涨丈余。睿下令，使冯道根、裴邃、李文钊三将各乘斗舰，同时竞进，别以小船载草，灌之以油，乘风纵火，以焚其桥。风怒火盛，烟焰蔽日，敢死之士拔栅斫桥，呼声动天，无不一当百。水又漂疾，倏忽之间，桥栅俱尽。英方攻城，见桥断，梁兵大至，戒令军士无动。忽见杨大眼匹马单枪，冒烟突火而至，呼曰："军败矣，宝寅烧营遁矣。四面皆梁兵，不去恐为所擒。"言毕，鞭马疾走。英惧，亦脱身弃营遁。于是诸垒皆溃，悉弃甲仗于路。投淮水死者十余万。昌义之闻魏师败，不暇他语，但叫道："更生！更生！"诸军乘胜逐北，斩首无数。缘淮百余里，尸相枕藉。生擒万人，收其资粮器械牛马不可胜计。

捷闻，举朝相庆。帝喜谓群臣曰："吾知二将和，师必济矣。"诏增景宗、韦睿、义之等爵邑有差。义之深感二将救授之德，因宴之于第。酒酣，设钱二十万，供二人呼卢费。景宗掷得雉，睿掷得卢，遽取一子反之，曰："异事。"遂作塞。又战胜之后，景宗与群帅争先告捷。睿独居后，帝尤以此贤之。后人有诗美之曰：

疾扫强邻百万兵，孤城欢洽庆重生。
功高阃外甘居下，大树风流属韦卿。

却说魏自败后，收兵北去，边将皆怀反侧。有悬瓠军主白早生，本南人，素有归梁之念，今乘魏师败北，据城以叛，遣使求援于梁将马仙琕。仙琕以闻，帝命援之。仙琕进军三关，遥为声援。魏闻早生叛，欲遣将击之。时元英、萧宝寅，皆以丧师罢职，于是复起用之。引兵伐悬瓠。二人昼夜疾进，早生不虞兵至，迎战大败。魏师直薄城下，一鼓拔之，遂斩白早生。于是乘胜前趋义阳。时马仙琕据三关，严兵拒守。英将取之，先与宝寅计曰："三关相须如左右手，若克一关，两关不攻自破。攻难不如攻易，宜先攻东关。"又恐其并力于东，乃使宝寅帅步骑一万向西关，以分其势，自督诸军向东关，六日而拔，西关亦溃。仙琕见三关俱失，势不能敌，亦弃城走。

先是帝遣韦睿为仙琕后援，睿至安陆，增筑城二丈余，开大堑，起高楼。众颇讥其怯，睿曰："不然。为将者当有怯时，不可专勇。"元英急追仙琕，将复邵阳之耻，闻睿至，乃退。梁亦有诏罢兵，自是各守疆界。今且按下。

却说南海之外，有一干陁利国，去中原不知几万里，从来未通中国。自国王以及臣民，皆崇奉三宝，敬信佛法。缁衣寺院，遍满国中。其王跋陀罗。事佛尤谨。忽于梁天监元年四月八日夜，梦一老僧谓之曰："中国有圣主出，十年之中，大兴佛教。汝若遣使中国，称臣纳贡，则佛必佑之。土地丰乐，商旅百倍。若不信我，则境土不安。"陀罗初不之信，既而又梦此僧谓曰："汝若不信我言，当与汝共往观之。”乃携之而往，足下冉冉生白云，倏忽之间，过大洋，至中国。见一处朝庙巍峨，宫阙壮丽，文武百官跄跄济济。一人端拱殿上，果然龙凤之姿，帝天之相。老僧指之曰：“此即圣主也。”不觉为之屈膝，跪而遥拜。既觉，心异之。陀罗本工画，乃写梦中所见梁帝容质，一应威仪气象。饰以丹青，遂遣使入朝，奉表纳贡，献玉盘等物，并所绘画本以为信。使者在路，历二载，始达建康。既进表，帝大骇，以为干陁利自古未通之国，今乃闻风向化，航海梯山而至，其王跋陀罗又于梦寐先觌我颜，验之画本一一相符，此真千古罕有之事，而佛法大兴之验也。遂礼待使者，厚加犒赍，另绘帝像一本赐之。使者大悦而去。帝自是崇信释典，建立寺院，招引高僧，朝夕持诵，以祐皇祚。佛法之兴，全由于此。那知佛法虽兴，只因一念不仁，生出一件事来，费了无数钱粮，害却无穷性命。究竟一败涂地，后悔无及。

你道事从何起？时是降臣王足，本仕魏为将，曾随邢峦伐汉中，为前部先锋，败梁将孔陵于深杭，鲁方达于南安，任僧褒于石周，所向摧破。于是梁州十四郡，地东西七百里，南北千里，皆入于魏，自以为功劳莫大。而魏自胡太后当国，权贵用事，官以赂进，政以贿成。邢峦被谗见黜，足亦不录其功。于是心怀怨望，弃魏投梁。梁虽纳之，亦未获重用。常思建一奇策，以为进身之阶。然欲陈之而未有路。适一日，帝集群臣问及御边之策，足遂出班奏道：“前者魏取汉中，至今未复，实以鞭长不及，故挫于一朝。然臣料魂政不纲，武备日弛，虽得汉中，终必复失，安能与陛下相抗？臣今者委身明主，愿陈一计，可不劳攻伐，使敌人坐失千里之地。陛下失之于汉中，可取偿于淮北。愿陛下采纳臣言。”帝问计将安出？对曰：“寿阳去淮甚近，若堰淮水以灌其城，则寿阳不攻自破矣。”帝大奇其计。

先是，天监十二年，寿阳久雨，大水入城，庐舍皆没。刺史李崇勒兵泊于城上，水增未已，乘船附于女墙，城不没者二板。将佐劝崇弃寿阳，保北山。崇曰："忝守藩岳，德薄致灾。淮南万里，系于吾身。一旦动足，百姓瓦解。扬州之地，恐非国有。吾岂爱一身而误重任，但怜此士民，无辜同死，可结筏渡之，使就高处以图自脱。吾则誓与此城俱没，幸诸君勿言。"时有治中裴绚帅城中民数千家，泛舟南走，避水高原。只道崇已还北，寿阳无主，因自称豫州刺史，请降于梁。梁将马仙琕遣兵迎之，而崇不知其叛，遣使单舸召之。绚闻崇尚在镇，大悔恨，然惧见诛，不敢归。因报曰："近缘大水颠沛，为众所推，今大计已尔，势不可追。恐民非公民，吏非公吏，愿公早行，无犯我锋。"崇乃遣从弟李坤，将水军讨之。绚败走，为村民所执，叹曰："我何面目复见李公！"遂投水死。梁兵亦退。时淮南得以不失者，皆李崇之功也。原来崇为人沉深宽厚，饶有方略，能得士众心。在寿春十年，常养壮士数千人，与同甘苦，寇来无不摧破，梁人谓之"卧虎"。帝屡欲取寿阳，惮崇不敢犯。至是闻王足之计，谓筑堰可以制敌，遂欣然从之。使将军祖暅、水工陈承伯至淮上，相视地形。二人回奏淮内尽皆沙土，性不坚实，恐功不可就。帝弗从，群臣纷纷谏阻，帝亦不纳。太子统谏曰："臣闻水有四渎，所以宣天地之气，非人力可得而塞。今敝民力以塞之，就使功成，亦非顺天之道。敌人纵受其害，内地亦未见其利。愿陛下熟思而深计之。"帝曰："此功若成，是不战而屈人之兵也。兼并之业，基于此矣。岂可畏其难而不为？"统知帝志已坚，遂不敢再言。

且说统字德施，帝长子，即昭明太子也。生而聪睿，三岁受《孝经》、《论语》，五岁遍读《五经》，悉通大义。年十二，于内省见狱官将谳事，问左右曰："是皂衣何为者？"左右曰："是皆司狱之吏。"狱成，捧案来上，太子取其案视之，谓狱吏曰："是皆可矜，我得判否？"狱吏以其年幼，随口应道："可。"太子取笔判之，凡犯死罪者，皆署杖五十。吏见其判，大惧，只得以实奏帝。帝笑而从之。自是数使听讼，每有欲宽纵者，即使太子决之。母丁贵嫔薨，水浆不入口，体素壮，腰带十围，不数日，减削过半。每入朝，士庶见者莫不下泪。自加元服，帝使省理万机，内外百司奏事者，填塞于前，所奏稍涉谬误，立即辨析，示其可否，徐令改正，未尝弹纠一人。性宽和容众，喜愠不形于色。引纳才学之士，赏爱无倦。恒自讨论坟典，与学士商榷古今，文章著述，下笔便成。每一篇出，四方传美。东宫积书三万卷，名才并集，文学之盛，晋、宋以来所未有也。又爱山水，每遇幽泉怪石，则怡然自得。帝为太子建玄圃一所，穿池筑山，更立亭馆，令与朝士名流游处其中。尝泛舟后池，或称此中宜奏女乐，太子咏左思《招隐诗》云："何必丝与竹，山水有清音。"其高致类如此。今闻淮堰将筑，知民必被困，故劝帝勿兴此役。而帝方锐意为之，全不一听。眼见万古长流从此断，两淮民命一时休。

但未识淮堰之筑，若何起工，且听下文再述。

第二十二卷

筑淮堰徒害民生　崇佛教顿忘国计

话说梁武不纳诸臣之谏，欲筑淮堰，大兴功役。发徐、扬之民，四户一丁，县官迫促上道。使太子右卫率康绚都督淮上诸军事，专主其任。昌义之引兵监护堰作，统计役人以及战士，共二十余万。南起浮山，北抵巉石，依岸筑土，合脊于中流。违者以军法从事。于是军民昼夜赴工，莫敢停息。魏边诸戍飞报入朝。左仆射郭祚言于魏主曰："萧衍狂悖，谋断川渎，上反天道，下拂人心。役苦民劳，危亡已兆。宜命将出师，长驱扑讨。"魏主从之，乃诏平南将军杨大眼，督诸军镇荆山，以图进取。其时堰将成而复溃，两岸已筑之土，皆随流漂没。康绚惧，或谓绚曰："下有蛟龙出没其际，故能破堰。蛟龙之性畏铁，必得铁以制之，始不为害。"绚以上闻，乃诏括国中铁器数千万斤，沉之水底，而波流冲击如故，仍不能合。绚于是伐树为井干，填以巨石，加土其上。缘淮百里内，水石无巨细皆尽。负担者肩上皆穿。夏日疾疫，死者相枕籍，蝇虫昼夜声合，见者惨目。帝不之省，及闻魏师起，虑妨堰作，先遣将军赵祖悦，袭魏西硖石，据之以逼寿阳。更筑外城，徙缘淮之民以实城内。将军田道龙等散攻诸戍，以扰乱魏疆。是冬寒甚，淮、泗尽冻。浮山堰士卒死者什七八。

萧宝寅渡淮攻堰，一日破三垒，又败田道龙于淮北，进攻硖石，克其外城，斩祖悦，尽俘其众。而康绚外拒内治，为之愈力。十五年夏四月，淮堰成，长九里，下广一百四十余丈，上广四十五丈，高二十丈。两旁悉树杞柳，军垒列居其上，车马往来如履康庄。水之所及，夹淮方数百里，皆成巨浸。帝闻堰成，大喜。封康绚为侯，颁诏大赦。或谓绚曰："水久壅必溃，势太激难御。况淮为四渎之流，岂可久塞？若凿湫东注，则游波宽缓，堰得长久不坏。"绚从之，乃开湫东注，以杀其势。又纵反间于魏云："梁人不畏攻堰，惟畏开湫。"宝寅信之，凿山深五丈，开湫北注。然水虽日夜分流，而势仍不减。李崇作浮桥于硖石戍间，筑魏昌城于八公山之东南，以备寿阳城坏。居民散就冈垄。其水清澈，俯视庐舍冢墓，了然在下。见者无不望流而叹。

先是，徐州刺史张豹子，自负其才，宣言朝廷筑堰，必令己董其事。既而康绚以他官来治，又敕豹子受绚节度。豹子甚惭，遂贿嘱近臣，暗进谮言于帝，云绚有二心，暗与魏通。帝虽不纳其言，犹以事毕，征绚还朝。绚既归，堰不复修。九月乙丑，风雨大作，淮水暴涨，堰土决裂，其声若雷，闻三百余里。缘淮村落十余万口，皆漂入海。民有登高望之者，但见黑云迷漫，白浪拍天。其中如有千万鬼神，奇形怪状之属，踏浪而行。大鱼数十丈，跳跃激踊，接尾而下，不可胜纪。后人作长歌咏之曰：

梁王盛气吞全魏，虎攫龙挐奋神智。欲将淮水灌寿阳，千寻长堰中流峙。康绚威行淮上军，二十万众如云屯。南起浮山北巉石，银涛雪浪排昆仑。将成复败皆天意，浪说蛟龙风雨致。东西运铁沉水底，人工欲夺天工智。铁沉亿万功难成，植木填石如列城。荷担肩穿脚胂折，君王筑堰心如铁。疲劳残疾疫疠兴，死者如麻相枕籍。勤劳三载功初完，上尖下阔波中山。杞柳环遮作屏障，兵营土堡如严关。俯视洪流应痛哭，水清下见居民屋。市廛冢墓朗列眉，尽是前番溃流毒。八公山石高城墙，魏人堵筑防寿昌。涛势掀天宇宙黑，风狂倒日鼋鼍翔。天地节宣赖四渎，天心那得随人欲。淮波瀑涨人尽鱼，天柱倾颓折坤轴。三百里外声若雷，城垣庐舍皆摧陨。横冲直卷赴沧海，数十万口真哀哉。李平议论诚奇特，危堰无烦兵士力。一朝溃败势莫支，多智尚书传魏北。我今吊古增余悲，轻视民命知为谁？台城荷荷何足惜，淮流千古常如斯。

初，魏患淮堰，将以任城王澄为上将军，勒众十万，出徐州一路，前往攻堰。右仆射李平以为不假兵力，终当自坏。至是兵未行，而其堰果破，人皆服平之先见云。帝闻堰坏大惊，悔不听太子之言。因念军民枉死者众，心甚戚戚。遂延名僧，设无遮大会以救拔之。创同泰寺，开《涅槃经》，晨夕讲义。又敕太医不得以生类为药，锦绣绫罗禁织仙人鸟兽之形，以为裁剪割裂，有乖仁恕。臣民犯罪者，概从宽典，甚至谋反大逆，或涉及子弟，皆置不问。以故政宽民慢，上下泄泄，莫不偷安旦夕。一日，帝方视朝，与群臣谈论朝政。忽接边报，奏称豫章王综投奔北魏。举朝大骇。

你道豫章王综，为何投魏？说来话长。初，综母吴淑媛在东昏宫，宠爱在潘妃之亚。帝既受禅，欲纳潘妃，以王茂一言，遂赐之死，而心常惜之。一日，闲步后宫，见有庭院一所，重门深闭，境极幽寂，问内侍何人所居，内侍对道是东昏旧妃吴淑媛所住。帝遂走入宫来，宫人忙报驾到，淑媛自东昏亡后，闲废在宫，即留得性命，只好长为宫人没世。欲图新主之欢，今生料不可得。忽闻驾到，惊出意外，亦不及更换衣饰，只得随身打扮，急急走出，俯伏阶前，口称：“不知陛下驾临，妾该万死。”帝见其娇姿弱质，不让潘妃；浓妆素服，态有余妍。因命起，赐坐于旁，问其入宫几载，承幸东昏几年。淑媛一一对答，娇啼婉转，愈觉可人。帝不觉情动，遂吩咐设宴上来，教他陪饮。淑妃斯时巴不得新天子宠爱，三杯之后，丢开满怀忧郁，露出旧日风流，殷勤劝酒。帝心大悦，是夜遂幸焉。那知淑媛身怀六甲，已有三月。当时承幸之际，欲邀帝宠，不敢说出。阅七月，遂生豫章王综。宫中多疑之。

时帝嗣育未广，得子甚以为喜，因子淑媛益加宠爱。至天监三年，综出居外宫，封为豫章郡王，食邑二千户。综既长，有才学，善属文，力能手制奔马，帝甚爱之。及综年十六，常梦一少年，体极肥壮，穿衮服，自挈其首，与之相对。如此者非一次。自梦见之后，心惊不已，求解其故不得。其后帝尚佛教，断房欲，后宫罕见其面。淑媛宠衰，颇怀怨望。而综亦宠爱不及太子。母子皆以见疏为嫌。一夜，综在梦中，复如前者所见。旦入宫，密问之母曰："儿梦如此，是何为者？"淑媛听其所述梦中少年形状，颇类东昏，不觉泣下。综愈疑，固问之。淑媛因屏左右，密语之曰："汝七月儿，何得比太子诸王？不瞒汝说，当国亡时，吾已怀汝三月。当日欲全儿命，不敢言。但汝今太子次弟，幸保富贵，且延齐氏一线。"综于是抱其母泣曰："吾乃以仇人为父乎？"母掩其口，戒勿泄。综自是阴怀异志，每于内斋，闭户籍地，被发席藁。又布沙地上，终日跣行，足下生胝，日能行三百里。后为南徐州刺史，轻财好侠，招引术士，练习武勇，以伺朝廷有变。每有诏敕至徐，辄忿恚形于颜色。徐州境内所有练树，并令斩伐，以帝小字"练儿"故也。又春秋岁时，常于别室设席，祠齐氏七庙。又微行至曲阿，拜齐明帝陵。然犹无以自信，闻俗说以生者血沥死者骨上，血入骨肉，即为父子。乃遣人暗发东昏墓，贩其骨以归，割臂血沥之，血果入骨。又在西州生男，满月后，潜杀之。既葬，夜遣人发取其骨，又试之，皆验。内外臣僚皆知其所为，然事涉暗昧，臣下不敢轻言。凡综所行，帝皆弗之知也。会魏将元法僧以鼓城来降，帝使综都督众军，权镇彭城。综潜遣人通书萧宝寅，呼为叔父，宝寅亦将信将疑。久之，有诏征还，综惧入朝之后，脱身更难，乃屏去左右，乘黑夜潜开北门，涉汴河，徒步奔萧城，自称队主。时魏安丰王元延明镇萧城，召而见之。综见延明而拜，延明坐受之。问其名氏不答，但曰："殿下此间人，必有识我者，问之可也。"

延明召众视之，有识之者曰："此豫章王也。"延明大惊，急下座答拜，执其手而问曰："殿下何为来此？"综以实告。延明曰："奈父子何？"综曰："吾避仇也，非逃父也。"延明见其语气激烈，心甚异之，遂具车马，送至洛阳。魏主召入见之，既退，拜宝寅为叔，改名缵，追服东昏斩衰之丧。魏主及群臣皆往吊焉。

话分两头。当夜豫章奔魏，彭城中无一知者。及旦，斋内诸阁犹闭，左右启户寻之，莫知所往。众皆骇异。及午，城外有数骑魏军高叫曰："汝豫章王昨夜已来乞降，在我军中矣。汝辈留此何为？"说罢，大笑而去。众方知王已投魏，只得飞报建康。帝闻之大骇，然亦不测其故，访诸左右，始有密启其不法事者，方悟其逃去之故。既而叹曰："不为天子儿，而甘为他人仆，愚孰甚焉！"乃敕吴淑媛，以综小时衣寄之，综亦不答。其后郁郁不得志，依宝寅而死。此是后话不表。

且说帝既崇信三宝，屡幸寺院拈香，出入往来，仪卫甚简。斯时岁屡不登，人民失业，不逞之徒往往乘间作乱。一日，将幸光宅寺，有怀逆者伏路侧，将行不轨。帝方起驾，心忽动，命左右缘道检阅，果获一人，果怀利刃。严刑讯之，而诬为临川王宏所使。先是宏以洛口之败，罢职闲住，心常不满。都下每有窃发，辄以宏为名。盖知帝素友爱，涉及临川，有犯必赦也。至是帝对之泣曰："我人才胜汝百倍，居此大位，犹兢兢恐坠。汝何为者，我岂不能诛汝？念汝愚下，故常如宽宥。"宏伏地哭曰："臣为天子弟，尊荣极矣。复有何望？乞陛下察之。"帝感其诚，遂置不问。然宏虽无逆志，而恃介弟之贵，奢侈过度，修第拟于帝宫。后庭数十，皆极天下之选。所幸宠姬江无畏，服玩备极华美。一宝屧，直价千万。又恣意聚敛，有库室百间，在内堂之后，关籥甚严。若疑其内藏铠仗，密以上闻。帝虽素敦友爱，闻之不悦。欲自往勘，知其爱幸江氏，寝膳不离，乃赐以盛馔曰："当来就汝欢饮。"并令无畏分甘。驾既至，宏率江姬朝见，遂同侍饮。酒半：帝曰："吾欲至汝后房一行。"遂起身进内，径往库室，命悉开户。宏恐见其贿货，颜色怖惧，帝心愈疑。及开视室中，有钱百万一聚，悬一黄标；千万一库，悬一紫标，如此三千余标。帝屈指计之，见钱已有三亿余万。余屋贮积杂货皆满，不知多少。帝见并无铠仗，大悦，呼其小字曰："阿六，汝作如此生活，便无妨碍。"乃更入席剧饮，至夜而还。时诸王并尚文藻，而安成康王秀尤精心学术，搜集经纪。尝招学士平原刘孝标，使撰《类苑》，书未及毕，而已行于世。于时疾宏贪吝，以旧有《钱神论》未畅厥旨，更作《钱愚论》以讥之，贪鄙之形，形容曲尽。太子见之曰："文则美矣，其如不为临川地何。"劝安成毁之。帝闻之喜曰："太子居心厚，真吾子也。"

却说太子聪明仁孝，好学不倦，游嬉事绝不留心。时当五月，天气明媚，忽游后池，乘小舟，采摘芙蓉。有姬人荡舟，舟覆而太子溺于水。及出，伤股，恐贻帝忧，深诫不言，但以寝疾闻。帝敕内使看视太子，勉自起坐，力书手启。及笃，左右欲启闻于帝，太子不许，曰："奈何令至尊知我如此？"因便呜咽，未几而薨。时年三十一。帝闻之，临哭尽哀，敛以衮冕，谥曰："昭明"，葬于安宁陵。都下男女奔走陵所，号泣满路，四方氓庶及疆徼之人，闻丧者无不哀恸。帝既前星失曜，群臣上言，储位不可久虚，请立贤明以定国本。时昭明有三子：华容公欢、枝江公誉、曲阿公詧，皆已长，议者谓上必立太孙。而帝以太子母弟晋安王纲有贤名，遂立之。朝野以为不顺，司议侍郎周宏正奏记于晋安曰：

> 伏惟谦让道废，多历年所，大王天挺将圣，四海归仁。是以皇上发德音，以大王为储副。意者愿闻殿下，抗目夷上仁之义，执子臧大贤之节。逃玉舆而弗乘，弃万乘其如屣。庶改浇竞之俗，以大吴国之风。古有其人，今闻其语，能行之者，非殿下而谁？使无为之化，复盛于今世。让王之道，不坠于来兹。岂不盛欤！

王不能从。帝既立晋安为太子，乃使诸王子出守外藩。以邵陵王纶为南徐州刺史，湘东王绎为荆州刺史，武陵王纪为益州刺史。又以不立太孙而立太子，内常愧之，乃厚抚欢等，宠亚诸子。封欢为豫章王，誉为河东王，詧为岳阳王，各典大都。旋又以詧为雍州刺史。单说詧临雍州，以帝年渐老，朝多秕政，欲为自强之计。蓄聚财货，招募勇敢，以襄阳形胜之地，梁业所基，遇乱可以图大功。乃克己为政，抚循士民，数施恩惠，延纳规谏，所部称治，帝闻之大喜。

当是时，北魏多故，盗贼蜂起。胡太后乱政于前，尔朱荣肆逆于后。朝无宁日，民不聊生。唯东南半壁，安若泰山。其后高欢诛尔朱，执国政，上陵朝廷。孝庄西奔，宇文泰抚定关中，与欢相抗。魏分东西，日夜治兵相攻，不暇南侵。梁自是国无外患，益得优游无事。朝政之暇，君若臣唯有讲习经典，崇尚虚无。既而帝益佞佛，舍身同泰寺，释御服，披法衣，升讲堂法座，为四部大众讲《涅槃经》义。群臣以钱一亿万，奉赎皇帝。咸诣寺中奉表，请帝还临宸极。三请乃许。帝三答书，前后并称顿首。自是昼食一食，止于菜果。宗庙之祭，不用牲牢。识者以宗庙去牲，则为不复血食。又是岁都下讹言，天子取人肝以食天狗。大小相警，日晚便闭门持仗，以驱天狗，数月乃止。识者皆知不祥。时太子亦于玄圃自讲庄、老，宫僚环听。太子詹事何敬容谓人曰：“昔晋尚虚无，使中原沦丧，今东宫复尔，江南亦将为戎乎？”有隐士陶弘景，疾人士竞谈玄理，不习武事，尝为诗云：

> 夷甫任散诞，平叔坐谈空。
> 不意昭阳殿，化作单于宫。

又天监中，有沙门宝志，帝甚敬之，问以国祚短长，尝为隐语曰：

掘尾狗子自发狂，当死未死啮人伤。
须臾之间自灭亡，起自沙际死三湘。

帝使周舍封记之，直至梁末皆验。此是后话，今且按下不表。

却说大同末年，帝临御已久，当时佐治之臣，若张弘策、王茂、韦睿、沈约、范云辈，相继去世；所任新进，率以迎合为事。有朱异者，字彦和，钱塘人。年数岁，其外祖顾欢抚之曰："儿非常器，当大朱氏门户，然恐坏人家国事。"及长，折节读书，从五经博士明山宾游，学业日进，涉猎文史，兼通杂艺。博弈书算，罔不通晓。帝寻有诏广求异能之士，山宾以异荐。帝召见之，使说《孝经》、《周易》义甚悉，大悦之，谓左右曰："朱异实俊才，明山宾所举殊得人。"乃除异为中书郎。拜命之日，时当秋日，有飞蝉集异武冠上，见者咸谓蝉珥之兆。盖异容貌魁梧，举止闲都，虽出自诸生，甚悉军国故实。自周舍卒后，异代掌机密，一应诏诰敕书，帝并委之，权重一时。然贪财冒贿，每欺罔视听，以悦人主。起宅东陂，穷极华美，晚日下朝，酣饮彻夜。又恃帝宠，轻傲朝贤，不避贵戚。人或劝其谦下，异曰："我寒士也，遭逢以至今日。诸贵皆恃枯骨见轻，我下之，则见蔑尤甚。我是以陵之。"司农卿傅岐尝谓之曰："今圣上委政于君，安得每事从旨？"异曰："当今天子圣明，我岂可以拂耳之言干犯天听？"以故声势所驱，熏灼内外，远近莫不愤疾，而帝信任益深。正是：圣明已被邪臣蔽，安乐那知祸事来。

但未识内蠹已生，外患若何而起，且听下回再讲。

第二十三卷

伐东魏渊明被执　纳叛臣京阙遭殃

话说梁政日衰，江南将乱，朱异之奸，既足败人家国，那知又来一乱贼，倾覆社稷。其人姓侯，名景，字万景，朔方人。自少不羁，为患乡里，及长，有勇多智。右足偏短，弓马非其长，而谋算出人。始随高欢起兵，屡立战功。尝言于欢，愿得精兵三万，西擒黑獭，南缚萧衍老公，以为太平寺主。欢使将兵十万，专制河南。及欢卒，与高澄不睦，遂据河南，叛归于梁。遣其将丁和奉表至建康，乞降于帝云：

> 臣与高澄有隙，请举函谷以东，瑕丘以西，豫、广、颍、荆、襄、兖等十三州内附。惟青、徐数州，仅须折简。且黄河以南，皆臣所统，取之易同反掌。若齐、宋一平，徐事燕、赵，臣当效力前驱，为陛下成此一统之功。

帝得奏，召群臣廷议。群臣皆曰："顷岁与魏通和，边境无事。今因高欢身故，遽纳其叛臣，弃从前之好，启将来之衅，窃谓非宜。"帝曰："诸臣之言虽是，然得景则塞北可清，拒景则兼并无日。国家难得者，机也。不可失者，时也。机会之来，岂宜胶柱？"群臣唯唯而退。

先是帝于正月乙卯，梦见中原牧守皆以地来降，举朝称庆。旦见朱异告之，且曰："我生平少梦，若有梦必验。"异曰："此乃宇内混一之兆也，臣敢为陛下贺。"及丁和至，称景纳地之计，定于正月乙卯，帝愈神之。然意犹未决，尝谓左右大臣曰："我国家如金瓯无一伤缺，今忽受景地，讵是事宜？脱致纷纭，悔之何及。"朱异揣知上意，因进曰："圣明御宇，南北归仰，正以事无机会，未获如志。今侯景分魏土之半以来，自非天诱其衷，人赞其谋，何以至此。若拒而不纳，恐绝后来之望。此诚易见，愿陛下勿疑。"帝曰："卿言是也。"乃定议纳景。壬午，诏以景为大将军，封河南王，都督河南北诸军事。遣大将羊鸦仁，引兵三万趋悬瓠，运粮食以应接之。先是朝臣周宏正善占候，尝谓人曰："国家数年后，当有兵起，百姓流离死亡。"及闻纳景，叹曰："乱阶从此作矣。"

却说东魏闻景外叛，大举兵马讨之。景惧不敌，退保颍川，复割鲁阳、长社等四城，赂西魏求救。西魏恶其多诈，受其地而征之入朝。景不欲往，遂专意降梁。厚赂朱异，以求出兵相援。异言之帝，乃下诏起师五万，北伐东魏。命鄱阳王范为元帅，统领诸将前往。朱异与鄱阳不睦，遽入曰："鄱阳雄豪盖世，得人死力，然所至残暴，非吊民之才。且陛下昔登北顾亭以望，谓江右有反气，骨肉为戎首，今日之事，尤宜详择。"上曰："渊明可乎？"异曰："陛下得人矣。渊明宽厚，得众心，可使也。"帝遂不用鄱阳，而任渊明为都督。

却说真阳侯渊明，性素怯，御军无律。虽受命出师，常怀退志。军至寒山，欲堰泗水以灌彭城。俟得彭城，然后进兵悬瓠，与侯景为犄角之势。于是断流立堰，使侍中羊侃监之，再旬而成。当是时，魏遣大将慕容绍宗帅众十万来拒，日行三百里，将近彭城，军锋甚锐。羊侃谓渊明曰："敌兵远来，乘其营垒未定，进而击之，可以获胜。不然，未易克也。"渊明不从。及绍宗至，即引步骑万人，直攻渊明。

渊明方醉卧不能起，将士扰乱，遂大败。渊明初虏，失亡士卒数万，独羊侃结阵徐还。一日，败书报到京中，帝方昼寝，宦者曰：“朱异启事。”帝遽起，升舆至文德殿见异。异启曰：“韩山失律矣。”帝闻之，恍惚将坠床，宦者扶定，乃叹曰：“吾得无复有晋家乎？”异曰：“胜败兵家之常，偶尔小挫，陛下何出此言？”帝不悦者良久。

却说绍宗乘胜，进击侯景，与景相持数月。景食尽，绍宗击之，景大败。众散且尽，乃自峡石济淮，收散卒，仅得步骑八百人。而羊鸦仁闻景败，魏军将至，亦弃悬瓠，走还义阳。东魏引师据之。是时，侯景进退无据，不知所适，谓左右曰：“吾今无容足之地，以只身归梁，梁若不纳，奈何？”遂去寿阳城五十里，停军观望。忽有数骑奔至军前，乃是马头戍主刘神茂，特来迎候。景欣然接之，因问曰：“寿阳去此不远，欲往投之，君以为不我据否？”神茂曰：“朝廷近除鄱阳王为寿阳刺史，未至，韦黯权监府事。我与黯不协，故先来告王。王若驰至近郊，彼必出迎，因而执之，可以集事。得城之后，徐以启闻。朝廷喜王南归，必不责也。”景执其手曰：“今者卿来，此天意也。”乃命神茂率步骑百人，先为乡导，而身随其后。夜至寿阳城下，韦黯以为贼也，授甲登陴，将拒之。景遣其徒告曰：“河南战败来投，愿速开门。”黯曰：“既不奉敕，不敢闻命。”景谓神茂曰：“事不谐矣。”神茂曰：“黯懦而寡智，可说下也。”乃遣徐思玉入见黯曰：“河南王为朝廷所重，君所知也。今失利来投，何得不受？”黯曰：“我受命守城，则守城而已。河南自败，何预我事？”思玉曰：“国家付君以阃外之任，今君不肯开城，若魏兵追至，河南为魏所杀，君岂能独守？纵使或存，何颜以见朝廷！”黯乃许容其入。思玉出报，景大悦，曰：“活我者卿也。”于是黯乃开门，景便疾入，即遣其将分守四门，执黯至前，数其不即迎纳之罪，将斩之，既而抚手大笑，邀与共坐，置酒极欢。黯，韦睿子也。朝廷闻景败，未得实信。或云景与将士俱没，或云景弃军逃去，上下咸以为忧。侍中尚书何敬容诣东宫，太子曰：“淮北近更有信，侯景定得身免，不识然否？”敬容对曰：“侯景遂死，深为朝廷之福。”太子失色，问其故。对曰：“景反覆叛臣，终当乱国。”太子不以为然。甲寅，景遣其将于子悦驰赴建康，奏言败状，并自求贬损。优诏不许，景告乏粮，复求资给。帝即以景为南豫州牧，本官如故。更以鄱阳王范为合州刺史，镇合肥。

时有光禄大夫萧介，知景必祸国，上表谏曰：

窃闻侯景以河阳败绩，只马归命。陛下不悔前祸，复敕容纳。臣闻凶人之性不移，天下之恶一也。昔吕布杀丁原以事董卓，终诛董而为贼；牢之反王恭以归晋，还背晋以构妖。何者？狼子野心，终无驯狎之性；养虎畜狼，必见饥噬之祸。侯景以凶狡之才，荷高欢卵翼之遇，位忝台司，任居方伯。然而高欢坟土未干，即还反噬，逆力不逮，乃复逃死关西。宇文不容，故复投身于此。陛下前者所以不逆细流，正欲比属国降胡，以讨匈奴，冀获一战之效耳。今既亡师失地，直是境上匹夫，陛下爱匹夫而弃与国，臣窃不取也。若国家犹待其更鸣之晨，岁暮之效，臣窃惟侯景必非岁暮之臣，弃乡国如脱屣，背君亲如遗芥，岂知远慕圣德，为江淮之纯臣乎！事迹显然，无可致惑。臣朽老疾寝，不应干预朝政，但楚囊将死，有城郢之忠；卫鱼临亡，亦有尸谏之阻。臣虽忝为宗室遗老，敢忘刘向之忠，谨冒死以闻。

帝览表，叹息其忠。朱异忌之，竟不能用。

却说东魏既得悬瓠、项城，悉复旧境，而欲使侯景不安，数以书来求申前好。帝未之许。时贞阳侯渊明被虏在魏，澄以好言谓之曰：“先王与梁主和好十有余年，闻彼礼佛，祝及魏主，并祝先王，此乃梁主美意。不谓一朝失信，致此纷扰。知非梁主本心，当是侯景扇动耳。卿宜密致此意。若梁主不忘旧好，吾亦不敢违先王之意，将诸人并即遣归。侯景家属，亦当同遣。”渊明从之。乃遣其私人夏侯僧辩驰往江南，奉启于帝，称勃海王宽厚长者，若更通好，当听渊明还国。帝得启流涕，集朝臣议之。朱异进曰：“静寇息民，和实为便。

彼既愿修前好，陛下不可不许。”傅岐曰：“不然。高澄师徒克捷，国势方强，何事须和？必是设间。故命贞阳遣使，欲令侯景自疑。景意不安，必图祸乱。若许通好，正堕其计中。”群臣闻岐言，皆曰：“事诚有之，不可不虑。”朱异独主宜和，谓东魏必无坏意。帝亦厌用兵，乃从异言，赐渊明书曰：“知高大将军礼汝不薄，省启足以慰怀，当别遣行人，重郭邻睦。”

僧辩得诏，星夜还北。一日过寿阳，被景窃访知之，留住摄问。僧辩具以实告。景大恐，乃使王伟作启，陈于帝曰：

> 高氏心怀鸩毒，怨盈北土，欢身殒越，子澄嗣恶，讨灭待时。所以昧此一胜者，盖天荡澄心，以盈凶毒耳。澄苟腹心无疾，又何急急奉璧求和？岂不以秦兵扼其喉，胡骑追其背，故甘辞奉币，取安大国。臣闻一日纵敌，数世之患。何惜高澄一竖，以弃亿兆之心，使其假命强梁，以遗后世。非直愚臣扼腕，实亦志士痛心。昔伍相奔吴，楚邦立灭；陈平去项，刘氏用兴。臣虽才劣古人，心同往事，诚知高澄忌贾在狄，恶会居秦，求盟请和，冀除其患。若臣死有益，万殒无辞。唯恐千载，有秽良史。愿纳臣言，则臣幸甚。

又致书于朱异，饷金三百两，令阻和议。异受金而不通其启。

二月乙卯，复遣使东魏，吊献武高王之丧。景又启称：“臣与高氏衅隙已深，今陛下复与高氏连和，使臣何地自处？乞申后战，宣畅皇威。”上报之曰：“朕与卿大义已定，岂有成而相纳，败而相弃乎？今高氏有使求和，朕亦更思偃武，进退之宜，国有常制。卿但清净自居，无劳虑也。”景疑上意叵测，欲试虚实，乃遣人诈为高澄使者，自邺中至建康，以书呈帝，愿以渊明易景。帝将许之，傅岐曰：“侯景以穷归义，弃之不祥。且百战之余，宁肯束手受絷？”朱异笑道：“景奔败之将，执之一使之力耳，敢有他变？”帝从之，复书言贞阳旦至，侯景夕返。使者归寿阳，以书示景。景曰：“我知吴老公薄心肠，今固然矣。”顾王伟曰：“计将安出？”伟曰：“今坐听亦死，举大事亦死，唯王图之。”于是反计乃决。

又景初至寿阳，征求无已，朝廷未尝拒绝。以妻子被羁在北，请娶于王、谢。帝以王、谢门高非偶，可择朱、张已下配之。景恚曰：“会将吴儿女配奴。”又启求锦万匹，为军人作袍。朱异议以青布给之。又以台所给仗，多不能精，启请东冶锻工，营造兵器，敕并给之。先是景反河南，请立元氏一人为主，以从人望。诏以舍人元贞为咸阳王，资以兵力，使还北主魏。会景败而止，元贞遂留景军。至是贞知景有异志，累启还朝。景谓曰：“河北事虽不果，江南何虑失之，那不小忍！”贞惧，与韦黯逃归建康，具以事闻。帝闻贞言，亦绝不以景为意。盖朱异以景必不叛，唯忌之者众，故屡言其反，帝有先入之言故也。今且按下一边。

且说临贺王正德，本帝弟靖惠王子。少而粗险，不拘礼节。初帝未有嗣，养之为子。及帝践极，便希储贰。后立昭明太子，封正德为西丰侯。自此怨望，恒怀不轨，睥睨两宫，觊幸灾变。普通六年，逃奔于魏。有司奏削封爵。七年，又自魏逃归。帝方敦亲亲之谊，以宽仁为度，不之罪也。复其封爵，仍除为信武将军，封临贺郡王。正德自是益骄，招聚亡命，阴养死士，储米积货，日为反计。特以孤掌难鸣，只得待时而动。一日，门上报进，有故人徐思玉来见。正德见之，问曰：“卿从河南王在寿阳，何暇至此？”思玉曰：“因有密事相报，乞屏左右言之。”正德邀入密室，促膝与语。思玉曰：“今天子年尊，奸臣乱国，祸败之来，计日可待。大王属当储贰，今被废黜，四海业业，孰不归心大王。河南有志匡扶，实心推戴，欲助大王一臂之力，使主梁祀，以副苍生之望。知臣与大王有旧，特遣臣到此，密布腹心。”因呈景书示之。书中亦不过推他为帝，兵至近郊，求为内应等话。正德大喜，谓思玉曰：“仆有心久矣。河南之意，暗与吾同，是天授我也。仆主其内，河南为其外，何忧不济？寄语河南，机事在速，今其时矣。”思玉遂与订约而去，归告侯景，景大喜。

时鄱阳王范密启侯景将反，不早剪扑，祸及生民。而帝以边事专委朱异，异以为必无此理，下诏报范曰："景孤危寄命，譬如婴儿，仰人乳哺，以此事势，安能反乎？"范复请以合肥之众讨之，帝不许。异引范使至前，谓之曰："汝王竟不许朝廷有一客耶？"自是范有启，异皆匿不以上。景又邀羊鸦仁同反，鸦仁执其使以闻。异曰："景数百叛奴，何能为？"敕以使者付建康狱，俄解遣之。景由是益无所惮。又闻朝廷遣常侍徐陵聘于东魏，乃上言："高澄狡猾，宁可全信。陛下纲其诡语，求与连和，臣虽不武，宁堪粉骨，投命仇门。乞江西一境，受臣控督，如其不许，即帅甲骑临江，上向闽越，非唯朝廷自耻，亦恐三公旰食。"帝使朱异宣语景曰："譬如贫家畜十客，五客尚能得意，朕惟一客致有忿言，亦朕之失也。"由是中外皆知有变，而朝廷仍不提防。八月戊戌，景反于寿阳，以诛朱异为名，内外大骇。

先是，傅岐尝谓异曰："卿任参国钧，荣宠如此，比日所闻，鄙秽狼籍。若使圣主发悟，欲免得乎？"异曰："外间谤讟，知之久矣。心苟无愧，何恤人言？"岐退谓人曰："朱彦和殆将死矣。恃谄以求容，肆辨以拒谏，闻难而不惧，知恶而不改。天夺其鉴，不死何待！"帝闻景反，笑曰："是何能为？我折棰笞之耳。"乃以鄱阳王范为南道都督，封山侯正表为北道都督，司州刺史柳仲礼为西道都督，散骑常侍裴之高为东道都督，邵陵王纶持节，督众军以讨景。

景闻台军讨之，颇惧，问策于王伟。伟曰："邵陵若至，彼众我寡，必为所困。不如弃淮南，决志东向，帅轻骑直掩建康，临贺乱于中，大王攻其外，天下不足定也。兵贵巧速，宜即进路。"景从之，乃留其将王显贵守寿阳，身率步骑径进。阳声趋合肥，而实袭谯州。谯州将董绍先开城降之，执刺史丰城侯泰，进攻历阳。太守庄铁以城降，因说景曰："国家承平日久，人不习战，闻大王举兵，内外震惧。宜乘此际，速趋建康，可兵不血刃而成大功。若使朝廷徐得为备，内外小安。遣羸兵千人，直据采石，大王虽有精兵百万，不得济矣。"

景以为然，乃留其将田英、郭骆守历阳，以铁为先导，引兵临江。江上镇戍相次启闻，帝始叹曰："景果反矣。"因问讨景之策于羊侃。侃请以二千兵急据采石，令邵陵王袭取寿阳，使景进不得前，退失巢穴，乌合之众，自然瓦解。朱异宣言于朝，谓景必无渡江之志，遂寝其议。

却说临贺王屯丹阳，闻景兵临江，无船可渡，潜遣大船数十艘，诈称载荻，密以济景。景乃自横江济采石，有马数百匹，兵八千人，遂袭姑孰，执太守交成侯宁。时南津校尉江子一见景渡江，帅舟师千余人，欲于下流邀之。副将董桃生以家在江北，兵未交，即与其徒先溃走。子一不能留，乃收余众，步还建康。太子见事急，戎服入见帝，禀受方略。帝曰："此是汝事，何更问为？内外军事，悉以付汝。"太子乃停中书省，指挥军事。以宣城王大器为城内都督，羊侃为军师将军副之，诸王侯各守要地。是日景至板桥，欲观城内虚实，使徐思玉诈逃入城，请间陈事。帝召而问之，将屏左右，舍人高善宝曰："思玉从贼中来，情伪难测，安可使独在殿上？"朱异侍坐曰："徐思玉岂刺客耶？"思玉见上，遽出景表，言异等弄权，乞带甲入朝，除君侧之恶。异在旁，惶愧失色。高善宝请诛思玉，帝不许，命舍人贺季、郭宝亮随思玉同往，劳景于板桥。景北面受敕，贺季曰："今者之举何名？"景曰："欲为帝也。"王伟趋进曰："侯王忠于朝廷，为朱异等乱政，除奸臣耳。"景既失辞，遂不放贺季归，独遣宝亮还宫。百姓闻贼至，竞奔入城，公私混乱，无复次第。羊侃区分防拟，皆以宗室间之。军人争入武库，自取器甲，所司不能禁。侃立斩数人方止。

是时梁兴四十七年，境内无事，在位公卿及闾里士大夫罕见甲兵，贼至猝迫，公私骇震。又宿将已尽，余皆后进少年，茫无主意。单有羊侃胆力俱壮，太子深仗之。辛亥，景至朱雀桁南，而朝廷犹未知正德之情，命守宣阳门。使东宫学士庾信，帅宫中文武三千余人，守朱雀门，营于桁北。太子命开桁以挫贼锋，正德曰：“百姓见开桁，必大惊骇，可且安物情。”太子从之。俄而贼至，信开桁击之，见贼军皆戴铁面，退隐于门口。方食蔗，有飞箭中门柱，其蔗应弦而落，遂弃军走。正德率众迎景于张侯桥，马上交揖，景军皆着青袍，正德军皆绛袍，既与景合，悉反其袍。于是城中喧言正德反，帝及太子闻之，皆叹息。

但未识后事若何，且俟下卷再剖。

第二十四卷

羊侃竭忠守建业　韦粲大战死青塘

话说正德既从贼，白下、石头之师皆溃。景皆遣将据守，进兵直至阙下，绕台城三匝，幡旗皆黑，城中恟惧。羊侃诈称邵陵王、西昌侯援兵已至近路，众心稍安。景百道俱攻，鸣鼓吹角，喧声震地。纵火烧大司马府、东西华诸门，烟焰张天。羊侃使凿门上为窍，下水沃火。太子自奉银鞍，往赏战士。直阁将军朱思亲率壮士数人，逾城洒水，久之方灭。贼人作木驴数百攻城，城上投石碎之。贼更作尖项木驴来攻，石不能破。侃作雉尾炬，灌以膏蜡掷下，焚之立尽。贼又作登城楼，高十余丈，欲临射城中。侃曰："车高堑虚，彼来必倒。可卧而观之。"及车动果倒。当是时，景据公车府，正德据左卫府，贼将宋子仙据东宫，范桃棒据同泰寺，分番迭攻。侃随方抗御。贼不能克，乃筑长围以绝内外。

却说正德初意兵至建康，景即立之为帝。而景专事攻城，不相推奉，正德心怀疑虑，谋之左右曰："侯王许过江后，即奉我为帝。今置不问，必有所不足于我也。我欲结其欢心，若何而可？"左右曰："闻侯王孑身南来，尚无妻室。前日求婚王、谢，未遂其志。王何不以女妻之，使谐伉俪之私，则其好永固，彼必助王为天子矣。"正德曰："善。"以幼女生得姣好，欲纳之景。其妻怜女幼小，不欲使为景妇。正德曰："吾方仗侯公取天下，何惜一女！"遂诣景营，谓之曰："公军中寂寞，仆有息女，性颇温淑，愿以侍公枕席。"景大喜曰："得王女为妇，当使长共富贵。"乃命设宴于东宫，即日成婚。东宫去城不远，其中动静，城上皆见。一日，忽见宫中悬灯挂彩，贼众皆披红往来，少顷鼓乐喧天，笙歌聒耳，莫测其故。旋有贼骑数十，来至濠边，指城上言曰："昔侯王欲娶王、谢家女，尚谓门高非偶。今临贺纳女于侯王矣，比王、谢何如？"太子闻之怒，遣人纵火烧东宫，殿台皆尽。景亦怒，纵火烧乘黄厩、上林馆、太府寺，皆成灰灭。戊午朔，景遂奉正德为帝。下诏称普通已来，奸邪乱政，上病不豫，社稷将危。河南王景释位来朝，猥用朕躬，绍兹宝位，可大赦，改元正平。以景为丞相。

朱异闻正德僭号，劝上出兵击之。上问羊侃，侃曰："不可。出人若少，不足破贼，徒挫锐气；若多，则一旦失利，门隘桥小，必大致失亡。"异力劝击之，帝从其言，遂使千余人出战，锋未及交，即退走争桥，赴水死者大半。侃子鹭为景所获，执至城下以示侃。侃曰："吾倾宗报国，犹恨不足，岂计一子！幸早杀之。"数日复持来，侃谓鹭曰："久以汝为死矣，今犹在耶？"引弓射之。贼以其忠义，亦不之杀，但声言帝已晏驾，城中亦以为然。于是太子请帝巡城，以安众心。百姓闻警跸声，皆鼓噪流涕，众心粗安。先是江子一之败还也，上责之。子一拜谢曰："臣以身许国，常恐不得其死。今所部皆弃臣去，臣以一夫，安能击贼？若贼遂能至此，臣誓当碎身以赎前罪。不死阙前，当死阙后。"至是子一启太子，愿与弟子四、子五，帅所领百余人，开承明门出战，太子许之。子一直抵贼营，贼伏兵不动。子一呼曰："贼辈何不速出？"久之，贼骑出阵。子一径前引槊刺贼，连杀数人，从者莫之继，贼解其肩而死。子四、子五相谓曰："与兄俱出，何面独归？"皆免胄赴贼。子四中矟，洞胸而死。子五伤胫，还至堑边，一恸而绝。太子闻其死，伤悼久之。

却说侯景初至建康，谓朝夕可拔，号令严整，士卒不敢侵暴。及城久不克，人心离阻。军中乏食，乃纵兵掠夺民米，及子女金帛。自后米一升直七八万钱，人相食，饿死者十五六。乃更于城之东西两处，起土山，驱迫士民，不限贵贱，皆充力役。疲羸者即杀以填山，号哭动地。城中亦筑土山以拒之。太子、宣城王以下，皆亲负土，执畚锸。起层楼于山上，高四丈，募敢死士二千人，厚衣袍铠，谓之"僧腾客"，分配二山，昼夜交战不息。会大雨，城内土山崩，贼乘之垂入，苦战不能禁。侃令军士掷火为城，以断其路，徐于内筑城，贼不能进。朱异有奴出降于贼，景即以为仪同三司。奴乘良马，衣锦袍，循行城下，仰见异在城上，呼而谓曰："汝五十年仕宦，方得中领军。吾始事侯王，已为仪同矣。"于是三日之中，群奴出降者以千数。景皆厚抚以配军。人人感恩，为之致死。景又射书城上，遍谕士民曰：

> 梁自近岁以来，权幸用事，割剥齐民，以供嗜欲。如曰不然，公等试观今日国家池苑，王公第宅，僧尼寺塔，及在位庶僚，姬姜百室，仆从数千，不耕不织，锦衣玉食，不夺百姓，从何得之？仆趋赴阙庭，只诛权奸，非倾社稷。今城中指望四方入援，吾观王侯诸将志在全身，谁能竭力致死，与吾争胜负哉？长江天险，吾一苇航之。景明气净，自非天人允协，何能如是！幸各三思，自求元吉。

当是时，勤王之诏四出，而各路藩镇皆怀观望，或据强城，按兵不发；或托言粮缺，而发又止；或仅遣偏师入援，大军不接。以故京师被围已久，而外援杳然。先是邵陵王闻变。昼夜兼行，引兵入援。及济大江，中流风起，人马溺者什一二。众请退，不许。遂帅西丰侯大春、新涂公大成、永安侯确、安南侯骏、谯州刺史赵伯超、武州刺史萧弄璋等，合步骑三万，自京口西上。景闻之，遣军迎拒。赵伯超谓纶曰：“若从黄城大路进兵，必与贼遇。不如径趋钟山，突据广莫门，出贼不意，贼围必解矣。”纶从之。卷甲疾趋，夜行失道，迂二十余里，及旦，才达于蒋山。贼不虞兵来，见之大骇，分兵三道攻纶，纶力战却之。会大雪，天寒甚，山巅不能立营，乃引军下山结寨。贼兵陈于覆舟山北，纶兵陈于玄武湖侧，与贼对阵相持。至暮不战，景伏兵于旁，佯退以诱之。安南侯骏见其退，以为贼将走，即率众追逐。景旋军与战，伏兵起，左右夹攻，骏大败而走。赵伯超望见亦退走，诸军皆溃。纶收余兵入天保寺，景纵火烧寺，纶率数骑逸去，士卒践冰雪，往往堕足。景悉收辎重，生擒西丰公大春，及纶将霍俊等而还。明旦，陈所获首虏铠仗及大春等于城下，使言曰：“邵陵王已为乱军所杀。”霍俊独曰：“王小失利，已全军还京口。城中但坚守，援军寻至。”贼以刀殴其背，俊辞色弥厉。遂杀之。于是城中益恐。

时朝野以侯景之祸，共尤朱异，异惭愤发疾死，人皆恨其死晚。而羊侃日夜守御，心劳力瘁，未几亦以疾卒。太子哀恸，如失左右手。于是人益危惧。景闻之喜曰：“羊侃死，吾取城如拾芥矣。”乃复大造攻具，大车高数丈，一车二十轮，运土填堑，进焚台城东南楼，势甚迫。台将吴景献计太子，即于城内构地为楼，火才灭，新楼即立，贼以为神。又贼乘火起，于其下穿城而入。城中觉之，更筑迂城，状如却月以截之，贼不得进。贼更作土山以逼城，城内作地道以取其土，外山崩，压贼且尽。贼计穷，乃徇于众曰：“有能献计取城者，封万户侯。”时有贼将宋嶷献计于景曰：“决玄武湖以灌台城，则城立破矣。”景从之，连夜决湖，水尽灌入城中，阙前皆为洪流，百姓皆就高处避水。今且按下慢讲。

且说其时来援者，却有一位忠肝义胆、捐躯殉难的杰士，姓韦，名粲，字长茜，车骑将军睿之孙，徐州刺史放之子也。粲少有父风，好学厉志。及壮，身长八尺，容貌魁伟，尝以步兵校尉入为东宫领直，与太子深相爱敬。后迁为衡州刺史，勤于政治。至是征为散骑常侍，还至庐陵。闻台城被围，怒曰："堂堂天朝，为犬羊所困，要吾辈臣子何用？"因简阅部下，得精兵五千，倍道赴援。至豫章，以兵力尚弱，就内史刘孝仪谋之。孝仪曰："必如此，当有敕。岂可轻信人言，妄自发兵，愿且少待。"乃置酒留饮。粲怒，以杯抵地，曰："贼已渡江，便逼宫阙，水陆俱断，何暇有报？假令无敕，岂得自安？目今巨寇滔天，君父在难，凡属臣子，皆当致命。韦粲今日何情饮酒！"即驰出。会江州刺史、当阳公大心遣使邀粲，粲驰往见之，谓大心曰："上游藩镇，江州去京最近，殿下情计，诚宜在前。但中流任重，当须接应，不可阙镇。今宜且张声势，移镇溢城，赐以一军相随，于事便足。"大心然之，乃遣中兵柳昕率兵二千人，随粲进援。行至南州，忽见一枝人马，步骑约有万余，旗号鲜明，甲兵坚利，浩浩荡荡而来。问之，乃司州刺史柳仲礼军也。闻京师有难，亦来赴救。仲礼与粲，本外兄弟，相见大喜。粲即送粮仗给之，并出私财以赏其战士。是时，鄱阳王遣其世子嗣与西豫州刺史裴之高、建安太守赵凤举各将兵入援，军于蔡州，以待上流诸军。之高闻粲与仲礼兵至，遂自张公洲遣船渡之。未几，宣猛将军李孝钦、殷州刺史羊鸦仁、南陵太守陈文彻，各率众来会。又湘东世子方等将步骑一万，入援建康。竟陵太守王僧辩将舟师万人，出自汉川，载粮东下。于是援兵大集，共屯新林，商议破贼。粲谓："将不一心，致败之道。必得一人为主，乃克号令画一。"因共议推仲礼为大都督，以主军政。独裴之高自以年位并尊，耻居其下，议累日不决。粲抗言于众曰："今者同赴国难，义在除贼。所以推柳司州者，正以久捍边疆，先为侯景所惮。且士马精锐，无出其右。若论位次，柳在粲下；语其年齿，亦少于粲。直以社稷大计，不得复论官职高下。将贵在和，方克协力；若人心不同，大事去矣。裴公朝之旧德，岂应复挟私情以沮大计。粲请为诸君解之。"乃单舸至之高营，切让之曰："今二营危逼，朝不保夕。臣子当戮力同心，岂可自相矛盾。豫州必欲立异，锋镝便有所归。”之高垂泣致谢，遂推仲礼为大都督，众将一禀指挥。合兵十余万，缘淮立栅。

景见援兵大集，亦树栅北岸以应之。先是景获之高家室，囚于营。至是临水陈兵，将其家室连锁，列于阵前，以鼎镬刀锯随其后。谓曰：“裴公不降，今即烹矣。”之高召善射者，先射其子，再发皆不中。贼仍囚之。俄而景帅步骑万人，于后渚挑战。仲礼欲出击之，韦粲曰：“日晚我劳，未可战也。”仲礼乃坚壁不出。景亦引退。丙辰晦，仲礼将战，夜至韦粲营部分众军。时诸将各有据守，唯青塘无人守把，乃谓粲曰：“青塘当石头中路，贼必争之。此系要地，非兄不可。若疑兵少，当更遣军相助。”粲曰：“自分才弱，恐不足以当此任。然公有命，仆曷敢违！”仲礼乃遣其将刘叔胤助之。丁巳朔，仲礼自新亭徙营大桁，韦粲引兵往青塘，忽火雾，咫尺不相见，军迷失道。比及青塘，夜已过半。立栅未合，天已大明。侯景望见之，曰：“彼何人斯，而敢于此立寨？急击勿失。”遂亲帅锐卒来攻。粲使军主郑逸逆击之，命刘叔胤以舟师截其后。逸抵死相拒，久之贼来益众，矢下如雨，逸不能支。叔胤见贼盛，畏懦不敢进，逸遂败。景乘胜直入粲营。左右牵粲避贼，粲不动，叱子弟力战，亲自搏击。未几，一门皆为贼杀。军士飞报仲礼，言青塘被围，仲礼方食，投箸而起，被甲握矟，帅麾下百骑驰往救之。与景大战于青塘，所向披靡，斩首数百级，沉淮水死者千余人。景退走，仲礼挺矟刺之，刃将及景。景魂胆俱丧，而贼将支伯仁自后斫仲礼，中其肩。仲礼坠马，贼聚矟刺之，骑将郭山石见主将坠地，奋死往救，力斩贼将数人，贼稍退，乃扶仲礼上马，杀出重围。仲礼伤甚，至军中昏迷不省人事。亲将惠臶为之吮疮断血，得不死。自是景不敢复济南岸，仲礼亦气衰，不复言战矣。后人有诗挽韦粲之死云：

吹唇百万逞凶狂，赴难无人到建康。
耿耿孤忠悬日月，令人千载忆青塘。

却说邵陵王纶自战败之后，奔于朱方，复收散卒，与东扬刺史、临城公大连、新淦公大成，自东道并至，列营于桁南，亦推仲礼为大都督。时贼围甚严，内外水泄不通。台城与援军，信命久绝，或献策于太子，作纸鸱系以长绳，藏敕于内，乘风放去，冀达众军，题云“得鸱送援军，赏银百两”。太子自出太极殿前，乘西北风纵之。贼营望见，群以为怪，射而下之。援军亦募有能入城通信者，许重赏。有鄱阳将李朗应募，请先受鞭，诈为得罪，叛投贼营，从此可以入城。鄱阳鞭而遣之，朗即投贼，贼见其背有伤痕，信而纳之。于是乘间入城，城中方知援兵四集，举城鼓噪。帝以朗为直阁将军，使还报命。朗不敢复过贼营，乃缘钟山之后，夜行昼伏，积日乃达。诸将得敕，争请仲礼进兵。而仲礼自韦粲死后，神情傲狠，陵蔑诸将。邵陵王纶每日执鞭至门，亦移时弗见，由是与仲礼不睦。诸军互相猜阻，莫有战心。

先是，台城之闭也，公卿以食为念，男女贵贱并出负米，得四十万斛。又收钱帛五十万亿，并聚德阳堂，而不备薪刍鱼盐。至是坏尚书省为薪，撤荐剉以饲马。御厨有干苔数十石，味酸咸，取以分给战士。其后米亦竭，军士或煮铠，或熏鼠、捕雀以为食。屠马于殿省间，杂以人肉，食者必死。而侯景之众亦饥，抄掠无所获。东城有米可支一年，援军断其路，又闻荆州兵将到，景甚患之。王伟曰：“今台城不可猝拔，援军日盛，我军乏食，未可与战。不如伪且求和，以缓其势。因求和之际，运东城米入石头，援军必不得动。然后休士息马，缮修器械，伺其懈怠击之，一举可取也。”景从之，遣其将任约、于子悦至城下，拜表求和，乞归旧镇。太子以城中饥困，请帝许之。帝怒曰：“和不如死！”太子固请曰：“侯景围逼已久，援军坐视不战，宜且许其和，更为后图。”帝迟回久之，乃曰：“汝自斟量，勿令取笑千载。”遂报许之。

景见朝廷受其和，乞割江右四州之地，并求宣城王大器出送，然后济江。傅岐固争曰：“岂有贼举兵围宫阙，而更与之和乎？此特欲却援军耳。戎狄兽心，必不可信。且宣城王嫡嗣之重，国命所系，岂可为质？”太子不得已，乃以大器之弟石城公大款，出质于景。又敕诸军不得复进，下诏曰：“善兵不战，止戈为武。”以景为丞相、豫州牧、河南王如故。己亥，设坛于西华门外，遣仆射王克、吏部萧瑳，与贼将于子悦、任约登坛共盟。又遣太子詹事柳津出西华门，与景相对数十步外，杀牲歃血。盟既毕，城中士民只道景即解围。久之，景了无去志，专修铠仗，托云无船不得即发，且欲遣石城公还台，求宣城王出送。太子虽觉其诈，犹依违从之。乙卯，景又启曰：“适有西岸信至，高澄已据寿阳，臣今无所投足，求借广陵及谯州，俟得寿阳，即奉还朝廷。”又云援军既在南岸，须于京口渡江。太子并许之。庚戌，景又启曰：“永安侯确、直阁赵威方，屡次隔栅见诟，云‘天子自与汝盟，我终当破汝’。乞召二人入城，即当引路。”帝便使尚书张绾召二人入城，赵威方奉命，确固辞不入。邵陵王泣谓确曰：“围城既久，圣上忧危，臣子之情，切于汤火。故欲且盟而遣之，更申后计。成命已决，何得拒违？”时台使周石珍在纶所，确谓之曰：“侯景虽云欲去，而长围不解，意可见也。今召仆入城，何益于事？”石珍曰：“敕旨如此，郎那得辞？”确坚执如故。纶大怒，谓赵伯超曰：“谯州为我斩之，持其首去。”伯超挥刀眄确曰：“伯超识君侯，刀不识也。”确乃流涕入城。

先是帝堂蔬食断荤，及城围日久，御厨蔬茹皆绝，乃食鸡子。确入城，上鸡子数百枚。帝手自检点，歔欷哽咽，谓确曰：“绎在荆州，兵力量强，而竟不一至，何也？”确泣而不言。当是时，湘东王绎拥数万众，军于郢州之武城。河东王誉以湘州兵军于青草湖，桂阳王慥以信州兵军于西峡门。皆彼此观望，淹留不进。有萧贲者，骨鲠士也，为荆州参军，以绎不早下，心甚非之，常与绎双六，食子未下，贲曰："殿下都无下意。"绎知其讥己，甚忿其言。至是得帝敕，云与景盟，便欲旋师。贲谏曰："景以人臣举兵向阙，今若放兵，未及渡江，童子能斩之矣，必不为也。大王以十万众，未见贼而退，窃为大王不取也。"绎益怒，未几因事杀之。

绎既先归，援军皆解严。景乘其际，尽运东城米归石头。既毕，谓王伟曰："军食已足，计将安出？"伟曰："王以人臣举兵围守宫阙，逼辱妃主，残秽宗庙，擢王之发，不足数王之罪。今日持此，欲安所容身乎？背盟而捷，自古多矣。愿且留此以观其变。"正德亦曰："大功垂就，岂可弃去？"景曰："是吾心也。"遂命王伟修启，历数朝廷之非，指帝十失以上之。

但未识所指十失云何，且听下卷分解。

第二十五卷

侯景背誓破台城　诸王敛兵归旧镇

话说侯景军食既足，志在背盟，谋臣王伟力劝之，以为去必不克。于是数帝十失，上启于朝。其略云：

窃惟陛下，踵武前王，光宅江表，躬览万几，劬劳治道。刊正周、孔之遗文，训释真如之秘奥。人君艺业，莫之与京。臣所以踊跃一隅，望南风而叹息也。岂图名与实爽，闻见不同，今为陛下陈之。陛下与高氏通和，岁逾一纪，必将分灾恤患，同休共戚。宁可纳臣一介之使，贪臣汝、颍之地，便绝和好。夫敌国相伐，闻丧则止，匹夫之交，托孤寄命，岂有万乘之君，见利忘义若此者哉？其失一也。臣与高澄既有仇憾，义不同国。陛下授臣以上将，委臣以专征，臣受命不辞，实思报效。而陛下欲分其功，不使臣击河北，遣庸懦之贞阳，任骄贪之胡、赵，裁见旌旗，鸟散鱼溃。绍宗乘胜席卷涡阳，使臣狼狈失据，妻子为戮，斯实陛下负臣之深。其失二也。韦黯之守寿阳，众无一旅，魏兵凶锐，欲饮马长江，非臣退保淮南，势未可测。即而边境获宁，令臣作牧此州，以为蕃捍，方欲励兵秣马，克申后战，陛下反信贞阳谬启，复通和。臣频谏阻，疑闭不听。反覆若此，童子犹且羞之，况在人君，二三其德。其失三也。夫畏懦逗留，军有常法，所以子玉小败，见诛于楚；王恢失律，受戮于汉。今贞阳以帝之犹子，而面缚敌庭，实宜绝其属籍，以衅征鼓。陛下怜其苟存，欲以微臣相易。人君之法，当如是哉？其失四也。悬瓠大藩，古称汝、颍，臣举州内附，羊鸦仁无故弃之，陛下曾无嫌责，使还居北司。鸦仁弃之不为罪，臣得之不为功。其失五也。臣在寿春祇奉朝廷，而鸦仁自知弃州，内怀惭惧，遂启臣欲反。使臣果反，当有形迹，何所征验，诬陷顿尔，陛下曾不辩究，默而信纳。其失六也。赵伯超任居方伯，惟知渔猎百姓，韩山之役，女妓自随，裁闻敌鼓，与妾俱逝。以致只轮莫返，其罪应诛。而纳贿中人，还处州任。伯超无罪，臣功何论；赏罚无章，何以为国？其失七也。臣御下素严，裴之悌助戍在彼，惮臣严制，遂无故遁归，又启臣欲反，陛下不责违命离局，方受其浸润之谮，处臣如此，使何地自安？其失八也。臣归身有道，罄竭忠规，每有陈奏，恒被抑遏。朱异等皆明言求货，非利不行，臣无贿于中，恒被抑折。其失九也。鄱阳之镇合肥，与臣邻接，臣以皇室重臣，每相祇敬。而臣有使命，必加弹射，或声言臣反，陛下不察，任其见侮，臣何以堪于此哉？其失十也。臣是以兴晋阳之甲，乱长江而直济，愿得升赤墀，践文石，口陈枉直，指画藏否，诛君侧之恶臣，清国朝之粃政，则臣幸甚，天下幸甚。

帝览表，且惭且怒。城中以景违盟，举烽鼓噪。复诏援军进兵。

先是闭城之日，男女十余万，擐甲者二万余人。被围既久，人多身肿气急，死者什八九，乘城者不满四千人。率皆疲病，横尸满路，不及瘞埋。国势危如累卵，而柳仲礼身为都督，唯聚妓妾在营，置酒作乐。诸将日往请战，不许。安南王骏说邵陵曰：“城危如此，而都督不救，其情可知。万一不虞，殿下何颜自立于世？今宜分军为三道，出其不意攻之，可以得志。”纶不能从。柳津遣人谓仲礼曰：“君父在难，不能竭力，百世之后，谓汝心为何？”仲礼亦不以为意。帝尝问津贼势若何，对曰：“陛下有邵陵，臣有仲礼，围何由解？”帝为之泪下。中丞沈浚愤贼背盟，请至景所，责以大义。帝遣之，浚见景，问之曰：“军何不退？”景曰：“今天时方热，军未可动，乞且留京师立效。”浚发愤责之，景怒，拔刀相向。曰：“我斩汝。”浚曰：“负恩亡义，违弃诅盟，固天地所不容。沈浚五十之年，常恐不得死所，何为以死相惧耶？”径去不顾，景以忠直舍之。于是决石阙前水，百道攻城，昼夜不息。

丁卯城陷，贼众皆从城西入。永安侯确力战不能却，乃排闼入见帝云："城已陷。"帝安卧不动，曰："犹可一战乎？"对曰："众散矣。"帝叹曰："自我得之，自我失之，亦复何恨！"因谓确曰："汝速去语汝父，勿以二宫为念，且慰劳在外诸军。"解泣而退。

俄而景入城，先遣王伟入文德殿奉谒。帝命左右褰帘开户，引伟入。佛拜呈景启，帝问景何在，可召来。景遂入见，以甲士五百人自卫。稽颡殿下，典仪引就三公榻。帝神色不变，问曰："卿在军中，无乃为劳？"景不敢仰视，汗流被面。又问："卿何州人，而敢至此，妻子犹在北耶？"景皆不能对。任约从旁代对曰："臣景妻子皆为高氏所屠，惟以一身归陛下。"帝又问："初渡江有几人？"景曰："千人。""围台城几人？"曰："十万。""今有几人？"曰："率土之内，莫非己有。"帝俯首不言，景即退。复至永福省见太子，太子亦无惧容，侍卫皆惊散，唯中庶子徐擒、舍人殷不害侍侧。景傲然登阶，擒谓景曰："侯王当以礼见，何得如此？"景乃拜。太子与言，又不能答。景退，谓其党曰："吾尝跨鞍对阵，矢刃交下，而意气安缓，了无怖心。今见萧公，使人自慑，岂非天威难犯，吾不可以再见之。"于是悉撤两宫侍卫，纵兵入宫，尽掠乘舆服御宫人以出。使王伟守武德殿，于子悦屯太极殿堂，矫诏大赦。自加大丞相，都督中外诸军事。旋命石城公大款，以帝诏解外援军。

柳仲礼召众议之，邵陵王曰："今日之命，委之将军。"仲礼直视不对。裴之高、王僧辩曰："将军拥众百万，致宫阙沦没，正当悉力决战，以赎前愆，何用踌躇？"仲礼竟无一言。诸军见其无战意，乃各引兵还镇。柳仲礼及其弟敬礼、羊鸦仁、赵伯超并开营降。仲礼入城，先拜景而后见帝，帝不与言。退见其父津，津恸哭曰：汝非我子，何劳相见？"是日景烧内积尸，病笃未绝者，亦聚而焚之。庚子，诏征镇牧守各复本任，朝臣皆还旧职。初，临贺王正德与景相约，平城之日，不得全帝与太子。故台城一破，正德即率众挥刀入宫。那知景已使人守定宫门，叱正德曰："侯王有令，擅入者斩。"正德悚然而退。越一日，景令正德去帝号，迁为侍中、大司马，入朝于帝。正德入见，拜且泣，帝曰："啜其泣矣，何嗟及矣。"正德自后常怀怨恨，未几景杀之。

且说帝为侯景所制，心甚不平，怒气时形于色。一日，景欲以宋子仙为司空，帝曰："调和阴阳，安用此物？"景又请以其党为便殿主帅，帝不许。景不能强，心甚惮之。太子入见，泣且谏曰："宗庙存亡，皆系景手，愿少忍之。"帝曰："谁令汝来？若社稷有灵，犹当克复；如其不然，何惜一死而事流涕为？"一日，忽见省中有驱驴马，带弓剑，出入往来者。帝怪之，问左右曰："往来者是何人？"直阁将周石珍曰："侯丞相甲士。"帝大怒，叱石珍曰："是侯景，何谓丞相！"左右皆惧。是后帝有所求，多不遂志，饮食亦为所裁节，忧愤成疾。五月丙辰，帝卧净居殿，口苦，索蜜不得，再呼荷荷而殂。年八十六，庙号高祖。景闻帝崩，秘不发丧，迁殡于昭阳殿，使王伟、陈庆迎太子于永福省，如常入朝。太子呜咽流涕，不敢泄声。殿外文武皆莫之知。辛巳，发高祖丧，升梓宫于太极殿。是日，太子即皇帝位，群臣朝贺，改元大宝，是为简文帝。侯景出屯朝堂，分兵守卫。诰敕诏令，皆代为之。帝拱默而已。六月丁亥，立宣城王大器为太子。封皇子大心等七人皆为王。以郭元建为北道行台，总督江北诸军事，镇新秦。

却说景爱永安侯确之勇，常置左右。确曲意承合，使景不疑。时邵陵王纶在郢州，潜遣人呼之，确曰："景轻佻，一夫力耳。我欲手刃之，尚恨未得其便。卿还语家王，勿以吾为念。"一日，景游钟山，确与偕行。见一飞鸟，景命射之。一发鸟落，又一鸟飞来，确弯弓持满，欲射景，箭将发而弦忽断。景觉其异，因叱曰："汝何反？"确曰："我欲杀反者，而天不助我，命也。"景遂杀之。

时东吴皆有兵守，景遣于子悦、侯子鉴等东略吴郡，所将兵甚少。新城戍主戴僧遏有精兵五千人，说太守袁君正曰："贼今乏食，台中所得，不支一旬。若闭关拒守，立可饿死。愿公勿附于贼。”无如郡人皆恤身家，恐不能胜，而资产被掠，争劝君正迎降。君正于是具牛酒，出郊以迎子悦。子悦执之，而掠夺财物子女，东人大悔恨。沈浚避难东归，与吴兴太守张嵊合谋拒景。时吴兴兵力寡弱，嵊又书生，不娴军旅。或劝嵊效袁君正，以郡迎降。嵊叹曰：“袁氏世济忠贞，不意君正一旦隳之。吾岂不知吴郡既没，吴兴势难久全？但以身许国，有死无二耳。”及子鉴军至，嵊率众与战，败还府，整朝服坐堂上，贼至不动。子鉴执送建康，景嘉其守节，欲活之。嵊曰：“吾参任专城，朝廷倾危，不能匡复，今日速死为幸。”景犹欲存其一子，嵊曰：“我一门已在鬼录，不就尔虏求生。”景怒，尽杀之。并杀沈浚。又贼将宋子仙攻钱塘，戴僧遇降之，遂乘胜至会稽。时会稽胜兵数万，粮仗山积，东人征侯景残虐，咸欲拒之。而刺史南郡王大连朝夕酣饮，不恤士卒，军事悉委司马留异。异隐与贼通，遂以众降。大连被执，送之建康，犹醉不之知。帝闻之，引帷自蔽，掩袂而泣。于是三吴尽没于景。

景志益骄，下令采选吴中淑女，收入府中，有容貌出众者，教之歌舞，以资声色之乐。贼党有言溧阳公主之美者，景即入宫，逼而见之。时溧阳年十四，芳姿弱质，果有沉鱼落雁之容。景一见，不胜惊喜，回顾左右曰：“我初以正德之女为美，今视公主之色，正德女不足数矣。”因向溧阳曰：“公主深宫寂寞，此间无可快意，不如随吾回宫，共享荣华，与公主谐老何如？”溧阳羞惭满面，低声应曰：“承大王不弃，妾之愿也。”景大悦，遂备小舆，载之以归。是夕，召集贼臣，大排筵宴，以庆新婚。酒阑之后，与公主携手入房，共效于飞之乐。可怜娇花嫩蕊，狼籍于跛奴之手。帝闻之，封景为附马，景益喜。

三月三日，景请帝禊宴于乐游苑，帐饮连日，还宫后，景与公主共据御床，南面并坐。文武群臣列坐侍宴。越日，又请驾幸西州，帝御素辇，侍卫寥寥；景甲士数千，翼卫左右。帝闻丝竹之音，凄然泣下。酒半酣，景起舞，亦请帝起舞。帝亦为之盘折。宴罢，帝携景手曰："我念丞相。"景曰："臣亦念陛下，且臣得尚公主，则与陛下为至亲。陛下苟无异志，臣亦宁有变心？请与陛下设誓可乎？"帝从之，因与帝登重云殿，礼佛为誓云："自令君臣两无猜贰，共保始终。"盖景欲娱公主意，故与帝盟也。

当是时，江南连年旱蝗，江、扬犹甚。百姓流亡，相与采草根、木叶、菱芡而食，死者蔽野。富贵之家，衣罗绮，怀金玉，俯伏床帷而死。千里绝烟，人迹罕见。白骨成聚，如丘陇焉。而景残酷益甚，立大碓于石头城，有犯法者，辄捣杀之。常戒诸将曰："破栅平城，当尽杀之，使天下知我威名。"故诸将每战，专以焚掠为事，斩刈人如草芥，以资戏笑。又禁人偶语，犯者刑及外族。为其将帅者，悉称行台。来降附者，悉称开府。其亲寄隆重者，曰左右厢公。勇力兼人者，曰库直都督。今且按下不表。

再说湘东王绎，字世诚，高祖第七子也。初高祖梦一眇目僧，执香炉至殿前，口称托生皇宫，径往内走。高祖梦觉，而后宫适报皇子生。名之曰绎。少患眼疾，遂盲一目。高祖忆前所梦，弥加宠爱。及长，好学不倦，博极群书。高祖常问曰："孙策在江东立业，年有几？"对曰："十七。"高祖曰："正是汝年。"遂封湘东王，出为荆州刺史。其在荆州，军书行檄，文章诗赋，点毫立就，常曰："我韬于文字，愧于武夫。"人以为确论。性好娇饰，多猜忌，有胜己者，必加毁害。忌刘之遴才学，使人鸩之，如此者甚众。妃徐氏，有美色，嗜酒好淫，性又酷妒，见无宠之妾，便交杯接坐。才觉有娠者，即手加刀刃，以王眇一目，每知王将至，必为半面妆以俟，王见则大怒而出。王好读书，卷籍繁多，每不自执卷，令左右更番代执，昼夜无间。以故左右出入无忌，妃择其美者，常与之淫。有季江者，美姿容，尤为妃爱。季江每叹曰："柏直狗虽老犹能猎，萧溧阳马虽老犹骏，徐娘虽老犹尚多情。”又有贺徽者，年少而貌美，妃尝往普贤寺礼佛，遇之心动，即令寺尼招之入内，遂与之私。意甚慊，书白角枕为诗，互相赠答。后事露，绎欲杀之，以其生世子方等，不忍，乃尽杀其所私者，而幽之后宫，更作《荡妇秋思赋》以刺之。其词曰：

荡子之别十年，倡妇之居自怜。登楼一望，惟见远树含烟。平原如此，不知道路几千？天与水兮相逼，山与云兮共色。山则苍苍入汉，水则涓涓不测。谁复堪见鸟飞，悲鸣只翼？秋何月而不清，月何秋而不明。况乃倡楼荡妇，对此伤情。于时露萎庭蕙，霜封阶砌，坐视带长，转看腰细。重以秋水文波，秋云似罗。日黯黯而将暮，风骚骚而渡河。妾怨回文之锦，君悲出塞之歌。相思相望，路远如何？鬓飘蓬而渐乱，心怀愁而转叹。愁萦翠眉敛，啼多红粉漫。已矣哉！秋风起兮秋叶飞，春花落兮春日晖。春日迟迟犹可至，客子行行终不归。

世子方等见之，知为其母作也，且惭且惧。

原来方等有俊才，善骑射。台城被围，绎停军郢州，独遣方等帅步骑一万，援建康。每战亲犯矢石，以死节自任。及宫城陷，绎还荆州，方等亦收兵还，甚得众和。湘东始叹其能，又修筑城栅，以备不虞。既成，楼雉相望，周遮七十余里。湘东见之，大悦，然方等以母故，恒郁郁不乐。尝著论以见志云：

人生处世，如白驹过隙耳。一壶之酒，足以养性；一箪之食，足以怡形。生在蓬蒿，死葬沟壑。瓦棺石椁，何以异兹。吾尝梦为鱼，因化为鸟。当其梦也，何乐如之。及其觉也，何忧及之。良由吾之不及鱼鸟者远矣。举手动触，摇足恐堕，若使吾终得与鱼鸟同游，则去人间如脱屣耳。

又尝谓所亲曰：“吾岂爱生，但恐死不获所耳。”今且按下慢讲。

且说其时贼据建业，凶势滔天。然方收集三吴，未遑经营江北，故京师虽破，外镇犹强。荆州则湘东王绎，襄阳则岳阳王詧，湘州则河东王誉，信州则桂阳王慥，益州则武陵王纪，而鄱阳镇合肥，邵陵据郢州，唯荆州地居形胜，兵力最强，特推为督府，各受节制。而湘东疑忌宗室，每与诸王不睦。先是太清三年，河东王誉移镇湘州，前刺史张缵恃其才望，轻誉少年，迎候有阙。誉怒，颇陵蹙之。缵恐为所害，轻舟夜遁。与湘东有旧，欲因之以杀誉兄弟，乃奔江陵，求昵于绎。恰值桂阳王将还信州，欲谒督府，停军以待。缵因说绎曰："河东、岳阳，共谋不逞，欲袭荆州。桂阳留此，欲应誉、詧。"湘东信之，遂杀慥。诸王由是不服。其后督粮于湘州，誉怒曰："各自军府，何忽隶人？"使者三返，誉竟不与。绎怒，欲伐之。世子方等请行，绎乃给兵三千，使之往讨。誉出兵拒之，战于麻溪。方等匹马陷阵而死。湘东闻之怒曰："河东敢杀吾子，此仇必报。"乃命大将鲍泉率骑一万进讨，王僧辩起竟陵之众助之，刻日就道。僧辩因竟陵部下未尽至，欲俟众集然后行，求缓日期。绎疑僧辩观望，按剑厉声曰："卿惮行拒命，欲同贼耶？今唯有死耳。"因斫僧辩，中其左髀，闷绝倒地。久之方苏，即下于狱。泉在旁震怖不敢言。僧辩母闻之，徒行至宫，流涕入射，自陈无训，伏地求免。绎意解，赐以良药，故得不死。泉独将兵击湘州。

但未识湘州果得胜否，且听下回分解。

第二十六卷

陈霸先始兴举义　王僧辩江夏立功

话说鲍泉师至湘州，河东王誉引军迎之，连战皆败，退保长沙。鲍泉围之，誉告急于岳阳王詧，詧与左右谋曰："欲解长沙之围，不如去伐江陵。江陵破，则其围自解。"乃留参军蔡大宝守襄阳，自帅精骑二万二千，来伐荆州。绎大惧，遣左右就狱中问计于僧辩。僧辩具陈方略，绎乃赦之，以为城中都督。先是詧至江陵，作十三营以攻之。会大雨，平地水深四尺，詧军气沮，绎将杜岸请以五百骑袭襄阳，则此围自解。绎许之，岸乃昼夜兼行，去襄阳三十里，城中始觉。蔡大宝奉詧母龚太妃登城拒战，城得不破。詧闻之，惧根本有失，连夜弃营遁去。江陵始安。

却说鲍泉围长沙，久不克，湘东怒之，以王僧辩代为都督，数泉十罪。泉闻僧辩来，愕然曰："得王竟陵来助，贼不足平矣。"拂席待之。僧辩入营，背泉而坐曰："鲍郎，卿有罪，令旨使我锁卿，卿勿以故情见期。"乃宣绎命，锁之床侧。令自作启，以谢淹缓之罪，上呈湘东，湘东怒解，遂释之。誉复求救于邵陵王纶，纶欲救之，而兵粮不足，乃致书于湘东曰：

从来天时地利，不如人和。况乎手足股肱，岂可相害？今社稷危耻，创巨痛深，唯应剖心尝胆，泣血枕戈，其余小忿，或宜容贳。若外难未除，家祸仍构，料古访今，未或不亡。夫征战之理，唯求克胜，至于骨肉之战，愈胜愈酷。捷则非功，败则有丧，劳兵损义，亏失多矣。侯景之军，所以未窥江外者，良为藩屏盘固，宗室强密。弟若陷洞庭，不戢兵刃，雍州疑迫，何以自安？必引魏军以求形援，如是则家国去矣。唯望解湘州之围，存社稷之计。幸甚！幸甚！

绎得书，全不动念，复书于纶，但陈河东过恶，罪在不赦。且曰："临湘旦平，暮便返旆。"纶见之，以书投地，慷慨流涕曰："天下之事，一至于此。湘州若败，吾亡无日矣。"

且说绎既不从纶言，命王僧辩急攻长沙，辛巳克之。遂斩河东王誉，传首江陵。绎反其首而葬之。以僧辩为左卫将军。斯时岳阳闻誉死，恐亦不能自存，乃遣使求援于魏，请为附庸之国。后湘东又遣柳仲礼镇竟陵以图之。岳阳益惧，乃遣妃王氏及世子詧为质于魏，乞出兵以击仲礼。时魏宇文泰正欲经略江汉，得詧来附甚喜，乃命杨忠为都督，击仲礼以援詧。忠选骑二千，衔枚夜进，大败仲礼于漴头，获其子弟，尽俘其众。仲礼狼狈遁归。于是义阳、安阳、竟陵三郡守将皆以城降。汉东之地，尽入于魏。忠遂乘胜，进逼江陵。湘东大惧，遣舍人庾恪说忠曰："詧来伐叔，而魏助之，何以使天下归心？如不助詧，愿以次子方略为质，乞和大国。"杨忠许之。绎乃与忠盟于石城曰："魏以石城为封，梁以安陆为界，请同附庸，并送质子，贸迁有无，永敦邻好。"忠乃还。

却说邵陵王大修铠仗，将讨侯景，湘东恶之，使僧辩帅舟师一万，东趋江郢，声言迎纶还荆，授以湘州，其实袭之。军至鹦鹉州，纶以书责僧辩曰："将军前年杀人之侄，今岁伐人之兄，而不闻一矢一旅加之于贼。以此求荣，恐天下不许。"僧辩送其书于江陵，绎命进军。纶料不能敌，乃集麾下于西园，涕泣言曰："我本无它，志在灭贼。湘东尝谓与之争帝，遂尔见伐。今日欲守，则粮储交绝；欲战，则取笑天下。不容无事受缚，当于下流避之。”麾下争请出战，纶不从，自仓门登舟北出。僧辩入据郢州，绎以世子方诸为郢州刺史，王僧辩为领军将军。纶奔汝南，遣使请降于齐，欲图安陆，为西魏将所杀。时鄱阳王在湓城，见宗室相残，亦以忧死。由是贼未亡，而梁之宗室已死亡过半矣。后人有诗讥湘东曰：

君父之仇甘共天，摧残骨肉剧堪怜。
诗书万卷虽能读，忘却风人唐棣篇。

今且按下不表。

且说一代将终，必有一代开基之主，应运而兴。方天监二年，梁业正当隆盛，而代梁有天下者，已生世上。其人姓陈，名霸先，字兴国，小字法生，吴兴长城下若里人。汉太丘长陈实之后，世居颍川，实七世孙达，为长城令，爱其山水，遂家焉。尝谓所亲曰：“此地山川秀丽，当有王者兴，二百年后，我子孙必锺斯运。”越八传，至文赞，遂生霸先。少时俶傥有大志，不事生产。既长，爱兵书，多武艺。身长七尺五寸，日角龙颜，垂手过膝。尝游义兴，馆于许氏，夜梦天开数丈，有朱衣四人，捧日而至，纳之于口，及觉，腹中犹热，霸先因自负。然困于贫贱，虽有冲天之志，无从施展。一日，闲坐在家，听见门前车马声喧，走出视之，乃是新喻侯萧映，为吴兴太守，今日走马到任。映坐舆中，望见霸先形貌非常，心甚异之。因呼左右，问其姓名而去。明日便邀霸先到署，谈论竟日，益叹服，指谓左右曰：“此人胸藏经天纬地之才，济世安民之略，他日所就，正未可量。”及映为广州刺史，遂引霸先为参军，令招集士马，训练武勇，境内贼寇无不摧灭。

先是，交州刺史萧谘以残刻失众心，土豪李贲连结数州强勇，同时造反。台军讨之不克，贼将杜天合、杜僧明进寇广州，昼夜苦攻，州中大恐。时霸先在外为游军，率其众卷甲兼行以救之，屡战屡捷。天合中流矢死，贼众大溃。僧明乞降，霸先爱其勇，收为偏将。广州以安，萧映乃详列其功，奏于朝。帝深异焉，授为直阁将军，遣画工图其容貌而观之。霸先益自激励。其年冬，萧映卒，诏以霸先为交州司马，与刺史杨瞟南讨李贲。瞟见霸先麾下士卒勇敢，器械精利，喜曰："能克贼者，必陈兴国也。"悉以军事委之。时值萧勃为定州刺史，相遇于西江。勃知众惮远行，劝瞟勿进。瞟意犹豫。霸先谓瞟曰："交人叛乱，罪由宗室诸侯，不恤人民，以致乱靡有极。定州复欲昧利目前，不顾大计，节下奉辞伐罪，故当死生以之。岂可畏惮宗室，轻干国宪。今若违诏不前，何必交州讨贼？问罪之师，即有所指矣。"瞟从之，于是勒兵鼓行而进。军至交州，贲众数万，据苏历江口立栅，以拒官军。霸先为前锋，所向摧陷，贲大败，遁入典彻湖。其地已属屈獠界，众军惮之。是夜江水暴起七丈，奔注湖中，霸先乘流先进，从军鼓噪而前。贼众大溃，遂擒李贲斩之。传首京师，以功除振远将军、西江督护。时太清元年也。

明年，侯景寇京师，霸先即欲率兵入援。会广州刺史元景仲阴与贼通，将以广州附贼。霸先知其谋，乃集义兵于南海，驰檄以讨景仲。景仲穷蹙自缢，霸先乃迎萧勃镇广州。又值兰裕等作乱，始兴十郡，皆从之反，勃令霸先讨之，悉擒裕等，勃因以霸先监始兴郡事。霸先乃厚结始兴豪杰，同谋赴难。郡人侯安都、张偲各率千余人来附。霸先皆署为将。及义军将发，萧勃遣使止之曰："侯景骁勇，天下无敌。前者援军十万，士马精强，然而莫敢当锋，遂令羯贼得志。君以区区一旅，将何所之？况闻岭北王侯，又皆鼎沸，河东、桂阳，相次屠戮；岳阳、邵陵，亲寻干戈。以君疏外，讵可暗投，未若且住始兴，遥张声势，保太山之安也。"霸先泣谓使者曰："仆本匹夫，荷国厚恩。往闻侯景渡江，即欲赴援，遭值兰裕作乱，梗我中道。今京都覆没，主上蒙尘，君辱臣死，谁敢爱命？君侯体则皇枝，任重方岳，不能摧锋万里，雪此冤痛。遣仆一军，犹贤乎已，乃更止之乎？仆行计决矣，非词说所能止也。”乃遣使间道往江陵，受湘东节度，星夜进兵。

至大庾岭，忽有一军挡住去路。霸先出马，高声喝道：“何处兵马，敢阻吾勤王之师？”话犹未绝，只见对阵中旗门开处，冲出一将，高声答道：“吾乃南康郡大将蔡路养也。奉萧使君之命，教我把守在此，不许一人一骑放过岭北。你是陈兴国，莫想过去，且还始兴去罢。”霸先大怒道：“谁为我擒此贼？”杜僧明一马冲出，只见路养身边闪出一员小将，年约十二三，手持大捍刀，身骑高兴马，迎住僧明便战。枪来刀往，斗至数十合，不分胜负。霸先暗暗喝采，便将鞭梢一指，大众一齐杀上。敌军披靡，一时大溃。路养脱身窜走，小将落后不能去，遂执而讯之，姓萧，名摩诃，乃路养妻侄。侯安都爱其勇，收而养之。于是义军进顿西昌。

且说南康一路，水道最艰。旧有二十四滩，滩多巨石，往来行旅，皆畏其险。霸先军至，滩水暴涨数丈，三百里间，巨石皆没。舟行如驶，一日遂达西昌。天空无云，有龙夭矫水滨，长五丈，五采鲜耀。军人观者数万人，莫不叹异。又军尝夜行，咫尺难辨。独霸先前后，若有神光照之，数十步外，并得相见。亲将赵知礼怪而问之，霸先笑而不答。由是远近闻之，皆归心焉。

今且按下霸先起兵。再讲侯景既集东吴，复思西侵，探得诸王侯同室操戈，互相屠灭，不胜大喜，遂自加宇宙大将军、都督六合诸军事，以诏文呈帝。帝惊曰：“将军乃有宇宙之号耶？”然不敢违，即其号授之。景乃命任约将兵三万，进寇西阳、武昌。恰值宁州太守徐文盛募兵数万，请讨侯景：湘东以为秦州刺史，使引兵东下，与任约遇于武昌。约不虞文盛兵至，初不为备。文盛进击，大破之，斩贼将数员，约狼狈走，丧亡不可胜计。明日，文盛进击，又大破之。景闻任约败大怒，遂自帅众西上。携太子大器从军，留王伟居守建康。自石头至新林，战船千艘，舳舻相接。行至中途，任约来谢丧师之罪。景曰："蕞尔贼何畏？汝看我破之。"至西阳，与文盛夹江筑垒。文盛曰："景自恃无敌，必有轻我心。若不先挫其锋，必为所乘。"于是策励将士，乘其初至攻之。士皆死战，杀其右丞库狄式和。景大败，退营五十里，集诸将问计。诸将请再战克之。景曰："彼气方锐，战未可必。吾闻郢州刺史萧方诸，湘东少子，不暗军旅，吾以轻兵袭之，可虏而获也。得江夏，文盛在吾围中，彼且奔走不暇矣。"诸将皆曰："善。"乃使宋子仙、任约帅轻骑四百，由淮内袭郢州。

却说方诸年十五，以行事鲍泉和弱，常狎侮之，或使伏于床中，骑其背为马。恃徐文盛在近，不复设备，日以蒲酒为乐。丙午，大风疾雨，天色晦冥。有登陴望见贼者，走告鲍泉。泉曰："徐文盛大军方胜，贼何因得至？当是王珣军人还耳。"盖珣率江夏兵五百，从文盛在外也。既而告者益众，始命闭门。而子仙等已驰入城，霎时杀进府中。方诸犹踞泉腹，以五色彩辫其髯，见子仙至，方诸迎拜。泉匿床下。子仙见有五色彩拖出床外，俯而窥之，乃鲍泉也，有彩辫在髯上。众大笑，遂杀之。江夏已拔，景乘使风，中江举帆，遂越文盛军，入江夏。文盛军闻之，不战而溃，文盛逃归江陵。王珣以家在江夏，降于景。

先是湘东以王僧辩为大都督，帅王琳、杜龛等东击景。军至巴陵，闻郢州已陷，因留戍之。湘东乃遗僧辩书曰："贼既乘胜，必将西下。不劳远击，但守巴丘，以逸待劳，无忧不克。"又谓僚佐曰："景若水步两道，直指江陵，此上策也，据夏首，积兵粮，中策也，悉力攻巴陵，下策也。巴陵城小而固，僧辩足可委任。景攻城不拔，野无所掠，暑疫时起，食尽兵疲，破之必矣。"乃命罗州刺史徐嗣徽，兵自岳阳往武州，刺史杜崱，兵自武陵往，共助僧辩拒景。

却说景在郢州，停兵三日，留其将丁和守之。使宋子仙将兵一万为前驱，趋巴陵。又遣任约将兵一万，声言直捣江陵。亲率大兵，水步并进。于是缘江城戍，望风皆溃。将次巴丘，僧辩乘城固守。偃旗卧鼓，寂若无人。景遣轻骑至城下，问城内守将为谁，答曰 :“王领军。”骑曰 :“何不早降？”僧辩使人对曰 :“大军但向荆州，此城自当非碍。”骑去，既而执王珣至城下，使说其弟王琳出降。琳曰 :“兄受命讨贼，不能死难，曾不内惭，反来诱我。”取弓射之，珣惭而退。景令军士肉薄攻城，百道俱进，城中鼓噪，矢石雨下。贼死甚众，乃退。僧辩又遣轻兵出战，凡十余返，所向皆捷。景怒，亲自披甲乘马，在城下督战。呼声动天地。僧辩缓服乘舆，奏鼓吹巡城。景望之，服其胆勇。

再说湘东闻任约西上，遣萧惠正将兵拒之，惠正谢不能，举胡僧祐自代。僧祐时坐忤旨系狱，绎即出之，拜为武猛将军，引兵前往，戒之曰 :“贼若水战，但以大舰临之必克；若欲陆战，自可鼓棹直就巴丘，不须交锋也。”僧祐受命而行。军次湘浦，任约帅锐卒五千，据白堵以待之。僧褚由他路而上，约谓其畏己，率众追之。及于芊口，约呼僧祐曰 :“吴儿何不早降，走何所之？”僧祐不应，潜引兵至赤沙亭，会信州刺史陆法和引兵亦至，相见大喜。原来法和有异术，先隐于江陵百里洲，衣食居处，一如苦行沙门，或豫言吉凶多中，人莫能测。方景之围台城也，或问之曰 :“事将如何？”法和曰 :“凡人取果，宜待熟时，不撩自落。”固问之，法和曰 :“亦克亦不克。”及闻约向江陵，请于绎曰 :“愿假一旅，生擒此贼。”绎乃遣之，使助僧祐。法和至，遂与僧祐合军。

是时任约自恃其强，全不以敌军为意，戒左右曰 :“速攻之，勿使逸去。”遂直抵赤亭，法和谓僧祐曰 :“今日进战，贼必败走西北，可伏数十骑邀之，其帅可擒也。吾与将军严阵待之，戒令军士勿为遥射，俟贼至栅前，听吾鼓声而起。”僧祐从之。临战，任约鼓噪而至，僧祐、法和伏不动。贼拔栅而入，中军鼓声忽起，于是万众齐奋，争先冲击，贼遂大溃。任约自出掠阵，以率退卒，不能止。见敌军纷纷杀来，只得单骑走西北，果遇伏兵，束手就缚。是役也，贼兵死亡殆尽。收获资粮器械无数。景闻之不敢进，留宋子仙、丁和守郢城，焚营夜遁。任约执至江陵，叩头乞降，愿杀贼立郊以赎前愆。绎下之于狱，不遽诛。拜僧辩为征东将军，兼尚书令，胡僧祐等皆进位号，使进复江夏。陆法和请还江陵，既至，谓湘东曰："侯景自然平矣。蜀寇将至，请往御之。"蜀寇，谓武陵王纪也。乃引兵屯峡口。

却说僧辩进攻郢州，辛酉，克其罗城，斩首千级。贼退据金城，四面起土山攻之，宋子仙穷蹙，乞输郢城，身还建康。僧辩伪许之，给船百艘，以安其意。子仙信之，浮舟将发，僧辩命杜龛帅精勇千人，攀堞而上，鼓噪奄进，以楼船截其去路。子仙且战且走，至白杨浦，大败，遂与丁和同时就擒。僧辩皆斩之。遂顿军寻阳，以为克复之计。

却说景方遁时，战舰前后相失，太子船入枞杨浦，船中腹心皆劝因此入北。太子曰："自国家丧败，志不图生。主上蒙尘，宁忍远离左右？吾今若去，乃是叛父，非避贼也。"因流泗呜咽，即命前进，遂返建康。

再讲景克京师，常言吴儿怯弱，易以掩取，当须拓定中原，然后为帝，故不急急于篡位。及兵败而归，猛将多死，不复以天下为意，专与溧阳公主日在温柔之乡，曲尽房帏之乐，朝夕欢娱，大废政事，王伟屡以为言景因入宫稍疏。溧阳不乐，怨恨形于颜色。景慰之曰："近日入宫稍疏者，以王伟有言，暂相屈从，我二人恩爱如故也。"溧阳大怒曰："王伟离间我夫妇，誓必杀之！"旋有以溧阳之言，报知王伟者。伟恐为所杀，因欲除帝，尽灭梁氏，以间其宠，乃谓景曰："今兵挫于外，民怀观望，不早登大位，无以一人心。但自古移鼎必先废立，既示我威权，且绝彼民望。"景从之，乃使卫尉彭隽，帅甲士二百人入，废帝为晋安王。

先是帝即位以来，防卫甚产，外人莫得进见，唯武陵侯谘、舍人殷不害，并以文弱得入卧内。其后武陵以疑见杀，帝自知不久，指所居殿，谓不害曰："庞涓当死此下。"至是幽于永福省，悉撤内外侍卫，使突骑左右守之。墙垣悉布枳棘，遂下诏禅位于豫章王栋。栋，昭明太子之孙，豫章王欢之子也。时被幽拘，廪饩甚薄，仰蔬茹为食。方与妃张氏锄葵，法驾奄至，栋惊愕不知所为，侍卫逼之，泣而升辇。遂即帝位于太极殿，改元天正。于是宗室王侯，在建康有二十余人，景皆杀之，并杀太子大器。太子神明端凝，于景党未尝屈意，所亲窃问之，太子曰："贼若于事势未须见杀，我虽陵慢呵叱，终不敢害。若见杀时至，虽一日百拜，亦何所益？"或又曰："殿下今居困阨，而神貌怡然，不异平日，何也？"太子曰："我自度死日必在贼前，若诸叔能灭贼，贼必先见杀，然后就死。若其不然，贼亦杀我以取富贵。安能以必死之命，为无益之愁乎？"及被害时，颜色不变，徐曰："久知此事，嗟其晚耳。"刑者将以衣带绞之，太子曰："此不能见杀。"命取系帐绳绞之而绝。时郭元建在秦州，闻帝被废，驰还建康，谓景曰："主上先帝太子，既无愆失，何得废之？"景曰："王伟劝我云早除民望，吾故从之，以安天下。"元建曰："吾挟天子令诸侯，犹惧不济，无故废之，乃所以自危，何安之有？"景大悔悟，曰："今使复位，以栋为太孙可乎？"元建曰："及今为之，犹愈已也。"

但未识简文果得复位否，且听后文再讲。

第二十七卷

侯景分尸惩大恶　武陵争帝失成都

话说景听元建之言，复欲迎帝复位。王伟闻之，遽入谏曰："废立大事，岂可数改？且立豫章为帝者，岂真奉之耶，不过为大王受禅地耳，奈何自沮大计？"景喜曰："微子言，几误吾事。"于是遣使杀南海王大临于吴郡、南郡王大连于姑孰、安陆王大春于会稽、高唐王大壮于京口，以太子妃赐郭元建。元建曰："岂有皇太子妃乃为人妾乎？"竟不与相见，听使入道。景谓王伟曰："我今可以为帝乎？"伟请先弑简文以一众心。景曰："卿快为我了之。"伟乃与彭俊、王修纂进觞于帝曰："丞相以陛下幽忧已久，使臣等来此上寿。"帝笑曰："已禅帝位，何得复称陛下？此酒恐不尽此乎？"伟曰："实无他意，陛下勿疑。"于是俟等并赍酒肴，侍坐陪饮，伟弹曲项琵琶佐酒。帝知将见杀，乃尽酣，谓曰："不图为乐，一至于此。"先是帝梦吞土数升，明日以告殷不害。不害曰："昔重耳馈块，卒反晋国。陛下所梦，将符是乎？"帝摇首曰："此梦恐别有应。"至是大醉而寝。俊以土囊覆其面，修纂坐其上而崩，果符吞土之梦。

帝既崩后，加景九锡。己丑，豫章王禅位于景，景即皇帝位于南郊，还登太极殿。其党数万，皆吹唇鼓噪而上。国号曰"汉"，改元太始，封栋为淮阴王，并其二弟锁之秘室。王伟请立七庙，景曰："何谓七庙？"伟曰："天子祭七世祖考，载其讳于主上。"景曰："前世吾不复记，唯记我父名摽。且彼在朔州，那得来此噉饭？"众皆掩口而笑。其党有知景祖名乙羽周者，自外皆王伟造为之。追尊父摽为元皇帝。先是景以西州为府，文武无尊卑，皆被引接。及篡帝位，身居禁中，非故旧不得见，由是诸将多怨望。又好独乘小马，弹射飞鸟，王伟每禁止之，不容轻出。景郁郁不乐，谓左右曰："吾何乐为帝？竟与受摈不殊。"今且按下慢表。

却说霸先兵屯西昌，训练士马，以候荆州调遣。及闻侯景弑帝，已夺梁祚，不胜大怒。一面上表湘东，请早正大位，以系人心。一面即请进兵，克复京师。恰好湘东令旨到来，拜霸先为荡寇大将军，着往寻阳，与僧辩合军进讨。霸先受命，即统甲士三万，战舰二千，往寻阳进发。将次湓口，僧辩全军亦至，彼此相见大喜。僧辩曰："得君来助，贼不足平矣。"停军一日，遂于白茅湾会集诸将，筑坛歃血，共读盟文。霸先流涕慷慨，誓不与此贼俱生，将士皆为感动。

是日，僧辩使侯瑱袭南陵、鹊头二戍，克之。贼将侯子鉴奔还淮南。癸酉，军至芜湖，贼将张黑弃城走。景闻之惧，乃遣侯子鉴率兵三万，据姑孰以拒西军，侯子鉴曰："西人善水战，勿与争锋。往年任约之败，良为此也。若得步骑一战，必获大胜。汝但结营岸上，引船入浦以待之。"子鉴乃舍舟登岸，闭营不出。僧辩与霸先计曰："贼所以紧守不出者，欲劳我师也。我当示弱以诱之。"遂停军芜湖，十余日不进。贼党果以为怯，大喜，告景曰："西师畏我之强，不敢直前，势将遁矣。不击且失之。"景乃复命子鉴为水战之备。丁丑，僧辩引军东下，直趋姑孰。子鉴乃率步骑，渡过西州，于岸上挑战，以战船千艘，泊于水际，候官军上岸，水陆夹击。僧辩乃使霸先以大舰夹泊两岸，身领细船佯退。贼兵望见，以为水军将走，悉众来追。追有里许，僧辩回船奋击，霸先以大舰横截其后。鼓噪大呼，合战中江，杀得贼兵大败，士卒赴水死者数千人。子鉴仅以身免，收散卒走还建康。官军遂入姑孰。僧辩曰："贼人破胆矣。急击勿失。"于是不暇解甲，引兵而前，众军继进，历阳诸戍相率迎降。景闻子鉴败大惧，涕下覆面，引衾而卧，良久方起，叹曰："误杀乃公。"

庚辰，僧辩督诸军至张公洲，乘潮入淮，直至禅灵寺前。侯景乃以大船运石，塞淮口，缘淮作城。自石头至朱雀街，十余里中，楼堞相接，处处以重兵守之。僧辩问霸先曰："贼力尚强，何计破之？"霸先曰："前柳仲礼拥数十万兵，隔水而坐，韦粲在青塘竟不渡岸。贼登高望之，表里俱尽，故能覆我师徒。今围石头，必须引兵先渡北岸，入其腹中，方克有济。诸将若不能当锋，霸先请先往立栅。"僧辩大喜，曰："微兄言，几失制贼之术。"是夜，霸先帅轻步三千，先渡北岸筑栅，众军依次连筑八城，直出石头西北。景恐西州路绝，亦帅侯子鉴等，于石头东北连筑五城，以遏大路。景登石头城，遥望官军，大言曰："一把子人，何足打杀。"望见霸先栅，密谓左右曰："此军上有紫气，不易胜也。"

丁亥，景帅精卒二万，铁骑八百余匹，陈于西州之西。霸先谓僧辩曰："吾闻善用兵者，如常山之蛇，使救首救尾，彼此相应。今我众贼寡，宜分其兵势，以强制弱。何故聚锋锐于一处，令贼致死于我？"乃命诸将分路置兵。景见王僧志一军，众最寡弱，引兵先冲其阵。僧志小缩，霸先引弩手二千，横绝其后，每发一矢，辄贯其胸，景兵乃退。继又帅敢死士八百，弃稍执刀，冲霸先阵，阵不动。王琳、杜龛等以铁骑乘之，景殊死战，僧辩以大军继进，贼遂大溃。诸军乘胜逐北，霸先进破石头城，遂入据之。景至阙下，闻追兵已至西明门，不敢入台，召王伟至前，怒色责之曰："尔令我为帝，今日误我。"伟不敢对。景遂策马欲走，伟执鞋谏曰："自古岂有叛走天子耶？宫中卫士犹足一战，弃此将欲安之？"景曰："我昔败贺拔胜，破葛荣，扬名河、朔，度江平台城，降柳仲礼如反掌。今日天亡我也。"

先是景所乘白马，矫健异常，每战将胜，辄踯躅嘶鸣，意气骏逸；其有奔衄，必低头不前。及石头之败，精神沮丧，至是卧不肯动。景使左右拜请，或加棰策，终不肯进。景乃易马，与腹心房世贵等，率百余骑东走，其党王传、侯子鉴等，皆仓皇遁去。

城内无主，王克率台中旧臣，迎僧辩于道。僧辩劳克曰："卿良苦，朝夕拜手贼廷。"克惭不能对。又问："玺绶何在？"良久曰："赵平原持去。"僧辩曰："王氏百世卿族，可惜一朝而坠。"遂入台城，迎简文梓宫，升朝堂，帅百官哭踊如礼。

先是僧辩之发江陵也，启湘东王曰："平贼之后，倘嗣君尚在，未审何以为礼？"王曰："六门之内，自极兵威。"僧辩曰："讨贼之谋，臣当其任。成济之事，请别使人。"王乃密谕将军朱买臣，使为之所。及景败，简文及太子已殂，唯豫章王栋兄弟尚锁密室。至是相扶而出，逢杜崱于道，为去其锁。二弟曰："今日始免横死矣。"栋曰："倚伏难知，吾犹有惧。"路遇朱买臣，呼之就船共饮。饮未竟，船忽坏，并沉于水。闻者悲之。

话分两头。侯景奔至晋陵，田迁引兵迎之，遂驱掠居民，东趋吴郡。时谢答仁据富阳，赵伯超据钱塘，知其败，皆叛之。景至嘉兴，闻其叛，不敢进，乃退入于吴。僧辩命侯瑱率精骑五千追景，及于松江，景犹有船二百艘，众数千人，瑱进击，大败之，擒贼将彭俊、田迁、房世遗等。瑱素恨彭俊，生剖其腹，抽其肠。俊犹未死，手自取肠，斩其首乃绝。景帅数十人单舸走，将入海，向蒙山。有羊侃之子羊鹍，景纳其妹为小妻，以鹍为库直都督，随景东走。乃结同舟王元礼、谢葳蕤等，密图之，众并许诺。乘景昼寝舱中，密嘱舟师回船到京口。景觉大惊，问曰："何故至此？"鹍曰："欲送汝头入建康耳。"遂拔刀砍之，景倒船中，宛转未死。众并以长稍刺杀之，恐尸易烂，乃以五斗盐纳景腹中，送其尸于建康。

先是，景未败时，有僧通道人者，心志若狂，饮酒食肉，不异凡人，言人吉凶多中，景甚信之。一日，景召使侍宴，僧通取肉拌盐以进，问景曰："好否？"景曰："太咸。"僧通曰："不咸即烂，何以供人食？"当时莫解其所谓，至景死乃验。尸至建康，僧辩暨诸将皆贺，斩其首，遣羊鹍送之江陵；截一手，使谢葳蕤送于齐。暴尸于市，士民争取食之，并骨皆尽。其遗下妃属，并斩于市，溧阳公主亦与焉。

时郭元建尚据南兖州，遣使乞降于僧辩。僧辩遣霸先向广陵，受其降。会侯子鉴逃至广陵，谓元建曰："我曹、梁之深仇，何颜复见其主？不若投北，可保爵位。"元建从之，遂以城降齐。霸先至，闻元建复叛，齐将辛述已据广陵，遂引军还。行至半途，军士绑缚一人解至军前，云是王伟，见其躲匿草间，故执之。盖伟自建业逃后，诸郡皆已反正，无地容身，正欲越境投北，恰值霸先军来，恐被擒获，故匿草间，不意为军人所执。霸先囚送建康，僧辩坐而见之。左右喝令下拜，伟曰："各为人臣，奚拜为？"僧辩曰："卿为贼相，败不能死，而求活草间，可耻孰甚？"伟曰："废兴命也，使侯王早从伟言，明公岂有今日？"僧辩命书贼臣王伟于背，遍殉六门以辱之。伟曰："昨行八十里，足力疲极，愿借一驴代步。"僧辩曰："汝头方行万里，何八十里哉？"尚书左丞虞陇尝为伟所辱，乃唾其面，伟曰："君不读书，不足与语。"陇曰："汝读书，乃为作贼地耶？"时赵伯超、谢答仁亦降，僧辩囚之，与王伟并送江陵。

丁巳，湘东王下令解严，枭侯景之首于市，煮而漆之，以付武库；下王伟等于狱。伟在狱尚望生全，作诗赠王左右要人，以求援手。其诗曰：

> 赵壹能为贼，邹阳解献书。
> 何惜西江水，不救辙中鱼。

又上五百字诗于王，王爱其才，将舍之。朝士多恶其人，乃言于王曰："前日伟作檄文，其书更佳。"王构而视之，内有云："项羽重瞳，尚有乌江之败；湘东一目，宁为赤县所归。"王大怒，立即狱中取出，钉其舌于柱，剜腹脔肉而杀之。乙酉，尽诛逆臣吕季略、周石珍等于市。赵伯超赐死于狱。以谢答仁不失礼于简文，特宥之。于是公卿藩镇皆上表劝进。十一月丙子，湘东即帝位于江陵，改元承圣，是为元帝。乙卯，立王太子方矩为皇太子，王子方智为晋安王，方略为始安王。方等之子庄为永嘉王。论平贼功，大封功臣，以僧辩为司徒，封永宁公，镇建康；霸先为征虏将军，封长城县侯，镇京口。其余进爵有差。

却说湘东虽即大位，颇怀忧惧，尝谓群臣曰："国家自遭景乱，州郡半失。长江以外，皆入于齐。荆州之界，北尽武宁，西拒硖石，余郡皆为周有。岭南一路，又萧勃据之。诏令所行，不过千里。民户著籍者，不盈三万。今欲自强，何者宜先？"侍郎周弘正请还旧京，以一人心。帝从之，乃下诏迁都建康。时大臣胡僧祐、黄罗汉、宗懔等，多荆州人，不乐东行，进谏曰："建业王气已尽，与虏只隔一江，若有不虞，虽悔无及。且古老相传云，荆州洲数满百，当出天子。今枝江生洲，百数已满。陛下龙飞，是其应也。何用他迁？"帝令与朝臣议之。周弘正曰："今百姓未见舆驾入都，谓是列国诸王，无以慰四海之望。愿陛下速还建康，勿感人言。"宗懔曰："弘正东人也，志愿东下，恐非良计。"弘正面折之曰："东人劝东，谓非良计。君等西人欲西，岂是长策？"上笑而止，明日又议于后堂，会者五百人。上问之曰："吾欲还京，诸卿以为何如？"众莫敢先对。上曰："劝我去者左袒，劝吾留者右袒。"一时左者过半。武昌太守朱买臣言于上曰："金陵旧都，山陵所在。荆镇边疆，非王者之宅。愿陛下勿疑，以致后悔。臣家在荆州，岂不愿陛下留此？但恐是臣富贵，非陛下富贵耳。"帝乃使术士杜景豪卜之，对曰："留此不吉，但陛下欲去不果。"退而谓人曰："此兆为鬼贼所留也。"帝亦以建康雕残，江陵全盛，不乐东下，卒从僧祐等议。

一日，帝正视朝，忽报益州刺史、武陵王纪僭称帝号，举兵大下，欲夺江陵。帝闻之大惧。你道武陵王纪为何而反？纪字世询，高祖少子，最承宠爱：始命为益州刺史，以路远固辞。高祖曰："天下方乱，唯蜀地可免，故以处汝，汝其勉之。"纪歔欷而去。性勤敏，颇有武略。在蜀十七年，南开宁州、越隽，西通资陵、吐谷浑，内修耕桑盐铁之政，外通商贾远方之利。财用饶多，器甲盈积。当台城被围，直兵参军涂怦劝其发兵入援，纪不应。及闻武帝凶问，遂有自帝之心。或报湘东王兴师进讨，呼其小字曰："七官文士，焉能匡济？"左右谀之曰："他日主天下者，非殿下而谁！"纪大喜。

一日，内殿柏木柱绕节生花，其茎四十有六，靡丽可爱，状如芙蕖。遍召诸将视之，皆云主有大吉。纪遂以为受命之符，乃于承圣元年四月，即皇帝位。立子圆照为皇太子，圆正等皆为王。以永丰侯撝为征西大将军、益州刺史。徐怦苦口固谏，纪大怒，其后诬以谋反，执之至殿，谓曰："尔罪当诛，以卿旧情，当使诸子无恙。"怦对曰："生儿悉如殿下，留之何益？"纪乃尽诛之，枭首于市。永丰侯撝叹曰："王事不成矣。善人，国之纪也，今先杀之，不亡何待？"纪既僭号，未即举兵入犯。时太子圆照镇巴东，启纪云，侯景未平，荆镇已为贼破，宜急进兵。纪信之，遂留永丰侯伪及其子圆肃守成都，亲率大众，由外水东下，舳舻蔽川，军容甚盛。将至巴东，知侯景已平，颇自悔，召圆照责之。照曰："景贼虽除，江陵未服。陛下既称尊号，岂可复居人下？"纪以为然，遂进兵。

陆法和豫知蜀兵必来，筑二城于硖石，两岸运石填江，以铁锁断之。纪不得前，乃遣其将侯叡引众七千，攻绝铁锁。法和不能拒，遣使告急。时任约在狱待决，帝赦而出之，以为司马，使助法和拒纪，谓之曰："汝罪不容诛，我不杀汝者，本为今日。"因撤禁兵配之，又使将军刘棻与之俱。帝尝与纪书云："地拟孙、刘，各安疆境；情深鲁、卫，书信恒通。”纪不答。至是又复与书云：

甚苦吾弟，季月烦暑，流金铄石，聚蚊成雷，以兹玉体，辛苦行阵，乃眷西顾，我居如何。自獯丑凭陵，侯景叛换，吾年为一日之长，属有平乱之功，膺此乐推，事归当璧。弟还西蜀，专制一方，我不禁也；如曰不然，于此投笔。友于兄弟，分形共气。兄肥弟瘦，无复相见之期；让枣推梨，永罢欢愉之日。上林静拱，闻四鸟之哀鸣；宣室披图，嗟万始之长逝。心乎爱矣，书不尽言。

纪亦不报。

先是，帝患蜀兵难御，遣使求援于西魏曰：“子纠，亲也。请君讨之。”时西魏宇文泰，本有图蜀之心，喜曰：“取蜀制梁，在兹一举矣。”乃命大将尉迟回统领精卒二万、骑万匹，自散关进兵伐蜀，直攻剑阁。守将杨乾运闻魏师至，叹曰：“木朽不雕，世衰难佐。国家巨寇初平，不思同心协力，保国安民，而兄弟寻戈，此自亡之道也。我奚以御魏哉？”遂开关降。回乃长驱直前，进袭成都。时成都见兵不满万人，仓库空竭。永丰侯出战，大败入城，回遣人招之，遂与宜都王圆肃帅文武诣军门降。成都遂失。

却说纪在军中，以黄金一斤为饼，饼百为箧，银五倍之，锦彩称是。每战悬示将士，而不以为赏。其将陈智祖请散之以募勇士，弗听，由是士卒解体。及闻魏寇深入，成都孤危，欲前则根本将倾，欲退恐东军乘之，忧懑不知所为。乃遣其子江安侯圆正诣荆州求和，请依前旨还蜀。帝知其将败，不许，下圆正于狱。密敕王琳截其后，任约攻其前，于是前后夹攻，拔其三垒，两岸十四城俱降。纪不获退，只得顺流东下，将士稍稍逃亡，将军樊猛追之，众大溃。纪以数舰自保，猛围而守之。帝闻纪败，密敕猛曰：“生还不成功也。”猛乃引兵直犯纪舟。纪在舟中绕床而行，见猛登舟，以金一囊付之，曰：“用此雇卿，送我一见七官。”猛曰：“天子何由可见？杀足下，金将安之？”遂斩纪及其幼子圆满。陆法和收太子圆照送江陵，帝绝纪属籍，赐姓饕餮氏。圆正闻败，号哭不绝声。及见圆照入狱，责之曰：“兄何乱人骨肉，使痛酷若此？”圆照唯云计误。帝命并绝其食，至啮臂相啖，十三日而死。远近闻而悲之。

斯时蜀患既除，境内咸服，江陵可谓安枕。但未识从此以后，果得相安无事否，且俟下文再述。

第二十八卷

魏连萧詧取江陵　齐纳渊明图建业

话说岳阳王詧闻武陵被杀，诸子皆饿死狱中，叹曰："高祖子孙尽矣，唯我尚在，彼岂能容我乎？"因乞援于魏，而身自入朝，告丞相泰曰："荆州所恃，不过僧辩、霸先，今镇守南方，精兵猛将皆肃其麾下，国内空虚。且绎自僭号以来，性更猜忌，专行杀戮，人心不附。大国若遣一旅之众，直指江陵，仆率襄阳步骑会之，则反掌可克。大国可以拓土开疆，仆亦得纾己难，唯公鉴之。"泰犹未许，乃遣使聘梁，以觇虚实。会齐亦有使至，帝接魏使不及齐使，且请据旧图，定疆境，辞颇不逊。使归告泰，泰曰："古人有言，天之所弃，谁能兴之？其萧绎之谓乎！"乃遣常山公于谨、中山公宇文护、大将军杨忠，将兵五万入寇。临发，泰问谨曰："为萧绎之计若何？"谨曰："耀兵汉沔，席卷渡江，直据丹阳，上策也。移郭内民居，退保子城，峻其陴堞，以待援军，中策也。若难于移动，据守罗郭，下策也。"泰曰："揣绎定出何策？"谨曰："下策。"泰曰："何故？"谨曰："萧氏保据江东，绵历数纪，属中原多故，未遑外略。又以我有齐氏之患，必力不能分。且绎懦而无谋，多疑少断，愚民难与虑始，皆恋邑居。所以知其定出下策。"泰曰："善。"

却说武宁太守宗均闻魏师动，飞报入朝。帝召群臣议之。胡僧祐、黄罗汉皆曰：“三国通好，未有嫌隙，必无此理。”乃复遣侍中王琛使魏。琛至石梵，未见魏军，驰书报黄罗汉曰：“吾至石梵，境上帖然，前言皆儿戏耳。”散骑郎庾季才言于帝曰：“去年八月丙申，月犯中星；今月丙戌，赤气干北斗。心为大王，丙主楚分，臣恐建子之月，有大兵入江陵。陛下宜留重臣镇江陵，整旆还都，以避其患。假令魏虏侵蹙，止失荆、湘，在于社稷，犹得无虑。无贪目前之安，而上违天意也。”帝素晓天文，亦知楚地有灾，叹曰：“祸福在天，避之何益？”丙寅，忽报魏军至樊邓，岳阳王率师助之。帝始大惧，命内外戒严，征王僧辩为大都督、荆州刺史，又征王琳于广州，使引兵入援。

先是，琳本兵家子，其姊妹皆入王宫。琳少侍帝左右，有勇略，帝以为将。能倾身下士，所得赏赐，不以入家。麾下万人，多江、淮群盗。从王僧辩平侯景，功居第一。帝使镇湘州，既而疑其部众强盛，又得众心，欲使居远，乃迁为广州刺史。琳私谓主书李膺曰：“琳小人也，蒙官家拔擢至此。今天下未定，迁琳岭南，如有不虞，安得琳力？窃揆官意，不过疑琳。琳分望有限，岂与官家争为帝乎？卿日在帝侧，何不一言于上，以琳为雍州刺史，镇武宁。琳自放兵作田，为国御捍。”膺然其言而弗敢启。至是帝闻魏师将至，乃征琳为湘州刺史。

陆法和朝夕登郢州城楼，望北而叹，乃引兵入汉口，将赴江陵。帝以郢州重地，不可无兵守把，乃使人止之曰：“此处自能破贼，但镇郢州，不须动也。”法和还州，垩其城门，着衰绖，坐苇席终日，乃脱之。十一月甲戌，帝大阅于津阳门外，步骑交集，行阵方列，忽大风暴雨从北而来，旗幡皆折，军士不能存立。遂乘轻辇还宫，群臣皆冒雨各散。是夜，帝登凤凰阁，徙倚叹息曰：“客星入翼轸，今必败矣。”连呼“奈何”者三。嫔御皆泣。癸未，魏军济汉，宇文护帅精骑五千，先据江津以断东路，进拔武宁，执太守宗均。是日，帝自乘马出城，行栅插木，周围六十余里，以胡僧祐都督城东诸军事，尚书张绾为之副；王褒都督城西诸军事，侍郎元景亮为之副。王公以下，各有所守。命太子巡行城楼，令居人助运木石。其时魏军去江陵四十里，将至栅下。帝集群臣方议出兵，忽报栅内失火，急令救之，已延烧数千余家，焚城楼二十五所。帝乃自巡城上，临焚楼处望之，但见魏师济江，千帆翔集，乘风直进，舟行如驶，叹曰："长江天险，彼稳渡中流若此耶？"四顾欷欺。是夜遂止宫外，宿民家，裂帛为书，趣王僧辩曰："吾忍死待公，可以至矣。"于谨进兵城下，筑长围守之，由是中外信命始绝。胡僧祐请出荡长围，帝许之，乃引精骑三千，开门出击。于谨伏兵营内，俟其至，弓弩并发，军不得进。杨忠从旁横击之，大败走还。帝益惧，集群臣于长沙寺问计。朱买臣按剑进曰："今日惟斩宗懔、黄罗汉，可以谢天下。"帝曰："曩实吾意，宗、黄何罪？"二人退入众中。

却说王琳闻诏，昼夜进军，行至长沙，前有敌兵阻路，乃遣长史裴政从间道赴江陵报信。政至百里洲，为魏人所获。岳阳王呼而谓之曰："我武皇帝之孙也，不可为尔君乎？若从我计，贵及子孙；如曰不然，腰领分矣。"政诡曰："唯命。"詧锁之至城下，使谓曰："王僧辩闻荆州被围，已自为帝。王琳孤弱，不复能至，城中人无与俱死。"政不从，反告城上曰："援兵大至，各思自勉。吾以间使被执，情愿碎身报国，不敢附逆。"监者击其口，政曰："吾头可断，吾口不可改。"詧命杀之，参军蔡大业趋前曰："此民望也，杀之则荆州不可下矣。"乃释之。

时征兵四方，皆未至。魏人百道攻城，飞矢雨集。城中负户而汲，蒙楯而行。胡僧祐亲当矢石，昼夜督战，鼓励将士。众咸致死，所向摧殄，城不至破。俄而僧祐中流矢死，内外大骇。魏乘人心恐惧，悉众急攻，遂破东门而入。帝率太子群臣退保金城，叹曰："今欲救死，不得不屈膝于魏矣。”乃使汝南王大封、晋熙王大圆诣魏军，请于于谨曰：“大国若念旧好，肯延梁氏一线，情愿称臣纳贡，长为附庸之邦。望敛军威，勿迫人于险。”于谨不许，二王大哭而返。时东南虽破，城北诸将犹致死苦战，日暝闻城陷，乃弃甲散。帝入东阁竹殿，舍入高善宝侍侧，命取古今图书十四万卷，焚之于前，将自赴火，善宝抱止之。乃以宝剑击柱曰：“文武之道，今夜尽矣。”谢答仁、朱买臣进曰：“城中兵众犹强，乘间突围而出，贼必惊。因而薄之，可渡江就任约。”帝素不便走马，曰：“事必无成，祗增辱耳。”答仁请自护以行，谓必得脱。王褒私语帝曰：“答仁，侯景之党，岂足可信？成彼之勋，不如降也。”答仁又请守子城，收兵可得五千人。帝然之，即授城中大都督，既而召王褒谋之，褒又以为不可。答仁屡请不许，大恸呕血而去。

于谨扎营于子城口，索太子为质。帝使王褒送之，褒至周营，匍匐乞怜。谨子以褒善书，给之纸笔，褒书于后曰：“柱国常山公家奴王褒。”识者鄙之。

斯是，外围益急，群臣相继出降。帝左右渐散，遂去羽仪法物，白马素衣出东门，抽剑击阖曰：“萧世诚一至此乎？”魏军见帝出，相率奔至马前，牵其辔以行。至白马寺北，夺其所乘骏马，以驽马代之。遣长壮军人，手扼其背以行。逢于谨于道，军人牵使帝拜，不胜屈辱。俄而岳阳王至，使铁骑拥之入营，囚于乌幔之下，面数之曰：“桂阳无辜见杀，河东阖门受诛。武陵既败，暂首舟中，诸子啖臂，饿死狱底。汝心何忍，而戕贼诸王若此？向者人为汝食，今亦为人噬耶？”命左右食以草具，以困辱之。至夕，于谨遣人使帝为书，召王僧辩。帝不可，使者逼之曰：“王至今日，岂得自由？”帝曰：“我既不自由，僧辩亦不由我。”或问何意焚书，帝曰：“读书万卷，犹有今日，不焚何待？”詧既囚帝，请于谨曰：“绎杀人多矣，愿绝其命，以慰冤魂。”谨即使詧监刑，遂以土囊陨之，殓以蒲席，束以白茅，葬之于津阳门外。并杀太子元良，及始安王大略、桂阳王大成等。盖帝性残忍，且惩高祖宽纵之弊，故为政尚严。城方围时，狱中尚有死囚数千，有司释之，以充战士。帝不许，悉令棓杀之，事未成而城陷，故其死也，人莫之惜。后人有诗讥之曰：

摧残骨肉疾如仇，半壁江山要独收。
剩有岳阳心未服，统兵百万下荆州。

且说魏既诛帝，尽俘王公以下，悉收府库珍宝、宫妃彩女，送之长安。群臣降者，亦归关中授职。乃立詧为梁主，取其雍州旧封，资以荆州之地，延袤三百里，居江陵东城。魏将王悦将兵居西城，外示助詧备御，内实防之。又选百姓男女数万口为奴婢，分赏三军，驱归长安。小弱者皆杀之。得免者三百余家，而人马所践，及冻死者什之二三。由是荆人不胜其毒，而皆归咎于詧。先是詧将尹德毅说詧曰："魏虏贪婪，肆其残忍，杀掠士民，不可胜纪。江东之人，涂炭至此，咸谓殿下为之。殿下既杀人父兄，孤人子弟，人尽仇也，谁与为国？今魏之精锐尽萃于此，若殿下为设享会，请于谨等为欢，预伏壮士，因而毙之，分命诸将，掩其营垒，大歼群丑，俾无遗类。收江陵百姓，抚而安之，文武群僚，随材铨授。魏人慑息，未敢送死，王僧辩之徒，折简可致。然后朝服济江，入践皇极，晷刻之间，大功可立。古人云：'天与不取，反受其咎。'愿陛下恢宏远略，勿怀匹夫之行。"詧曰："此策固善，然魏人待我厚，未可背德。若如卿计，人将不食我余！"既而合城长幼被虏，又失襄阳，詧乃叹曰："悔不用尹德毅之言。"魏师既还，詧乃即皇帝位于江陵，改元大定。追尊昭明太子为昭明皇帝，尊其母龚氏为皇太后，立子岿为皇太子。赏刑制度，并同王者。唯上表于魏则称臣，奉其正朔。至于官爵，仍依梁氏之旧。以蔡大宝为侍中仆射，王掺为五兵尚书。大宝严整有智，雅达政事，文辞赡远，梁主推心任之，以为谋主，比之诸葛武侯。掺亦亚之。故能外睦强邻，内抚遗庶。今且按下不表。

却说僧辩初闻江陵被围，乃命霸先移镇扬州，使侯瑱、程灵先等为前军，杜僧明、吴明彻等为后军，亲自入援。未至而荆州陷，欲救无及。及闻元帝凶问，退守姑孰，以书寄霸先曰：

> 国家新破，故主云亡，朝无六尺之孤，野乏半年之积。人心渐散，宗社将倾，不有所奉，何以立国？意唯于宗室中，选立贤明以主梁祀，庶三吴旧业籍以相延，万里长江不至失守。然立君谅有同心，临事尚期协力，愿展分阃之才，以济同舟之急。

霸先见书，痛哭报僧辩云：

> 身为人臣，不能救主于危，万死奚赎。足下既怀殉国之忠，仆何敢昧捐躯之报？兴灭继绝，在斯时矣。定倾扶危，是所望焉。今孝元令子，尚有晋安，父死子继，允协天人。倘足下奉以为主，则社稷幸甚。

时晋安王方智为江州刺史，于是僧辩从霸先之言，率群臣连名上表，迎归建康，即皇帝位，时年十三。以僧辩为骠骑大将军，都督中外诸军事，霸先为征西大将军，镇京口如故。当是时，齐乘梁乱，侵伐频乘，大江以外，遍地烽烟。僧辩霸先御内靖外，不遑朝夕。一日，忽报齐清河王岳进兵临江，郢州刺史陆法和以州降之，因随岳归邺，独留齐将慕容俨戍郢州。僧辩曰："郢与江州为唇齿，先郢是无江矣。"因遣侯瑱率兵攻之，俨坚守不下。

且说贞阳侯渊明，留齐有年，求归不得。今闻江南大乱，朝无其主，借此可为归计。乃乘间请于齐主曰："岳阳附魏，魏得据有荆、襄。今建康孤危，必至尽为魏有。陛下何不放臣归国，以主梁祀。世为附康，奉齐正朔。则梁之卿士，皆为陛下陪臣；梁之山河，皆为陛下属国。又有存亡继绝之名，而坐收天下之半。臣若留此，不过亡国一俘，于齐何益？”齐主召群臣谋之，皆以为便，乃使上党王涣将兵一万，送渊明归国。涣请益兵，齐主曰：“汝何怯也？”涣曰：“是行也，不大集兵力以慑之，僧辩之徒未可说而下也。”乃发兵五万配之，进临江口，征鼓之声震惊百里，使殿中尚书邢子才驰传诣建康，与僧辩书曰：

嗣主冲藐，未堪负荷。彼贞阳侯武帝犹子，长沙后代，以年以望，堪保金陵。故置为梁主，纳于尔国，卿宜部分舟舰，迎接新主，并心一力，善建良图。倘或不然，大兵百万已次江口，星驰电发，立至建康，主臣同烬，玉石俱焚。成败在即，惟卿自择。

僧辩不从。下令戒严，饬内外诸郡，各集兵马以拒齐师。贞阳亦与僧辩书，求请迎纳。僧辩复书拒之曰：

嗣主体自宸极，受于文祖，如明公不忘故国，绥服入朝，同奖王室，伊、吕之任，匪公而谁？倘意在自帝，不敢闻命。

齐以僧辩不服，长驱进兵，破谯郡，攻东关，所向无前。将军裴之横率兵御之，大战于关下。之横阵亡，全军皆覆。归者争言齐师之盛，前后莫测多少，刻日将至阙下。僧辩大惧，自量力不能拒，乃出屯姑孰，决意改图，遣使奉启于渊明，定君臣之礼。继遣尚书周弘正至齐军奉迎，乞以晋安王为太子。渊明许之，敕取卫士三千，僧辩只给散卒千人，备龙舟法驾迎之。渊明乃与齐师盟于江北，誓为藩臣，不敢背德。盟毕，自采石济江，于是梁舆南渡，齐师北返。僧辩拥楫中流，尚恐齐藏祸心，不敢径就西岸。齐侍中裴英起护送渊明入朝，会僧辩于江宁，谓曰：“今而后非敌国而一家矣。”僧辩劳之。癸卯，渊明入建康，望朱雀门而哭。道迎者以哭对。丙午，即皇帝位，以晋安王为皇太子，王僧辩为大司马，陈霸先为侍中。诏解郢州之围，送慕容俨归国。齐亦以城在江外难守，割以还梁。自是举朝相庆，独霸先不悦。

先是霸先与僧辩共灭侯景，情好甚笃。僧辩居石头城，霸先在京口，彼此推心相待。及僧辩欲纳渊明，霸先遣使苦争之，往返数次，僧辩不从。霸先私谓所亲曰："武帝子孙甚多，唯孝元能复仇雪耻，其子何罪，而忽废之？吾与王公并受托孤之任，而王公一旦改图，外依戎狄，援立非次，其志欲何为乎？"乃密有相图之意。具袍数千领，及锦彩金银，为赏赐之具。事未发，有告齐师大举入寇者，僧辩遣其记室江旰来告霸先，使为之备。霸先因留江旰于京口，托言举兵御齐，实袭僧辩。谋既定，召部将侯安都、周文育、徐度、杜稜告之。稜有难色，霸先惧泄其谋，以手巾绞稜，闷绝于地，因闭之别室。部分将士，分赐金帛。以侄昙朗镇京口，使徐度、侯安都帅水军趋石头。临发，霸先控马未进，安都怒且惧，追骂霸先曰："今日作贼，事势已成，生死决于须臾，在后欲何所望？若败俱死，后其得免砍头耶？"霸先曰："安都嗔我。"乃急进。

安都至石头城北，弃舟登岸，城墙北接冈阜，不甚危峻，地皆荒僻，无兵防守。安都被甲，带长兵，军人捧之，投于女垣内。众随而入，不数步，即僧辩署后。墙亦卑，一跃而进，逢人即杀之，遂及僧辩卧室。霸先亦自南门入。僧辩方起视事，外白有兵，问曰："兵何来？"语未竟，兵自内出。僧辩离座遽走，出遇其子頠，呼曰："霸先反矣！"僧辩遑迫，遂与頠帅左右数十人，苦战于听事前。斯时外兵益集，左右死伤略尽，力不敌，走登南门楼，拜请乞哀。霸先曰："速下就缚，不然我焚楼矣。"军士将纵火，僧辩父子遂下。霸先执之，谓曰："我有何辜，公欲与齐师赐讨？且身为大将，何无备若此？"僧辩曰："委公北门，何为无备？且汝欲杀我，乃谓我欲杀汝耶？"是夜，锁其父子于别室，皆缢杀之。乃列僧辩罪状，布告中外，且曰："斧钺所加，唯僧辩一门。其余亲党，一无所问。"贞阳遂逊帝位，出就外邸。百僚奉晋安复位，大赦改元，以渊明为司徒，封建安公，加霸先尚书令，都督中外诸军事，大权一归霸先。人谓霸先之杀僧辩，全为国事起见，不知致二人参商者，尚有一段隐情在内，说也话长，且听下文分讲。

第二十九卷

慕狡童红霞失节　扫余寇兴国称尊

话说霸先袭杀僧辩，其隙从何而起？先是霸先有女，名红霞。其母张氏，霸先妾也。梦折桃花而生，故以红霞为名。年及笄，美而慧，不特容颜出众，亦且诗画兼优。自江陵之陷，霸先子弟之在荆州者，尽入于魏，而红霞常依膝下。母又早亡，霸先特爱怜之，恣其情性，不甚拘束，故常风流自喜。是时霸先与僧辩结廉、蔺之谊。僧辩有子名顗，饶丰姿，善骑射，霸先遂以女许焉。会僧辩有母丧，未成婚。一日，顗至京口，以子婿礼来见。红霞方问省堂上，从屏后窥之，见其体态不群，风流可爱，自以为得人，不觉春心撩乱。归房之后，感想形于梦寐，私语其婢巧奴曰："天下美男子，有胜于王郎者乎？"巧奴笑曰："王郎美矣。小姐特未见东阁公子身边随侍的陈子高耳，其美姓于王郎数倍。如并见之，当使王郎无色。"红霞曰："那人何在？"巧奴曰："其人即在府中，朝夕侍公子左右，公子亦爱如珍宝。"红霞曰："汝得令我一见乎？"巧奴曰："见之甚易，俟其随公子在堂，小姐亦从屏后窥之可耳。"一日，探得公子在堂，即往窥之，果然容颜姣好，远胜王郎，遂移思慕之心，全注子高身上。

看官，你道子高因何在府？先是子高世居会稽山阴，家甚贫，业织履为生。侯景乱，人民漂散，子高从父流寓都下。年十六，尚总角容貌昳丽，纤妍洁白，如美妇人。螓首膏发，自然蛾眉，见者靡不啧啧称羡。即遇乱卒，挥白刃相加，见其姿态，噤不忍下，得免死者数矣。及侯景平，干戈稍息，人民各归故土，子高父已死，亦思还乡。一日，走往江口，觅船寄载，路遇一相者，熟视之曰："观子气色，精光内露，富贵在即矣。"子高曰："贫苦若此，得免饿死幸矣，保富贵之敢望？"相者曰："子记吾言，前途自有好处也。"子高笑而置之。行至江口，见有巨船廿号，旗幡招飐，排列江岸。询之，乃是霸先侄，名茜，字子华，素具文武才，以将军出镇是兴，停舟于此。子高不敢求载，呆立视之。时茜在舟中，独坐无聊，走向舱口外望，忽见一美少年提一行囊，立在船侧，虽衣衫蓝缕，而颜色美丽，光彩奕奕。大惊曰："不意涂泥中有此美璧。"盖茜素有龙阳之癖，一遇子高，越看越爱，不禁神魂飘荡。便令人呼之上船，子高进舱叩见，退立于旁。近视之，更觉其美，便问曰："若欲何往？"子高曰："欲归山阴，在此求载。"茜曰："汝归山阴，量汝亦无出头之日，若欲富贵，盍从我去？"子高忽忆相士之言，连忙跪下谢曰："如蒙将军不弃，愿弃执鞭之役。"茜大喜，便令后舱香汤沐浴，衣以锦绣，使之侍侧。是夜，遂共枕席。茜颇伟于器，子高初尝此味，相就之际，不胜痛楚。啮被以忍，被尽裂。茜怜之，欲止，曰："得无创巨汝太过耶。"子高曰："身既属公，则我身即公身也。死且不辞，创何害焉？"茜益爱之，事毕，拥抱而睡，日中不起。盖子高肤理色泽，柔靡都曼，而性又柔顺，善体主意，曲得其欢，故茜得之，如获至宝。自此以后，恒执佩身刀，侍立左右，片刻不离。茜素性急，在吴兴时，每有所怒，目若虓虎，焰焰欲啖人，一顾子高，其怒立解。麾下禀事者必俟子高在侧，可以无触公怒。茜常为诗赠之曰：

昔闻周小史，今歌明下童。

玉麈手不别，羊东市若空。
谁愁两雄并，金貂应让侬。

因教以武艺，兼习诗书。子高从此亦工骑射，颇通文义。

一夜茜乐甚，私语子高曰："人言吾有帝王相，审尔当册汝为后，但恐同姓致嫌耳。"子高曰："古有女主，当亦有男后。明公果垂异恩，奴亦何辞作吴孟子耶！"因请改姓为韩，茜大笑。年渐长，子高之具亦伟，茜尝抚而笑曰："他日若遇娘子军，当使汝作前锋冲坚陷阵，所当者破，亦足壮我先声也。"子高答曰："政虑粉阵绕孙、吴，非奴铁缠矟翼之使前，王大将军不免落坑堑耳。"其善酬接如此。茜又梦骑马登高山之上，路危欲堕，子高从后推之，始得升，由是益宠任之。

至是，茜解吴兴之任，佐霸先镇京口，同居一府。子高亦住府中，故红霞见而悦之，谓巧奴曰："妆固有眼，不意近在一家，而几失之也。"自此朝思暮想，恹恹生起病来。巧奴会其意，乃曰："小姐近日精神消减，得毋为那人乎？"红霞曰："不瞒你说，我实想他。你有何计策唤他进来，一遂吾怀，吾当重重赏你。"巧奴摇首曰："奴亦有心久矣，但那人与公子时刻不离，无从近之，奈何？"红霞闻之，默默不乐，因作一诗寄意云：

错认王郎是子都，墙东更有霍家奴。
只怜咫尺重门隔，暮雨潇潇暗自吁。

一日，红霞正在房中纳闷，忽见巧奴笑嘻嘻走进道："小姐喜事到了。"红霞曰："何喜？"巧奴道："今日大将军出征，带领公子同往。子高因有微恙，不便鞍马，独留书室。我已打听明白，到晚小婢以小姐之命唤他，那怕他不即进来。岂非平日相思，可以一旦清释？"

红霞大喜，巴不得立时相会。就嘱巧奴点灯后，先把守门人打发开了，即到东园，悄悄领他进来。巧奴欣喜领命。

却说子高随公子在府，所居名曰东阁，乃是内园深处，与小姐所住内室仅隔一条夹巷。公子爱其地幽雅，故独与子高居此。其余从者，日间进来伺候，夜间俱宿外厅，将子高当作绝代丽人，而以东阁为藏姣之所。奈值军事紧迫，子高病体初愈，不能随往，故留他看守东阁，且可静心调养。当日子高独处无聊，到夜更觉寂寞，坐至更初，正欲闭户就寝，忽见一年轻女子悄步入室。子高忙问道："姐姐到此何干？"女微笑道："吾奉小姐之命，特来唤你进去。"子高愕然道："仆何人斯，而敢私入内室耶？"巧奴再三催之，坚不敢往。巧奴无奈，只得进内回复红霞，言其惧罪不进之故。红霞此时，已等得不耐烦，闻其不来，必愈着急，一腔春意那里按得住，也顾不得千金身价，只得带了巧奴，自往招之。时已更深，月明如昼，府中上下俱已熟睡，唯子高被巧奴一番缠扰，坐卧不宁，门尚半启。忽见巧奴复来，低语道："小姐自来唤你了，快去接见。"子高大惊，连忙趋出，果见小姐立在门首，便道："何物小子，敢劳小姐降临。"红霞以手招道："来，奴自有话问你。"回身便走。巧奴便催他进内，子高惧违小姐之命，只得带上双扉，亦随后而入。幸喜一条长弄，曲曲折折，直至内宅门首，守门乃一老仆，已受红霞嘱咐，早早去睡，并无一人撞见，心下稍安。及进宅门，小姐已归绣阁，巧奴候在庭中，便引子高直至内房。诸婢知趣，各自躲开，单留小姐独倚妆台。子高见了小姐，忙即跪下。红霞便以手扶起道："不必行此大礼。但奴慕郎已久，渴欲一会。郎何作难若此？"子高曰："非不欲也，直不敢耳。"红霞曰："我为父爱，府中人莫敢犯我，子毋畏焉。"巧奴在旁道："夜深了，良辰有几，请安睡罢。"斯时女固春心荡漾，男亦欲火如焚，遂共解衣上床。要晓得红霞情窦虽开，尚属含葩处女，怎禁得子高之具已与主人相仿，娇枝嫩蕊，岂堪承受，只因红霞贪欢过甚，虽苦亦乐。又亏子高曲意温存，渐入佳境，使之尽忘艰楚。直至五鼓，云收雨散，方拥抱而寝，沉沉睡去。巧奴见天色将明，忙催子高起身。二人只得披衣而起，送至堂前，重订后会而别。从此朝出暮入，巧奴亦谐私好，红霞越发情浓，所有珠玉珍宝，价值万计，悉以与之。又尝书一诗于白团扇，画比翼鸟于上，以遗子高。诗曰：

人道团扇如圆月，侬道圆月不长圆。
愿得炎州无霜色，出入欢袖千百年。

子高亦答以诗云：

团扇复团扇，宛转随身便。
珍重手中擎，如见佳人面。

久之，事渐泄，合府皆知。唯事关闺阁，又系主人爱女，谁敢泄漏？故霸先全然不觉。其后子高恃宠，凌其同伴，同伴怨之，欲发其事而虑主人庇之，反致罪责，乃窃其所赠团扇，逃至建康，以呈王顾，且告之故。顾大忿恨，诉其父僧辩。僧辩怒，托以他故，绝陈女婚。霸先亦怒，谓僧辩无故绝婚，必有相图之意，因此外和内忌，常怀异志。至是僧辩纳渊明为帝，又拂其意，遂发兵袭僧辩，并其子顾杀之。后茜出镇长城，子高随往，不得与女相见。女日夜想念，郁郁而死。此是后话不表。

再说僧辩既死，其亲戚党羽之为州郡者，皆不附霸先。于是杜龛据吴兴叛，韦载据义兴叛，王僧智据吴郡叛，徐嗣徽及弟嗣先皆以州降齐，欲为僧辩报仇。霸先闻诸郡不服，谓其侄茜曰："汝往长城，速收兵以备杜龛，吾使周文育进攻义兴。"茜奉命，昼夜驰往，才至长城，收兵得数百人。杜龛将周泰将精兵五千奄至，将士皆失色，茜言笑自若，部分益明，众心乃定。奉攻之，不克而退。

却说文育进攻义兴，义兴县多霸先旧兵，善用弩。韦载收得数十人，系以长锁，命所亲监之，使射文育军。约曰：“十发不两中者死。”故每发辄毙一人，文育军遂却。韦载因于城外，据水立栅。霸先闻文育军不利，乃留侯安都宿卫台省，亲自出兵讨之。那知徐嗣徽打听霸先东出，密结豫州刺史任约，将精兵八千，乘虚袭建康，且约齐师为援。是日，入据石头。游骑至阙下，安都闭城门，藏旗帜，示之以弱，下令城中曰：“登陴瞰贼者斩。”及夕，城中寂然，外兵莫测所为，不敢遽攻。安都乃夜为战备，明旦，帅甲士三百，开东掖门出战，大破之。嗣徽等奔还石头，不敢复逼台城。

却说霸先至义兴，进攻韦载，拔其水栅。载惧乞降，霸先厚抚之，引置左右，与之谋议。忽报嗣徽、任约率兵内犯，石头已失，大惊，乃留文育讨杜龛，救长城；裴忌攻王僧智，收吴郡；自引亲军，卷甲还都。才至建康，恰值齐将柳达摩赴嗣徽之约，率兵一万，运米三万石、马千匹于石头，兵势甚盛。霸先问计于韦载，载曰：“齐若分兵先据三吴之路，略地东境，则时势去矣。今可急于淮南，即侯景故垒筑城以通东道，分兵绝彼之粮运，使进无所资，则齐将之首旬日可致。”霸先从之，乃于大航之南筑侯景故垒，使杜稜守之。

先是嗣徽入犯，留其家于秦郡。安都觇其无备，袭破之，俘数百人；收其家，得琵琶及鹰，遣使送之曰：“昨至弟处得此，今以奉还。”嗣徽大惧。当是时，柳达摩渡淮置阵，霸先督兵疾战，纵火烧其栅。齐兵大败，争舟相挤，溺死者以千数。明日再战，又大破之，尽收其军资器械。齐师不敢出，亦退守石头。霸先四面进击，绝其水道，城中水一升值绢一匹。达摩惧，遣使求和于霸先，且求质子。时京师虚弱，粮运不继，朝臣皆欲与和，请以霸先从子昙朗为质。霸先曰：“今在位诸贤欲息肩于齐，若违众议，谓孤爱昙郎，不恤国家。念决遣昙郎，弃之寇庭。但齐人无信，谓我微弱，必即背盟。齐寇若来，诸君须为孤力斗也。”乃以昙郎为质，与齐人盟于城外，将士恣其南北。齐师乃退，嗣徽、任约亦皆奔齐。

话分两头。裴忌受命攻王僧智，率其所部精兵，倍道兼行，自钱塘直趋吴郡。夜至城下，鼓噪薄之，呼声震天地。僧智以为大军至，惧不敌，轻舟奔吴兴，既而奔齐。忌入据之，霸先即以忌为吴郡太守。陈茜在长城收兵得八千人，与文育合军进攻杜龛。龛勇而无谋。嗜酒常醉，其将周泰隐与茜通，屡战皆败。泰因说之使降。龛将从之，其妻王氏曰：“霸先仇隙如此，降必不免，何可屈己？”因出私财赏募，得壮士数百，出击茜军，大破之。龛喜，饮酒过醉。是夜，周泰开门，引敌入城。兵至府中，龛尚醉卧未尝。茜遣人负出于项王寺前，斩之，尽灭其家。由是东土之不服者皆平。

再讲齐师既归，降将徐嗣徽等日夜劝齐伐梁，谓江南一举可取。齐主从之，乃遣仪同萧轨、厍狄伏连与任约、徐嗣徽，合兵十万，大举入寇，昼夜兼进，直据芜湖。霸先得报，谓诸将曰：“何如？吾固知齐兵之必至也。”乃遣侯安都率领诸将，共据梁山御之。齐人诈言，欲召建安公渊明归北，当即退师。霸先欲具舟送之，会渊明疽发背卒，不果。于是齐兵发芜湖，庚寅，入丹阳县；丙申，至秣陵故治，建康大震。霸先乃遣文育将兵屯方山，徐度顿马牧，杜稜顿大航南，为犄角之势以拒之。齐人跨淮立桥，引渡兵马，夜围方山。而嗣徽则据青墩之险，大列战舰，以断文育归路，兵势严密。至明，文育鼓噪而发，反攻嗣徽，所向披靡，直出阵后。嗣徽有偏将鲍砰，力敌万夫，勇冠一军，独以小舰殿后。文育乘舟舴艋与战，相去数丈，踊身一跃，跳上砰船，手起刀落，将砰斩落水中，连杀数人，牵其船而还。嗣徽之众大骇。

癸卯，齐兵进及倪塘，游骑直至台城，上下危惧。霸先因作背城之战，亲自出拒。恰好文育军亦至，士气乃壮。将战，大风从敌阵来，霸先曰：“兵不逆风。”文育曰：“事急矣，焉用古法？”抽槊上马先进，众军从之，风亦寻转，杀伤数百人，齐兵乃却。俄而齐师至幕府山，锋甚锐。霸先不出，潜使别将钱明，领精卒三千，乘夜渡江，邀击齐人粮运，尽获其船米，齐军由此乏食。任约谓嗣徽曰："此时尚可一战，若相持不决，粮尽兵散，何以自全？"嗣徽曰："然。"乃引齐军踰钟山，至玄武湖，进据北郊坛，以逼建康。霸先移兵坛北，与齐人相对。是夜大雨震电，暴风拔木，平地水深丈余。齐军昼夜坐立泥中，足指皆烂，悬鬲以爨。而台中地高，水易退，道路皆燥，官军每得更番相易。然四方壅隔，粮运不至，建康户口流散，征求无所，人尽忧之。天少霁，霸先将战，向市人调食，仅得麦饭，分给军士，士皆饥疲。恰好陈茜以米三千斛、鸭千头，从间道送至建康。霸先大喜，乃命炊米煮鸭，人人以荷叶裹饭，分以鸭肉数脔，未明蓐食，比晓出战。侯安都谓萧摩诃曰："卿骁勇有名，千闻不如一见。"摩诃对曰："今日令公见之。"及两兵方合，安都挺枪跃马，冲入敌阵，手杀数人。忽马蹶坠地，齐人围之，奋枪乱刺。摩诃望见，单骑大呼，直冲齐军，刀举处，齐将纷纷落马。杀开一条血路，夺得敌马以与安都，安都乃免。霸先望见曰："事急矣。"遂与吴明彻等聚兵合击，各殊死斗。周文育又从白下引兵横出其后，首尾并举，齐师大溃，斩获万余，相蹂藉而死者不可胜计。生擒徐嗣徽及弟嗣宗，斩之。乘势追袭，虏得齐将萧轨等将帅四十六人。其军士得窜至江者，缚荻筏以济，中江而溺，流尸至京口，翳水弥岸。唯任约、王僧愔得免。是役也，梁大胜齐，齐丧师十万，逃归者不及什之二三。建康危而复安，军士以赏俘换酒，一人裁得一醉。庚申，斩萧轨等于市，齐人闻之亦杀陈昙郎。

是时，外寇既靖，疆土粗安。乃进霸先位相国，总百揆，封陈公，加黄钺殊礼，赞拜不名。于是大小臣工皆知梁祚将终，霸先革命在即，而相率劝进。太府卿何敳、新州刺史华志，各上玉玺一枚，皆言草土中有红光透出，掘而得之。主有圣明治世，谨奉以献。霸先受之。又大夫王彭，称于今月五日平日，见龙迹自大社至象阙，亘三四里，为霸先贺。司天官奏庆云呈于东方，慧星见于西北，主有除旧更新之象。又钟山甘霖大降，嘉禾一穗六岐。群臣争劝霸先受禅，以副天人之望。于是进爵为王，增封二十郡，自置陈国以下官属。冕用十有二旒，建天子旌旗，出警入跸。

永定元年十月戊辰，敬帝下诏禅位于陈。是日，陈主使将军沈恪勒兵入殿，卫送梁帝如别宫。沈恪排闼见王，叩头谢曰："恪经事萧氏，今日不忍见此，分受死耳，决不奉命。"王嘉其意，不复逼，更以他人代之。乙亥，王即帝位于南郊。先是氛雾满天，昼夜晦冥，至于是日，景气清晏，识者知有天意焉。礼毕还宫，临太极前殿，受百官朝贺，改元，大赦。奉敬帝为江阴王，降太后为太妃，皇后为妃。辛巳，立七庙，追尊皇考曰景皇帝，皇妣董氏曰安皇后。立夫人章氏为皇后，以太子昌留魏，故不立太子。先是侯景之平也，火焚太极殿。敬帝时，议欲建之，独阙一柱，遍索山谷间不得。至是有樟木大十八围，长四丈五尺，流泊江口。朝臣皆以为天降神木，助宏王基，上表称贺，遂取以建殿，尺寸不爽。殿成，诏以皇侄茜为临川王，大封百僚，梁之旧臣，莫不受命。那知四方皆服新朝，一人独怀旧主，闻陈篡位，仗义兴兵，誓必为梁报仇。帝闻之，叹曰："吾固知其不服也。"

你道此人是谁？且听下文分讲。

第三十卷

废伯宗安成篡位　擒王琳明彻立功

话说梁社既亡，旧臣皆服新朝，孰敢起而相抗？单有湘州刺史王琳，素怀忠义，不以盛衰改节。先是江陵陷，元帝被害，琳率众发哀，三军缟素。屯兵长沙，传檄州郡，为进取之计。敬帝既立，琳复推戴建康，不敢有二。及霸先诛僧辩，握大权，隐有受禅之志，心甚不平。继闻敬帝禅位于陈，不胜大怒，乃求援于齐，请纳永嘉王庄，以主梁祀。齐乃送庄还江南，琳便奉庄即帝位，改元天启。庄以琳为丞相，建牙勒众，大治舟舰，欲攻建康。帝闻其反，乃假侯安都为西道都督、周文育为南道都督，将舟师二万，会于武昌以击之。谓二将曰："王琳蓄志已久，练兵有年，其下多骁勇之士，此未可以轻敌也。"二人素轻王琳，以为此残梁遗寇，平之易若反掌，绝不为意。又两军并行，不相统摄，部下交争，各无奋志。行至武昌，琳将樊猛惧不能敌，退守郢州。安都意益骄，遂进兵围之。裨将周铁虎谓不宜顿兵坚城之下，当先破王琳，则郢城自服。安都不可，及闻王琳大军将至，乃释郢城之围，进军弇口以拒之。

当是时，琳军东岸，安都等结营西岸，相持数日。琳与诸将计曰："彼军骄甚，必不以我为虞，可袭而取也。"乃以老弱守营，夜引精兵，从下流潜渡，抄出东军之后，乘军士熟睡时候，一声号炮，奋勇杀入。东军果不设备，乃至惊醒，大营已破。军士皆抱头鼠窜而逃，逃不及者尽做刀下之鬼。安都、文育等虽勇，怎奈四面尽是梁兵围裹上来，左右亲将死伤略尽，欲逃无路，以故安都、文育及裨将周铁虎等皆被擒获。及明，王琳归营，诸将皆贺。乃引见陈俘，谓安都等曰："汝等皆号无敌，今乃为吾擒乎？"安都等不语。独铁虎词气不屈，琳杀之，而囚安都、文育，贯以长锁，系之座侧。遂乘胜势，袭据江州。帝闻报大骇，乃遣司空侯瑱及领军徐度，帅舟师三万进讨。帝亲幸石头送之。

却说琳至湘口，水涸不得进。一夜春水暴涨，舟舰得通，乃引合肥、巢湖之众，舳舻相次而下，军势甚盛。瑱进军虎槛洲，与琳隔洲而泊。明日合战，琳军少挫，退保西岸。及夕，东北风大起，吹其舟舰并坏，没于沙中，风浪大，不得还浦。天明风静，琳入浦治船。瑱亦引军退入芜湖。时侯安都、周文育乘监守稍懈，带锁逃归。侯填接见，大喜曰："公等得脱，皆天意也，破贼必矣。"遂奏闻于帝。帝虽怒其败，而甚喜其归，仍令随军效力。

先是王琳乞师于齐，齐遣大将刘伯球将兵一万，助琳水战。慕容子会将铁骑二千，屯芜湖西岸，为之声势。丙申，将战，侯瑱下令军士晨炊蓐食以待之。时西南风急，琳自谓得天助，引兵直趋建康。瑱俟其舟尽过，乃徐出芜湖，蹑其后，西南风反为填用。琳命军士掷火炬以烧陈船，皆反烧其船，军阵大乱。瑱乃以小船蒙牛皮冲其舰，舰皆坏。琳由是大败。军士溺死者什二三，余皆弃船登岸走。而齐兵之在西岸者，亦慌乱起来，自相蹂践，并陷于芦荻泥淖中。陈师逼之，束手就缚。遂擒齐将伯球、慕容子会，斩获万计。琳见众军瓦解，大势难支，只得冒阵急走。至湓城，犹欲收合离散，以图再举。奈众无附者，遂奉永嘉王，及妻妾左右数十人奔齐。其将樊猛等皆率部曲来降。由是郢、湘尽平，江北无警，梁之旧境无不归服于陈。虽有远方倔强之徒，或降或叛，帝皆羁靡之，不忍劳师远讨，过用民力。即位三年，四境粗安。

当是时，南朝鼎迁于陈，西魏亦禅位宇文氏，改国号为周。而陈太子昌尚羁关中，帝乃遣使通好，且求太子昌归国，周人许而不遣，心常不乐。未几帝不豫，遣尚书王通以疾告太庙及郊社，其后疾益甚，庚午，崩于璇玑殿，时年五十七。遗诏以临川王茜入承大统。于是群臣向王劝进，王谦让弗敢当。太后又以太子昌尚在周邦，未肯下诏立君。众莫能决。安都慷慨言曰："今四方未定，何暇及远，临川王先帝犹子，有大功于天下，须共立之。今日之事，后应者斩。"便按剑上殿，启太后出玺，手解临川王发，推就丧次，俯伏举哀。哀毕，升殿即位，是为文帝。甲寅，迁殡于太极殿西阶，群臣上谥曰武皇帝，庙号高祖。高祖智以绥物，武以宁乱，英谋独运，人皆莫及。加以俭素自率，常膳不过数品，私飨曲宴，皆用瓦器。肴核庶羞，裁令充足。后房衣不重彩，饰无金翠。及乎践祚，弥厉恭俭，以故隆功茂德，光有天下。今且按下不表。

且说文帝即位以来，兢兢业业，治己用人，一遵高祖之旧。尊王后为皇太后，以司空侯瑱为太尉，侯安都为司空，徐度为侍中，杜稜为领军将军。立妃沈氏为皇后，子伯宗为皇太子。大业已定，把一个太子昌竟置不问。斯时昌羁于北，闻高祖崩，临川即位，以为夺了他基业，不胜愤怒，于是哀恳周人，求归南土。时周朝宇文护当国，因念陈已有君，留之无益，落得做人情，遂遣南归。昌至安陆，将济江，先遣人致书于帝，责其不待己至，擅登大位，辞多不逊。帝视书不悦，然若拒而不纳，臣下必有异论。乃召安都入内廷，从容谓曰："太子将至，须别求一藩，吾归老焉。"安都曰："自古岂有被代天子乎？臣愚不敢奉诏。"请自往迎之，向帝密语数言而别。遂以昌为骠骑将军，封衡阳王。诏中书舍人，缘道迎候。安都见太子敬礼备至，请即登舟济江，太子从之。那知船中侍从皆其腹心，行至中流，执而沉之于水，以溺死闻。朝廷为之发丧。后人有诗悲之云：

犹子巍巍握帝符，前星失曜一身孤。
早知今日沉江底，何不长安作匹夫。

衡阳既死，帝心暗喜。时帝有母弟顼，尚留在周，帝思之，遣使关中通好，赂以黔中地及鲁山郡，求放顼还。周乃遣上士杜杲送顼南归，并其妃柳氏，及子叔宝皆还建康。先是顼在长安，军主李总与顼有旧，每同游处。一日顼被酒，张灯而寐。总入其室，见一大龙卧于床上，便惊呼而走。顼觉，问何所惊，总曰："子必大贵，异日无忘吾言。"及归，与帝相对泣。即封安成王，恩赏有加。帝谓周使杜杲曰："家弟今蒙礼遣，实周朝之惠。然鲁山不返，亦恐未能及此。"杲对曰："安成长安一布衣耳，而陈之介弟也，其价岂止一城而已哉？本朝敦睦九族，恕己及物，上遵太祖遗旨，下思继好之义，是以遣之南归。今乃云以寻常之土，易骨肉之亲，非使臣所敢闻也。"帝甚惭，曰："前言戏之耳。"

且说侯安都既害衡阳，进爵清远公，威名甚重，群臣莫出其右，自以功安社稷，日益骄矜。部下将帅，多不遵法度，有司检问，则奔归安都，安都庇之。凡上表启，语多不逊。及侍宴酒酣，或箕踞座上，倾倚席间，不复尽人臣之礼。一日，陪乐游苑禊饮，醉谓帝曰："陛下今日何如作临川王时？"帝不应。安都再三言之，帝曰："此虽天命，抑亦明公之力。"宴讫，又启御前供张，赐借一用，将载妻妾来此欢会。帝虽许之，而心甚不平。明日，安都坐御座，宾客居群臣位，称觞上寿。帝闻之益怒，渐夺其权，于是群臣争言安都之短，劝帝除之。又有言其谋叛者，召入省中，赐死。初，安都与杜僧明、周文育皆助高祖成大业，尝为寿于高祖前，各称功伐。高祖曰："卿等皆良将也，而并有所短。杜公志大而识暗，狎下而骄上，矜其功不收其拙。周侯交不择人，而推心过差，居危履险，猜防不设。侯郎傲诞而无厌，轻佻而肆志，并非全身之道。”卒皆如其言，人咸服高祖之明见云。此是余话，不必细讲。

却说天康元年之四月，帝不豫，台阁众事，并令尚书仆射到仲举、五兵尚书孔奂、中书舍人刘师知共决之。疾笃，忧太子伯宗柔弱，不能守立，谓顼曰："吾欲遵泰伯之事，汝能无负我托否？"顼拜伏于地，涕泣固辞。帝又谓诸臣曰："今三方鼎峙，四海事重，宜须长君。朕欲近则晋成，远隆殷法，卿等宜遵此意。"孔奂流涕对曰："陛下御膳违和，痊复非久。皇太子春秋鼎盛，圣德日跻。安成王介弟之尊，足为周旦，若有废立之心，臣等宁死，不敢闻诏。"帝曰："古之遗直，复见于卿。"乃以奂为太子詹事。

癸酉，上殂。群臣奉太子即位，是为废帝。以安成王为骠骑大将军，都督中外诸军事。安成遂帅卫士三百人居尚书省，以防非常。师知、仲举虽居禁中，共决政事，而大权总归安成。刑赏黜陟，全不与众人参怀。师知由是忌之，谓仲举曰："安成不出，少主恐无自安之理。"仲举亦以为然。乃密结右丞王暹、舍人殷不佞、右卫将军陈子高，相为党援。原来子高自文帝继统，以旧宠历任要职，拜为右卫将军，统领军府，在诸将中士马最盛。因感旧君之恩，欲为新主报效，故与仲举相结，共谋出顼于外。然众尚犹豫，未敢即发。独殷不佞以为机不可缓，一日不告众人，驰诣省中，矫敕谓顼曰："今四方无事，王可且还东府，经理州务。"顼闻之愕然，命驾将发，记室毛喜入见顼曰："陈有天下日浅，国祸继臻，中外危惧。太后深惟至计，令王入省，共康庶绩。今日之言，必非太后之意。宗社之重，愿王三思。须更闻奏，无使奸人得肆其谋。今出外即受制于人，譬如曹爽，愿作富家翁，其可得耶？"顼即遣喜与吴明彻筹之。明彻曰："嗣君谅暗，万机多阙。殿下亲实周召，当铺安宗社，愿留中勿疑。"顼乃称疾，召刘师知至府，留之与语，使毛喜入言于太后。太后曰："今伯宗幼弱，政事并委二郎。此非我意。”因召帝问之，帝曰：“此自师知等所为，朕不知也。”喜出报顼，顼乃囚师知于室，亲自入朝，面奏二宫，极陈师知之罪。帝曰：“此等人，任叔父治之。”顼出，即以师知付廷尉，夜于狱中赐死。收王暹、殷不佞并付狱。不佞少有孝行，顼雅重之，故仅免官而诛王暹，余人皆置不问。一日，毛喜请简人马配子高，并赐器甲。顼惊曰：“子高谋反，方欲收执，何为授以人马器甲？”喜曰：“山陵始毕，边寇尚多。子高受委前朝，权力正盛，若收之，恐不时授首，或为国患。宜推心安慰，使不自疑，伺间图之，一壮士之力耳。”顼深然之。

再讲仲举自师知死后，心益不安，乃使其子郁乘小舆，蒙妇衣，来子高家，谋诛安成。往返数次，踪迹渐露。顼欲诱二人入朝而杀之，因托言议立皇太子，悉召文武，共集尚书省。二人随众入，乃使壮士执之，付狱赐死。先是前一夜，子高梦见红霞以手招之曰：“郎今可以共往矣。”一觉，恶其不祥。俄而闻召，谓家人曰：“此行吉凶难保也。”及入，果赐死。

再说子高既诛，其党皆惧。湘州刺史华皎亦子高党，惧祸及己，以湘州叛归后梁，又乞师北周，勾连两国之兵，来犯建康，军势甚盛。顼欲讨之而恐不克，因问计于吴明彻。明彻曰：“王自秉国以来，未尝立大功。皎虽外结强援，军心不一，势易摧败。王自引大兵击之，荡定可必。如是则大功立，民心之戴王益坚矣。”顼然其言，乃亲引大军三万御之。庚辰，战于沌口，大破华皎，周、梁之师亦溃。皎奔关中，湘州遂平。奏凯后，群臣争表安成之功，进位太傅，加殊礼。于是安成之权愈重，国中但知有安成，不知有帝矣。帝弟始兴王伯茂。心怀不平，屡肆恶言。顼恶之，乃黜为温麻侯，置诸别馆，使人邀于道杀之，诈言为盗所杀，大索国中三日。帝闻大怒，遂不与安成相见。于是近臣毛喜等劝顼早正大位，以一人心。顼从之。

甲寅，乃以太皇太后令，诬帝与师知、华皎通谋，上违太后，下害宗贤，无人君之度，且曰：“文皇知子之鉴，事等帝尧，传弟之怀，又符太伯。今可还申曩志，崇立贤君。”遂废帝为临海王，以安成王入纂大统。正月甲午，群臣上玺绶，安成即皇帝位，是为宣帝。改元太建，复太皇太后为皇太后，皇太后为文皇后。立妃柳氏为皇后，世子叔宝为皇太子。封皇子叔陵为始兴王。群臣悉以本位，供职如故。帝幼有智量。及长，美容仪，身长八尺三寸，手垂过膝，与文帝友爱甚笃。以地处嫌逼，遂纂天位，有负文帝。然少历艰难，深悉民隐，故践祚之后，勤劳庶政，不动干戈，江南之民遂得少安。

话分两头。王琳自奔齐之后，齐王命出合肥，招募伧楚，更图进取。既而以琳为扬州刺史、大行台，镇寿阳，屡次上表，乞师南侵。尚书卢潜以为时事未可，且请与陈和亲。齐主从之，乃遣散骑常侍崔瞻来聘，且归南康愍王昙郎之丧。琳遂与潜有隙，更相表奏。齐主召琳赴邺，以潜为扬州刺史代之。由是二国聘问往来，信使不绝者数载。然是时，齐政日坏，国势渐衰，后主信任权幸，屏黜忠良。周人乘齐之乱，日肆凭陵，汾、晋之间，几无宁日。消息传入建康，陈主大喜，以为江、淮旧境，乘此可复，乃集群臣于内殿，商议伐齐。群臣各有异同，独吴明彻决策请行。帝曰：“此事朕意已决。但元帅至重，诸卿以为孰可？”众议以淳于量历有大位，位望隆重，共署推之。左仆射徐陵独曰：“吴明彻家在淮左，悉彼风俗，将略人才，当今亦无过者。臣以为元帅之任，非明彻不可。”尚书裴忌曰：“臣同徐仆射。”陵应声曰：“非但明彻良帅，裴忌亦良副也。”帝从之，乃拜明彻为元帅，裴忌监军事，统众十万伐齐。先取秦郡、历阳两路，刻日并发。

齐人闻陈师来侵，共议出兵御之。仪同王纮曰：“官军比屡失利，人情骚动，若复出顿江、淮，恐北狄西寇乘弊而来，则世事去矣。莫若遣使江南，暂图和好。然后薄赋省徭，息民养士，使朝廷协睦，遐迩归心。天下皆当肃清，岂直陈氏而已？”齐主不从，遣大将尉破胡率兵救秦州，长孙洪略出兵救历阳。侍中赵彦深私问计于秘书监源文宗曰："弟往为秦、泾刺史，悉江、淮间情事，今陈师入寇，何术以御之？"文宗曰："朝廷精兵，必不肯多付诸将，数千以下，适足为吴人之饵。尉破胡人品卑下，公之所知。败绩之事，匪朝伊夕，何能制胜却敌，保有淮北耶？如文宗计者，不过专委王琳，招募江淮义勇三四万人，风俗相通，能得死力。兼令旧将，将兵屯于淮北，足以固守。且琳之于顼，必不肯北面事之明矣。窃谓此计之上者，若不推赤心于琳，更遣余人掣肘，复成速祸，弥不可为。"彦深叹曰："弟此策诚足制胜千里。但争之十日，已不见从，时事至此，安可尽言？"因相顾流涕。

且说破胡将次秦州，去陈军不远，选长大有勇力者为前锋，号苍头，身披犀甲，手执大刀，其锋甚锐。又有西域胡多力善射，弦无虚发，敌军尤惮之。将战，吴明彻谓萧摩诃曰："若殪此胡，则彼军夺气，君才不减关、张矣。"摩诃曰："愿示其状，当为公取之。"明彻乃召降人有识胡者，使指示之。自酌酒以饮摩诃曰："饮明彻手中酒者，当令勇气百倍，所向无前。"摩诃饮毕，驰马冲齐阵，大呼曰："有勇者速来一决！"西域胡挺身出阵，十余步，彀弓方发，摩诃遥掷铣钡，大呼曰："着！"正中其额，应手而仆。齐阵中大力者十余人出战，摩诃挥刀皆斩之，易若拉朽，齐人无不胆落。于是明彻乘敌之惧，纵兵大战，齐兵大败，尉破胡走，遂克秦州。

先是，破胡之出师也，齐使王琳与之俱。琳谓破胡曰："吴兵轻锐，宜以长策制之，慎勿轻斗。"破胡不从而败，琳单骑仅免，奔还彭城。又陈将黄法氍，与长孙洪略大战于历阳城下，临阵斩之，遂克历阳。由是两路皆捷，大军所至，势如破竹。不数旬，已获二十余郡。齐将非降即逃，单有王琳败下，尚领残兵数千，退保寿阳外郭。明彻乘夜攻之，琳且战且守，飞章告急。齐乃复遣大将皮景和率师十万来救。那知景和本非将才，一闻敌强，更怀惧怯，去寿阳三十里，顿军不进，仅虚张声势以畏敌。陈将皆惧曰："坚城未拔，大援在近，将若之何？"明彻曰："兵贵神速，而彼结营不进，自挫其锋，吾知其不敢战明矣，何畏？急攻寿阳，拔之可也。"于是躬擐甲胄，四面疾攻。景和果不敢救，引兵退，遂克寿阳，生擒王琳，琳体貌闲雅，喜怒不形于色，有强记才。军府佐吏千数，一见皆能识其姓名，轻财爱士，得将卒心。虽流寓在邺，齐人皆重其忠义。及被擒，旧时麾下将卒多在明彻军中，见之皆歔欷，不能仰视，争为请命，及致资给。明彻恐其为变，斩之于寿阳东二十里。哭者声如雷。有一叟以酒脯来祭，哭尽哀，收其血而去。田夫野老，知与不知，闻者莫不流涕。后人有诗悲之曰：

故国江山已化尘，孤臣阃外尚捐身。
寿阳野老收遗血，哭杀当时麾下人。

捷闻，帝大喜，置酒举杯，嘱徐陵曰："赏卿知人。"陵避席曰："定策圣衷，非臣力也。"乃以明彻为车骑大将军，都督豫、合六州诸军事。遣谒者萧淳风就寿阳，册命筑坛于城南，高数丈，士卒二十万，皆戎装，环立坛下。旗分五色，兵列八方，明彻登坛拜受，三军皆呼万岁，声震山谷。观者如堵，人皆荣之。其余有功将士，皆进爵。以寿阳复为豫州，以黄城为司州，江、淮旧境悉复。

但未识齐人复来争否，且俟下文再讲。

第三十一卷

张丽华善承宠爱　陈后主恣意风流

话说齐主闻寿阳陷，颇以为忧。其嬖臣穆提婆曰："本是彼物，从其取去。假使国家尽失黄河以南，犹可作一龟兹国。更可怜人生如寄，惟当行乐，何用愁为？"左右嬖幸共赞行之。齐主大喜，因置边事于度外。陈人悉复其故疆，而齐不复争。先是王琳传首建康，诏悬其首于市，人莫敢顾。其故吏朱瑒上书于仆射徐陵曰：

> 窃以典午将灭，徐广为晋家遗老；当涂已谢，马孚称魏室忠臣。梁故建宁公琳，当离乱之辰，总方伯之任，天厌梁德，尚思匡继。徒蕴包胥之志，终遘苌弘之眚，至使身没九泉，头行千里。伏惟圣恩博厚，明诏爰发，赦王经之哭，许田横之葬。不使寿春城下，唯传报葛之人；沧州岛上，独有悲田之客。

陵得书，为之请于帝，乃诏琳首还其亲属。瑒奉其首，葬之于八公山侧。义故会葬者数千人，皆痛哭拜奠。寻有寿阳义士茅智胜等五人，密送其柩于邺。赠曰"忠武王"，给辒辌车葬之。今且按下不表。

却说宣帝广选嫔御，后宫多内宠，生四十二男。长太子柳皇后生，次始兴王叔陵，又次长沙王叔坚，及下诸王，皆众妃所出。叔陵少机辨，狥声名，为帝钟爱，然性强梁不羁，恃宠使气，王公大臣多畏之。年十六，出为江州刺史。严刻驭下，部民畏惧。历任湘、衡、桂、武四州，诸州镇闻其至，皆股栗震恐。而叔陵日益暴横，征求役使，无有纪极。又夜间不卧，烧烛达晓，召宾客孌人，争说民间细事，以相戏谑。自旦至午，方始寝寐。其曹局文案，非奉呼唤，不得上呈。潇、湘以南词人文士，皆逼为左右侍之，其中脱有逃窜，辄杀其家属妻子。民家妻女，微有色貌者，皆逼而纳之府中。州县莫敢上言，以故帝弗之知。俄而召入，命治东府事务，兼察台省。凡执事之司，承意顺旨者，即讽上用之，厚加爵位，微致违忤，必抵以大罪，重者致死。又好饰虚名，每入朝，常于车中马上，执卷读书，高声长诵，扬扬自若。归至室内，或自执斧斤为沐猴百戏。又好游冢墓间，见有茔表为当世知名者，辄令左右发掘，取其石志古器，并骸骨肘胫，持为玩弄之物。郭外有梅岭，晋世王公贵人多葬其间。叔陵生母彭妃死，启请梅岭葬之。乃发谢太傅安石墓，弃去其柩，以葬母棺。初丧之日，伪为哀毁，自称斋戒，将刺臂上血，为母写《涅槃经》。未及十日，庖厨击鲜，日进甘膳。私召左右妻女，与之宣淫，其行事类如此。

又有新安王者，名伯固，文帝子，性嗜酒，用度无节，所得俸禄，每不足于用，酣醉时，常乞丐于诸王。帝闻而怜之，特加赏赐，后出为徐州刺史。在州不理政事，日出田猎，或乘眠舆至于草间，辄呼百姓妇女同游，动至旬日，所捕獐鹿等物，相与同享。帝知其不法，召至京，将废弃之。而伯固善嘲谑，工谄媚，与叔陵相亲狎，以故得帝欢，每宴集，必引之侍饮。又伯固性好射雉，叔陵好发古冢，出游野外，必与偕行。一日，两人对饮，既酣，叔陵谓曰："主人若崩，吾不能为太子下矣。"伯固曰："殿下雄才大略，岂太子所及？他日主天下者，非殿下而谁？吾虽不敏，当为殿下助一臂之力。"彼此大笑。于是情好大洽，遂谋不轨。伯固侍禁中，每有密语，必报叔陵。

是时，诸王皆畏叔陵，单有长沙王叔坚每与相抗，不肯下之。先是叔坚母，本吴中酒家女，宣帝微时，尝饮其肆，遂与之通。及贵，召拜淑仪，生叔坚。叔坚性杰黠，有勇力，善骑射，帝亦爱之。尝与叔陵争宠，彼此相忌。每朝会卤簿，不肯为先后，必分道而趋。左右或争道而斗，至有死者。帝于二子皆所钟爱，故稍加责让，仍置酒和解之。由是二人益无顾忌。

一日，帝方视朝，忽报周已灭齐，大惧，谓群臣曰："周人得志于东，必复辟地于南，如此江、淮必受其害。吾欲遣使于周，以修旧好，兼觇其动静。诸臣以为谁可使者？"众推袁宪，帝乃命宪入关。宪至周，周亦厚相接待，既成礼。遂还建康，复命于帝曰："周虽灭齐，其势可畏。然自周武死后，天元继统，周政日乱，内外皆归心丞相杨坚。臣料天元死后，坚必篡周。内务未遑，何暇外图？只恐坚既得志，必有并吞江南之意。他日之忧，正劳圣虑也。"帝曰："坚亦何能遽代周家？"遂不以为意。未几隋果代周。帝闻之惧，而谓宪曰："卿料事如神，他日之忧，正不可以不防。"宪曰："陛下能念及此，兢兢业业，隋亦无如我何也！"于是饬边事，修武备，以为自强之计。时大建十三年也。

明年春，帝有疾，诏太子及始兴王叔陵、长沙王叔坚并入侍疾。叔陵见帝疾将危，阴怀异志，命典药吏曰："切药刀甚钝，可砺之。"盖旧制诸王入宫，不许带寸刃，故叔陵欲砺锉药刀以行逆也。甲寅，帝崩，仓猝之际，合宫惊慌，而叔陵命左右于外取剑。左右弗悟其旨，取朝服所佩木剑以进，叔陵顿足大怒。叔坚在侧见之，知其有变，乃密伺所为。俄而太子哀哭俯伏，叔坚偶如厕，叔陵猝起，于旁抽锉药刀斫太子，中项，太子闷绝于地。柳后大呼救之，叔陵又斫后数下。乳媪吴氏自后掣其肘，太子浴血而起，叔陵持太子衣，太子奋身得脱。叔坚行至殿廊，闻内有喊声，急即奔入，见叔陵行凶，遂从后搤之，夺去其刃，牵之就柱，以其褶袖缚之。时吴媪已扶太子避贼。叔坚求太子所在，欲受生杀之命。叔陵乘间奋力挣缚，缚解脱走，突出云龙门，驰车还东府，使左右断青溪道，放东城囚以充战士。又遣人往新林，追其所部兵。躬自被甲，戴白布帽，登城西门，招募百姓，散金帛以赏士卒，遍召诸王将帅，莫有至者。独新安王伯固单马赴之，助其指挥。聚兵千人，据城自守。

时众军并出防江，台内空虚，人心惊乱。叔坚忙召萧摩诃入内，使受敕讨叔陵。摩诃受命出宫，即帅马步数百，直趋东府。叔陵惶恐，遣人送鼓吹与摩诃，谓之曰："事捷，必以公为台鼎。"摩诃诱之曰："须王心膂自来，方敢从命。"叔陵乃遣所亲戴温、谭麒麟来见摩诃，摩诃执以送台，斩其首以徇东城。叔陵叹曰："事不成矣。"遂入内，呼其妻妾十人，尽沉于井，身率步骑数百，开城走。欲趋新林，而后乘舟奔隋，行至白杨路，为台军所邀。伯固奔避入巷，叔陵驰骑拔刃追之，呼曰："尔欲求免耶？我先杀汝。"伯固不得已复还。部下多弃甲溃去。摩诃刺叔陵仆地，其将陈仲华就斩其首。伯固亦为乱兵所杀。自寅至巳，其乱乃定。叔陵诸子皆赐死。时太子创甚，卧承香殿，太后居柏梁殿，百司众务，皆决于叔坚。丁巳，太子创愈，群臣奉玺绶，即位于太极殿。改元至德，太赦天下，是为后主。以长沙王为司空、骠骑大将军；萧摩诃为车骑大将军，封绥远公。叔陵家金帛累巨万，悉赐二人。

且说长沙王既定内乱，自以有救护大功，骄纵日甚，群臣忌之。都官尚书孔范、中书舍人施文庆皆有宠于帝，而恶叔坚所为，日夜求其短，构之于帝。帝遂疏之，以江总为吏部尚书，夺其权。叔坚既失恩，心不自安，乃为厌媚，醮日月以求福。或上书告其事，验之有实，帝乃囚叔坚于内省。将杀之，令内侍宣敕数其罪，叔坚对曰："臣之本心，非有他故，但欲求亲于主上耳。今既犯天宪，罪固当死，但臣死地下，必见叔陵，愿宣明诏，责之于九泉之下。"帝感其言，遂赦之，免官归第。今且按下不表。

却说陈自成帝开国，纲纪粗备，天下渐安。继以文宣承统，勤劳庶政，节己爱人，府库充足，民食有余，故大建之末，江南号称富庶。后主即位，蒙业而安，天下欣欣望治。然性耽诗酒，专喜声色。始初尚有二三大臣辅以正道，军国之务稍为留心。继则佞幸日进，谀言盈耳，内宠外嬖，共为蛊惑，而君志日荒矣。再表后宫有一美女，姓张名丽华，本兵家之女，父兄以织席为业，后主为太子时，被选入宫，拔为东宫侍婢。时后主已得龚、孔二妃，花容月貌，皆称绝色，并承宠爱，而于孔妃尤笃。尝谓妃曰："古称王嫱、西子之美，自吾视之，卿美当不弱耳。"及丽华入宫，年才十岁，为孔妃给使，后主未之见也。一日，也孔妃小饮，丽华捧卮以进。后主一见大惊，端视良久，谓妃曰："此国色也。卿何藏此佳丽，而不令我见？"孔妃曰："妾谓殿下此时见之，犹嫌其早。"后主问何故，对曰："其年尚幼，恐微葩嫩蕊，不足以受殿下采折耳。"后主微笑。心虽爱之，怜其幼弱，不忍强与交欢。因作小词以寄情，其词曰：

海棠初试胭脂嫩，翠珮葳蕤，弱态难支。不许金风用力吹。　新妆时样慵梳掠，淡淡蛾眉，云鬓双垂，欲护兰芽不自持。

《罗敷媚》

后主做完是词，以金花笺书付丽华，丽华叩谢。孔妃相顾而笑曰："殿下何多情也？"原来丽华年虽幼小，天性聪明，吹弹歌舞，一见便会，诗词歌赋，寓目即晓。又善伺人颜色，虽孔妃亦甚爱之。年交十三，出落得轻盈婀娜，进止闲雅，容色益丽。每一盼睐，光彩照映左右。后主虽未临幸，常抱置膝上，抚摩其体。此时丽华芳心已动，云情雨意，盈盈欲露，引得后主益发动情，那能再缓佳期。一夜风景融和，月明如水，酒阑之后，遂挽之同寝。丽华初承雨露，娇啼宛转，不胜羞涩，而后主曲尽温存，方堪承受。直至灵犀一透，彼此欢乐无限。明日起身，后主满心喜悦，遂人一词以示丽华。其词曰：

明月映珠帘，依约小阑干侧。昨夜芙蓉帐底，占几分春色。　　憨痴未谙雨云情，娇羞更无力。为问温柔滋味，有谁人消得？

《好事近》

丽华亦依韵和之，词曰：

喜气上眉梢，斗转月轮初侧。雨露恩浓天上，愧好花颜色。　　柳条枝弱不堪攀，春风借微力。绣帐夜阑情绪，许姮娥知得。

词后书“恭贺御制元韵”。后主看了此词，欢喜不已，赞道：“你小小年纪，清词丽句，乃能如此，结句带着孔娘娘，尤见灵心四映，真才女也。”从此两情胶漆，如鱼得水，宠幸更出龚、孔之上。

未几宣帝崩，后主即位，拜为贵妃。当叔陵作逆时，后主受伤，卧承香殿中养病。诸妃皆不得侍，独丽华侍左右，进汤药，衣不解带者数夜。及愈，益爱幸之。又内宫庭院虽广，而武帝以来，皆尚简朴。后主嫌其居处不华，未足为藏娇之所，乃于临光殿前，起临春、结绮、望仙三阁。高数十丈，并数十间，穷土木之奇，极人工之巧。凡窗牖墙壁栏槛之类，皆以沉檀木为之，饰以金玉，间以珠翠。外施珠帘，内设宝床宝帐。服玩珍奇，器物瑰丽，皆近古未有。阁下积石为山，引水为池，植以奇树，杂以名花，每微风暂至，香闻数里。朝日初照、光映后庭。月明之夜，恍如仙界。后主自居临春阁，张贵妃居结绮阁，龚、孔二贵嫔居望仙阁。并复道往来，又有王、李二美人，张、薛二淑媛，袁昭仪、何婕妤、江修容等七人。并以才色见幸，得游其上。丽华尝于阁上靓妆，或临轩独坐，或倚栏遥望，见者皆疑姮娥出世，仙子临凡，俨在缥缈峰头，令人可望不可即。

于是外廷臣工，率以迎合为事。有尚书江总，字总持，博学多文，尤工五言七言。溺于浮靡。后主宠之，日与游宴，多作艳诗。好事者抄传讽玩，争相效尤，诗体一新。又有山阴人孔范，字法言，容止都雅，文章赡丽，亦为后主亲爱。后主恶闻过失，范必曲为文饰，称扬赞美。又与孔贵妃结为兄妹。宠遇优渥，言听计从，公卿多畏之。尝语后主曰："外间诸将起自行伍，匹夫敌耳。深谋远虑，非其所知。"自是将帅微有过失，即夺其兵。分配文吏。边备之驰，皆范为之。时朝廷有狎客十人，江总为首，孔范次之。王瑳、施文庆、沈客卿等，又次之。皆得出入禁中，侍宴内庭。

一日，后主退朝之暇，正与诸臣饮酒赋诗，内侍呈上短章一道，乃贵妃丽华所奏。其略云：

> 妾闻阴阳无二理，男女本同揆。朝廷之上，不乏文人；闺阁之中，岂无才女？大家续《汉》，成一代之良史；苏氏回文，倡千秋之绝调。斯固巾帼增辉，须眉短气者也。自古有之，今岂无偶？然空闺自蔽，美玉韫于椟中；绣户深藏，骊珠埋于涧底。胸罗锦绣，未著芳声；笔聚云烟，难邀明鉴。蛾眉为之痛心，脂粉因之减价。伏惟陛下，睿思焕发，圣藻缤纷。俾旁求之典，兼及红裙；征辟之加，不遗绿鬓。庶三千粉黛，争抒风雅之才；与八百衣冠，共佐文明之治。

后主览表大悦，遍示诸臣，皆劝宜允所请。于是发诏四方，采选淑女，不论士庶贵贱，凡有才色可观者，皆要报名送进。州郡争迎上意，各各遵行。不上数月，选得女子数千，送至都下，齐集午门。后主遂与张、孔二妃并坐内殿，一一引见。先试其才，徐别其貌。有才色兼备者十余人，赐为女学士。才有余而色不及者，命为女校书，供笔墨之职。色甚都而才不足者，命充内府，习歌舞之事。真个艳冶满前，笙箫聒耳。每遇宴饮，使诸妃嫔及女学士，与狎客杂坐联吟，互相赠答。采其尤艳丽者，被以新声，命宫女千余人习而歌之。其曲有

《玉树后庭花》、《临春乐》等。内有云“璧月夜夜满，琼树朝朝新”，最称绝唱。大略皆美诸妃之容色。君臣酣歌，自夕达旦，以此为常。把军国政事，皆置不闻。百司启奏，并因宦者蔡蜕儿、李善度以进，后主置丽华于膝上共决之。李、蔡所不能记者，丽华并为条疏，无所遗脱。因参访外事，人间有一言一事，丽华必先知之。由是益加宠异，冠绝后庭。宦官近习内外连结，卖官鬻狱，货赂公行，大臣执政，皆从风谄附，以故上下解体，国事日坏。

时有中书舍人傅縡才使气，嬖幸多怨之，日进谗言，后主怒，收縡下狱。縡乃于狱中上书曰：

> 臣闻君人者恭事上帝，子爱下民，省嗜欲，远谄佞，未明求衣，日旰忘食，是以泽被区夏，庆流子孙。陛下顷来，酒色过度，不虔郊庙大神，专事淫昏之鬼，小人在侧，宦侍弄权，恶忠直若仇仇，视小民如草芥。后宫曳绮绣，厩马余菽粟，而百姓饥寒，流离蔽野，神怒民怨，众叛亲离。若不改弦易辙，臣恐东南王气自斯而尽。

书奏，后主大怒。顷之，意稍解。遣使谓之曰：“我欲赦卿，卿能改过否？”对曰：“臣心如面，臣面可改，则臣心亦可改。”使者复命。后主益怒，遂赐死狱中。从此直臣钳口，弼士噤声，君志益侈，民生日蹙。

消息传入长安，正值隋文开皇之年，本有削平四海之志，于是隋之群臣争劝其主伐陈，以救江南百姓。隋主曰：“吾为民父母，岂可限一衣带水而不拯之乎？”乃下诏数后主二十大罪，散写诏书二十万纸，遍谕江外。或谓兵行宜密，隋主曰：“若彼惧而改过，朕又何求？否则显行天罚可也，奚事诡计也！”于是大治战舰，陈师誓众，命皇子晋王广、秦王俊、清河公杨素为行军元帅，总管韩擒虎、贺若弼等，率兵分道四出。凡总管九十，兵五十余万，皆受晋王节度。以左仆射高颎为晋王元帅长史，军中事咸取决焉。其兵东接沧海，西距巴蜀，旌旗舟楫，横亘数千里，无不奋勇争先，尽欲灭此朝食。正是：全军压境山河震，大敌临江神鬼惊。

未识陈国若何御之，且听下回分解。

第三十二卷

陈氏荒淫弃天险　隋兵鼓勇下江南

话说隋文帝大举伐陈，将次临江，沿边州郡飞报入朝。上下泄泄，咸不以为意。独仆射袁宪请出兵御之，且谓后主曰："京口、采石，俱是要地。各须锐兵三千，并出金翅三百艘，缘江上下以为防备。"后主曰："此是常事，边城将帅足以当之。若出人船，必致惊扰，徒乱人心。"不听。及隋军深入，州郡相继告急，后主从容谓侍臣曰："齐兵三来，周师再至，无不摧败而去，彼何为者耶！"孔范进曰："长江天堑，古以为限，隔断南北，今日隋军岂能飞渡耶？边将欲作功劳，妄言事急。臣每患官卑，虏若渡江，臣定作太尉公矣。"或妄传北军在道，马多死。范曰："可惜，此是我马，何为而死？"后主大笑，深以为然，奏伎纵酒，赋诗如故。

先是，萧摩诃丧偶，续娶夫人任氏，年甚少。尝以命妇入朝，与丽华说得投机，结为姊妹。任氏生得容颜俏丽，体态轻盈，兼能吟诗作赋，自矜才色，颇慕风流。嫁得摩诃，富贵亦已称心，微嫌摩诃是一武夫，闺房中惜玉怜香之事全不在行，故心常不足。入宫见后主与丽华好似并蒂莲、比翼鸟，无刻不亲，何等恩爱绸缪，不胜欣羡。故见了后主，往往眉目送情，大有毛遂自荐之意。况后主是一好色之主，艳丽当前，正搔着心孔痒处，焉肯轻轻放过？只因任氏是大臣之妻，碍着君臣面上，未便妄动。又相见时，妃嫔满前，即欲与他苟合，苦于无从下手，故此未获如愿。一日，正当后主临朝，丽华召夫人入内，留在结绮阁宴饮。你一盏，我一杯，殷勤相劝。丽华不觉酣醉，倚在绣榻之上，沉沉睡着。夫人见丽华醉了，乘着酒兴，欲往望仙阁与孔贵妃闲谈片时，遂悄悄从复道走去。那知事有凑巧，恰值后主亦独自走来，夫人回避不及，忙即俯伏在旁。后主笑嘻嘻走近身边，以手相扶道："夫人既与我贵妃结为姊妹，便是小姨了，何必行此大礼？"夫人才立起身，后主便挽定玉手，携入秘室，拉之并坐，曰："慕卿已久，今日可副朕怀。"夫人垂首含羞，轻轻俏语道："只恐此事不可。"然见了风流天子态度温存，早已心动。于是后主拥抱求欢，夫人亦含笑相就，绝不作难，翻云覆雨，笑语盈盈，以为巫山之遇，不过如此。宫人见者，皆远远避开，任其二人淫荡。良久事毕，遂各整衣而起。宫人进来，捧上金盆洗手。二人洗罢，同往结绮阁来。斯时夫人鬓乱钗斜，娇羞满面。丽华接见，忙上前称贺道："此是陛下合享风流之福，故得遇姊。姊能曲体帝意，便是绣阁功臣了，何嫌之有？"乃为夫人重点新妆，阁中再开筵宴。当夜丽华留住夫人，使后主重赴阳台之梦。较之初次，更觉情浓。明日，夫人辞出，后主欲留，恐惹物议，因作小词一阕，以订后会。其词曰：

雕阑掩映，花枝低亚，玉立亭亭如画。巫山十二碧峰头，喜片刻雨沾云惹。　相逢似梦，相知如旧，一点柔情非假。风流况味两心同，愿无忘今夜。

《鹊桥仙》

夫人亦答小词一首，以纪恩幸。其词曰：

满苑娇花人似醉，芳草情多，也是萦苔砌。多谢春风能做美，一番浓露和烟翠。　　一霎匆匆罗帐里，聚出无心，散却偏容易。窗外柳丝阑上倚，依依似把柔情系。

《蝶恋花》

丽华见了，不胜叹赏曰：“陛下天纵之才，姊姊闺中之秀，然皆深于情者也。”盖丽华有一种好处，枕席之事，全不妒忌。引荐宫中美色，常若不及，后宫多德之。故夫人于后主有私，不唯不妒，愈加亲势。自此夫人常召入宫，留宿过夜。在摩诃面前，只言被丽华留住，不肯放归。摩诃是直性人，始信以为实，也不十分查问。其后风声渐露，知与后主有奸，不胜大怒，因叹道：“我为国家苦争恶战，干下无数功劳，才是打成天下。今嗣主不顾纲常名分，奸污我妻子，玷辱我门风，教我何颜立于朝廷！”因此把忠君为国的心肠，遂冷了一半。今且按下不表。

却说隋兵既起，贺若弼自北道争先，韩擒虎自南边开路，军马渡江，如入无人之境。沿江守将，望风尽走。俄而若弼进据钟山，顿兵白土冈，擒虎帅步骑二万，屯于新林，内外大恐。时建康甲士，尚有十余万人。后主素懦怯，不达军事，台内处分，一委施文庆。文庆务为壅蔽，诸将凡有启请，率皆不行。先是贺若弼之攻京口也，袁宪请出兵迎击，后主不许。及弼至钟山，宪又曰：“弼悬军深入，营堑未坚，出兵掩袭，可以必克。”又不许。及闻隋兵百万尽行压境，后主始惧，乃召摩诃、任忠等于内殿，商议军事。摩诃不语，忠曰：“兵法客贵速战，主贵持重，今国家足食足兵，宜固守台城，缘淮立栅。北军虽来，勿与交战，分兵断江路，无令彼信得通。给臣精兵一万，金翅艘三百，乘江而下，径掩六合。彼大军必谓渡江将士已被俘获，自然挫气。淮南土人皆与臣有旧，今闻臣往，必皆景从。臣复扬声欲往徐州，断彼归路，则诸军不击自去。待春水既涨，上江守将周罗喉等必沿流赴援，此良策也。”后主不能从。

明日，欻然曰：“兵久不决，令人腹烦。可呼萧郎出兵一击。”孔范从旁赞之，且曰：“歼尽丑虏，当为陛下勒石燕然。”任忠叩头苦请勿战，不从。谓摩诃曰：“卿可为我一决。”摩诃曰：“从来行阵，为国为身，今日之事，兼为妻子。”后主大喜，乃使鲁广达陈于白土冈，居诸军之南，任忠次之，孔范又次之，摩诃一军最在北。诸军相去，南北亘二十里，首尾进退，各不相知。贺若弼将轻骑登山，遥望众军，因即驰下，帅甲士八千，勒阵待之。摩诃以后主通其妻，全无战意。唯鲁广达与弼相当，摧坚陷阵，所向披靡，杀死隋将士三百余人。隋师退走，弼见追兵至，辄纵烟以自隐。陈人既胜，将士各将所得首级，走献陈主求赏。弼知其骄隋，乃引兵趋孔范，范兵暂交即退。诸军顾之皆乱。隋兵乘之，遂大溃，死者五千人。摩诃既不退，又不战，遂被擒于阵。弼命斩之，摩诃颜色自若，乃释而礼之，摩诃遂降。任忠驰马入台，见后主曰：“兵已败矣，臣实无所用力，奈何？”后主与之金两縢，使募人出战。忠曰：“陛下唯具舟楫，就上流诸军，臣当以死奉卫。”言罢即出。后主信之，乃令宫人束装以待。那知任忠已怀叛志，驰至石子冈，正遇韩擒虎军来，便下马迎降。擒虎大喜，遂相与并进，直入朱雀门。台军欲拒，忠挥之曰：“老夫尚降，诸军何事相抗？”众闻之皆散走。于是城内文武百官并遁。

斯时，后主身旁不见一人，唯袁宪侍侧，因谓之曰：“朕从来侍御，不胜余人。今人皆弃我去，唯卿独留，不遇岁寒，焉知松柏？非唯朕无德，亦是江东衣冠道尽。”言罢，遽欲避匿。宪正色曰：“北兵之入，必无所犯。大事如此，去将安之？臣愿陛下正衣冠，御正殿，依梁武帝见侯景故事。”后主不从，下榻急走，曰：“锋刃之下，未可儿戏，朕自有计。”从宫嫔十余人，奔至后堂景阳殿，将投于井。袁宪自后见之，以身蔽井，后主与争，久之得入。

宪恸哭而去。时隋兵入宫，执内侍问曰：“尔主何在？”内侍指井曰：“在是。”窥之正黑，呼之不应，欲下石，乃闻叫声。以绳引之，怪其太重，及出，乃与张贵妃、孔贵妃同束而上。众大笑。

先是，沈皇后性端静，寡嗜欲，后主遇之甚薄。张贵妃宠倾后宫，后澹然退处，未尝有所忌怨。及隋兵入，居处如常。太子深年十五，闭阁而坐，独舍人孔伯鱼侍侧。军士叩阁而入，太子安坐，劳之曰："戎旅在途，得无劳乎？"军士咸致敬焉。

话分两头。贺若弼乘胜至乐游苑，鲁广达犹督余兵苦战不息，复杀隋军数百人。会日暮，乃解甲，面台再拜恸哭，谓众曰："我身不能救国，负罪深矣。"士卒皆涕泣歔欷，遂就擒。弼夜烧北掖门入，闻擒虎已执叔宝，呼视之，叔宝惶惧，流汗股慄，向弼再拜。弼谓之曰："小国之君，当大国之臣，拜乃礼也。入朝不失作归命侯，无劳怨惧。"乃幽之德教殿，以兵守之。

却说晋王广素慕丽华之美，私嘱高颎曰："公入建康，必留丽华，勿害其命。"颎至，召丽华来见，曰："美固美矣，但太公蒙面以斩妲己，我岂可留以误人？"乃斩之于青溪。晋王闻之，怅然失望，曰："昔人云：'无德不报。'我有以报高公矣。"于是晋王整旅入建康，以施文庆受委不忠，曲为谄佞，以蔽人主耳目；沈客卿重赋厚敛，以悦其上；与太市令杨慧郎、刑法监徐析、都令史暨慧，指为五佞，并斩于石阙下，以谢三吴之人。使记室裴矩收图籍，封府库，资财一无所取。陈人贤之。

且说当初陈高祖杀了王僧辩一家，只道王氏已绝，那知僧辩尚有一子遗下，名颁。当合家被难时，颁尚在襁褓，亏得乳母挈之以逃，流离北土。及壮，仕隋为仪同三司，隋师代陈，从军南来。及陈亡，欲报父仇，乃结壮士数十人，饮以酒而谓之曰："吾家与霸先有不共戴天之仇。愿藉诸君之力，发其墓，毁其尸，以舒夙恨。有罪我自当之。虽死不悔。"众皆许诺，乃夜往，发陈祖陵，开其棺，尸尚不腐。跪而斩之，焚骨取灰，投水而饮之。曰："今而后可以报吾父子地下矣。"天明自缚，叩首于军门，请正擅命之罪。晋王重其义，承制赦之。闻者，莫不感叹。

再说水军都督周罗睺守江夏，与秦王俊相持逾月，隋兵不得进。又荆州刺史陈慧纪，与南康内史吕忠肃，据巫峡，于北岸凿石，缀铁锁三条，横绝中流，以遏隋船。杨素奋兵击之，四十余战，杀死隋兵五千余人，素不能克。及建康平，晋王广以后主手书，招上江诸将。罗睺乃与诸将大临三日，放兵降隋。慧纪、忠肃亦解甲投诚。杨素乃得下至汉口，与秦王俊会。将次湘州，有兵守城，不得进。素遣别将庞晖进兵攻之，举城欲降，湘州刺史、岳阳王叔慎年十八，置酒会文武僚史，酒酣拍案叹曰："君臣之义，尽于此乎？"长史谢基伏而流涕，司马侯正理奋袂起曰："主辱臣死，诸君独非大陈之臣乎？今国家有难，实致命之秋也。纵其无成，犹见臣节。青门之辱，有死不能。今日之机，不可犹豫。后应者斩！"众咸许诺，乃具牛马币帛，诈降于庞晖，诱之入城。叔慎伏甲门口，晖至，斩之以徇。于是建牙勒兵，招合士众，数日之中，得兵五千人。衡阳太守范通、武州刺史邬居业，皆举兵助之。素闻晖死，率大军继进。叔慎与战大败，遂被擒。秦王俊斩之于汉口，其党羽皆死。

又岭南未有所附，数郡士民共奉高凉郡太夫人洗氏为主，号"圣母"，保境拒守。晋王遣柱国韦洸安抚岭外，至南康不得进，乃以叔宝书遗夫人，谕以国亡，使之归隋。夫人集首领数千人，向北恸哭，谓其孙冯魂曰："昔武帝起兵吴兴，我决其必成大事，故使汝以兵助之，后果代有梁业。我家累受其恩，曾几何时，子孙不能守，把锦绣江山，尽付他人之手，曷胜浩叹。我以一隅之地，何敢与天下相抗。"乃遣使迎洸。洸至广州，晓谕岭南诸州，无不归顺。于是陈国皆平。得州三十，郡一百，县四百。三月己巳，送叔宝与其王公百司，并诣长安，陈氏遂亡。后人有长歌一篇，记其荒亡之迹云：

南朝天子爱豪奢，芙蓉为国颜作霞。不临朝右明光殿，只恋宫中桃李花。

自矜文藻超凡俗，咳吐随风散珠玉。批风抹月兴无涯，品燕评莺意不足。风流性格夸作家，终朝相对人如花。新词艳句推江总，浅笑轻颦斗丽华。朱楼翠殿飘香远，舞榭歌台云雨满。蓬莱瀛海艳神仙，结绮临春起池馆。朱甍画栋接青霄，云作窗棂虹作桥。龟网罘罳金落索，龙纹屏障玉镂雕。珊瑚座映琉璃榻，绣带珠帘银蒜押。氍毹海上锦云来，翡翠瓶中琼树插。锦筵罗列山海珍，猩唇龙脯堆纷纷。玛瑙盘倾霞灿烂，珍珠红滴香氤氲。纷纷仙乐奏新声，君王欢笑侧耳听。只道升平难际会，冰轮莫负今宵明。昭仪妙句矜无比，学士清词杂宫徵。脂香粉腻惹朝衫，巧笑低吟喜娇美。通宵亵狎两不嫌，但称丽句谐秾纤。声娇语脆醉人魄，音入肺腑如胶粘。谱得新声中音律，后庭玉树真奇绝。莺喉慢啭神欲飞，荡志惊魂意欢悦。朝歌暮乐无已时，君臣放浪疑狂痴。只知裙底情无限，那惜眉头火莫支。一朝兵马邻封起，百万旌旗焕罗绮。交章告急如不闻，犹说妖娆贵妃美。陈情袁宪拼白头，痛哭欲解危城忧。邪臣妄议恃天险，长江万里轻戈矛。君臣大笑仍欢笑，饮酒征歌相戏谑。不知天上下将军，御座孤身无倚靠。袁宪忠言总不知，临危犹是恋宫妃。三人入井计何拙，千古胭脂辱井嗤。王气金陵且消歇，晋王好色心偏热。谁知宫里貌如花，化作营中剑铓血。荒淫破国亿陈隋，瞬息兴亡致足悲。虎踞龙蟠佳丽地，年年惟见鹧鸪飞。

先是，武帝受禅之后，梦有神人自天而下，手执玉策金子，北面授帝曰："陈氏五帝，三十二年。"屈指兴亡，适符其数。又后主在东宫时，有鸟一足，集于殿庭，以嘴画地成文曰：

独足上高台，盛草变为灰。
欲知我家处，朱门当水开。

后有解之者曰："独足"指后主亡国时，独行无众。"盛草"言荒秽之状，隋承火运，草遇火，则变为灰矣。及后主至长安，同其家属馆于都水台，门适临水，故始句言"上高台"，结言"当水开"也。其言皆验。

却说后主至京，朝见隋帝，帝赦其罪，给赐甚厚。数得引见，班同三品，每预宴，恐致伤心，为不奏吴音。后监守者奏言叔宝云："既无秩位，每预朝集，愿得一官号。"帝曰："叔宝全无心肝。"监者又言叔宝常醉，罕有醒时。帝问饮酒几何，对曰："与其子弟日饮一石。"帝大惊，使节其饮。既而曰："任其性可耳，若节其酒，教他何以过日？"又诏陈氏子弟在京城者，分置边郡，给田业，使为生。岁时赐衣服以安全之。其降臣江总、袁宪、萧摩诃、任忠俱拜仪同三司。帝嘉袁宪雅操，下诏以为"江东称首"，谓群臣曰："平陈之初，我悔不杀任变奴。受人荣禄，兼当重寄，不能横尸徇国，乃云无所用力。与弘演纳肝，何其远乎？"又晋王之戮陈五佞也，未知孔范、王瑳、王仪、沈瓘之罪，故得免。及至长安，事并露，帝乃暴其罪恶，投之边裔，以谢吴越之人。见周罗睺慰谕之，许以富贵。罗睺垂泣对曰："臣荷陈氏厚遇，本朝沦亡，无节可纪。得免于死，陛下之赐也，何富贵之敢望？"贺若弼谓罗睺曰："闻公郢汉起兵，即知扬州可得。王师利涉，果如所料。"罗睺曰："若得与公周旋，胜负亦未可定也。"顷之拜仪同三司，睺有裨将羊翔，早降于隋，伐陈之役，为隋乡导，位至上开府仪同，班在睺上。韩擒虎于朝堂戏睺曰："不知机变，乃立在羊翔之下，毋乃愧乎？"睺曰："仆在江南，久承令问，谓公天下节士，今日所言，殊乖所望。"擒虎有愧色。

先是常侍韦鼎聘于周，遇帝而异之，谓帝曰："公当大贵，贵则天下一家。岁一周天，老夫当委质于公。"帝谦谢不敢当。及至德之日，鼎在江南，尽卖其田宅。或问其故，鼎曰："江东王气尽于此矣。吾异日当归葬长安耳。"至是陈平，帝召鼎为上仪同三司。

叔宝尝从帝登邙山侍饮，赋诗曰：

日月光天德，山河壮帝居。
太平无以报，愿上东封书。

因表请封禅，帝优诏答之。他日复侍宴，及出，帝目之曰："比败岂不由酒，以作诗之功，何如思安时事？朕闻贺若弼渡京口，其下密启告急，叔宝饮酒不省。高颎至日，犹见启在枕下，尚未开封。此诚可笑，盖天亡之也。”叔宝卒于仁寿四年之十一月，时年五十二。赠长城县公。盖自南北分裂，晋元帝建都金陵，号曰东晋，传十一主，共一百零四年。刘宋受禅，凡八主，共六十年。萧齐代兴，凡七主，共二十四年。梁武继统，凡四主，共五十六年。陈氏代梁，凡五主，共三十三年。统计南朝年代，共二百七十七年。金陵王气始尽，隋家并而有之，天下遂成一统云。诗曰：

渠大英雄称帝王，威加海内气飞扬。
三秦才睹衣冠旧，何太匆匆归建康。

南宋

一木难支大厦倾，嗯孙血染石头城。
褚王并是天家戚，舅氏江山付道成。

南齐

保有江东四十秋，疆圉无恙若金瓯。
只缘梁祚应当尽，天使昭明不白头。

南梁

当代人豪数霸先，文宣继统亦称贤。
《后庭》一曲风流甚，断送东南半壁天。

南陈

陈后主不理国政，惟以风流为事，诸臣正直者少，谄佞者多，所以纲纪败坏，不可收拾。及敌兵压境，不听袁宪忠言，尚悦佞人献谀，不亡何待？乃至与张、孔同入于井，可羞之甚。其得保首领以没，幸矣。皇后、太子，尚能不失大体，可敬，可敬。袁宪虽亦降隋，乃忠于陈，竭尽心力，至不得已而降之，亦可原矣。结处统括全部，分画年代，条理井然。不似时手做到后来，全无收煞，只图了事者可比。此作手之书，超迈流俗，有目者自能辨之。